The
Assistant

Bernard Malamud

translation:
Shôzô Kajima

bunyusha

バーナード・マラマッド　訳　加島祥造

あるとき、彼は地下室で二インチと四インチ四方の松材を見つけ、厚い板切れを切り取り、自分のジャック・ナイフでなにかを彫りはじめた。驚いたことに、それは飛んでゆく小鳥の姿になった。形はゆがんでいたが、どこか美しいところがあった。それをヘレンに差出そうかと考えたが、あまり粗末なものにも思えた——なにしろ彼のはじめての製作品なのだ。そこで別の物にとりかかった。彼女のために花を彫ってやろうと思い、それはしまいに、今にも咲きだす薔薇となった。

店員

Once he found a two-by-four pine board in the cellar, sawed off a hunk, and with his jackknife began to carve it into something. To his surprise it turned into a bird flying. It was shaped off balance but with a certain beauty. He thought of offering it to Helen but it seemed too rough a thing — the first he had ever made. So he tried his hand at something else. He set out to carve her a flower and it came out a rose starting to bloom.

bunyusha 文遊社

愛とともにアンにささげる

夜は明けていたが、十一月初旬の朝ともなると、外はまだ暗かった。食料品屋の店主は刺すような風の冷たさに改めて驚いた。その風が前掛《エプロン》けを顔へ吹きつけるにまかせながら、モリス・ボーバーは舗道べりにある二個の牛乳ケースへかがみこんだ。あえぎながら、重い二つのケースをドア口へ引きずっていった。ドア口には固いロールパンの詰った大きな茶色の紙袋が置かれ、そばにはその一個を買いに来たポーランド女が、半白の頭と陰気な顔でうずくまっていた。

「なんでそんなに遅いんだよ?」

「まだ六時十分過ぎだ」と食料品屋は答えた。

「寒いよ」と彼女はこぼした。

錠にさしこんだ鍵《かぎ》をまわして、彼は女を入れた。ふだんの彼は牛乳ケースを引きずりこんでから、ガス暖房器に火をつけるのだったが、ポーランド女はせかついていた。モリスはロールパンの袋をカウンターの上の金網籠《かご》にぶちまけ、彼女用の種なしパンを選び出した。それを半分に切り、店で使う白い紙に包んだ。女はそれを買物用の編袋へ突っこみ、カウンターの上に三セントを置いた。彼がこの売上げを古いレジに入れると、それは相変らずうるさい音をたてた。彼はパンのはいってきた紙袋をのばし、しまいこみ、牛乳ケースを店に引きこみ、なかの壜《びん》の群れを冷蔵庫の下部に詰めた。店の売場にあるガス暖房器に火をつけ、奥の部屋へ行ってそこの暖房器もつけた。

彼は黒ずんだエナメルのポットでコーヒーを沸かし、それをすすりながらロールパンを嚙《か》みはじめたが、食べるものを味わっているわけではなかった。片づけてしまうと、彼は待った――誰を待つかといえばニック・フーソで、この家の三階に間借りしていて近所の自動車修理工場に働いている若い工員である。ニックはいつも朝の七時ごろ二十セントほどのハムとパンを買いに来るのだ。

ところが表のドアがあいて、十歳ほどの女の子が貧乏やつれして目ばかり光らせた顔ではいってきた。彼の心はこの子を歓迎できなかった。

「母ちゃんが言ったけど」と少女は急いで言った、「お勘定は明日まで待ってもらって、バターを一ポンドとライ麦パン一つと、それからりんご酢の小壜をおくれって」

彼はその母親を知っていた。「掛売りはもうだめだよ」

少女はわっと泣きだした。

モリスは彼女に四分の一ポンドのバターとパンと酢を与えた。磨《す》りへったカウンターの、レジのそばに鉛筆で書きこんだ部分を見つけ、「酔いどれ女」とした下に金額を書きつけた。全部で二ドル三セントだが、まずこれは二度とお目にかかれぬ金だろう。ところでアイダがこの数字を見つけたら、がみがみ言うにきまってる——そこで彼は金額を一ドル六十一セントにさげた。彼の平和——ほんの少しの平和——のためには、四十二セントぐらいの損は仕方あるまい。

奥の部屋には円《まる》い木のテーブルと椅子があり、それにすわった彼は眉《まゆ》をあげて、すでにすっかり読みおわった昨日のユダヤ系新聞を拾い読みした。仕切りの壁には窓のない四角の切抜き穴があって、ときどき彼はぼんやりとそこからのぞきこみ、店に誰かはいってきたかどうか確かめた。ときには、新聞から目をあげると、いつしか客がカウンターの前に黙って立っているのに驚いたりする。

今、この店のなかは長くて暗いトンネルのように見えた。

店主は溜息《ためいき》をつき、待った。どうもわしは待つことが苦手だ、と彼は思った。景気の悪いときには時間も手に負えなかった。待っている間に、時間は彼の鼻先で死に果て、くさい臭《にお》いを放った。

一人の労務者が来て、キング・オスカー印のノルウェー鰯《いわし》を一缶《ひとかん》だけ買った。十五セントだ。

モリスはもとの場所に戻って待った。この二十一年間、店は前とほとんど変らなかった。二度だけ内側をすっかりペンキで塗り、一度は棚《たな》を新しくつけ加えた。大工に頼んで表側の古風な二枚窓を一枚ガラスの大きなウインドーに変えた。十年前に外に吊り下げていた看板が下へ落ちてしまったが、そのまま手をつけずにいた。一度、順調な商売が少し長くつづいたとき、木製の冷蔵庫をどけて、新品の白い冷蔵陳列ケースに代えた。そのケースは表の売場に古いカウンターと並んで置かれていて、ウインドーから外を眺《なが》めるときの彼は、たいていそれに寄りかかった。そのほかの点では店は前と同じだった。幾年も前はこの店もおかず屋の体裁をしていたが、今では、たしかに少しはおかずも売るが、まず貧乏くさい食料品屋でしかなかった。

三十分過ぎた。ニック・フーソが現われないと知ると、モリスは立ちあがって店のウインドーの前に立った。それはなにもない一枚ガラスで、ただビール会社の大きなボール紙の広告がぶらさがっていた。しばらくすると、玄関のドアがあいて、厚い手編みの緑のセーターを着たニックが出てきた。小走りに角を曲ってしまったが、やがて食料品を入れた包みを抱えて戻ってきた。モリスの姿をウインドーごしに見た。ニックは彼の顔にある表情を知ったが、しかし長くは見ていなかった。まるで風に追いこまれるといった様子をつくりながら、家のなかへ駆けこんでしまった。ドアがその背後でばたんとしまった――全くでかい音をたてるドアだ。

店主はじっと通りを見つめた。ああ、もう一度、戸外に出てゆけるようだといいが――と彼ははかない思いにとらわれた――子供時分には、家になんか一度もおらなかったものだったが……しかし激しい風の音に彼はびくっと身をちぢめた。それで思いはまたもこの店を売ることに向ったが、しかしいったい誰が買うだろうか？　妻のアイダはまだ売るという希望を捨てないでいる。毎日それを待っている。それを思うと、べつに微笑したくもないのに、彼の顔には陰気な笑いが浮んだ。売るのはまず無理だと知っていたから、彼はそのことを頭から払いのけた。とはいえ、以前は奥の部屋へ行ってコーヒーを注《つ》いだときなど、店を売ることをうれしげに考えたものだ。しかしたとえ奇蹟《きせき》的に売れたとして、彼はどこへ行ったらいいのだ、どこへ？　寝るに屋根もない身になった自分を想像して、不安に襲われたりした。戸外での彼はいろんな季節に耐えてきたものだ、いわば雨にぐしょ濡《ぬ》れになり雪に凍えるようなめにあった。しかしもう幾年も、一日じゅう外にいたりしたことはない。子供のころは、いつも村の泥だらけで窪《くぼ》んだ道や畑のなかを走りまわり、他の子供たちと川で水浴びをした、しかし大人《おとな》になってからは、このアメリカでは、ろくに空も見たことがない。はじめのころ、まだ車と馬車を使っていた時分はまあ違っていた。しかしはじめて店を持ってからは外に出ない。店のなかにいると、墓に埋められたも同然だった。

牛乳屋がトラックを表に乗りつけ、空壜《あきびん》を集めに急いではいってきた——荒っぽい大男で、空壜の詰ったケースを引出し、薄クリームの半パイント壜ケースを持ちこんだ。それから肉製品屋のオットー・ヴォーゲルがはいってきた——大きな口髭《くちひげ》を生《は》やしたドイツ人で、油光りする肉用バスケットに入れた燻製《くんせい》のレバー・ソーセージとウインナ・ソーセージを運びこんだ。モリスはレバー・ソーセージに現金を払った。ドイツ人には絶対に恩恵をうけたくないのである。オットーはウインナのほうを持って立ち去った。このあたりでは新顔のパンの配達人が来て、古くなった三個のパンと引換えに新しい三つのパンを置き、一言《ひとこと》も言わずに出ていった。ケーキ屋のレオは冷蔵ケースの上にある紙包みのケーキ類を急いでちらっと眺めわたし、声をかけた、「月曜に来るよ、モリス」

モリスは答えなかった。

レオはためらった。「モリス、どこもみんな不景気なんだよ」

「ここは最低さ」

「じゃあ、月曜にな」

近くの若い主婦が六十三セント分の買物をした、もう一人が来て四十一セント分だけ買った。ようやくこれで今日の一ドルの商売をしたというわけであった。

電球行商人のブライトバートが電球の詰った巨大な二つのケースを下に置き、おずおずと奥にはいってきた。

「さあ、おいでよ」とモリスはうながした。紅茶を沸かし、厚いグラスに注いで、レモンを一切れ入れた。行商人は山高帽に外套姿《がいとう》のままそっと椅子に腰をおろし、熱い紅茶をむさぼるように飲んだ──彼の咽喉仏《のどぼとけ》が上下しつづけた。

「どうだね、商売は?·」と店主は尋ねた。

「足がおそいよ」とブライトバートは肩をすくめた。

モリスは溜息をついた。「息子《むすこ》はどうだ?·」

ブライトバートはぼんやりとうなずき、それからユダヤ系新聞を取りあげて読んだ。十分間もすると立ちあがり、体《からだ》じゅうを掻《か》いてから、物干し用の紐《ひも》で縛りあげた二つの大きな荷を細い肩にかつぎ、立ち去った。

モリスは彼が出てゆくのを見守った。

世間はみんな苦しんでいる。彼はすべての苦悩《シュメルツ》を感じた。

昼飯どきになるとアイダがおりてきた。二階の住居をすっかり掃除しおわったのである。

モリスは色褪《あ》せた長椅子の前に立って、奥の窓から裏庭を見やっていた。イーフレイムのことを考えていた。

妻は彼の目が濡れているのに気づいた。

「そんなに、いつも考えないでおくれよ」彼女自身の目も湿った。

彼は流しへゆき、窪《くぼ》ませた両方の掌《て》に冷たい水をうけ、顔にかけた。

「あのイタリア人がな」と彼は顔をふきながら言った、「今朝は通りを渡って、向うへ買いに行ったよ」

彼女は腹を立てた。「五部屋もあって家賃は二十九ドルしかとらないのに、それでもあんたは顔に唾《つば》を吐かれるんだからねえ」

「冷たい水しか出ない貸間なんだよ」と彼は言いわけをした。

「あんた、ガス暖房器を入れてやったでしょ」

「彼が唾を吐きかけたなんて――わしはそんなこと言わんよ」

「あんた、彼になにか嫌《いや》なこと言ったんでしょ?」

「わしが?」

「じゃなきゃ、なぜ彼は向うの店に買いにゆくわけ?」

「なぜ?――彼にきいたらいいだろ」と彼は腹立たしげに言った。

「今までにどれだけ売れたの?」

「カスほどさ」

彼女は背を向けた。

彼はぼんやりとマッチをすって煙草に火をつけた。

「煙草はよしなさいったら」と彼女は嚙《か》みついた。

彼は急いで吸いこみ、親指の爪で煙草の先をもみつぶし、前掛け《エプロン》の下のズボンのポケットにせわしなく突っこんだ。煙のために咳《せ》きこんだ。顔をトマトのようにして、激しく咳をした。アイダは両手で耳を押えた。しまいに彼は痰《たん》の塊《かたまり》を吐き出し、ハンカチを出して口のまわりを、それから両目を拭《ぬぐ》った。

「煙草なんか」と彼女は憎々しげに言った。「どうしてあんたはお医者の言ったことを聞かないの?」

「医者なんぞ」と彼は笑いすてた。

しばらくして彼は妻の着ている服に気づいた。「ピクニックに行くんかね?」

アイダは戸惑って、言った、「今日はあの買い手が来ると思ったからよ」

彼女は五十一歳、夫より九歳年下であり、厚い髪はほとんどまだ黒かった。しかしその顔にはしわが出ており、靴には踵支《かかとささ》えをつけていたがそれでも長く立っていると両脚が痛くなった。今朝も彼女は目をさますと恨みがましい気持になった――主人のせいで、もう幾年も前にユダヤ人地区からこのあたりに引出されてしまったことを口惜《くや》しく思ったのだ。今でもなお、あのころの古い友達や同郷人《ランズライト》たちを懐《なつ》かしがった――実現しえなかった経済的向上《パヌーシュ》を目当てに出てきてしまったからだ。そんな寂しさだけでたくさんだというのに、そのうえいつもお金の苦労がつづいてそれが気持を苦いものにしていた。しかし実際には、仕方なしに夫の運命を受入れていたのであり(それは表に現わさなかった)、だから彼女の不満もせいぜい口うるさい小言以上にはならなかった――なにしろ彼女にも気のとがめる点があったからだ、というのは、彼がまだ夜間高校の一年生で将来は薬屋になろうとしていたとき、彼に食料品屋になれと説きつけたのは彼女だったからだ。彼はこの年までずっと頑固《がんこ》な人だった。以前は彼女も少しは彼にさからえたが、今では彼の忍耐の重みが重なって、もはや彼女には動かしようもなかった。

「買い手は」とモリスはぶすりと言った、「来年二月のプリム（ユダヤ人の最も陽気な祭日―訳注）ごろに来るだろ」

「気のきいたようなこと言わなくともいいわ。カープが向うに電話したんですからね」

「カープだと」と彼は軽蔑《けいべつ》の口つきで言った。「どこから電話したんだい？　あのケチンボが――」

「ここからよ」

「いつ？」

「昨日よ。あんたは昼寝してたわ」

「奴《やつ》が向うになんと言った？」

「店の売りがある――あんたの店のことよ。安いって」

「安いとはどういう意味だ？」

「権利金は今じゃあ、ただも同じだわ。在庫品や造作も、ろくに値打ちないから、たぶん三千ドルか、それ以下というわけよ」

「わしは四千ドル払ったぞ」

「二十一年前にね」と彼女はいらだって言った。「じゃあ、売るのはやめて、競売にしたらいいわ」

「向うじゃあ上の住居のほうもほしいのか?」

「カープは知らないわ。たぶんね」

「あのほら吹き野郎め。あいつはこの三年間に四度も強盗にはいられながら、まだ電話を入れない人間だ。あいつの言うことなんか、一セントの値打ちもあるものか。あの角の向うは食料品屋には貸さんとわしに約束しとったくせに、なにをしたと思う?――食料品屋に貸したんだ。そんな奴が、なんでわしに買い手を連れてくる? なんで奴はあの角の店にドイツ人なんか入れたんだね?」

彼女は溜息をついた。「あんたにすまないと思って、彼はいま助けようとしてるのよ」

「奴の気持なんか誰がかまうもんか。あんな男の助けなんかいるもんか」

「だったら、あんたこそ、許可がもらえたときにこの店を酒屋にしたらよかったのに、そうでしょ?」

「酒を仕入れる現金はどこにあったね?」

「持ってないんなら、ツベコベ言わなきゃいいわ」

「酔っぱらい相手の商売なんて」

「商売は商売ですよ。隣のジュリアス・カープが一日で稼《かせ》ぐものを、うちじゃあ二週間かかってもだめなんだから」

しかしアイダは夫が困った様子なのに気づいて、話題を変えた。

「床に油をかけてと言ったじゃないの」

「忘れた」

「ちゃんと頼んだのに。もう今ごろは乾《かわ》いてるはずなのに」

「あとでするよ」

「あとになったらお客が油のなかを歩きまわって、すっかり汚《よご》しちまうわ」

「どんなお客がだい?」と彼は怒鳴った。「どんなお客がだい? ここにはいってくる人間なんておるかね?」

「さあ、上に行って」と彼女は静かに言った。「昼寝なさい。油はあたしが引くから」

しかし彼は油缶とモップを取出し、床の木が黒く光るまで油をかけた。誰もはいってこなかった。

彼女は夫のためにスープの仕度《したく》をおえていた。「ヘレン、今朝は食べないで出ていったわ」

「腹がへっていなかったんだろ」

「なにか気がかりのことがあるんだわ」

彼は皮肉をこめて言った、「あの子に気がかりなことなんか、あるかね？」むろん逆の意味なのだ――この店、彼の健康、そして彼女のわずかな給料のほとんどが家の経費の支払いにまわってしまうこと、自分では大学教育を受けたかったのに、気の進まぬ就職をしたこと――みんな気がかりなのだ。こんな父親の娘だもの、食欲がないのも当り前ではないか。

「あの子が結婚さえしてくれたらねえ」とアイダがつぶやいた。

「するさ、いつか」

「じきに、よ」彼女は泣きだす寸前だった。

彼は鼻を鳴らした。

「あの子、どうしてナット・パールともう付き合わないのかしら。夏じゅう二人で恋人みたいによく出かけたのに」

「見せびらかしさ」

「あの青年いつかお金持の弁護士になるのに」

「わしは彼を好かんね」

「ルイス・カープもあの子が好きなのよ。あの子、すこしは彼とも付き合えばいいのに」

「あんなばか者」とモリスは言った、「親爺《おやじ》と同類だ」

「モリス・ボーバーのほかはみんなばかなのね」

彼は裏庭を見つめていた。

「さあ早く食べて、昼寝に行きなさい」と彼女はいらだたしげに言った。

彼はスープをたいらげ、二階にあがっていった。階段をあがるときのほうが、おりるときより楽だった。寝室にはいると、溜息《ためいき》をつき、黒い窓覆《まどおお》いをおろした。もう半ば眠りこむ感じで、だからこれからが楽しみだった。彼には眠りだけが本当にただ一つの快楽だった――眠りにおちるときの気分にはうっとりする楽しさがあった。モリスは前掛《エプロン》けをはずし、ネクタイとズボンを取去って椅子に置いた。きしむ大きなベッドの端《はし》に腰をおろし、形のくずれた靴の紐《ひも》をといた。下着と長いももひきと白い靴下のまま、冷たい上掛けの下にすべりこんだ。両目のかぶさるほど、枕《まくら》のなかに顔をうずめ、体《からだ》が暖かくなるのを待った。次第に眠りのほうへ這《は》い寄っていった。しかし上の階ではテシー・フーソが電気掃除器をかけていて、店主は心のなかからあの出来事を消そうと試みたけれども、ニック・フーソがドイツ人の店に行ったことがどうしても思い出されて、眠りこみかけてまた腹を立てるのだった。

彼は長い暮しの間に出会った苦しい時期のことを思い返した、しかし現在の状態は過去のどの時期のものよりひどかった――まず手に負えぬといった有様だった。たしかに彼の店はいつもスレスレの線でやってきた――今日は少し良いが、明日は悪い……風の吹くままといったところだった。一夜《ひとよ》のうちに商売は欠損の傷にうめくほど沈んじまったりした。それでいて、たいていは、それから次第に回復していった——ときには上り坂がいつまでもつづくかに見えた——しかしその調子も、完全に上りきるところまで達せず、下りではないという程度だった。最初に彼が店を買ったころには、この近所だけで十分だった——それが近所の悪くなるにつれて店も悪くなった。それでも一年前までは、週に七日、一日十六時間もあけておけば、なんとか暮しが立った。どの程度の暮しか？ 生きてゆく程度の暮しだ。今は、前と同じ時間だけ働きながらほとんど破産しそうな有様であり、精も根も尽き果てそうなのだ。以前は苦しい時期が来てもなんとか凌《しの》いで通り、やがて景気が直ると彼も少しは潤《うるお》ったものだ。ところが十カ月前から通りの向うにH・シュミッツが開店して、それからはずっと不景気なのだ。

去年、病んだ妻をかかえた洋裁師が行き詰って店をたたむと、その空《あ》いた店を見たとたんから、モリスは心配で、居ても立ってもいられなくなった。ためらったあとでその建物の家主であるカープの所へ出かけ、別の食料品屋を入れないでくれと頼んだ。こんな界隈《かいわい》には一軒だけでも十分すぎるのだ。もし別の店が割りこんだら両方とも共倒れする。カープはこの近所がモリスの考えるよりも景気のいい所だと答えた（酒《シュナップ》を売るにはな、とモリスは思った）、しかし彼は貸すとすれば洋裁屋か靴屋にしようと約束した。彼がそう言ったが、モリスは信じなかった。ところが幾週か過ぎたが店は空いたままだった。アイダは彼の心配を笑ったけれども、モリスは心の底にわだかまる恐怖を打消せなかった。それからある日、やはり彼がいつも予期していたように、その空いた店のウインドーに看板が現われて、新しい素敵なおかずと食料品の店が来ることを告げたのだった。

モリスはカープの所へ駆けつけた。「なんでわしに、あんなひどいことをするんだ？」

酒屋は片方の肩をすくめて言った、「あの店がさんざ長いこと空いていたの、知ってるだろう。税金だけ只払《ただばら》いするのはごめんだよ。でも心配せんでいいさ」と彼は言った、「向うはおかずのほうをうんと売るから、あんたは食料品を売ればいい。まあ待ってみな、あの店のおかげでかえって客がつくから」

モリスはうめき声をあげた——彼は自分の不運を悟ったのだ。

ところが日々が過ぎてゆくのに、なおその店は空いたままだった——前よりも空《うつ》ろな姿だ。この店は実際には実現しないのではないか、と彼は思わず考えはじめた。相手の男は気持が変ったのかもしれん。この近所があまりに貧しいのに気づいて、新しい店を開く気を捨てたのかもしれん。モリスは自分の考えが当っているのかどうかカープに尋ねたかった。しかしそれ以上自分を惨《みじ》めにする勇気はどうも出なかった。

しばしば、夜になって店をしめると、彼はそっと角をまわって静かな通りを向うに渡った。その空いた店、暗くて人気《ひとけ》ない店は、角のドラッグ・ストアの左隣にあった。誰も見ていないと確かめると、彼はその埃《ほこり》だらけのウインドーに目を近づけ、暗い影のなかになにか変化が起きたかどうかとのぞきこんだ。二カ月の間それはそのままであった、そして夜ごとに彼は安心して立ち去るのだった。それからある日——どういうものかカープがはじめて彼を避けたのに気づいたあとで——のぞいた彼の目には奥の壁にたくさんの棚《たな》がのびているのが映った。それは彼の大切にしていた希望を粉々に打砕いた。

数日もするうちに棚の列は他の壁まで多くの腕をのばしてゆき、じきに幾層もの棚をつけた場所は新しいペンキに光りだした。モリスは近づくまいと心に言い聞かせたが、どうにも我慢できず夜ごとに行っては眺《なが》めこみ、値ぶみをし、それから自分の蒙《こうむ》るだろう損害をドルの額で推測したりした。夜になってのぞくたびに、出来上がってゆくものを心のなかで打消し打消ししたが、しかし向うの出来上がり方はあまりに急速だった。毎日その場所には新しい造作や備品があふれた——流線型のカウンター、最新式の冷蔵ケース、蛍光灯、果物台、クローム鋼でぴかつくレジ……その次には卸屋から種々のサイズのボール箱や木箱の山が到着した、そしてある夜その白っぽい店のなかに見なれぬ男が現われた——ドイツ式に頭髪を撫《な》であげた痩《や》せたドイツ人が口に火の消えた葉巻をくわえたまま、静かな夜に幾時間もかかって明るいラベルのついた缶詰《かんづめ》や小壜《こびん》や大壜を整然と並べていった。モリスはその新しい店を憎んだけれども、妙なことに愛着も感じた、それで自分の古ぼけた店に戻ってくるたび、その貧弱さにげっそりした。だから彼は今、なぜニック・フーソがあの朝に角をまわって通りの向うへ走っていったか、理解できたのだ——あの店の新しさを味わったり、白い上っぱりを着て医者みたいに見える精力的なドイツ人、ハインリッヒ・シュミッツにてきぱき応対してもらいたかったからだ。そして彼の得意客の多くもみんなあそこへ行くようになり、それなり戻ってはこず、だから彼の貧しい収入は実に惨めにも半減してしまったのだ。

モリスはなんとか眠ろうと試みたが失敗し、ベッドのなかで落着かぬ気持になった。さらに十五分もしてから、服を着て下におりる気になった、しかしふと心のなかに早死にした息子イーフレイムの面影が、べつに哀《かな》しみも抵抗もなしに浮んできて、それから彼は深く、静かな眠りにおちていった。

ヘレン・ボーバーは地下鉄のなかで二人の婦人の間に割りこんですわり、一つの章の最後のページを読みにかかった。するとそれまで前にいた人が消えて別の人物が現われた——彼女は目をあげずに、それがナット・パールだとわかった。なおも読みつづけようとしたが、やはりできなかった。それで自分の本を閉じた。

「ハロー、ヘレン」とナットは手袋した手を新品の帽子にあげた。親しげだが、相変らずどこか控え目だ——自分の将来性は握って放さないといった感じだ。彼は厚い法律書を持っていた、だから彼女のほうも自分の本のかげに隠れられると知ってうれしかった。しかしどうにも隠れきれそうになかった、というのは急に自分の帽子やコートが安っぽく感じられたからだ——心のいたずらだろう、なぜなら彼女の服はまだ傷《いた》んでいなかったからだ。

「『ドン・キホーテ』かい?」

彼女はうなずいた。

彼は尊敬した様子をし、それから低い声で言った、「長いこと君と会わなかったね。君、どこに隠れてたんだい?」

服の下で彼女は全身が赤くなった。

「なにかぼく、君の気を悪くすることしたわけかい?」

彼女の両側にいる婦人は全く聾者《ろうしゃ》のような様子だった。片方の婦人は分厚い手に数珠《じゅず》を持っていた。

「いいえ」気を悪くしたのは、彼女が自分で自分にしたことだった。

「じゃあ、いったい、なにを恨んでるんだい?」ナットの声は低く、両目は心配げだった。

「恨んでなんかいないわ」と彼女はつぶやいた。

「どういうこと?」

「あなたはあなた、あたしはあたしよ」

これを彼はしばらく思案した、それから言った、「ぼくは占い言葉を解く能力なんかないよ」

しかし彼女は言うだけの言葉を口にしてしまったと感じた。

彼は別の手を用いた。「ベティが君に会いたがってたよ」

「彼女によろしく言って」本気で言ったのではなかったが、しかし妙な感じだった、なにしろ彼らはみんな同じ地区に住むばかりか、一軒おいた隣同士だったからだ。

彼は口を固く結んで自分の本を開いた。彼女も自分の本を開き、さまざまな思いをドン・キホーテの道化振りの背後に隠したが、しまいに思い出がドン・キホーテを放り出し、いつの間にかわが身を夏のいくつもの光景にひたらせていた。彼女は夏が好きだが、この夏だけは消せれば消してしまいたかった。しかし夏にしたと同じことを、進んでではないにしろ秋にもまた繰返してしまった以上、消そうにも消しようがないではないか。自分の処女と別れたとき、彼女はさほど哀しく思わなかった、しかし良心の苦しみには驚いてしまった、いや、それともあれは期待した自分より低く評価されたことへの失望感だったろうか？　ナット・パールはまんなかに窪《くぼ》みのある顎《あご》をした美男子で、才能があり、野心もある青年、だから女の子にあれを頼むときも自信ある言い方だったし、彼女のほうは、半ば恋していたから、言うことに従った、そして後悔した。愛し合ったことを後悔したのではない、それよりも、彼が実に気軽な気分でしたのだとずっとあとまで気づかなかった自分、そのことが口惜《くや》しかった。彼は、彼女、ヘレン・ボーバー、がほしかったのではなかったのだ。

それも当り前じゃあないかしら？——彼はコロンビア大学の優等生、そして今は法学部大学院の二年生だ、それなのに彼女は高校を出ただけで、あとは夜間大学に一年間、それも単位はほとんど文学ばかりしか取らないのだ。彼のほうは一級品の将来性があり、それに彼女に紹介しようともしなかった金持の友達を持っている、ところが彼女はいかにも貧乏くさい名前をしてて、それに本当に貧乏なんだし、明るい将来性もほとんどない。彼女は一度ならず自分に問いただしたものだ——彼に自分の体を与えたことで彼になにか要求をするつもりだったのかしら、と。いつも彼女はそれを否定した。たしかに自分が満足を求めたことは認める、しかしそれ以上に、自分の与えたものを彼が尊重してほしかったのであり、性《セックス》の欲望以上のなにかであってほしかったのだ。簡単に言えば、彼女はただ将来性のある愛を求めたのだ。たしかに快楽に近いものも得た気がする、少なくとも男性と自由に基本的な親愛の交流をしたことは感動的だった。そして同じ行為をもっとしたかったけれども、それによって良心や誇り《プライド》を傷つけたり、空虚感を残したりしたくなかった。そこで彼女は自分の心に言い聞かせた——次のときには反対の方角からゆこう、まずお互いに心の愛を確かめ合い、それから肉体の愛にゆこう、これは神経のいる苦しい方法だけれど、あとで思い出したとき気持のいいものになる。こんなふうに考えを決め、それからある九月の夜、彼の妹のベティに会いにゆくと、彼女はいなくて家にはナットと自分の二人だけなのに気がついた、そして彼女は自分がしまいとしたことを再びしてしまったのだ。そのあとで彼女は自己嫌悪《けんお》に苦しんだ。それ以来今日まで、彼には理由を話さぬまま、ずっとナット・パールを避けてきたのだ。

二人の駅の二つ前の駅に来ると、ヘレンは本を閉じ、黙って立ちあがって電車からおりた。プラットホームにいると、電車が走り去る瞬間に、ナットが彼女のいた空席の前に立って静かに読んでいる姿がちらっと見えた。彼女は歩きつづけた——虚《むな》しく、欲して、ほしがらないで、幸福ではない気持で——。

地下鉄の階段をあがり、公園の横の入口からなかにはいり、鋭い風の吹くのにすり切れたコートの姿で家への長い道を歩きはじめた。葉を落した樹々《きぎ》を見ると、ゆえしらぬ悲しみが湧《わ》いた。春の来るまでの長い日々が嘆かわしく、寂しい冬の来るのが恐《こわ》かった。公園になんかはいらねばよかったと思い、そこから出て町の見知らぬ人々の顔を求めた——ただしそんな人々が自分を見つめる目つきには耐えられなかったけれど——。公園ぞいの通りを急ぎ足で通ってゆき、うらやむ視線で家々の奥にまたたく灯火を見やったりした。それら個々の家々は自分の世界とは縁のない存在なのであり、そのことを彼女は、理屈ではなくて体験だけで感じとっていた。彼女は心に言い聞かせた——できるだけ節約して、来年の秋にはニューヨーク大学に正規に入学するわ、夜間の部に。

彼女の住む一画《ブロック》に来た——色褪《あ》せた黄色の煉瓦《れんが》づくりの長屋、古ぼけた商店の上に二階だけアパートが居すわっている建物がつづき、角のキャンディ・ストアではサム・パールがあくびを嚙《か》み殺しながらウインドーに灯を入れようと手をのばしていた。彼が紐《ひも》を引くと、蠅《はえ》の跡だらけの電球からの鈍い光が彼女の上におちた。ヘレンは足どりを早めた。サムは以前はタクシー運転手だったせいか、愛想がよく、ずんぐりした体つきで、遠近両用眼鏡をかけていつもチューインガムを嚙んでいる。彼はヘレンに笑いかけた、しかし彼女は見ぬふりをした。サムはほとんど一日じゅう背をまるめてすわりこみ、ソーダ水を売るカウンターに競馬新聞をひろげては、チューインガムを嚙んでいる口で煙草をふかしながら、ちびた鉛筆で馬の名前に汚ない印をつけていた。店の商売には熱心でなかった。妻のゴールディが苦労を背負って立ち働く役だったが、べつに口うるさく言わなかった、というのもサムの賭《か》け運はなかなかのもので、息子のナットがいろんな奨学金をとるようになる前までは、それでちゃんと大学の学費もまかなったほどだからである。

角を曲ると、たくさんの壜《びん》の並んだウインドーに『**カープ**酒店』というネオンがまたたいていて、彼女がのぞいてみると、腹の出たジュリアス・カープがいた——もじゃつく眉毛《まゆげ》と欲深そうな口つきで、五分の一ガロン壜の、ありもしない埃《ほこり》を吹きはらいながら、器用な手つきで紙袋に入れようとしており、少し出目金の後継ぎ息子ルイスのほうは、やたらと深爪を切っていた目をあげて、人のよさそうな笑顔《えがお》で店の景気を眺《なが》めていた。カープとパールとボーバーの三軒は店も住居も隣り合っていて（ただしそれ以上に親しくはないが）、この三軒が小さなユダヤ人集団をつくっていた。この地区には、少し町はずれにユダヤ人がいるほかはみな非ユダヤ人ばかり住んでいるのだが、どうしたわけか彼ら三家族が、はじめは彼女の父親、次にカープ、それからパールの順にここへ流れてきて住みついたのだ。三軒とも商売はうまくゆかず、貧しすぎてよそへ移れなかったが、しまいにカープが抜け目ないことを考えついた——それまでは暮すにやっとという靴屋だったのに、ついに禁酒法がとけて一般に酒類販売が許可されると、白い鬚《ひげ》の金持叔父さんから借金して酒屋を開く気になった。みなの驚いたことに、カープはその許可を手に入れたのだった、もっとも、どうやってときかれると、厚い瞼《まぶた》をぱちくりさせるだけでなにも答えなかった。安い靴の代りに高価な酒壜が並んでから少しすると、貧しい地区にもかかわらず——いや、ヘレンの考えだとそのためにかえって——商売が繁盛しはじめ、彼は肥《ふと》りすぎた妻を店の上の安い下駄ばき住宅から公園通りの大きな家に移したのだった——それは車二台分の車庫にマーキュリーを入れた見事な家で、妻はそれ以来そこから一歩も出ないほどになり、一方カープは運が向いてからというもの——ヘレンの父親の言葉だと——頭もないのに小利口になってしまった。

ところで、食料品を売るボーバーのほうは、貧しさの程度に少し変化があっただけで、さっぱり運の変る様子もなかった、なにしろ彼と幸運とは、敵同士《かたき》とまでいかぬにしろ、どうも仲がよくなかったからだ。彼は長い時間を働いた、正直そのものだった――自分の正直に縛りつけられ、いわばそれが彼の心の底に深く根を張っていたとも言えて、だますことなど大きらい――それでいてだまされるほうは一人前で、他人のものは決してほしがらず、だから自分はますます貧乏になっていった。懸命に働けば働くほど――まるでその労働は時間をつぶすための単なる儀式のようで――かえって得るものが減ってゆく。彼はモリス・ボーバーであり、ボーバーみたいな人であれば、誰だって運勢がよくなるはずもないのだ。あの名前を持つ人は財産づくりには全く頭がまわらないのだ――まるで自分の血と生れのなかに所有という感覚がないかのようだ、たとえ奇蹟《きせき》的になにかを所有することになっても、それは失うという瀬戸際《せとぎわ》になってのことなのだ。そしてとうとう今や六十歳になって、しかも三十のときよりも貧しくなっている。これはたしかに一つの才能だわ、と彼女は思った。

ヘレンは父の店にはいりながら帽子を脱いだ。「あたしよ」と子供時分からの習慣で声をかけた。これは奥の部屋に父か母がすわっているとき、彼らにお客だとうれしがらせぬための用心なのである。

モリスは目をさましたが、長い午後の昼寝でかえって気が沈んだ。服を着て、歯の折れた櫛《くし》で髪を撫《な》でつけ、階段をおりていった——撫で肩をした重い体つき、散髪が必要な半白の髪をしていた。彼は前掛《エプロン》けをつけたままおりてきた。ちょっと寒気を感じていたが、冷たいコーヒーをカップに注《つ》ぎ、暖房器に寄りかかりながらゆっくりとすすった。アイダはテーブルにすわって新聞を読んでいた。

「どうしてもっと早く起してくれなかったのかね?」と店主はぶつぶつ言った。

彼女は返事をしなかった。

「それ、昨日の新聞かね、今日のかね?」

「昨日のよ」

彼はカップをすすいでガス・レンジの上に置いた。店にはいると、レジのボタンの「非売上げ《ノー・セール》」を押し、引出しから五セント貨を取出した。レジの蓋《ふた》をこじあけ、カウンターの下側でマッチをすって、その炎を掌《てのひら》で囲いながら今日の売上げの数字をのぞき見た。アイダの店番の間は三ドルだったとわかった。こんなことじゃあ、新聞一つ買っちゃいられん、そうだろ?

さほどおもしろい記事はなかろうと思いながら、それでも、彼は新聞を買いに出かけた。この世の中なんて、読むだけの値打ちのあるもんなんてあるかね?通りすがりにカープのウインドーをのぞくと、ルイスが一人の客の相手をしほかに四人がカウンターに固まっていた。この世《デル・オ》は全く奇怪にできとる《イレム・イズ・ア・ゴイレム》。モリスはフォワード紙を新聞売場から抜きとり、葉巻の空箱にニッケル貨を落した。緑色の競馬紙を眺めていたサム・パールが、分厚い手をちょっと振ってみせた。二人は口をききあわなかった。彼は競馬のことなど全く知らない。向うは人生の哀《かな》しさなどまるでわからない。あの男には、なにを話してもむだなのだ。

店主は店の奥の部屋に戻り、長椅子にすわった——裏庭からの薄れかける光が新聞に落ちた。両目をしっかりあけて、近視眼めいた読み方をしたが、さまざまな考えに邪魔されて長くは読めなかった。新聞を下に置いた。

「で、あんたの買い手というのはどこにおるね?」と彼はアイダに尋ねた。

店をぼんやりと眺めやりながら、彼女は答えなかった。

「この店、ずっと前に売れればよかったのよ」としばらくして、彼女は言った。

「店の景気のよかったときは誰が売りたいと思うかね? それに景気の悪くなったときは誰が買いたいと思う?」

「あたしたちのすること、みんな手遅れなのよ。この店もいいときに売りそこなったし——。あたし言ったわ、『モリス、店は今が売り時よ』するとあんたが言ったわ、『待て』なんのためによ? 上の住居のほうも買うのが遅すぎたのよ、だからいまだに毎月、大きな借金を払っているわけ。『買っちゃあいけないわ』とあたしは言ったわ、『今は時期が悪いもの』『買うのさ』とあんたは言ったわ、『今に良くなる。家賃をためればいい』」

彼は口答えしなかった。やりそこなったことについてあれこれ言うのはむだだった。

ヘレンははいってきたとき、買い手が来たかどうか尋ねた。そのことは忘れていたのだが、母親の服装を見て思い出したのだ。

ハンドバッグをあけて、彼女は給料の小切手を取出し、父親に渡した。父親は一言《ひとこと》も言わずに前掛け《エプロン》の下のズボンのポケットにそれをしまいこんだ。

「まだ来ないよ」とアイダは戸惑った様子で答えた。「たぶん遅くなるんでしょ」

「夜になってから店を買いに来る人間なんかいるもんか」とモリスが言った。「昼間に来て、どれほど客が来るか見てからのことさ。その買い手がここに来たら、一目でこの店は見込みなしと気がついて、逃げ帰るのさ」

「お前、お昼は食べたかい?」とアイダがヘレンに尋ねた。

「ええ」

「なにを食べたの?」

「ママ、あたしはメニューを取っておかない主義よ」

「夕ごはん、できてるよ」アイダはガス・レンジにかけた鍋《なべ》の下に火をつけた。

「どうして買い手が今日来るなんて考えたわけ?」とヘレンが彼女に尋ねた。

「昨日カープが言ったのよ。食料品店を買いたいらしい亡命者を知ってるとね。その人はブロンクス区で働いてるから、それでここに来るのが遅くなるんでしょ」

モリスは頭を振った。

「若い人なんだって」とアイダは言葉をつづけた、「たぶん三十か、三十二ぐらいでね。ちょっと現金を貯《た》めこんでるとカープが言ったわ。その人なら店を模様替えして、新しい品を仕入れ、小ぎれいにして、すこしは広告するから、きっといい商売がやれるだろうとさ」

「カープみたいのは長生きするさ」と店主は言った。

「食べましょう」ヘレンはテーブルにすわった。

アイダはあとで食べるからと言った。

「パパ、食べない?」

「わしは腹がすいておらん」と彼は新聞を取上げた。

彼女はひとりで食べた。ここから引っ越すのは素晴らしいことだが、しかしその可能性は彼女には遠いものに思えた。あたし二つの年からここに住んでいるんだもの、こんなに長く一つの場所に住んでいると、一晩でどっかに移ることなんか、とても考えられない。

しばらくしてヘレンは立ちあがり、皿洗いを手伝おうとしたが、アイダはそうさせなかった。

「行っておやすみ」と彼女は言った。

ヘレンは自分の持物を取上げ、二階に行った。

彼女はこの燻《くす》んだ五部屋の住居がきらいだった——朝食に下の陰気な台所を使うのも、そうすれば早く勤めに出かけられるからだった。居間は無趣味でごたついていた——二十年前の家具には物がいっぱいに詰め込まれているくせに、どことなく人の住みなれていない感じだ、というのもここがほとんど暮しに使われなかったからで、なにしろ両親は週の七日を店で過していたし、ごくたまに来る訪問客は、二階に行こうと言われても、店の奥の部屋に残りたがった。ヘレンも友達を呼ぶことがあったが、どちらかといえば、相手の家へ出かけたがった。彼女の部屋も情けないものだった——壁には二フィートと三フィート四方の穴があいて、そこから居間の窓が見えるけれども、部屋は小さくて薄暗く、夜になるとモリスとアイダが自分たちの寝室に行くのに、そして寝室から手洗いへ行くのにも通りぬけた。両親はしばしば彼女に大きなほう、この住居ではただ一つ気持のよい部屋を明け渡すと言ったが、しかしほかに両親のダブル・ベッドを入れる所などなかった。五番目の部屋というのは冷蔵庫のような小部屋で三階へあがる階段ぎわにあり、そこにアイダは小さな品物や衣服や家具をしまいこんでいた。これが我が家なのだった。一度ヘレンは怒りにまかせて、こんな場所、人の住むとこじゃないわと言ったが、それで父親がひどく傷ついたのを知って、自分も恥ずかしい気持になった。

彼女は階段をのぼる父親のゆっくりした足音を聞いた。彼は当てもない様子で居間にはいってくると、固いアームチェアにすわってくつろごうとした。悲しい目つきをしてすわったままなにも言わなかった――これは、自分の言いたいことを言おうとするときにする彼の仕草なのだ。

彼女と弟がまだ子供だったころ、少なくともユダヤ人の休日には、モリスは店を閉じて二番街へユダヤ人劇を見に行ったり、よその家庭を訪問したりした、しかしイーフレイムが死んでからの彼は、ほとんど向うの角から先へは出かけなかった。父親の暮しぶりを考えると、ヘレンはきまって自分の生活の虚《むな》しさを思い返した。

まるで小鳥のような娘だ、とモリスは考えた。この子がどうして寂しいわけがある？　あの顔の美しいことはどうだ。あんなに青い目をした娘、見たことあるかね？

彼はズボンのポケットに手をさしこみ、五ドル札を取出した。

「取りな」と彼は言い、立ちあがって、少し困った顔つきで彼女に金を渡した。「靴を買うお金がいるだろ」

「下でさっきあたしに五ドルくれたばかりじゃないの」

「また五ドル、というわけさ」

「月はじめは水曜日だったのよ、パパ」

「お前のお給金をみんな取ってしまうことはできんよ」

「取るんじゃないわ、あたしがあげるのよ」

彼女は父親に五ドルをしまいこませた。彼は惨《みじ》めな気持をよみがえらせながら、金をしまいこんだ。

「わしがお前になにをしてやったかね？　お前の大学教育さえも、わしは奪い去っちまったよ」

「行かないのは、自分で決心したからよ。でももしかすると、これから行くわ。先のことは誰にもわからないわ」

「どうやって行けると言うんだね？　もうお前は二十三歳だよ」

「パパはよく言ってるでしょ、学ぶのはいくら年をとっても遅すぎないって」

「ねえ、お前」と彼は溜息《ためいき》をついた、「わし自身はどうなろうとかまわん、しかしお前には最上のことをしてやりたいのに、なに一つしてやれなかったよ」

「自分でするからいいのよ」と彼女は微笑した。「希望はなくさないわ」

これぐらいで彼は満足するほかなかった。彼もまだ娘の未来だけは認めることができた。

しかし下におりてゆく前に、彼は優しく言った、「このごろお前、家にばかりいるようだが、どうしたんだね？　ナットと喧嘩《けんか》でもしたのかね？」

「違うわ」赤くなりながら彼女は答えた、「あたしと彼、ものの見方が同じでないらしいのよ」

これ以上、彼にはきく気持を持てなかった。

おりてゆく途中で、彼は妻のアイダに出会った、そして彼女も同じことを気にしているのだと知った。


夕方になると少しは客がごたついた。モリスの気分は変り、客相手に愛想言葉を取交わしたりした。スウェーデン人のペンキ屋カール・ジョンセンが、幾週間ぶりに間の悪そうな笑顔ではいってきて、二ドル分のビールと冷肉とスイス・チーズを買った。店主ははじめ相手が貸しにしてくれと頼むのかと心配した——この男はモリスが掛売りを断わるまで一度も貸しを返さなかったのだ——しかしペンキ屋は現金を持っていた。昔から贔屓《ひいき》にしてくれるアンダーソン夫人が一ドル分の買物をした。それから見知らぬ客が来て八十八セント買った。その後さらに二人の客が現われた。モリスは少し希望が湧《わ》きおこるのを感じた。ちっとは景気が良くなるのかもしれん。しかし八時半を過ぎると彼の両手は手持ちぶさたに重たくなった。過去数年間、このあたりで夜まであけているのは彼の店だけであったし、それでようやく暮しが成り立っていたのだ。しかし今はシュミッツの店が彼の店とかっきり同じ時間だけあいていた。モリスはちょっと煙草を盗みのみしたが、それから咳《せ》きこみはじめた。

二階でアイダが床をたたいたので、彼は煙草をもみ消してしまいこんだ。落着かぬ気持になり、ウインドーの前に立って通りを見つめた。バスが行き過ぎるのを見送った。以前はお得意客のロウラー氏が通り過ぎた。いつも金曜日の夜には少なくとも五ドルは使ってくれた人だ。モリスは彼を何カ月も見かけなかったが、しかし彼がどこへ行くのかはわかっていた。ロウラー氏は視線を避け、急ぎ足で過ぎた。モリスは彼が角を曲って消えるのを見送った。彼はマッチをつけ、ふたたびレジを調べた――九ドル半、経費をまかなうのにも足らん額だ。

ジュリアス・カープが表のドアをあけ、そのばか面《づら》を突き出した。

「ポドルスキーは来たか?」

「ポドルスキーとは誰だね?」

「あの亡命者さ」

モリスは眉《まゆ》をしかめて言った、「どの亡命者だい?」

鼻を鳴らしてからカープはなかにはいってドアをしめた。彼は背が低く、気取って、年のわりには派手な身なりだった。昔はモリス同様、自分の靴屋で長時間働いたのだが、今は昼間は絹パジャマでいられて、夕食前にルイスと交代するので出てくるのだ。この小男はたしかに図々《ずうずう》しくておしゃべり屋だったが、モリスは彼とかなり仲よくやってきたのだ、ところがカープがあの洋裁店を別の食料品屋に貸してから以後、二人はろくに口をきかなくなっていた。何年も前はカープがこの食料品屋の奥に来ては、自分の貧しさやその犠牲者である自分のことを、まるで新しい出来事かなにかのように繰返し愚痴ったものだった。酒屋を開いて成功すると前ほどは来なくなったが、それでもときにうるさく感じるほど訪ねてきては、食料品屋をけなし、いらざる忠告を行なったりした。この男がうまくやれるのも運がいいだけであり、しかもその運はいつも他人の損害を身代りにして手に入れるのだ、とモリスは思った。一度は一人の酔っ払いがカープの店に石を投げつけ、それがモリスのウインドーをぶち割った。別のときにはサム・パールがこの男に馬の情報を教えたが、彼自身では賭《か》けるのを忘れた。カープは買って十ドルで五百ドル儲《もう》けた。何年もの間、食料品屋の彼はこの男の幸運に腹を立ててまいとしてきたが、最近では相手が少しは不運に見舞われればいいといった気になっていた。

「ポドルスキーというのは、ほら、わたしがこの店を見ろと電話した男さ」とカープが答えた。

「その亡命者というのは誰だね？　あんたの敵なんだろうね、ええ？」

カープは不愉快な顔で彼を見つめた。

「だってそうだろ」とモリスがさらにつづけた、「誰だって、自分の手でその店を景気悪くしてしまったあとで、そいつを友達に売りつける奴《やつ》はいないからな」

「ポドルスキーはあんたとは違うさ」と酒屋が答えた。「わたしは彼にこの店のことを、こう言ったよ、『近所も少しはよくなっている、あの店を安く買って、これから育てればいいんだ。もう長いこと景気が悪くて、この二十年間はろくに改造もしてない店だよ』とな」

「あんたもこんなに長く生きているんだから、わしがどれほど改造したか――」とモリスは言いはじめたが、口をきった、というのはカープがウインドーから暗い通りを心配げにのぞいていたからだ。

「ほら、今通り過ぎた灰色の車、見たろ」と酒屋は言った。「この二十分ばかりで、三度も通ってるんだ」彼の両目は落着かぬ色だった。

モリスは相手がなにを心配してるかわかった。「店に電話を入れればいいのさ」と彼は忠告した、「そうすりゃ安心していられるよ」

カープはまたしばらく通りを見張ってから、心配げに答えた、「こんな界隈《かいわい》じゃ酒屋に電話は禁物さ。そんなもの入れてみな、そこらの酔いどれが配達しろって電話かけてきて、行ってみると一文無《いちもんな》しというわけさ」

彼はドアをあけたが、ふと思いついたらしく、それをしめた。「いいかね、モリス」と彼は声を低めながら言った、「もしあの車がまた戻ってきたら、わたしは表ドアに錠をおろし、電気を消す。それから裏の窓からあんたを呼ぶから、そうしたら警察に電話してくれ」

「そうすりゃあ五セントかかるぜ」とモリスが意地悪く言った。

「それはあとで払ってもいいだろ」

カープはそわそわと店から立ち去った。

わしにとってジュリアス・カープは神様の試練というもんだ、と店主は思った。あいつがいなけりゃわしの人生は楽すぎるわけだ。神様がカープをお造りになったのも、貧乏な食料品屋に人生の辛《つら》さを忘れるなと教えてくださるためなのだ。不思議なことに、たしかにカープには人生は辛くないらしいが、それをうらやむなんてことがあるか？　神様がカープに酒壜《さかびん》の列や現金をたんまりくださるのも、カープがわしではないことを教えてくださるためなのだ。人生というのは実に辛いところなのだ。

九時半に見知らぬ男がマッチを買いに来た。十五分過ぎてモリスはウインドーの明りを消した。通りは人気《ひとけ》がなく、ただ一台の車が電車線路の向うの洗濯屋《せんたくや》の前に停っていた。モリスは鋭くその車をうかがったが、なかには誰も見当らなかった。彼は錠をおろして寝にゆこうと考えたが、いや、もう少しだけ店をあけておこうと思い直した。ときによると十時ちょっと前にはいってくる客があるのだ。十セントだって金は金だ。

内廊下へ出る横側のドアに物音がして、彼はびくっとした。

「アイダかい？」

ドアはゆっくりとあいた。テシー・フーソが部屋着のままはいってきた——大きな顔をした、あまり美人でないイタリア系の娘だ。

「ボーバーさん、もうしめたの?」と彼女は間が悪そうに尋ねた。

「おはいり」とモリスが答えた。

「ごめんなさい、裏口からはいったりして――でも服を着ていないし、これで外に行くのは嫌《いや》だったもんだから」

「気にせんでいいよ」

「明日のニックのランチに、二十セント分のハムをください」

彼はわかった。彼女は今朝ニックが角の向うに買物に行ったので、その償いをしているのだ。彼はハムを一枚よけいに切ってやった。

テシーはそのほか一クォートの牛乳、紙ナプキン一箱とパンを買った。彼女が立ち去ると、彼はレジの蓋《ふた》をあけた。十ドル。彼はずっと前にこれが景気のどん底だと思ったものだが、今になってみると、まだ底は深いのだとわかった。

わしは一生働いて文無しというわけか、と彼は思った。

それから裏の方で呼んでいるカープの声を聞いた。店主は疲れきった足取りでなかへはいった。

窓を持ちあげながら、荒っぽく言った、「なんだというんだ?」

「警察に電話しろ」とカープが叫んだ。「車が道の向うに停っているんだ」

「なんの車だ?」

「強盗だよ」

「あの車には誰もおらんぞ、わしはこの目で見た」

「頼むから、警察に電話しろ。電話賃は払うから」

モリスは窓をおろした。電話番号を調べ、警察にダイヤルをまわしかけたとき、店のドアがあいた、そして彼は急いで店へ出ていった。

二人の男がカウンターの向う側に立っていたが、顔はハンカチで隠していた。一人は汚《きた》ないべとつく黄色のハンカチであり、もう一人のほうは白かった。白いハンカチの男が店の明りを消しはじめた。店主には彼らの犠牲となったのがカープでなく自分だとわかるまで、まる三十秒もかかったのだった。

モリスはテーブルにすわっていて、その頭には埃《ほこり》だらけの電球から薄暗い光がおちていた。鈍い目つきで、幾枚かの紙幣の塊《かたまり》を見つめていた——なかにはヘレンの小切手や、小さな山になった銀貨もあった。拳銃《けんじゅう》を持っているのは汚ないハンカチをした男で、肥《ふと》り気味で、毳立《けばだ》った黒い帽子をかぶっていたが、店主の頭の上でそのピストルを振ってみせた。にきびだらけの顔には汗が吹き出ていて、ときおり落着かぬ目つきで薄暗い店内をうかがった。もう一人は古い縁なし帽子をかぶり破れたゴム底靴をはいていたが、震えをおさえるためか流し台に寄りかかり、マッチ棒で指の爪をほじくっていた。その流し台の上の壁、彼の背後には割れた鏡が掛っており、しばしば彼は振返ってそれを見つめた。

「お前の稼《かせ》ぎ、これだけなもんか、よく知ってるんだ」と肥ったほうがかすれた不自然な声でモリスに言った。「残りはどこへ隠したんだ?」

モリスは胃袋がむかつくのを感じながら、口がきけなかった。

「正直に言っちまえ」彼は店主の口に拳銃を突き出した。

「景気が悪いんだよ」とモリスがつぶやいた。

「このユダ公の嘘《うそ》つきめ」

流し台にいた男は相棒の注意をひくために手をひらめかせた。二人は部屋の中央でいっしょになり、縁なし帽子をかぶったほうは毳立った帽子の男にぎごちなく身をかがめて、耳になにかささやきつづけた。

「だめだ」と肥ったほうが腹立たしげに言った。

相手はなおもハンカチごしに熱心にささやきながら身をかがめた。

「いや、奴は隠しているんだ」と肥ったほうが口をゆがめて、「だから奴の頭をぶち割ったって手に入れるんだ」

テーブルまで行くと、彼は店主の顔を殴《なぐ》った。

モリスはうめいた。

流し台にいる男は急いでコップをすすぎ水を満たした。それを店主に持ってきたが、彼の口に当てがうとき、その前掛《エプロン》けに少しこぼした。

モリスは飲もうと試みたが、ほんの一すすりがやっとだった。彼の怖気《おじけ》づいた目は相手の目を捜し求めたが、男は脇《わき》を向いていた。

「お願いだ」と店主はつぶやいた。

「早く出せ」と拳銃を持ったほうが嚇《おど》かした。

背の高いほうは身をのばして、水をがぶりと飲みこんだ。コップをすすぎ、それを食器棚《だな》に置いた。

それから彼はコップや皿の間を捜しまわり、下にある鍋《なべ》類まで引っ張り出した。次にあわただしく古《ふる》簞笥《だんす》の引出しをあけてゆき、四つ這《ば》いになって長椅子の下を捜した。身をかがめて店のなかにはいりこみ、レジから空《から》っぽの現金箱を取りのけると穴のなかへ手を突っこんだが、なにもつかめずに終った。

台所に戻ると、彼は相手の男の腕を捕え、熱心になにかささやいた。

肥ったほうは肘《ひじ》で彼を突きのけた。

「早えとこここからずらかろうぜ」

「お前、おれまで怖気づかす気か?」

「奴が持ってる金はあれっきりさ。早く逃げようぜ」

「商売は景気が悪いんだよ」とモリスがつぶやいた。

「お前みたいなユダ公だから下手なのさ、ユダ公が不景気なんだ、そうだろ?」

「わしに怪我《けが》をさせないでおくれ」

「いいか、これが最後の言葉だぞ。お前、どこへ隠したんだ?」

「わしは貧乏人なんだよ」彼はひび割れた唇《くちびる》の間からしゃべった。

汚ないハンカチをした男は拳銃を振りあげた。鏡を見つめていたほうの男は黒い目を丸くし、あわてて手を振った。しかしモリスはその一撃が自分の頭におりるのを見とめ、自分が嫌《いや》になった――苦しい期待、果てしれぬ失望、煙と消えた幾年、自分では数えることもできぬ数々の不運。あんなに希望を持ってアメリカに来たのに、得たものはなにもなかったのだ。わしのせいでヘレンとアイダに貧乏暮しをさせた。わしが――わしとこの生き血を吸う店が、あの二人を欺き、貧乏におとしたのだ。

彼は叫び声もあげずに倒れた。この結末は彼の一日らしかった。これこそ彼のいつもの運勢なのであり、他の人たちはもっと幸運に出会うのだった。

次の週、モリスが頭に厚く包帯を巻いて寝こんでいて、アイダがあわただしく店の仕事をした。日に二十度も上り下りして、しまいに体の節々は痛むし心配から頭痛も始まった。ヘレンは土曜日の半日勤めを休んで家にとどまった、月曜も母を手伝ったが、それ以上は勤めをさぼるわけにゆかず、それにアイダはろくな食事もせずに働いて神経がくたくたになってしまい、店を一日いっぱいしめてしまった。モリスはそれに強く反対した。自分はそんなに面倒をみてもらわずともよいのだと主張し、せめて半日でも店をあけてくれ、さもないと少なくなったお得意客さえ失うと頼んだが、アイダは自分がそんなに丈夫ではないし、両脚《りょうあし》が痛くてたまらないと、息を切らしながら言った。店主は起きあがってズボンをはこうとしたが、激烈な頭痛に襲われて、やむなくベッドに戻った。

店をしめた火曜日、近所に一人の男が現われた――ふだんは見かけぬ男で、口に楊枝《ようじ》をくわえたまま角のサム・パールの店あたりでぶらつき、通り過ぎる人々を熱心に見つめていたかと思うと、次にはパールの店から通りのずっと端にある酒場まで、空店《あき》もある商店街をぶらついたりした。その向うは大きな貨物置場、遠くにはずんぐりした倉庫があった。酒場で気軽くゆっくりビールを飲んでから、男は通りを曲った。そして石炭置場の高い柵ぞいに歩いてから、その一区画をぐるりと一まわりしてまたサムの店まで戻ってくる。ときどきモリスのしまった店の前に歩み寄ると、両手を額にかざしてウインドーからなかをのぞきこむ、そして溜息《ためいき》をつき、サムの店に戻ってくる。あたりを眺《なが》めるのに飽きてしまうと、またその一区画を一まわりするか、どこか近所へと出かけてゆく。

ヘレンは表のドアのウインドーに紙を貼《は》りつけたが、それには彼女の父の体がよくないけれども水曜日には店を開きますと書かれていた。その男は長いことこの貼紙を眺めていた。彼は若くて、黒い無精髭《ぶしようひげ》を生《は》やし、古ぼけて雨に汚《よご》れた茶色の帽子をかぶり、ひびのはいったエナメル革の靴をはき、長くて黒い外套《がいとう》はそれを着たまま寝て暮すらしく見えた。背は高くて顔立ちも悪くなかった——ただし鼻は一度つぶれてゆがんでいて、それが顔の調和をこわしていた。両目は物思わしげだった。ときおりサム・パールの店のカウンターにすわり、なにかの考えにとらわれた様子のまま、小銭で買った煙草のくしゃくしゃの包みから一本ぬきだして煙をふかしつづけた。サムのほうは種々の人間に慣れていたし、よそ者がこの近所に現われて立ち去るのをたえず見ていたから、その男にはなんの関心も持たなかった。もっともゴールディは男が一日じゅうねばるのを見て文句を言い、いい加減にしてもらいたいわ、ここは貸間じゃあないんだからと言った。サムも少しのことには気づいていた——この男はときおり強い心配にとらわれるらしく、しきりに溜息したり聞きとれぬ呟きを洩《も》らしたりした。

しかし彼はほとんどその男に注意を払わなかった――誰だってみんな心配ごとを持っているのだ。ときおりはこのよそ者も気を取直すらしく、気楽な様子になって自分の現状に満足したふうさえ示した。サムの店の雑誌を読み通したり、近所へぶらつきに行ったりした、そして戻ってくると新しい煙草に火をつけ、店の棚にある安っぽい本を取出して読んだ。彼はコーヒーを注文してサムがそれを出すと、くわえ煙草の煙に顔をしかめながら、丹念《たんねん》に五個の貨幣を数え出して払った。誰にも尋ねられもせぬのに、自分の名前がフランク・アルパインだと言い、少しはましな暮しをしようと西部からやってきたのだと話した。サムは、もし運転免許を持っているのならタクシー運転手になったらどうかと忠告した。それも悪くないなと相手はうなずいたが、しかし別のなにかが出現するのを期待するかのように、このあたりから動かなかった。サムは彼を気まぐれな変り者だと片づけた。

アイダが食料品屋を再び開いた日、見知らぬ男は姿を消していたが、次の日の朝にはまたサムのキャンディ・ストアに現われ、カウンターにすわるとコーヒーを注文した。ぼんやりした不幸そうな様子であり、固い黒ずんだ鬚《ひげ》は青ざめた頬をきわだたせていた、鼻の穴のあたりは赤らみ、声はしゃがれていた。まるで墓に片足突っこんだみたいだな、とサムは思った。昨日の夜はどんな所で眠りやがったんだろう。

フランク・アルパインはコーヒーをかきまわしながら、空《あ》いたほうの手でカウンターにのせた雑誌をめくっていたが、ふとその目は一人の僧侶《そうりょ》の色彩刷りの絵にとらえられた。コーヒーのカップをあげて飲みかけたが、それを下に置き、五分間もじっとその絵を見つめつづけた。

サムは好奇心に駆られて、掃除箒《そうじぼうき》を持って彼のうしろにまわり、彼がなにを見ているのかとのぞきこんだ。痩《や》せた顔に黒い鬚のある僧侶の絵で、粗末な茶色の僧服をまとい、裸足《はだし》のまま陽《ひ》の明るい田舎道《いなかみち》に立っている。細くて毛の多い両腕は頭上を飛びまわる小鳥の群れに向って差しあげられている。背景には葉の茂った樹木、遠くには陽に輝く教会があった。

「それ、坊さんみたいだな」とサムは用心深く言った。

「いいや、これはアッシジの聖フランシスさ。着てる茶色の服や、空で舞ってる小鳥なんかでわかるんだ。こりゃあね、彼が小鳥にお説教をしているところさ。おれの餓鬼のころ、老人の坊さんが孤児院に来ちゃあ——おれはそこで育ったんだがね——来るたんびに聖フランシスのいろんな話を読んで聞かせたぜ。今でもその話はよくおぼえてるんだ」

「そんな話、みんな嘘《うそ》っぱちさ」とサムが言った。

「だけどもおれには忘れられないんだ、なぜだかわからんけど」

サムはその絵を丹念に眺めた。「小鳥にむかってしゃべってるんだと？ 誰だい、これは——気狂《きちが》いか？ いや、悪気で言ってるんじゃないがね」

この見知らぬ男は相手のユダヤ人にちょっと微笑した。「この人は偉い人間なのさ。おれの考えじゃあね、小鳥なんかに説教するのは、よほど腹のすわったことだぜ」

「鳥にしゃべったからって、その人間が偉《えれ》えわけかい?」

「ほかのこともあるさ。たとえばだな、彼は自分の持っているものをみんなやっちまったんだ、金であろうと、着てる物だろうと、なにもかもな。貧しいことを楽しんだのさ。貧乏こそが女王様で、この人はその貧乏を美しい女みたいに愛したのさ」

サムは頭を振った。「そんなものあ美しかあないぜ。貧乏ってのは汚《きた》ねえものさ」

「彼はもっと別の見方をしたわけさ」

このキャンディ・ストアの店主は聖フランシスをもう一度ちらっと見やり、それから箒で汚ない隅《すみ》を掃きはじめた。フランクはコーヒーを飲みながらその絵を眺めつづけた。彼はサムに言った、「おれはね、この人みたいな人間のことを読むたびに、胸のなかがジーンとして泣きたくなる。抑《おさ》えるのに一苦労さ。彼は善良に生れついたんだ——そういうのは、生れつきの才能っていうもんだな」

彼は気恥ずかしげなしゃべり方をし、それがサムを戸惑わせた。

フランクは自分のコーヒーを飲みほし、立ち去った。

その晩、彼はモリスの店の前に歩み寄り、ドアごしになかをのぞいて、母の代りに店番をしているヘレンを見とめた。彼女は目をあげて、彼が窓ガラスの向うで自分を見つめているのに気づいた。その顔つきにびくっとした――彼の両目はなにかに取憑《とりつ》かれたようで、飢えているようで、悲しげだった――彼が今にもはいってきて恵みを乞《こ》いそうな印象をうけ、もしそうしたら十セントやろうと心に決めたが、しかし彼のほうではそうはせず、立ち去ってしまった。

金曜日になるとモリスは朝の六時によろめきながら階段をおりた。あとからアイダがやかましい口をききながらついてきた。彼女はいつも八時に店をあけているのだから、あんたもそれまでベッドにいてほしいと頼んだ、しかし彼は、あのポーランド女にパンを売ってやらねばならぬと言ってそれを退けた。

「もう一時間眠れるというのに、三セントのパン一個を売ることないじゃないの」とアイダがこぼした。

「どっちが眠れるというのだい？」

「あんたが休息をとるのよ、お医者が言ったでしょ」

「わしの休息はな、墓場に行ってからのことさ」

彼女は身震いした。モリスは言った、「この十五年間、あの女はここからパンを買っているんだ、だから売ってやらにゃならんよ」

「いいわ、じゃああたしが店をあけます。あたしが彼女に売るから、あんたはベッドに戻りなさい」

「わしはベッドに長くいすぎたよ。体が弱くなっちまう感じだ」

しかしその女は店に来ていず、モリスは彼女もまたドイツ人の店に取られたのかと恐れた。牛乳の配達ケースを入れるときになると、アイダは怒鳴るように、あんたは動くんじゃないよと言い、それを店のなかへ引きずりこんだ。彼女は冷蔵庫にそのいくつもの壜《びん》を詰めた。ニック・フーソが買って帰ったあと、二人は次の客が来るまで幾時間も待った。モリスはテーブルの前にすわって新聞を読みつづけ、ときおりは頭に巻いた包帯にそっと手を触れた。目を閉じるとまだ自分の体が弱っているのを感じた。正午になると、いそいそと二階にあがり、ベッドへもぐりこみ、ヘレンが家に帰るまで起きあがらなかった。

次の朝、彼はひとりで店をあけると主張した。あのポーランド女が来ていた。彼はこの女の名を知らなかった。なんでも近くの洗濯屋《せんたくや》で働いていて、ポーラシャーナと呼ぶ子犬を持っていた。夕方彼女は家に帰ると、この小さなポーランド犬を散歩に連れ出す。この犬は石炭置場のあたりを駆けまわるのが好きだった。彼女は近所の漆喰《しっくい》塗りの家の一つに住んでいた。アイダはこの女のことを「ユダヤぎらい」と呼んだが、モリスはその点を気にしなかった。この女は古い国からその考えを持ってきたのであり、いわばアメリカ生れの反ユダヤ主義とは違った種類のものなのだ。ときおり彼はこの女がちくりと自分を刺すのを感じた――たとえば「ユダヤ・パン」をくれと言ったり、ときどきは妙な微笑を浮べて、「ユダヤ漬《づ》け」をくれと言ったりしたのだ。しかし普通はなにも言わなかったし、この朝モリスが彼女にパンを渡したときもなにも言わなかった。その鋭い小さな目はモリスの包帯を見つめたが、それについて尋ねず、また彼が一週間出なかったこともきかなかった。しかし彼女は三セントでなくて六セントをカウンターに置いた。どうやら彼女は店のあかなかったときに、表に置いたパン袋から一つ取出したのだと彼は想像した。彼はレジに六セントの売上げを記録した。

モリスは二個の牛乳ケースを引きこむために外に出ていった。ケースをぐいとつかむと、それがまるで岩のように感じ、それで一つを離して他のほうを引っ張った。黒い雲が彼の頭のなかに湧《わ》きあがり、家ほどの大きさに広がった。モリスはふらふらとなり、危うく溝《みぞ》に落ちかけたが、しかしその体は長い外套《がいとう》を着たフランク・アルパインに支《ささ》えられ、そして店のなかへ導かれた。それからフランクは牛乳ケースをなかに引きこみ、壜の群れを冷蔵庫に収めた。彼はすばやくカウンターをまわって奥の部屋へはいってきた。モリスはわれにかえっていて、心から彼に感謝した。

フランクは自分の傷だらけの大きな手に視線をおとしながら、しゃがれた声で言った――自分はこの近所に新しく来た者で、結婚した姉といっしょに住んでいる。このごろ西部から来た、というのも、もっといい仕事を捜すためだ。

店主は彼に一杯のコーヒーをすすめ、彼はすぐに受入れた。フランクはすわりこんで帽子を足もとの床に置き、それからコーヒーを飲んだが、それにはスプーン山盛りの砂糖三杯を加えた。早く温《あたた》まるためにね、と彼は言った。モリスが種入りの固いパンをすすめると、それにがつがつと噛《か》みついた。「うん、これはいいパンだ」食べおわるとハンカチで口を拭《ぬぐ》い、片手でテーブルの上のパン屑《くず》を集めてもう一方の手に受け、モリスがやめたまえと言うのに、カップと皿を流しですすぎ、ふき、それらをさっき店主が取りおろしたガス・レンジの上に置いた。

「いろいろありがとう」彼は自分の帽子を拾いあげたが、しかし立ち去る様子はなかった。

「一度サンフランシスコに行ったとき、二カ月ばかり食料品屋で働いたな」と彼はしばらくして言った、「ただしスーパー・マーケットのチェーン・ストアだったけど」

「チェーン・ストアというやつが、こういう小さな店を殺しちまうのさ」

「小さな店は好きだな。いつか自分でも持ちたいと思うなあ」

「こういう店は牢獄《ろうごく》さ、もっといいものを捜すべきだよ」

「しかし少なくとも自分自身の城を持つわけだから」

「空《から》っぽの城の主人なんて空っぽさ」

「それはそうとしても、やっぱりこの考えは魅力があるな。ただしまだ経験が不足なんだ——どんな商品を注文するかとか、新しい品物の名前とか、そんなことね。たぶんどっかの店に仕事を見つけて、もっと経験を積まなくちゃあだめだな」

「A・Pみたいな大きなチェーン・ストアの口を捜してみたらいい」と店主は忠告した。

「そうするかな」

モリスはその話題をやめた。相手の男は帽子をかぶった。

「それ、どうしたんです」と彼は店主の包帯を見つめながら言った、「その頭、事故にでもあったの？」

モリスはうなずいた。彼はあのことを話したくなかった、それで見知らぬ男はやや失望の様子を見せ、立ち去った。

この見知らぬ男は、モリスが月曜の朝早く、また牛乳ケースと格闘をしているとき、ふいと街角から現われた。帽子にひょっと手をかけ、こう言った——自分は町へ仕事を捜しに出かけるところだが、牛乳ケースを引く手伝いぐらいする時間はある、と。この仕事を彼はすばやく片づけ、立ち去った。しかしながら、店主はその男が一時間もすると別の方角から通り過ぎるのを見たように思った。午後、いつものフォワード紙を買いに出ると、男がサム・パールの店のカウンターにすわっているのを見かけた。次の朝、六時ちょっと過ぎにフランクはまたもそこにいて、牛乳ケースを引入れる手伝いをし、モリスが相手の貧しさを心得たうえでコーヒーに誘うと、喜んで受入れた。

「新しい仕事のほうはどうだね?」とモリスは二人が朝食をしている間に尋ねた。

まあまあですね、とフランクは視線をそらしながら言った。なにかに心をとらわれ、落着かぬ様子だった。たえずコーヒーのカップをおろしては、不安気にあたりを見まわした。今にも物言いたげに唇《くちびる》を開き、両目は苦しげな表情を帯びるのだが、それから心にあることを言わぬほうがいいと決心したように顎《あご》をしっかりしめた。ぜひとも話したいといった様子であり、汗さえ吹き出し――そのために額が光った――その気持のせいか瞼《まぶた》が前よりも見開かれた。モリスには彼がどことかまわず嘔吐《げろ》をしたがっているように見えた。しかしその残酷な瞬間が過ぎると、彼の両目は鈍い色になった。太い溜息《ためいき》をつき、コーヒーの残りを飲みほした。そのあとでゲップを一つやった。これで一時的には気分が直ったらしかった。

この男はなにを言いたいか知らんが、それはほかの男に言ってほしいもんだ、とモリスは思った。わしはほんの食料品屋にすぎんのだからな。モリスはなにかの病気をうつされるのを恐れるかのように、椅子のなかで身をゆすった。

またもこの背の高い男は前に身を乗り出し、息を吸いこみ、もう一度しゃべりだす様子をみせた、しかし今度は身震いが体《からだ》じゅうを走り過ぎ、そのあとには細かい震えがつづいた。

店主は急いでガス・レンジに行き、熱いコーヒーをカップに注《つ》いだ。フランクはそれをがぶりと二回で飲みほした。じきに震えが止ったが、いかにも打負かされたような、惨《みじ》めな様子となり、ひどく欲していたものを見失った人間のようになった。

「あんたは風邪《かぜ》でもひいたのかね?」と彼は同情の気持で尋ねた。

見知らぬ男はうなずき、ひび割れた靴の底でマッチをすって煙草に火をつけ、ぐんなりとすわっていた。

「辛《つら》い生活をしてきたもんでね」と彼はつぶやき、また沈黙におちた。

二人ともしゃべらなかった。それから相手の気持をやわらげようと、店主はなにげなしに尋ねた、「あんたの姉さんというのは、この近所に住んでおるのかね? わしが知ってるかもしれんよ」

フランクは単調な口調で答えた。「正確な住所はおぼえてないな。どっか公園の近くだよ」

「彼女の名前はなんというのかね?」

「ミセス・ガリボールディさ」

「それはどういう種類の名かね?」

「というと、どういう意味?」フランクは相手を見つめた。

「その、生れた国のことさ」

「イタリアさ。うちはイタリア系なんだ。ぼくの名はフランク・アルパイン――イタリア語で言うとアルピーノさ」

フランク・アルパインの煙草の匂《にお》いに誘われて、モリスも自分の煙草に火をつけた。自分では咳《せき》を抑えられると思い、努力したがだめだった。咳きこみはじめ、頭が割れそうな気持になった。フランクは気づかわしい目で見守った。アイダが二階の床をたたき、それで店主は恥ずかしげに自分の煙草をひねりつぶし、ごみ缶に投げこんだ。

「あれはわしが煙草を吸うのを嫌《いや》がるんだよ」と彼は咳の合い間に説明した。「どうも肺が丈夫でないんでね」

「誰が嫌がるって?」

「わしの妻さ。どうも一種のカタルのようなんだ。わしの母親も生れつきこの病気を持っていたが、それでも八十四まで生きたよ。だが医者はわしの胸の写真をとった、去年な。そして二カ所に影を見つけたよ。これでわしの細君はびっくりしちまったんだ」

フランクはゆっくりと自分の煙草をもみ消した。「さっき自分の経験したことを話そうと思ったんだけど」と彼は重苦しく言った、「それはですね、おかしなことが起るということ——いや、おもしろいという意味じゃない。ぼくはずいぶん苦労してきたからね。いつもなにか素敵なことのすぐそばまで行く——たとえば仕事とか、教育とか、女とかね、しかしすぐそばまで行くのがせいぜいという妙なんです」彼は両手を両膝《りょうひざ》の間に固くはさんでいた。「なぜだかわからないけど、とにかく自分が手にしたいと思うものは、きっといつの間にか自分から逃げ出しちまう。自分のほしいもののために馬車馬みたいに懸命に働く、そしてそれが今にも手にはいりそうになると、きっとなにかばかな行動をやって、しっかりつかみかけたものが目の前で空中分解なんだ」

「教育の機会は決して捨てちゃあいかんよ」とモリスは忠告した。「若い者にはそれがいちばん大切なのさ」

「ほんとなら今ごろは大学卒になっていたはずなんだ、しかし大学へはいれる年になったとき、ほかのことが出てきてそっちに夢中になり、機会を失った。いつも間違ったことにつかまり、それがまた別の失敗につながり、しまいに動きがとれなくなる。光る月に手をのばすくせに、つかむのはきまって腐ったチーズなんだ」

「君はまだ若いじゃないか」

「二十五歳ですよ」と彼は苦々しく言った。

「もっと年上に見えるね」

「気持が老《ふ》けてるからね――えらく老けてるから」

モリスは頭を振った。

「ときどき考えるんだけど、人間なんて生れたときの運命がいつまでもつづくみたいですね」とフランクは話しつづけた。「ぼくが生れて一週間すると母親は死んで埋められた。母の顔は見たことがないし、写真さえ知らない。五歳になったとき、ある日、父親はいっしょに住んでいた貸間から出ていった、煙草を買いにね。それきり姿を消して、それが父親を見た最後だった。何年かして彼の行く先がわかったけど、そのときはもう死んでいた。それから孤児院で育てられて、八歳のときに孤児院から荒っぽい家庭へ入れられた。ぼくは十度も逃げ出したし、それは次に住んだ家庭でもそうだった。ぼくは自分の暮しについていろいろ考えるんです。よく自分にこう言う、『こんなことばかりなら、これから先もろくな暮しできそうにないな』もちろん、あんたもわかるように、ときには気分のいい所にぶつかったですよ、だけどそんなことはまれだし、結局はいつも生れたときと同じような有様になる、素っ裸のままにね」

店主は心を動かされた。かわいそうな青年だ。

「自分を押し動かす流れをなんとか変えようとしたけど、そんな気持になったときさえ、どうやればいいのかわからない。全く、思い出せないほど幾度もなんとかしようと思ってきたんです」彼は口をつぐみ、一つ咳をしてからまた言った、「こんなこと言うとばかみたいに聞えるだろうけど、これは楽じゃないんですよ。もう一度言い直すとね、一つのことを実行したいと強く思うとき、きまってなにかが自分のなかに欠けている、あるいは自分のせいで欠けているとわかるんです。いつもこんな夢を見るんです――誰かに電話でなにか話したくなって、どうしてもたまらなくなって、そして電話ボックスにはいると、電話掛けからは電話の代りにバナナの房がぶらさがっている――」

彼は店主を見つめ、それから目をおとした。「今までずっと自分はなにか値打ちのあることをやりとげたいと思ってきたんです――人がよく言うように、うんとふんばってやるようなものをね。だけどだめ。いつも落着きがないんです――一つの場所に六カ月もいれば、あとはどうにも我慢がならない。それに、なんでもあまりに早くつかみすぎる――えらく性急《せっかち》なんです。まず必要なことをやろうとしないからかな。その結果、なんの利益もない仕事場に飛びこみ、なんにも得ずに飛び出す。ぼくの言うことわかるかな?」

「ああ」とモリスは言った。

フランクは黙りこんだが、しばらくすると言った、「自分でも自分がわからない。自分が今言ってることや、なぜこんなことを言っているのかさえ、本当はわからないんです」

「まず気持を落着けるんだね」とモリスが言った。

「この年になったら、どんな暮しがふさわしいのかなあ?」

彼は店主が返事するのを待った――すなわち、自分の人生をいかに生きるかという点をききたいふをしゃべるなあ。

うだ。しかしモリスは考えていた、わしは六十歳だが、この男は六十のわしとまるで同じようなこと

「もう少しコーヒーを飲みなさい」と彼は言った。

「いや、結構です」フランクはまた一本の煙草に火をつけ、根もとまで吸いおえた。彼はほっとした様子だった。しかしまたそうでもなかった、まるでなにかを（いったいなんだろう？　と店主はいぶかった）やりとげたかのようで、それでいてまだもの足りぬといったふうだ。彼の表情はほぐれて、ほとんど眠そうだった、しかし両手の関節を鳴らし、ひそかに溜息《ためいき》をついた。

なぜ彼は家に帰らんのかなあ？　と店主は思った。わしは働いておる人間なのに。

「ぼくは行きますよ」フランクは立ちあがったが、なおも留《とど》まった。

「あんたの頭、どうしたんです？」と彼はまたも尋ねた。

モリスは包帯にさわった。「先々週の金曜日にな、ここで強盗にあったのさ」

「奴《やっ》らが殴《なぐ》ったというんですか？」

店主はうなずいた。

「そんな悪党なんか、くたばりゃあいいんだ」フランクは激しい口調で言った。

モリスは彼を見つめた。

フランクは自分の袖《そで》をはたいた。「あんた、ユダヤ人でしょう?」

「そうだ」と店主は言いながらおも相手を見守っていた。

「ぼくはいつもユダヤ人が好きだったな」彼は視線をおとした。

モリスは口をきかなかった。

「あんたはきっと子供が幾人かいるんでしょうね?」とフランクは尋ねた。

「わしがか?」

「つまんないことときいてすみません」

「娘が一人さ」とモリスは溜息をついた。「以前は素敵な男の子を持っていたが、あのころに流行《はや》った耳の病気で亡《な》くしちまったよ」

「それはお気の毒でした」フランクは鼻をかんだ。

優しい気持の青年だ、とモリスは湿った目になって考えた。

「その娘というのは、先週一日か二日、ここのカウンターにいたあの人ですか?」

「そうだ」と店主は答えたが、ちょっと不安な気持になった。

「さてと、コーヒー、ごちそうさま」

「君にサンドイッチを作ってやろう。たぶん腹がすくだろうからな」

「いいえ、結構」

ユダヤ人はさらにすすめたが、しかしフランクは今のところ相手から知りたいものをみんな知ったと感じた。

ひとりになると、モリスは自分の健康を心配しはじめた。ときおり目まいがするし、頭痛は始終だった。人殺しどもめ、と彼は思った。流し台に掛った割れて色褪《あ》せた鏡の前に立って、自分の頭から包帯をほどき去った。取ったままにしておきたかったが、しかし傷がまだあまり醜く残っていて、お客に見せるには具合が悪かった、それで彼は頭のまわりに新しい包帯を巻きつけた。そうしながら、あの晩のことを腹立たしく思い返し、あのときに来なかったし、これからもまず来そうにないこの店の買い手のことを思い出した。回復して以来モリスはまだカープと口をきいていなかった。こっちでなにか言えばあの酒屋も会話の糸口をつかめたろうが、しかしこっちの沈黙が相手をも黙らせていた。

しばらくして、店主は新聞を読んでいる目をあげ、そして驚いた――誰かが自分の店のウインドーを棒のついた刷毛《はけ》で表側から洗っているのだ。彼は叫び声をあげながらその侵入者を追い払おうと走り出た、というのもときどき図々《ずうずう》しい窓洗い人が来て、許可もなしに勝手に仕事をやり、あとで代金を請求するからだ。しかし店から走り出てみると、そこにいる窓洗い人とはフランク・アルパインなのだった。

「ほんのお礼の気持でしてるだけでね」フランクはバケツをサム・パールから借り、ブラシと水取りのゴム雑巾《ぞうきん》は隣の肉屋から借りたと説明した。

それからアイダが奥のドアをあけて店にはいってきた、そしてウインドーが洗われているのを見ると、急いで表へ出た。

「あんた、急に金持にでもなったの?」と顔を真っ赤にしながら彼女はモリスにきいた。

「彼はお礼だからと無料でしているんだよ」と店主は答えた。

「そのとおりですよ」とフランクはゴム雑巾を押しつけながら言った。

「なかへおはいりなさい、寒いんだから」部屋のなかからアイダが言った、「この異教徒《ゴイ》は誰よ?」

「貧乏な男さ、イタリア系で、仕事を捜しとるのさ。朝いつも牛乳ケースを入れる手伝いをしてくれるんだ」

「あたしが何度も言ったように、紙の容器で売るようにすれば、手助けなんかいりゃしないのに」

「紙の容器は漏れる。わしは壜《びん》のほうが好きさ」

「いくら言ってもむだね」とアイダが言った。

フランクは水で赤らんだ両手に息を吹きかけながら、はいってきた。「どうです、きれいになったでしょう。もっともなかを仕上げないと、本当にはよくわからないけど」

アイダは小さな声で言った、「今のうちに払っておくほうがいいわよ」

「ありがとう」とモリスはフランクに言った。レジへ行き、「非売上げ《ノー・セール》」のボタンを押した。

「いいや結構」フランクは片手をあげながら言った。「今までしてくれたお礼なんだから」

アイダの顔が赤くなった。

「コーヒーをもう一杯どうかね？」モリスが尋ねた。

「ありがとう。今はいらない」

「サンドイッチを作ってやろうか？」

「いや食べたばかりだから」

彼は外へ出てゆき、汚《よご》れた水を下水にぶちあけ、バケツと掃除棒を返しにゆき、それから食料品屋に戻ってきた。カウンターの背後にまわり、奥の部屋の前まで来て立ちどまると、ドアの柱をたたいた。

「きれいなウインドーになると、気持がいいでしょう？」と彼はアイダに尋ねた。

「まあ、それだけのことはあるね」彼女は冷やかだった。

「べつに出しゃばるつもりないけど、あなたのご主人がぼくに親切にしてくれたんで、それでもう一度だけ小さな好意をお願いしようかと思ったんです。ぼくは今仕事を捜していて、ちょうどこんな大きさの食料品屋をしてみたいと思っているんです。もしかすると好きになるかもしれないしね、そうでしょ？　ただし切ったり量ったりするやり方、少し忘れかけてるから、それを覚え直すためにも、ここで二、三週間、給料なしで働かせてもらえませんかね。ただし一セントもよけいな費用はかけませんよ。もちろん自分はよそ者だけれど、しかし本当に正直な人間ですよ。誰だってぼくを少し見てれば、それはじきにわかる、こう言っても図々しいとは思わないでしょ、どうですか？」

アイダが言った、「あんた、ここは学校じゃないよ」

「親爺さんはどう思います？」とフランクはモリスに尋ねた。

「その人間がよそ者だからって、必ずしも不正直だということにはならんよ」と店主は答えた。「その問題はつまらんと思うね。わしが気にかかるのは、ここでなにを学べるかだ、学べるものがあるとすりゃあただ一つ」――自分の手を胸に押し当て――「苦労だけさ」

「ねえ、奥さん、ぼくの申し出で、なにも損をかけないんですよ、そうでしょう？」とフランクは言った。「ご主人はあんまり熱がないみたいだけど、もしもぼくが一、二週間彼の手伝いをすれば、健康の助けにはなるはずでしょ、どうです？」

アイダは答えなかった。

モリスは容赦なく言った、「だめさ。ここは小さな貧乏な店だ。三人もいてはごたつくばかりだ」

フランクはドアのうしろに掛った前掛け《エプロン》を取りはずし、見ている二人がなにか言う前に、帽子を脱ぎ捨てると前掛け《エプロン》の輪を自分の首にかけた。前掛け《エプロン》の紐《ひも》をまわしてしめた。

「どうです、似合いますか?」

アイダは顔を赤らめ、モリスのほうは彼にそれをはずしてもとの場所へ掛けろと命じた。

「気を悪くしないでくださいよ」とフランクは出てゆきながら言った。


風の吹く暗い夜、コニー・アイランドの海辺《うみべ》の木製の遊歩道を、ヘレン・ボーバーとルイス・カープは、互いに手も握らず歩いていった。

その日の夕方、ルイスは夕食に家へ帰りかけて、やはり仕事帰りのヘレンを自分の店の前で呼びとめたのだった。

「ヘレン、たまにはこのマーキュリーに乗って一まわりしたらどう? このごろ君とろくに会わないね。高校のときのほうが楽しかったみたいだな」

ヘレンは微笑した。「ルイス、そんな古い話はやめてよ」物悲しい気持がたちまち胸を搔《か》き乱しかけたが、彼女はそれを押しのけた。

「昔だろうと今だろうと、ぼくはいつも同じさ」彼はがっしりした上半身と細長い頭を持ち、目は少し飛び出ていたが、人に紹介して恥ずかしくない青年だった。高校では、中退する前、そのなめらかな髪をしっかり後ろへ撫《な》でつけていた。ある日、デイリー・ニューズ紙にある映画俳優の写真を眺《なが》めてから、髪の一部を横に分けた。その点だけ、ヘレンが知っていたころの彼とは違っていた。ナット・パールが野心的な青年とすれば、ルイスはのんびりと暮すタイプで、父親の苦労の果実が膝《ひざ》に落ちてくるのを待っているといった様子だった。

「とにかく昔のよしみに、ちょっと一まわりしないか?」と彼は言った。

彼女は手袋をした指を頰《ほお》に当て、ちょっと考えた――ただしその身振りは、自分の寂しさを隠すごまかしだった。

「昔のよしみって、どこに?」

「どこでもご指定の場所へ――君にまかす」

「コニー・アイランドは?」

彼は上着の襟《えり》をあげた。「ぶるぶる。今日は冷たい風の吹く晩だぜ。凍え死にしたいのかい?」

相手がためらっているのを見て彼は言った、「でもいいさ、何時に君を車に乗せる?」

「八時過ぎに呼びに来てよ、おりてゆくから」

「いいよ」とルイスは言った。「八時にな」

二人は、遊歩道の終るシーゲイトまで歩いた。海ぞいには大きな灯火のついた家々が並んでいて、ヘレンは金網ごしにうらやましげに見つめた。この遊覧地は人気《ひとけ》がなく、ただあちこちでハンバーガーの店やピンボールの店が開いているばかりだった。夏には空一面に輝いた薔薇色《ばらいろ》の光も今はなかった。冷たく輝く星が二つ三つ、見下ろしていた。遠くの闇《やみ》には回転観覧車の輪が止った時計のようにに見えた。二人は遊歩道の手すりにもたれ、暗くざわめく海を見つめた。

二人で歩いている間じゅう、ヘレンは自分の人生について考えていた——夏の浜辺で元気いい友達と遊び暮した若くておもしろかった毎日と、現在の自分の寂しさ——なんという違いだろうと考えた。高校の友達が結婚するにつれて、彼女は一人ずつ付き合いをあきらめてゆき、その他の者が大学を卒業してゆくのをうらやましく感じ、自分がなにもしないのを恥ずかしく思って彼らと会わぬようになった。はじめは付き合いをやめるのが辛かったが、しばらくすると、それもあまり苦しい習慣でなくなった。今はほとんど誰とも会わず、ごくときたま、自分を理解してくれるベティ・パールと会うだけで、しかしそれもさほどの慰めにならなかった。

風の冷たさに赤い顔となったルイスは彼女の気分に気づいた。

「ヘレン、なぜそんなに憂鬱《ゆううつ》なんだい?」と彼はヘレンの体に腕を置きながら言った。

「うまく説明できないわ。さっきから、あたし、子供時分にこの浜へ来たときのことを考えてたの。

あのころは本当に素晴らしかったわ。それからあんなにいくつものパーティ、おぼえてる？　たぶんあたし、もう十七歳でないのが悲しいのね」

「二十三歳だって、どこが悪いんだい？」

「ルイス、年をとりすぎてるのよ。人生って、とても早く変るものなのよ。青春とはどんな意味だか、知ってる？」

「知っているさ。だから青春を一つもむだにしないでやってゆきたいのさ。ぼくはまだ自分の青春を持ってるぜ」

「若さというのはね、特権を持ってることなのよ」とヘレンは言った、「あらゆる可能性があるという意味でね。いつ素晴らしいことが起るかもしれないわけ。だから朝起きるたびに希望でいっぱいなのよ。青春とはそういうものよ、そしてね、あたしはそれを失ってしまったの。このごろは、自分でも毎日が前の日とまったく同じような感じ、いいえ、もっと悪いわ、これから来る日の次の日も同じような感じだわ」

「すると君はお婆さんになったというのかい？」

「世の中が、あたしにはうんと縮まっちゃったの」

「君はなにになりたいって言うんだい——ミス・ユニヴァースかい？」

「あたし、もっと大きくていい生活がほしいのよ。自分の可能性を取りもどしたいわ」

「たとえばどんな可能性だい？」

ヘレンは手袋ごしに冷たい手すりをつかんだ。「教育」と彼女は言った、「将来性。あたしがほしがっているけど、まだ一度も手に入れなかったものよ」

「それに男性もね」

「ええ、男性も」

彼の片腕はヘレンを抱きよせた。「ねえ、おしゃべりには寒すぎるよ、キスはどう？」

彼女は相手の冷たい唇《くちびる》にちょっと口づけをし、それから顔をそむけた。彼は無理じいしなかった。

「ルイス」と彼女は水面にある遠くの光を見つめながら言った、「あんたは自分の人生になにがほしいわけ？」

彼は抱きよせた腕を離さなかった。「今持っているものと同じものさ——それにプラス」

「プラスなによ？」

「プラスそれ以上のものさ、自分の妻や子供が楽しめるようなものさ」

「もしもその妻があなたの願うものとは別のものをほしがったら、どうするの？」

「彼女がほしいものなら、ぼくも喜んで与えるさ」

「だけどもしも彼女が自分をもっと向上させようとしたり、もっと大きな夢を持ったり、もっと値打ちある人生を送ろうとしたりしたら？　人間はね、否応《いやおう》なしに、すぐに死んでしまうものよ。なにかの意味を持たない人生なんてむだなのよ」

「ぼくは誰だろうと向上しようとするものを止める気はないさ」とルイスは言った、「それはその人次第だからな」

「まあそうね」と彼女は言った。

「ねえ、深刻なる哲学はここらでやめて、ちょっとハンバーガーを食べようよ、胃袋がひいひいいってるぜ」

「もうちょっといてよ。今ごろの季節にここに来るなんて、本当に何年ぶりなんだもの」

彼は両腕を上げたり下げたりした。「たまらんよ、この風、ズボンをばたばたさせるよ。せめてもう一度キスしてくれないか」彼は外套《がいとう》のボタンをはずした。

ヘレンは彼にキスをさせた。彼はヘレンの乳にさわった。ヘレンは相手の抱擁からあとずさりした。

「ルイス、やめて」

「どうしてだい？」彼は戸惑った様子でぎごちなく立っていた。

「そんなこと楽しくないもの」

「君のお乳にさわったの、ぼくが最初だろ、ええ？」

「統計でもとっているの？」

「わかった、悪かったよ。ぼくが嫌《いや》な男じゃないのは君も知ってるだろ、ヘレン」と彼は言った。

「それは知ってるわ、でもお願いだから、あたしの嫌なことはしないで」

「昔は君もぼくに、ずっと優しくしてくれたのにな」

「あれは昔のことよ、まだ二人が子供だったころだわ」

彼女はふと思い出した——ネッキングするだけであんな素敵な夢が生れるなんて、本当におかしいわ。

「もう子供じゃなかったさ、二人ともな、だってナット・パールが大学へ行きはじめるまでつづいたんだ。それから後、君は彼に興味を持ちだしたんだ。君は彼を将来の夫と思っているんだろうね？」

「そんなこと、自分でもわからないわ」

「だけど君のほしいのは彼だろう、え？　だけど、あの気取った野郎、大学の教育以外になにも持ってやしないんだ。こっちは自分の生活を自分で産みだして稼《かせ》いでいるんだぜ」

「ルイス、あたし彼なんかほしくないわ」しかし彼女は思った——もしもナットが君を愛するよ、と言ったとしたら？　そういう魔法の言葉には、娘というものはたちまち魅惑されてしまうかもしれない。

「もしそうだとすれば、ぼくと付き合ってどこが悪い？」

「どこも悪くないわ。あたしたちは友達よ」

「友達ならほしいだけ持ってるさ」

「ルイス、あんたはなにがほしいわけ？」

「ヘレン、気取ったおしゃべりはやめろよ。ぼくがはっきりと、君と結婚したいと言ったら、君はどう思う？」彼は自分の大胆さに青ざめた顔をした。

ヘレンは驚き、感動した。

「ありがとう」と彼女はつぶやいた。

「ありがとうだけじゃ足りないよ。イエスかノーか言ってくれよ」

「ノーよ、ルイス」

「そうだと思ったよ」彼は海をぼんやりと見つめた。

「あんたが少しでもあたしに興味を持ってるなんて、夢にも知らなかったわ。あたしとは全然違ったタイプの女の子たちと付き合ってたもの」

「いいかい、ぼくがどんな気持であの連中と遊んでたか、君は知らないだろ」

「知らないわ」と彼女は認めた。

「ぼくはね、君が今持っているよりもずっといいものを君にやれるんだぜ」

「あんたにそれができるのは知ってるわ、でもね、あたしは現在の自分とは違った生活がほしいのよ、あんたの生活とも違ったものを。あたし、お店の主人を夫に持ちたくはないわ」

「酒類販売業は安っぽい食料品屋とはちょっと違うよ」

「わかってるわ」

「君の親爺《おやじ》さんがぼくの親爺を好きじゃないというのが理由かい、そうじゃないだろ？　ええ？」

「違うわ」

ヘレンは風にむせぶ潮騒《しおさい》の音に耳をすました。ルイスが言った、「ハンバーガーの店へ行こう」

「ええ、そうね」ヘレンは彼の腕を取ったが、歩き方が強《こわ》ばっているので、彼の心を傷つけたのを感じた。

公園通りを家に向って走っているとき、ルイスが言った、「自分のほしいものがすべて手にはいらないときには、少しだけでも取ろうとしたらどうだい？　そんなにむちゃくちゃに誇りを持たなくったっていいだろう」

やられたわ！《トゥシエ》「ルイス、じゃあたし、なにを取ろうかしら？」

彼は口ごもってから、「少し取ればいいのさ」

「少しなんて、取らないほうがましだわ」

「人間は妥協しなきゃあならないぜ」

「あたし、自分の理想をいい加減にしたくないわ」

「するとどうなるのか知ってるかい――干柿みたいなオールド・ミスになるのかい？　そうなっても平気かい？」

「いやだわ」

「じゃあ君はなにをしようっていうの？」

「あたしは待つわ。夢を見つづけるわ。なにかが起るはずよ」

「ばかくさい」と彼は言った。

彼はヘレンを食料品屋の前でおろした。

「いろいろありがとう」

「笑わせるぜ」ルイスの車は走り去った。

店はしまっていて、二階は暗かった。ヘレンはあの父親が長い一日のあと、眠ってイーフレイムの夢を見ている姿を思い描いた。あたし、なにを待って、こうやって暮すのかしら？　と彼女は自分に尋ねた。ボーバー家特有の運命を待つというわけかしら？

次の日は小雪が降った——今年はまだこんなに早いというのに、とアイダはこぼした。その雪が溶けてしまうと、また雪になった。朝も暗いうちから身仕度《みじたく》をしていた店主は、店をあけたらシャベルで雪掻《ゆきか》きをしようと言った。もともと彼は雪掻きをするのが好きだった。そういえば子供の時分のわしは雪のなかで暮したようなものだ、と彼は回想した。しかしアイダはそんな無理をするなと止めた、なにしろ彼はまだ目まいがすると訴えがちだったからである。しばらくして、彼は牛乳ケースを雪のなかで引きずろうと努めたが、どうがんばってもできないのに気がついた。しかしそこには彼を助けてくれるフランク・アルパインもいなかった。窓を洗った次の日から彼は姿を現わさなくなっていた。

アイダは夫がおりてしばらくすると、厚い布外套《ぬのがいとう》を着て頭にスカーフをピン止めにし、オーバーシューズをはいて下におりてきた。彼女が道にある雪をシャベルで掻きのけ、二人で牛乳ケースを引っ張りこんだ。そのときようやくモリスは一クォート入りの壜《びん》が一本なくなっているのに気づいた。

「誰が取ったの?」とアイダは叫んだ。

「誰が知るもんか」

「パンの数は数えた?」

「いいや」

「すぐに数えることって、いつも言ってるでしょ」

「あのパン屋がごまかすとでも言うのかね？　あれとは二十年も取引しとるんだよ」

「どんな配達が来ても数えること――もう千回もあなたに言ってるでしょ」

　彼はバスケットからパンをぶちまけて数えた。三個足りなかったが、彼があのポーランド女に売ったのは一個だけだった。アイダの気をしずめるために、彼はすっかりあると言った。

　次の朝も一クォート壜と二個のパンが足りなかった。彼は心配になりはじめたが、しかしアイダに盗まれたかときかれると、本当のことを告げなかった。なにしろ話せばかえって面倒になることが多く、悪いニュースは妻に言わぬようにしていたのだ。しかし牛乳配達には足りない壜のことを口にし、すると相手は答えた――「モリス、あの箱のなかは壜がすっかり詰ってた。本当だよ。この近所の手癖の悪いのまで、こっちの責任というわけにゃあいかないよ、そうだろ？」

　配達人は数日の間は牛乳ケースを玄関口まで運んでおこうと約束した。誰にしろ盗みをする奴《やっ》も、ここまで来る心臓はあるまい。それとも保管箱を置くように牛乳会社へ頼もうか、とモリスは思った。しかし幾年か前には牛乳ケースを入れて錠をおろす木製の大きなのを舗道に置かせたことがあった、しかしそこから重いケースをいくつも持ちあげたためにヘルニアが起きてしまい、彼はそれを中止した。

　三日目にもまた一クォート壜一本と二個のパンがなくなっていて、すっかり心配になった店主は警察を呼ぼうかと考えた。こういう界隈《かいわい》に暮すのだから、牛乳やパンが盗まれるのも初めてというわけでなかった。このようなことはこれまでに何度も起っていた。たいていは貧しい人間が朝食のために盗むのであり、だから彼も警察は呼ばず、なんとか自分の力で追い払うのだった。そうするためには、ふだんよりも早く暗いうちに起き、寝室の窓辺《まどべ》で待ちうける。それから男が——ときには女のこともあった——現われて牛乳を盗みかけると、モリスは素早く窓をあげて、怒鳴る——「この盗人野郎《ぬすっと》、二度と来るな」驚いた盗人《ぬすびと》は——ときにはそれが自分の盗む牛乳ぐらい買えるお得意客のときもあった——牛乳壜を落して逃げ去る。たいていその男は二度と現われない——そしてお得意客の場合は別の店に変ってしまう——そして次にはまた別の人間が盗人《ゴニフ》となって現われる。

そこでこの朝もモリスは、牛乳の配達される少し前の四時半ごろに起き出し、長い下着のまま寒いなかにすわって待ちかまえた。下をのぞいてみると、通りは重苦しい闇《やみ》につつまれていた。じきに牛乳配達のトラックが来て、配達人は白い息を吐きながら、牛乳ケースを二つ玄関口まで引きずった。それから通りは再び静かになり、暗い夜と白い雪ばかりだった。一人二人と人が行き過ぎた。一時間過ぎるとパン屋のウィツィグが配達に来たが、そのほかに店へ近寄った者はいなかった。六時ちょっと前にモリスは急いで服を着て下へおりていった。牛乳壜一本がなくなっていた、パンを数えると、それも二個だけ足りなかった。

彼はなおも真相をアイダには隠していた。次の夜、彼女は目をさまして、暗いなかに窓辺にいる夫を見つけた。

「どうしたというの？」と彼女はベッドから身を起しながら尋ねた。

「眠れんのだよ」

「だからって寒いのに下着のままますわってることないでしょ。ベッドへお戻りなさい」

彼は言われるとおりにした。あとになって確かめると、牛乳もパンも足りなかった。

店に出ると、彼はあのポーランド女に、誰か玄関口に来て牛乳を盗む者を見なかったかときいた。彼女は小さな目で彼をじっと見つめ、切ったパンを鷲《わし》づかみにするとバターンとドアをしめて出ていった。

モリスはこの泥棒が町内の者だと見当をつけた。ニック・フーソはそんなことをするわけがない——もし彼の仕業《しわざ》なら、そっと下におりてくるときと、また上にあがるとき、その足音を聞きつけるはずだ。泥棒は誰か外から来る者だ。家の軒端《のきばた》ぞいに来るのだ。モリスは二階の窓辺にすわって見張ったから、下の張り出しに邪魔されて泥棒が見えないのだ。それで奴はこのアパートの入口のドアをそっとあけ、牛乳を取り、袋から二つのパンを取り、家々の軒下づたいに忍び足で逃げ去るのだ。

店主はマイク・パパドポーラスを疑った——これはカープの店の上にあるアパートに住んでいるギ

リシャ人の青年であった。十八歳のときに感化院に送られた経歴を持ち、その一年後には真夜中にカープの店の裏庭へたれている非常梯子《ばしご》をつたいおりて塀《へい》を乗りこえ、この食料品屋へ窓から忍びこんだ。煙草の大箱三個と、モリスがレジに残しておいた小銭ひと巻を取った。朝になってモリスが店をあけていると、痩《や》せて老《ふ》けた顔をしたマイクの母親が煙草と小銭を彼に返した。彼女は息子が盗みから戻ったところを見つけ、片方の靴で彼の頭を殴《なぐ》りつけたのだった。顔を爪で引っ掻《か》きもして彼がしたことを白状させた。盗んだ物をモリスに返しながら、彼女はどうか息子を逮捕させないでおくれと嘆願し、彼もそれはしないと約束したのだった。

牛乳とパンを取るのはマイクかもしれぬと考えた日、八時を少し過ぎるとモリスは階段をあがり、気は進まなかったがパパドポーラス夫人のドアをたたいた。

「邪魔をしてすまんが」と彼は言い、自分の店の牛乳とパンがどうなっているかを彼女に説明した。

「マイクは深夜レストランで毎晩働いてるよ」と彼女は言った。「朝の九時まで帰らない。昼間は一日《いちんち》眠るわ」彼女の目は怒りに燃えていた。店主は立ち去った。

今や彼はひどく気持が落着かなかった。アイダに話して彼女に警察を呼ばせたものだろうか。警察は今でも週に一度はあの強盗事件のことでうるさく質問に来るが、まだ誰も捕えていなかった。それでもやはり通報したほうがいいかもしれん、なにしろこの盗みはほとんど一週間近くつづいているんだ。そんなこと平気でいられる人間なんぞ、どこにいる? にもかかわらず、彼は待った、そしてその晩、店の表ドアをしめ、店の横についたドアに錠をおろして上にあがろうとして、地下室へおりる階段の電灯をつけた。癖になっているので階段の下をのぞきこんだが、すると下に誰かいるらしいという予感に心臓が締めつけられた。モリスは錠をあけなおし、店にはいっていって手斧《ておの》を取出した。勇気を呼びさましながら、ゆっくりと木製の階段をおりていった。地下室は空《から》っぽだった。埃《ほこり》だらけの貯蔵用大箱の間など、あちこち探ったが、人のいる気配はなかった。

次の朝、彼はアイダに盗みのことを話した、すると彼女は夫を大ばかだといい、すぐ警察に電話した。近くの署から、ミノーグ氏が来た——ずんぐりして赤ら顔で、モリスの強盗事件を担当している刑事だ。愛想笑いもしないで低い声で話す人物で、禿頭《はげあたま》であり、以前はこの近所に住んでいたこともある。妻をなくした独《ひと》り者だ。ウォードという息子がいて、これはヘレンと同じ高校に行っていたことがある。乱暴な少年で、女生徒をいじめては騒ぎを起していた。知っている娘が家の前や玄関の踏段で遊んでいるのを見ると、だしぬけに襲いかかって玄関ホールのなかへ追いこむ。そこで、相手がどんなに抵抗しようとも、またいかに優しく説き聞かせようとも、相手の服のなかに手を突っこみ、彼女が悲鳴をあげるころにはお乳をぎゅっと握りしめている。母親が階段を駆けおりてくるころには、彼は娘を泣きじゃくるままに残して逃げ去ってしまう。刑事は息子がこんなことをしたと耳にするたびに、きまってひどく殴りつけたのだが、たいして利き目《きめ》はなかった。それから、八年ほど前のある日、ウォードは自分の勤め先から金を盗んで首になった。父親は自分の警棒で彼を血まみれになるほど殴りつけ、この近所から追い出してしまった。その後ウォードは姿を消し、どこへ行ったか誰も知らずじまいだった。人々は刑事を気の毒に思った、というのも彼が厳格な人物であり、こんな息子を持ってどんな気持だか、察せられたからである。

このミノーグ刑事は店の奥の部屋にあるテーブルに腰をおろし、アイダの苦情に耳を傾けていた。眼鏡を出して顔にかけ、小さな黒い手帳に書きこんだ。刑事は言った——朝早く牛乳が配達されたら、警官に店を監視させよう、それからもしほかに面倒ごとが起ったら、いつでも自分に知らせてくれ。

立ち去るときになって、彼は言った、「モリス、もし君がウォード・ミノーグを見たら、彼だとわかるかね？　このごろ、誰かが彼をここらで見たらしいんだが、どこにいるかはわからないんだ」

「さあ、見分けられるかどうか」とモリスは言った。「できるかもしれんし、だめかもしれん。何年もあの子は見ていないからね」

「あれと出会ったら」と刑事は言った、「ここへ連れてきてあんたに人相照合をしてもらうかもしれんよ」

「なんのために？」

「自分でもそこはわからんのだがね——ただ試《ため》しにしてみるだけなんだ」

あとになってアイダはモリスに言った——もしも彼が最初に警察を呼んでさえいたら、牛乳壜を幾本も倹約できたかもしれなかったのに。この店じゃ一本だって損ができない状態なんですからね。

その晩、ふと思いついて、店主はいつもよりも一時間遅くに店を閉じた。地下室への電灯をともし、用心深く階段を、手に斧を握りしめておりていった。下につく寸前になって、思わず叫び声をあげ、斧を手から取落した。一人の男のやつれて長くなった顔が惨《みじ》めな表情で彼を見つめあげていたのだ。フランク・アルパインだった——青ざめて無精髭だらけの顔、帽子をかぶり外套《がいとう》を着たまま、一つの箱にすわって壁に寄りかかって眠っていた——そして電灯がついたので、目をさましたばかりに違いなかった。

「ここでなにをしとるんだ？」とモリスは叫んだ。

「なにもしてませんよ」とフランクは物憂げに答えた。「地下室で眠っていただけですよ。なにも悪いことはしやしない」

「牛乳やパンを盗んだのはお前か？」

「そう」と彼は白状した。「腹がへって仕方がなかったから」

「どうしてわしに頼まなかったのかね？」

フランクは立ちあがった。「自分の面倒をみるのは自分しきゃないですからね。どうしても仕事が見つからなかった。持っていた金を最後の一セントまで使っちまった。この外套はこんな寒い嫌《いや》な天気には薄すぎますよ。雪や雨がいつも靴にしみこんできて、だからいつも震えっぱなし。それにどこにも眠れる所がない、だから、ここへ来たというわけです」

「君の姉さんといっしょに住まないのかね?」

「そんな者いやしませんよ。あんたに言ったのは嘘《うそ》でした。ぼくはひとりっきりですよ」

「姉さんを持っているなんて、どうして言ったのだね?」

「あんたがぼくを浮浪人だと思うのは嫌だったから」

モリスは黙って相手の男を見つめた。「今まで監獄に行ったことがあるかね?」

「いいや、それは神に誓ってもいい」

「わしの地下室へどうやってはいってきたね?」

「偶然ですよ。ある晩、雪のなかを歩きまわっていて、ふとこの地下室のドアを押してみて、あんたが鍵《かぎ》をかけずにおいたのを知ったんです。それから毎晩、あんたが店を閉じてから一時間もするとここへ来はじめた。朝になって、牛乳やパンが配達されると、そっと廊下から玄関口へ行き、ドアをあけて、朝飯に必要なだけ取った。一日で口にする食べ物は、ほとんどそれだけだった。あんたが下におりてきて、お客やセールスマンとやりとりしはじめると、ぼくは外套の下に牛乳の空壜《あきびん》を隠して廊下から出てゆく。そして広場へ行って空壜を捨てた。話はこれで全部ですよ。今夜、ぼくはあんたがまだ店の奥の部屋にいる間に、思いきってはいってきちまった——実は風邪《かぜ》をひいていて気分がよくなかったもんだから」

「こんな冷たくて隙間風《すきまかぜ》のはいる地下室で、どうして眠れるのかね、ええ?」

「ぼくはもっとひどい所でも眠ってきた」

「君はいま腹がへっとるかね?」

「いつも腹ぺこですよ」

「上へおいで」

モリスは手斧を拾いあげた。フランクは湿ったハンカチで鼻を拭《ぬぐ》いながら彼のあとについて階段をあがった。

モリスは店にある電灯の一つをともし、レバー・ソーセージに芥子《からし》を塗った分厚いサンドイッチを二つ作り、それから奥の部屋へはいって、豆の缶スープを温《あたた》めた。フランクは外套を着たままテーブルの前にすわり、帽子を足もとに置いた。ひどい空腹の様子をみせて食べ、スプーンを口に持ってゆくとき、手は震えていた。店主は思わず目をそむけた。

青年がコーヒーやカップ・ケーキまでたいらげかけたとき、フェルトのスリッパにバスローブ姿のアイダがおりてきた。

「なにが起ったというの?」と彼女はフランク・アルパインを目にすると、怖気《おぞけ》をふるったように尋ねた。

「彼は腹がへってるんだよ」とモリスが言った。

彼女はたちまち推察した。「ミルクを盗んだのは彼ね!」

「腹をすかしていたのさ」とモリスが説明した。「彼は地下室に眠っていたのさ」

「半分飢え死にしかけてたんですよ」とフランクは言った。

「どうして仕事を捜そうとしないのよ?」とアイダが尋ねた。

「どこも捜しつくしましたよ」

しばらくするとアイダはフランクに言った、「食べおわったら、お願いだからどっかへ行って」彼女は夫の方へ向き、「モリス、彼にどっかよそへ行くように言ってよ、わたしたちは貧乏人なんですからね」

「そのことは彼も知っておるよ」

「ぼくは出てゆきますよ」とフランクは言った、「この奥さんが言うようにね」

「今夜はもう遅すぎる」とモリスが言った。「一晩じゅう町をほっつき歩かせるのはかわいそうじゃないかね？」

「この人にここにいてほしくないのよ」彼女はほぐれなかった。

「彼にどこへ行かせたいというのかね？」

フランクはコーヒー皿に自分のカップを置き、耳をそばだてて聞いていた。

「そんなことわたしの知ったことじゃないわ」とアイダが答えた。

「心配しないでいいですよ」とフランクが言った。「十分もすれば出てゆきます。モリス、煙草を持っていますかね？」

店主は物入れ箪笥《だんす》へゆき、引出しからしわくちゃの煙草を取出した。

「古くてかびておるよ」と彼は言いわけした。

「ちっともかまわない」フランクはかびた煙草に火をつけ、うまそうに吸いこんだ。

「じきに出てゆきますからね」と彼はアイダに言った。

「あたし、面倒ごとがきらいなのよ」と彼女が言いわけした。

「そんなこと、ありませんよ。こんな服を着ているると浮浪人に見えるだろうけど、ぼくはそうじゃない。今までは、ちゃんとした人とばかり暮してきた人間ですよ」

「今晩はこの長椅子に寝かせてやれよ」とモリスはアイダに言った。

「だめよ。それよりか一ドルやって、どっかほかへ行かせればいいわ」

「地下室だって結構ですよ」とフランクが口を入れた。

「あそこはじめじめしすぎるよ。それに鼠《ねずみ》がいるし」

「もう一晩あそこにいさせてくれれば、朝すぐに出てゆくと約束しますよ。ぼくを信用できるかどうかは、心配しないでいいですよ。正直な人間なんだから」

「ここに眠ったらいいさ」とモリスが言った。

「モリス、気が狂ったの」とアイダが怒鳴った。

「ぼくは働いて恩を返しますよ」とフランクが言った。「迷惑をかけた費用だけは必ず返しますよ。なんでもぼくにさせたいことがあったら、それをやるから」

「まあそれは先のことにしよう」とモリスが言った。

「だめよ」とアイダががんばった。

しかしモリスが説き伏せるのに成功し、二人はフランクを奥の部屋に残して、上にあがっていった。ガス暖房器はつけたままに残された。

「あの男は店の品物をすっかり掻《か》っさらっちまうわ」とアイダが怒った声で言った。

「それを運ぶ彼のトラック、どこにあるかね?」とモリスは微笑しながら言った。まじめな顔にかえって、「あれは貧しい青年なんだよ。わしは彼を気の毒に思っているんだ」

二人はベッドに行った。アイダはよく眠れなかった。ときおりは恐ろしい夢に悩まされた。それから目をさまし、ベッドのなかで身を起し、店のなかに物音が聞えるかと耳をすました——すなわちフランクが大きな袋に食料品を入れて盗み出す光景を思い描いたのである。しかしなんの物音もしなかった。彼女の見た夢では、自分が朝になっておりてゆくと店の品物がすっかり消えてなくなり、棚《たな》はどれも食べ残りの鳥の骨のように空《うつ》ろな有様なのだった。また別の夢ではあのイタリア人が階段をひそかにあがってきて、ドアの鍵穴《かぎあな》からヘレンの部屋をのぞき見ているのだった。モリスが起きあがって店を開きにおりてゆくときになって、やっとアイダは浅い眠りにおちた。

店主は鈍い頭痛を感じながら階段をゆっくりおりていった。両脚がぐらつくのを覚えた。彼の眠りもまた快適なものでなかったのだ。

雪は通りから消え去っていて、牛乳ケースはいずれも舗道べりに並んでいた。なかの壜《びん》は一つも欠けていなかった。店主がそのケースを引っ張ろうとしかけたとき、あのポーランド女がはいってきた。店にはいり、三セントをカウンターに置いた。彼は茶色のパンの袋を持ってなかにはいり、一つを切って包んだ。彼女は黙ってそれを取り、出ていった。

モリスは仕切り壁にあいた窓から奥の部屋をのぞいた。フランクは服を着たまま外套《がいとう》をかけて長椅子に眠っていた。無精髭《ぶしょうひげ》が黒ずんでおり、口はだらりとあけていた。

店主は通りへ出てゆき、牛乳のケース二つをつかむと、ぐいと引っ張った。黒い帽子のような形をしたものが彼の頭から、火炎を吐きながら空中に飛び出し、爆発した。彼は立ちあがる気でいたが、自分が倒れはじめるのを感じた。

フランクは彼をなかに引きずりこみ、長椅子に寝かせた。二階に駆けあがり、ドアをどんどんとたたいた。寝間着の上にガウンを羽織ったヘレンがドアをあけた。彼女は思わず叫びをあげそうになった。

「あんたのお母さんに、親爺《おやじ》さんが気を失ったと言ってくれ。ぼくは救急車を呼んだ」

彼女は悲鳴をあげた。彼は階段をおりかけるとき、アイダがうめき声をあげるのを聞いた。フランクは急いで店の奥の部屋にはいった。ユダヤ人は長椅子に青ざめた顔でじっと横になっていた。フランクはそっと彼の前掛《エプロン》けをはずした。その輪を自分の首から掛け、紐《ひも》を腰にまわして結んだ。

「おれも少しは経験が必要だからな」と彼はつぶやいた。

モリスの頭の傷がまたも口をあけてしまったのだ。あの強盗事件のあとで手当をしてくれた救急医が、またやってきて、モリスはあまり早くベッドから起きてしまい、疲れきったせいでこうなったのだと言った。もう一度店主の頭に包帯を巻きつけ、アイダに向って、「今度は彼を二週間たっぷりはベッドに寝かせておいて、体を回復させなければならんですな」と言った。「先生、じかにあの人に話してください」と彼女は頼んだ、「あたしの言うことは聞かないんだから」そこで医者はモリスに話し、モリスは弱々しげにうなずいた。アイダは疲れきった血の気のない顔で、一日じゅう病人に付き添った。ヘレンも同じで、自分の働く婦人用下着会社に電話をかけたあと、家に留まった。フランク・アルパインは階下の店にいて働いていた。昼ごろアイダは彼のことを思い出し、立ち去るように言うつもりで下におりていった。自分の見た夢を思い出すと、彼女はどうしても我が家の不幸とこの男とを結びつけたくなる。彼があの晩ここにいなかったら、こんなことは起らなかったに違いない——。

フランクは奥の部屋にいたが、モリスの安全剃刀《かみそり》を借りてきれいに髭《ひげ》を剃《そ》り、厚い髪をきちんと撫《な》でつけていて、彼女が現われると、飛びあがるように立ってレジをチリンと鳴らしてあけ、重なってふわついた幾枚もの紙幣をさし示した。

「十五ドル」と彼は言った、「一枚ずつ数えてみなさいよ」

彼女は驚いた。「どうしてこんなにたくさん?」

彼は説明した、「午前中忙しかった。いろんな客が来て、モリスの災難について尋ねましたよ」

アイダはしばらくヘレンに店番をさせ、やがて自分が代りにやるつもりでいたが、今彼女は別の考えも持ちはじめた。

「あんたがいてくれるのも、いいかもしれない」と彼女は口ごもりながら言った、「もしその気があるならね、ただし明日までよ」

「ぼくは地下室に眠りますよ。ぼくのことは心配しないで大丈夫。生れつき正直このうえなしの人間なんだから」

「地下室になんか寝ないでいいわ」と彼女は声をかすかに震わせながら言った、「あたしの夫は長椅子で寝ろと言ったわ。こんな店の物を盗む人なんてどこにいるかしら? なに一つない貧乏人だもの」

「モリスは今どんな具合です?」とフランクは低い声で尋ねた。

彼女は鼻をかんだ。

次の朝ヘレンは心配しながらも働きに出ていった。アイダは十時になると様子を見におりてきた。

今度はレジの引出しのなかにただの八ドルしかなかったが、それでもこのごろの毎日よりも少しましだった。彼は弁解して、「今日は良くないですよ、あんまりね、でもぼくが売った品物はみんな書いといたから、ぼくの指がなにもくすねなかったと、すぐにわかりますよ」彼は売れた品物の名前を書きつけた包装紙を取出して見せた。彼女はそれが三セントのパン一個から始まっているのを認めた。あたりを見まわして、アイダは昨日配達された商品が片づけられていたり、掃除がゆきとどき、窓が内側から洗われているのを見た。また彼が棚《たな》の上の缶詰類をきちんと並べてしまったのも気がついた。店のなかは前ほど乱雑でも陰気でもないように見えた。

その日一日、彼はまたさまざまな仕事に忙しく働いた。水はけの悪い台所の流し台の排水口を掃除し、店のなかでは、引く所がこわれて点《つ》かなくなった電灯を直した。二人のどちらも彼の立ち去る話は口に出さなかった。アイダはなおも心が安まらず、彼に出ていくように言いたかったが、しかしヘレンにこれ以上家にいてほしいとも頼めなかった、それにこれから二週間もひとりで店番をする苦労や、足の痛み、二階には病人を抱《かか》えていることを思うと、その辛さに耐えられそうもなかった。まあ、あのイタリア人を十日ぐらいは泊めてもいいかもしれない、と彼女は思った。モリスが良くなったら、その後はあの男を置いておく理由もないわけだわ。それまでは、店番をしてもらう代りに一日三食と寝る場所を与えてやればいいいわ。ろくに忙しい商売でもないんだから。それにモリスが店へ出ぬ間に、前から変えたかったことも一つや二つ手がつけられるかもしれない。そう思った彼女は牛乳屋が前の日の空壜を取りに立ち寄ったとき、これからは紙の容器で持ってきておくれと命じた。フランク・アルパインも心から同意した。「そうですとも。壜なんか面倒ですよ」と彼は言った。

彼の働きぶりがすべて印象よく映ったし、二階にたくさんの用事があったのだが、それでもアイダは、店に出てきては彼のあらゆる動きを監視した。こんなに心配するというのも、今ではモリスではなくて彼女が、店番をするこの男に責任を持つ役だったからだ。なにか変なことが起れば、彼女のせいになるだろう。そこで、しばしば夫の看護のために二階へあがったが、いつも急いで下に戻ってきた、そして青ざめて息をぜいぜいさせながら、フランクがなにをしているかと目を向けた。しかし彼のしていることといえば、みんな店のためになることだった。彼女の疑惑は完全に消えるわけではないが、次第に薄れていった。

アイダは彼とあまり親しくしないようにした——短期間の付き合いだと彼に感じさせるには、離れた関係でいたほうがよいと思ったからだ。二人が奥の部屋や、カウンターの背後でいっしょになる短かな間、彼女はなるべく口をきかぬようにして、ほかの仕事をしたり、掃除をしたり、新聞を読んだりした。店の商売を彼に教える点でも、さほど言うことはなかった。すでにモリスは棚にある商品の下にすっかり値段表をつけてしまったから、それでアイダは肉類やサラダとか、豆コーヒーやお米や豆類といった値段の表示のない雑多な商品の値段表をフランクに渡した。そのほか以前にモリスから習ったように、商品をきちんと素早く包む方法とか、量りの読み方、電動肉切り機の据え方や扱い方などを教えた。彼は素早く覚えこんだので、アイダは彼が自分で言うより以上にいろいろ知っているのではないかと疑った。彼は素早く正確に計算したし、アイダが警告したように肉をよけいに切りすぎたり包み物を量りにかけすぎたりしなかった。包み紙の長さをちゃんと量って包装して、どの品物はどのぐらいの紙袋に入れるかの要領も心得て、費用のかかる大きな袋をむだ使いしないで済ませた。彼が物覚えのよい人間だとわかり、それに不正直な証拠がまったくないのを知って（空腹から牛乳やパンを盗んだ人間は、完全に疑惑が拭《ぬぐ》われたとは言えないけれども、とにかく泥棒と同じじゃあないわ）、アイダはなんとか二階に留まるようになり、前よりも安心した気持でモリスに薬を与えたり、痛む足を湯につけたり、石炭置場からの埃《ほこり》でいつも汚《よご》れる室内を掃除したりした。それでも、下に見知らぬ他人がいると考えるたびに心はざわついた――なんといってもユダヤ教徒ではない人間だ。彼女はあの青年が立ち去ってくれるときを待ち望んだ。

たしかに働く時間は長かったが――六時から六時までで、夕方の六時には彼女が食事を出した――それでもフランクは満足していた。店のなかにいるかぎり、外の世界とは無縁だった、あの寒さと飢えと湿った寝床の暮しからは守られていた。ほしいときに煙草が手にはいったし、さっぱりした服を着て気持がよかった。それらの服はモリスがよこした物で、ズボンはアイダが長さを調節し、折返しにプレスをしてくれた。この店は安定して、洞穴《ほらあな》のようで、動きがなかった。今までの暮しはずっと、どこにいようと、たえず駆りたてられて落着かなかった——しかしここでは、なぜか尻《しり》がすわった。ここなら窓辺《まどべ》に立って、満足した気持で、この世が動いてゆくのを見守っていられるのだった。

これは悪い生活とは言えなかった。彼は夜明け前に起きた。あのポーランド女は銅像のようにドアの前に立ち、自分が働きにゆく前に店を開いてくれるかどうかと、彼に向って不信の目を注ぎながらいつも待っていた。どうもこの女は好かなかった——彼女がいなければもっと気分よく朝寝ができるはずだ。たった三セントばかりのもので夜も明けぬうちに起きるなんて、実に阿呆《あほ》らしかったが、しかし彼はあのユダヤ人のために実行した。紙の容器入りの牛乳が来ると、漏れるものは逆《さか》さまに置き直して冷蔵庫にしまい、それから店のなかや舗道を掃いた。奥の部屋に戻って、顔を洗い、髭《ひげ》を剃《そ》り、コーヒーにサンドイッチを作ったが、それもはじめのうちはハムやロースト・ポークの切れ端をパンにはさんだ、しかし数日するといちばんいい肉を使うようになった。コーヒーを飲んで煙草をふかしながら、もしこのしけた店が自分のものなら、どんなふうに改良したものかと思いめぐらした。誰かが店にはいってくると、飛びあがるように立ち、微笑を浮べて出迎えた。ニック・フーソはじめてフランクを見た日には、ひどくびっくりした、なにしろモリスが店員を雇える身でないと知っていたからだ。しかしフランクは、報酬は少ないけれどもほかの利点がいろいろあるからと説明した。二人はあれこれと話をし、やがてこの階上の間借人はフランクがイタリア系だと知ると、三階へあがってテシーに会わないかとすすめた。その同じ晩、テシーは暖かく迎えてマカロニを出し、そしてフランクは自分が夕食のマカロニを持ってきてかまわないなら、ときどき寄らせてもらいたいと言った。

最初の数日が過ぎると、アイダは以前の時間通り十時に、すなわち家の仕事をすましたあとで下へおりてゆきはじめた。それから受取ったり支払ったりした勘定を帳簿にくわしく書きこんだ。次には小切手帳を取出し、じかに配達人に払えないものは、小切手に小額の数字をおぼつかない手つきで書き、台所の床にモップをかけ、食べ残しの屑《くず》を外の舗道にあるブリキ缶へあけにゆき、注文があればサラダの仕度《したく》をした。フランクの見守るなかで、キャベツを肉切り機にかけて細かく刻んでキャベツ・サラダの材料を作った。これは余ると酸っぱくなって捨てねばならぬので、量を用心して作るのだ。ポテト・サラダはもっと大仕事で、彼女が大鍋《おおなべ》に新しいポテトをゆであげると、フランクも手伝ってその熱い湯気のたつ皮をむくのだった。金曜日ごとに魚の揚《あ》げ団子《だんご》と自家製の煮豆を作ったが、煮豆のほうは、はじめ豆を一晩、水につけておき、水を切ってから、大鍋に入れて上に黒砂糖をふりかけ、それから火を入れるのだ。まだ濡《ぬ》れたままの豆の鍋に細切れに刻んだハムを混ぜるのだが、そんな仕事をするときの彼女の表情が彼の注意をひいた。そして自分でハムにさわるのを嫌《いや》がるばかりか、彼がさわってさえ嫌がる彼女の気持を珍しく感じた――というのも彼はユダヤ人の日常をこんなに近くから見たのははじめてだったからだ。（ユダヤ人は一般に豚肉をいとう習慣―訳注）昼どきになると、ちょっとした「混雑」があった、というのも石炭置場から来る汚ない顔の労働者たちや近所の店員二、三人がサンドイッチや紙の容器に入れた熱いコーヒーを買いに来たからだ。「混雑」する間は二人ともカウンターの背後にはいって働いたが、それもまもなく薄れてゆき、あとは午後の死んだような幾時間がやってくる。アイダは彼に少し休息をとるようにと言ったが、彼は自分がどこにも行く所がないからと言って奥の部屋に引っこみ、長椅子の上でデイリー・ニューズ紙を読んだり雑誌類をめくったりした――これらの雑誌は、彼が近所をひとり寂しく歩いていたときに見つけた市民図書館から借り出したものであった。

三時になって、アイダが一時間ほどモリスの看護や自分の休息のために上へあがると、フランクはほっとするのだった。ひとりになると、やたら摘《つま》み食《ぐ》いをし、ときにはその意外なうまさにうれしくなったりした。ナッツ類や干葡萄《ほしぶどう》、小さな箱にはいって湿気《しけ》っているナツメヤシや乾燥イチジクをつまむ――それが湿気っていてもやはり好きなのは変りなかった。またクラッカーやクッキー、カップ・ケーキやドーナツの袋をあけたが、それらの包み紙は細かに引裂いて便所で流し去った。ときには甘い物を食べている最中に、急に空腹を感じてもっとまともな食物がほしくなり、種入りの固いロールパンに芥子《からし》を塗り、厚い肉やスイス・チーズをはさんでから、冷えたビールの助けをかりて大急ぎで飲みおろす。腹が満足すると、店のなかをうろつかなくなるのだった。

ときたまは思いがけず客の込みあうときがあり、そのほとんどは女客だったが、彼は気を配って応対し、あれこれと彼女たちに話しかけた。配達の運転手たちも彼の愛想のよさや陽気な態度を好きになり、少しおしゃべりをしてゆく。肉屋のオットー・ヴォーゲルは、フランクがハムを量っているとき、低い声でこう忠告した――「なあおい、ユダ公の下で働くんじゃないぜ。奴《やつ》らはお前の尻《しり》の毛まで抜いちまうぜ」フランクはここに長く暮す気はないと答えたものの、ただこの店にいるというだけで気恥ずかしく感じた。それからまた思いがけなく、別の人間から忠告をうけもした――相手は紙製品をセールスするユダヤ人で、いつも弁解がましい口をきくアル・マーカス、えらく陰気でまじめな性格で、金があるくせに働くのをやめようとしない男だ。このアル・マーカスは言った、「いいかね、こんなふうな店は墓と同じだよ。逃げ出せるうちに逃げ出したまえ。ほんとさ。六カ月もここにいたら、一生涯いることになっちまうよ」

「そんな心配はしないで大丈夫」とフランクは答えた。

そのあとでひとりになったとき、窓ぎわに立った彼はしきりと自分の過去のことを考え、そして新しい生活をしたいと思った。いったい、自分は一度でも自分の願ったことを実現できる人間だろうか？　ときおりは裏庭に向く窓からぼんやり見やったりした——空《うつ》ろな目つきでいるときもあれば、上にある物干し綱のあたりを見ているときもある。風にゆっくり揺れる物干し綱にはいろいろの洗濯物《せんたくもの》がひるがえっている——モリスの案山子《かかし》じみた上下つなぎの下着、慎ましく縦に二つ折りされたアイダの幅ひろいブルーマ、そして彼女のふだん着の服はいつも、彼女の娘の花のようなパンティーやたえず揺れているブラジャーを守るかのように下がっていた。

夜になると、べつに願ったわけではないが、彼は「自由」になって追い出された。決めた以上は守りたいとアイダが主張したためである。彼女は簡単な夕食を彼に作ってやり、そして五十セントの小遣《こづかい》を与えたが、それにも自分たちは裕福でない身だからという言いわけがついた。彼はときおり三階のフーソ夫妻と時間を過したり、いっしょに町の映画館へ出かけたりした。また、寒いなかを歩きまわり、食料品屋から一マイル半離れた玉突き場に立ち寄ったりもした。帰ってくるのは店のしまる前だった、というのもアイダは店のドアの鍵《かぎ》を彼に預けなかったからだが、そのころにはアイダは一日の売上げを勘定しおわり、ほとんどの現金は紙袋に入れて二階へ持ってゆき、次の日に店をあけるための五ドルだけ彼に残しておく。彼女が去ってしまうと、彼は表口のドアに鍵をおろし、彼女の出ていった横のドアに掛け金をかけ、店の電灯を消し、下着姿になって奥の部屋にすわると、帰り道にサム・パールの店で買った低級な新聞を読んだ。それから下着を脱ぎ、モリスがほとんど使わなかったぶかつくフランネルのパジャマを着て、落着かぬ気持のまま寝場所へ行った。あのお袋さん、いつも娘が夕食に下へおりてくる前におれを店から追い立てやがるなあ、と彼は腹立たしげに思った。

その娘のことは常に彼の頭から離れなかった。無理もないのだ、なにしろ物干し綱に掛るあんな物を見ていれば娘のことを思い出さずにいられぬではないか——元来、彼は豊かな想像力を持った人間なのだ。彼は朝になって娘が階段をおりてくる光景を思い描いた。彼女が帰ってきて、スカートをひるがえしながら階段を駆けあがる——その姿を見あげて廊下に立っている自分の姿を想像もした。実際には娘を見かけることはまれであって、口をきいたのは二度——彼女の父親が気絶したあの日の二度だけだ。彼女は距離を置いた態度をしていた——しかしそれも仕方ないではないか、なにしろ彼はひどい身なりだったし、何者とも知れぬ様子だったからだ。あのときはほんの急ぎの言葉を交わしただけだったが、それでも彼にはこの娘がどんな人間かわかったような気がした——それも人に言っても信用されぬほど深くわかったのだ。この感じは彼が娘をはじめて見たときにすでに持ったのだった——あの晩、店の窓ガラスごしに彼女を見たとき以来なのだ。彼を見返した彼女を見て、なにかに飢えている娘だとすぐに気づいた。彼女の目にあった熱望の色、あれは忘れえぬ印象だった、なにしろそれは彼自身の目つきを思い出させたからであり、それで彼はこの娘が男性の近づくのを待っているのだと知った。しかし彼は手出しをしなかった、というのもユダヤ人の娘というのは厄介な代物《しろもの》になりかねないと聞いていたし、今そんな面倒ごとはごめんだった——少なくとも普通の面倒ごと以上のものはごめんだったし、それに、ことが始まらぬうちにぶちこわすのはつまらないと思った。娘のなかには、こっちが待たないとだめなのがいる——向うから仕向けさせるほうがいい娘もいるのだ。

あの娘をもっと知りたいという欲望が強まったが、ただ想像するしかなかった、なにしろ彼女は彼が店にいる間は一度も下へはおりてこず、彼が夜になって店を出たあとでおりて来るだけだ。まともに顔を合わせて口をきく機会は全くなく、それで彼の好奇心はますます強まった。彼はこう感じた——娘も彼も寂しい人間なのだが、あの母親がまるで彼を黴菌《ばいきん》かなんぞのように娘から遠ざけているのだ、と。その結果はかえって彼をやきもきさせ、あの娘はどんな女だろうか、なんとか仲よくなる方法はないかという思いに駆りたてた。なにしろ彼女は近くに来なかったから、彼は耳をそばだて、見張っているほかなかった。階段をおりる足音が聞えると、表のウインドーまで行って立ち、彼女の出てくるのを待った。出てきた彼女が振返って見たりしたときの用心に、彼は脇《わき》を見てなにげない素振りをとったが、娘は一度も振返らなかった、まるでこの場所には振返って見たいものなどない、といったふうだ。彼女はいい顔立ちをしており、乳のあたりは小さくて、こざっぱりした様子——自分をこう見せたいと思うそのままの姿といえた。その姿が角を曲って消えるまでの、足早だが少し危うげな歩きぶりも彼は好きだった。セクシーな歩き方であり、どこかぐらつく感じの奇妙な動きがあり、まっすぐ歩いているのにいつでも横にそれそうな危うさがある。両脚は少し内側に曲っていて、たぶんあれがセクシーな感じを出すのかもしれぬ。彼女が角から消えてからもその姿は彼の心に留《とど》まった——あの両脚や小さな乳房《ちぶさ》やそれを覆《おお》っている桃色のブラジャー。なにか読んでいるときや寝床の長椅子にねそべって煙草をふかしているときに、町角へ向って歩いてゆく彼女の姿が心に浮んだ。それを見るのに目を閉じる必要はなかった。振返れよ、と彼は口に出して言ってみたが、しかし心のなかの彼女はそうしなかった。

彼女の姿を前から見たくて、彼は、夕闇《ゆうやみ》になると灯火のついた店のウインドーに立つ。しかしたいていその姿を見つけぬうちに彼女はもう階段をあがっているか、すでに自分の部屋で着替えているといった具合であり、その日のチャンスはそれで終りなのだった。彼女は六時十五分前かそれより少し早めに帰ってくる。彼はその時間あたりにウインドーの前へ立とうとするのだが、簡単にいかなかった、なにしろこの時刻だけはモリスの数少ないお客が夕食のおかずを買いに立てこむからだ。それでいつも彼女が階段をあがる足音は聞くのだが、勤めから帰ってくる姿を見かけることはまずなかった。ある日、ふだんよりも忙しくなくて、五時半にはすっかり店が暇になった、そこでフランクは自分に言い聞かせた、「今日こそ彼女を見てやるぞ」アイダに気づかれないために便所にはいって髪をくしけずり、洗いたての前掛《エプロン》けに変え、煙草に火をつけた、そしてウインドーの明りで外の見える場所に立った。六時二十分前、バスからおりて立ち寄った婦人客を店から追い立てるように外へ出したあとで、彼はヘレンがサム・パールの角店を曲るのを見つけた。彼女は彼がおぼえていたよりもずっと美しかった、そしてその姿が彼と二フィートも離れぬ所へ来ると彼は息苦しさを覚えた——両目は青く、かなり長くしている髪は茶色、それを彼女はなにげない手つきで顔から横へなぎ払った。顔立ちはユダヤ人的じゃないなと彼は思った——そのほうがずっといい。しかし、表情は満たされぬ人間のもので、口は少しへの字になっていた。手にはいる望みの全くないなにかを思い悩んでいる感じだ。これが彼の心を動かしたのであり、そこで目をあげた彼女の視線と合ったとき、彼の顔は明らかに自分の感情を表わしていた。それが彼女の気持を乱したに違いない、なぜなら彼女は二度と彼を見返さずに足早に玄関口に入り、内廊下へ姿を消してしまったからだ。

次の朝は彼女の姿を見かけなかった——まるで彼から逃《のが》れて忍び出たかのようだ——そして夕方には彼が客の相手をしているときに帰宅してしまった。彼は彼女のしめるドアのばたんという音を聞いて口惜《くや》しく思った。そのあとで彼の気持は沈みこんだ——見たい思いだけに生きている人間にとって、見そこなった光景は永遠に帰らぬものなのだ。なんとか彼女と出会って言葉を交わす方法はないかと、さまざまの手段を思案した。自分のことを彼女にどう説明するかとなると、まだ言葉をはっきり考えつかぬ先に、気が重くなった。一度は、彼女の夕食をする所へだしぬけにはいってみようかと思った、しかしそうなるとまずアイダを相手にせねばならぬだろう。また、今度彼女を見かけたらドアをあけて店に呼びこもうかと考えた――誰かから彼女に電話がかかったよと言えばいい、そしてそのあとでなにか別の話を始めよう……しかし現実には誰からも彼女に電話がかかってこなかった。彼女は彼女なりに孤独なのであり、これは彼にとって有利だった。もっともあんないい顔をしているのに、なぜそうなのかはわからなかった。もしかすると彼女は人生から大きなものを摑《つか》もうとしているのかもしれぬ――こう思うと彼は気持が縮んだ。それでもなんとか彼女を店に呼びこむ計略を考えつづけ、ときには、親爺《おやじ》さんの鋸《のこぎり》はどこにあるか尋ねてみようかと思ったりした――ただしこれは、彼女の母親が一日じゅう店にいて彼に教えられるのだから、娘にきくのは変であり、彼女は腹を立てるかもしれなかった。ただでさえあの母親が遠ざけているのだから、それ以上に彼女を遠くへ押しやらぬように気をつけねばならないのだ。

仕事が終ると、二晩ほど彼は道の向うの洗濯屋の隣の玄関口に立っていた、というのも彼女がなにかの使いで出てきたら、道を渡って向うへ行き、帽子をあげて挨拶《あいさつ》をし、彼女のゆく所へ同行してもいいかきこうと思ったからだ。だがこの努力も実らなかった、なぜなら彼女は家から出てこなかったからだ。二日目の夜も虚《むな》しく立ったままで終り、しまいにアイダが店のウインドーの明りを消した。

モリスの事故から二週間ほど過ぎて、ある晩、フランクの寂しさはいらだちに変るほどになった。ヘレンが勤めから帰ってきてから数分したころ、彼はまだ夕食を食べていて、そのときはアイダが二階のモリスの所へ行っていた。その前にヘレンが角から曲ってきたのを見たとき、彼は家のそばまで来た彼女にうなずいてみせた。驚いた彼女は半ば微笑をつくり、それから玄関へはいっていった。そのあとになって本当の寂しさが彼をとらえた。彼は食事をしながら、どうしても彼女を店に呼びこまねばならぬ、それもあのお袋がおりてきて彼を追い立てる前にだ、と感じた。思い浮ぶ口実といえば、ヘレンに電話がかかったと呼びこむ手段だけだった。彼女が来たら、相手の男が先に電話を切っちまったらしいと言えばいい。これは汚《きた》ないやり方だ、だがどうしてもせねばならんのだ。心のなかではそうするなという声が聞えた、というのもこんな間違った点から彼女と付き合いを始めれば、いつの日か後悔するかもしれないからだ。なんとか別の方法を考えようとしたが、時間に追われて、考え出せなかった。

フランクは立ちあがり、大きな机の方にゆき、受話器をはずした。それから内廊下へ出てゆき、玄関の扉《とびら》をあけ、息をつめてからボーバー家のベルを押した。

アイダは手すりから顔を出した。「なんだというの？」

「ヘレンに電話ですよ」

彼は相手がためらっているのを見ると、急いで店のなかへ引返した。すわり直し、食べているふりをしたが、心臓は痛いほど激しく鳴った。ほんのちょっとしたことさ、と彼は自分に言い聞かせた、ただ彼女とちょっと口をききたい、そうすれば次のときには楽になるからな、それだけなんだ。

ヘレンはいそいそと台所へはいってきた。すでに階段をおりるときにも、彼女は自分のなかで興奮が湧《わ》き立つのに気づいていた。あらまあ、電話がきたというだけでこんな気持になるなんて。もしナットだったら、と彼女は思った、あたし彼にもう一度会ってやってもいいわ。

彼女がはいったとき、フランクは半ば腰をあげ、それからまたすわった。

「ありがと」と彼女は受話器を取上げながら彼に言った。

「もしもし」彼女が待っている間、彼の耳は受話器に鳴るブーという音を聞きとることができた。

「誰も出ないわ」と彼女はとまどった表情で言った。

彼は自分のフォークを置いた。「女の子の声だったけどね」と彼はやさしく言った。

しかし彼女の目に失望の色を見て彼女がいかに落胆したかを知ったとき、彼はすまなく思った。

「向うで切っちまったに違いないね」

彼女はじっと彼を見やった。白いブラウスを着ていて、それがかっちりした小さな乳房の感じをよく出していた。彼は自分を立て直す手早い方法はないかと捜しながら乾《かわ》いた唇《くちびる》をなめたが、いつもいろいろな計画に満ちた頭は空白になっていた。自分のしたことについて、きっとそうなると思っていたように、ひどくすまなく感じた。もう一度せねばならなくなったとしても、こんなやり方は二度とやるまい。

「彼女、あんたに名前を言った?」とヘレンが尋ねた。

「いいや」

「ベティ・パールじゃなかったかしら?」

「いいや」

彼女は無意識に髪を後ろへ撫《な》であげた。「彼女、あんたになにも言わなかった?」

「君を呼んでくれとだけさ」彼は口ごもった。「声は感じがよかった——君のと同じでね。たぶんあの人、こっちの言うのを間違えたのかな、ぼくは君が二階にいるから呼び鈴を押そうと言ったんだ。それで彼女は切ってしまったのかな」

「それで切っちまう人がいるなんて、わけがわかんないわ」

彼もまたわからなかった。彼はこの混乱を片づけたいと思ったが、ただ嘘《うそ》をつきつづけるほか、方法は見つからなかった。しかし嘘をつくことで二人の話は無意味なものになった。嘘をついたときは、彼自身別の人間になって、別の人間に嘘をついているのだ。現実にいる二人の人間のすることではなかった。それをはじめから頭に入れておかねばならなかったのだ。

彼女は大机の前に立っていて、まだ電話を手に持ったままであり、まるでなおもそのブーという音が声に変るのを待っているかのようだ——そして彼も同じことを待っていた、すなわち一つの声が、彼は本当のことを言っているのだぞと告げてくれることを——彼は立派な正直な人間だと告げてくれることを——。ただしそんなことは起るはずがなかった。

いっそ真実を話してしまおうかと思いたち、彼は正直な目で相手を見つめた——まずそこから始めれば、あとはどうなろうといい。しかし自分のしたことを告白する光景を思うと、ほとんど恐怖にとりつかれた。

「残念だったね」と彼は口ごもって言ったが、そのときには彼女はいなかった、そして彼は自分の記憶のなかに、ごく近くで見た彼女がどんな様子だったか刻みこもうと努めていた。

ヘレンもまた気にしはじめていた。自分は彼のことばを信じたくせにすべてを信じようとせず、それがなぜだか、自分にも説明がつかなかった。またなぜ自分が彼を意識するのか、わからなかった。彼が店から上へあがってこないのに、彼女はいつも彼の存在を意識するようになっていたのだ。そのうえ、母親が彼を自分から遠のけようと努める態度にも気持を乱されていた。「彼が出ていってからお食べ」とアイダは言う、「あたしはね、異教徒《ゴイム》を自分の家に置くの、どうしても慣れないよ」これはヘレンには腹立たしかった、なぜなら母の考えでは彼がユダヤ教徒でないというだけでヘレンが相手に惚《ほ》れこんでしまうというわけだからだ。言いかえれば母は明らかに彼女を信頼していないことになる。もしも母があの男を気軽く扱ったとしたら、ヘレンとしてもろくに彼を意識せずにいられただろう。たしかに彼の顔立ちは悪くなかった、しかしたかが貧しい食料品屋の店員ではないか。誰が相手にするものか。母はかえって火のない所に煙を立てようとしているのだ。

アイダはまだ若いイタリア人を家に置くのが気がかりだったが、同時にまた、ほとんど彼の現われた日から売上げの増したことは認めるほかなかった。これはうれしい驚きだった。最初の一週間は、夏以来の数カ月の毎日の平均収入よりも五ドルから七ドル多い売上げを示した。そして同じ状態が次の週にもつづいた。店はたしかに同じ貧しい店ではあったが、週に四十ドルか五十ドル余分に収入をあげれば、なんとか店を取りつくろってゆけて、しまいには店を買う人に出会うかもしれない。最初、彼女にはなぜ前より多く客が来るのか、なぜ前よりも品物が売れるのか理解できなかった。たしかに、前にも同じようなことが起った。長い不景気がつづいたあと、なんの前ぶれもなしに、無表情な客が三人四人と一度にやってくることがあった——まるでポケットに小銭を入れられて貧しい部屋からここまで送り出されたといったふうだった。そしてそれまで食料品を倹約してきた他の客たちが前よりよけいに買いはじめたりもした。景気が上向く時期というのは、どんな店主でもじきに嗅《か》ぎとれるものだ。この世のわずかな陽《ひ》当りを争うことが少なくなると、人々は前よりも気楽なのんびりした様子になるものだ。ところが今度は不思議なことに、商況《あきない》は、どの配達人にきいても、活気づいていないという。その一人の話だと、角の向うのシュミッツの店も不景気で困っている、そしてそのうえに主人は気分がすぐれず病気がちだとのことだ。するとこの店だけが突然に上向いてきたのは、ほかの理由ではなく、フランク・アルパインが来たからというわけだろうか、とアイダは考えた。これを自ら認めるためには、彼女にはかなりの時間がかかった。

客たちは彼を好むらしかった。応対するときの彼はしきりとおしゃべりをし、ときにはアイダが顔を赤くするようなことも言ったが、それはユダヤ教徒でない主婦たちをかえって笑わせた。彼にひかれて来る客のうちには、この近所で彼女が一度も見かけないような者もいた、それも女ばかりでなくて男の客もである。フランクは彼女やモリスには全くできそうもないことを試みた、たとえば向うがほしがる以上のものを売りつけようとするのであり、しかもたいていは成功した。「一ポンドの四分の一ぐらいじゃ、なんの役にも立ちませんよ、そうでしょ?」と彼は言う、「四分の一なんて小鳥の餌《えさ》みたいなもの——一口ほうばればおしまいですよ。半ポンドにしたほうがお得ですよ」すると客は半ポンドにする。また彼はこうも言う——「これは今日はいったばかりの芥子《からし》でね、新しい品なんです。同じ値段でスーパーで売ってるものより、二オンスよけいにはいってますよ。ためしに買ってみませんか？　もし気に入らなかったら、お返しください、ぼくがうがい薬に使いますから」そして客は笑い、買うのだった。それを見るとアイダは、自分やモリスが本当は食料品屋に向かない人間かもしれないと思ったりした。二人とも今までセールスマンの仕事をしたことは一度もなかったのだった。

女客の一人はフランクのことをスーパーセールスマンと呼び、その言葉は彼の唇《くちびる》に微笑を浮ばせた。彼は気がきくうえに熱心に働いた。アイダは心ならずも彼に尊敬の念をいだくようになり、次第に彼がそばにいても気にならなくなった。モリスの認めたように、彼は浮浪者ではなくて、運がなくて苦労してきた若者だったのだ。彼が孤児院に暮したことを哀れに思った。彼は忙しく働いたが一度も苦情を言わず、石鹼《せっけん》と水が手近にある今は身ぎれいにしているし、彼女に返事をするのも丁寧な口つきになっていた。つい最近では一度か二度、彼女のいる前でちょっとヘレンに話しかけたが、それも紳士のような話しぶりであり、大口をたたいたりしなかった。アイダはモリスと店の様子を話し合い、二人は彼の「お小遣《こづかい》」を一日五十セントから週五ドルに値上げした。彼に好意を持つとはいえ、これは彼女には少し苦しかった。しかしなんといっても彼が店の収入を増しているのであり、店のなかも片づけてくれている――だからわずかの収入からにしろ五ドルぐらいは彼にやるべきだ。まだ店の状態は良くなったと言えぬけれども、彼は進んで余分の収益をあげているのだ――少しぐらい分けてやったってよいではないか。それに、と彼女は考えた、彼はじきに出てゆく人なんだから。

フランクは困ったような微笑を見せてこの少しの賃上げを受入れた。「これ以上はくれなくていいですよ、奥さん。ぼくはあんたのご主人のしてくれた好意を返すためと、自分が商売を習うために、無料で働く気なんですからね。それにあなたは寝る所と食事をくれてるんだから、ぼくにはなにも借りていないんです」

「お取りよ」と彼女は言い、しわくちゃの五ドル札を彼に手渡した。彼はその金をカウンターに置いたままにしたが、彼女は無理にそれを彼のポケットへしまわせた。フランクはこの値上げが少し気になった、というのもすでにアイダの全く知らない収入を勝手に稼《かせ》いでいたからである。店の売上げはアイダが考えたより少し上まわっていて、それで昼間の彼女のいないときに売れた一ドルとか一ドル半分を、レジに納めぬことがあった。アイダはなにも疑わなかった、というのは最初に決めた売上げ品目の作成は面倒だというので中止されていたからである。それで彼がときおり小銭をくすねるのも、さほどむずかしくなかった。二週間目が終ったころには彼のポケットには十ドルたまっていた。これと彼女のくれた五ドルとで、髭剃《ひげそ》り道具一揃《ひとそろ》いと安い茶色のスエード靴、シャツ二枚、ネクタイ一、二本を買った、そしてあと二週間もここにいれば安物の背広服も買えそうだと彼は推測した。自分はべつに恥ずかしいことをしていないんだ、と彼は考えた——実際には、自分の取っているのは自分で稼いだ金と同じものなのだ。店主も細君も口惜《くや》しがるわけがない、なぜって彼らは自分たちが儲《もう》けたのを知らないし、それに元来が彼の熱心な働きがなければ手にはいらない金なんだ。もし彼がここで働かなかったら、彼が売上げを盗んでいるにしても、彼らは今受取っている金額よりも少ない額しか稼げないんだから。

こう頭では理屈をつけたが、しかし気がつくと後悔の念ばかり強まった。分厚い爪で手の甲を引《ひ》っ掻《か》きながら、彼はうめき声をあげた。ときおりは息が詰る感じに襲われ、汗が一度に吹き出したりした。ひとりでいるときは声高に自分に話しかけた。たいていは髭を剃っているときか便所にいるときで、そういう場合は正直になれと自分をしかりつけた。それでいて自分の惨《みじ》めな気持に対して奇妙な快感も感じた――この感じは以前にも、自分のすべきでないと知っていることを実行したときしばしば経験した――そして彼はやはりズボンのポケットへ小銭を落しこみつづけるのだった。

ある晩、彼は自分のしている行為がいかに悪いかひどく後悔を感じ、自分を立て直すぞと誓った。一つのことを正しくできさえしたら、たぶんそれが自分を新しい方向へ向けるかもしれない――そう考えたとき、もしあの拳銃《けんじゅう》を取戻して始末したら、きっと前より気分がよくなると思いついた。夕食のあとで店を出ると、霧の多い町筋をあてどなくさまよった。店のなかで暮す長い日々のあとだし、それに彼の生活がここに来て以来さほど変りもしなかったので、彼の胸は凋《しぼ》んだように感じられた。墓地のかたわらを通り過ぎるとき、彼はあの強盗をやった記憶を心から押しのけようとしたが、それはまた戻ってきた。あのときの彼はウォード・ミノーグといっしょに駐車した車のなかにすわり、カープが食料品屋から出てくるのを待ちかまえていた――するとカープは現われたが、それから彼の店の電気が消え、カープの姿は酒壜《さかびん》のある奥の部屋に隠れてしまった。ウォードが早く車を向うの角にまわして隠せ、そしてあいつが出てきたら、おれが歩道で奴《やつ》を殴《なぐ》りつけ、あの分厚い財布をかっぱらうからと言った。しかし彼らが戻ってみると、カープの車も彼の姿とともに消えており、ウォードは彼をくたばっちまえと罵《ののし》った。フランクは、カープが気づいて逃げ出した以上、彼らもとんずらすべきだと言った、しかしウォードは口惜しそうな顔でそこにすわったまま、あの小さな目を見開いて食料品屋を見つめていた――あたりでは、キャンディ・ストアを除いて、その店だけに灯がついていた。

「よせよ」とフランクが頼んだ、「あんなけちな店なんか、今日一日で三十ドルも稼《かせ》いでないぜ」

「三十ドルだっていいじゃねえか」とウォードが言った。「相手がカープだろうとボーバーだろうとかまうもんか。ユダヤ人はユダヤ人さ」

「あのキャンディ・ストアをやったらどうだ」

ウォードは顔をしかめた。「小銭ばっかり集めるのはごめんだ」

「彼の名前を、お前、どうして知ってるんだ?」とフランクが尋ねた。

「誰の?」

「あのユダヤ人の食料品屋さ」

「奴の娘とは学校がいっしょだったのさ。ちょっといかす娘《こ》だぜ」

「もしそうだとしたら、お前が誰だか彼にわかっちまうぜ」

「鼻っ先にハンカチを巻いときゃあいいさ、それに声を太くしてしゃべるからな。奴はおれを八年か九年も見てないんだ。あのころはおれも痩《や》せてたしな」

「好きなようにしなよ。おれは車をいつでも走れるようにしとくさ」

「おれといっしょに来い」とウォードが言った。「このあたりは貧乏暮しなのさ。まさかこんなとこで強盗をやるなんて、誰が思うもんか」

しかしフランクはためらった。「だけどお前、ねらうのはカープだと言っただろう?」

「カープはまたいつかやっつけるさ。来いよ」

フランクは帽子をかぶり、ウォード・ミノーグと電車線路を横切った。「これはお前が自分の墓を掘ることになるぜ」と彼は言った、しかしそれは実際には彼自身に当てはまったのだった。

彼はあの店に押しいるとき、こう考えたことを思い出した――どうせユダヤ人はユダヤ人なんだ、どっちだってかまやあしねえ。今の彼はこう考える――おれは彼がユダヤ人だというので強盗にはいったのだ。いま、彼らに借りがあるって思うなんて、いったいどうしてなんだろう？

しかし彼にはその答えがわからず、先の尖《とが》った柵《さく》ごしに霧をかぶった墓石の群れを見やりながら、足早に歩いた。一度は自分があとをつけられていると感じて急に心臓が高鳴りはじめた。急いで墓地を過ぎ去り、最初の道を右に曲った――石作りの家々の玄関に身をすり寄せるようにしながら、暗い通りを急ぎ足に歩いた。玉突き場まで来ると、救われたように感じた。

ポップの玉突き場は四台しかない不景気な店で持主は陰気なイタリア人の老人で、青筋の突き出た禿頭《はげあたま》をし、両手をだらりとたれ、いつもレジのそばにすわっていた。

「ウォードはまだ来るかい？」とフランクが言った。

ポップが奥の方を指し、そこにはウォード・ミノーグが毳立《けばだ》った黒い帽子とぶかつく外套《がいとう》姿で、ひとりで台に向って練習していた。フランクが見ていると、ウォードは黒いボールをコーナーに置き、白いボールでそれをねらった。緊張した様子で前にかがみ、張りつめた顔をしていて、火の消えた煙草がむかつくような口からたれていた。彼は突いたが、はずれた。玉突き棒で床をどすんと突いた。

フランクはほかの台にいる客たちの間をぶらついた。ウォードは目をあげて彼を見つけ、その目は恐怖に光った。相手が誰かとわかるとその恐怖は消えた。しかし、そのにきびだらけの顔には汗が吹き出ていた。

彼は床に煙草を吐き捨てた。「なんでそんなに盗人《ぬすっと》みたいにやってくるんだよ、ゴム靴でもはいてんのか」

「お前の突くのを邪魔したくなかったからさ」

「とにかく邪魔したぜ」

「この一週間、捜してたんだ」

「おれは休暇旅行としゃれてたのよ」ウォードは口の片隅《かたすみ》で笑った。

「酔いどれてたのか?」

ウォードは片手を胸にあて、げっぷを一つした。「だったらいいんだがよ。誰かがおれの親爺《おやじ》に、おれがこのあたりにいると言いつけやがった、だからちっと雲隠れしてたんだ。ひどいめに会ったぜ。この胸焼けがひどくなりやがってな」彼は玉突き棒を掛け、それから汚《きた》ないハンカチで顔を拭《ぬぐ》った。

「どうして医者に行かないんだ?」とフランクは言った。

「医者なんか、ごめんだ」

「薬をのめば少しは楽になるかもしれないぜ」

「おれを楽にしてくれるのはな、あの糞親爺《くそおやじ》がくたばっちまうことさ」

「ウォード、ちょっと話があるんだ」とフランクは低い声で言った。

「じゃあ話せよ」

フランクは隣の台にいる連中の方に顔を傾かせた。

「裏庭に来な」とウォードが言った。「おれもお前に話があるんだ」

フランクは彼のあとについて裏口のドアから庭に出た。ビルに囲まれて木製ベンチの一つある小さな庭だ。ドア口の頭から弱い電球の光が二人の上に落ちていた。

ウォードはベンチに腰をおろし、煙草に火をつけた。フランクも自分のケースから煙草を出し、火をつけた。一口吸ってみたが味がまるでなく、それで彼は投げ捨てた。

「すわれよ」とウォードが言った。

フランクはベンチにすわった。こんな霧のなかでも奴はくさいな、と彼は思った。

「おれになんの用があるっていうんだ?」ウォードは小さな目を落着かなげに動かしながら尋ねた。

「自分の拳銃をほしいのさ、ウォード、あれはどこにある?」

「なんのためだ?」

「海に投げこんじまいたいからさ」

ウォードはせせら笑った。「臆病風《おくびょうかぜ》か?」

「刑事がやってきて、拳銃を持ってるかなんてきかれたら嫌《いや》だからな」

「たしかお前、あれは故買屋から買ったと言ったな」

「そうだよ」

「じゃあ誰の名の記録もないんだ、びくつくことはないだろ?」

「お前があれをなくしたりしたら」とフランクは言った、「警察は記録なんかなくても跡をたどってくるぜ」

「おれはなくしゃあしねえよ」とウォードが言った。少しして、自分の煙草を泥のなかに踏み消した。「今おれが考えてるこの仕事をやったら、そのあとでお前に返してやる」

フランクは彼を見やった。「仕事ってどんなことだ?」

「カープさ。奴のとこに押し入るのさ」

「なぜカープだ?――もっと大きな酒屋があるぜ」

「あのユダ公と、出目金息子のルイスが大きらいなんだ。子供だったとき、おれがちょっとでもあの出目金のそばへ行くと、親どもはおれの親爺に言いつけやがって、おれはきっとぶん殴《なぐ》られたんだ」

「あそこへ行けば、お前が誰か見破られるぞ」

「ボーバーは見破れなかったぜ。おれはハンカチを使うし、服装も変えてゆくんだ。明日、おれは出てって、車を一つ盗んでくる。お前はただ運転するだけだ、あとはおれが始末をつける」

「あの近所からは遠のいてたほうが無事だぜ」とフランクが警告した。「誰かがお前だと認めるからな」

ウォードは不機嫌《ふきげん》そうに胸をさすった。「わかったよ、お前の勝ちだ。どっか別の所をやろうぜ」

「ごめんだね」とフランクは言った。

「もう一度考えとけよ」

「おれは今、ほしい物はみんな持ってるんだ」

ウォードは嫌な顔を見せた。「見たとたんに、お前がすっかり怖気《おじけ》づいたとわかったぜ」

フランクは答えなかった。

「あんまりきれいに振舞うな」とウォードは腹立たしげに言った。「お前だって汚《よご》れてるんだぜ、おれと同じにな」

「知っているよ」とフランクは言った。

「おれが奴を拳銃で殴ったのも、奴が残りの金を隠して嘘《うそ》をつきやがったからだ」とウォードが言いわけをした。

「彼は隠してなんかいなかったんだ。あそこは貧乏な、しようがない店なのさ」

「どうやら、あの店のことはすっかり知ってるらしいな」

「どういう意味だ?」

「とぼけるな。お前があそこで働いてるのは知ってるんだ」

フランクははっと息を引いた。「またあとをつけてるのか、ウォード?」

ウォードはにやりと笑った。「ある晩お前が玉突き場を出たあとで、あとをつけたのさ。お前がユダ公の所で働いて、わずかな小遣で生きていると知ったのさ」

フランクはゆっくり立ちあがった。「おれはな、お前が奴を殴ったあとで、気の毒に感じたんだ、だから戻っていって、彼が弱っている間、手助けをしてるんだ。だけどそんなに長くいるつもりはないぜ」

「そいつはとてもご親切なこった。するとお前は奴に、お前の取り分だったあの七ドル半の金も返したというわけだな?」

「あれはレジに戻した。あそこの細君に、売上げが少しはよくなったと言ったんだ」

「おまえが救世軍だったとは思わなかったぜ」

「自分の良心を休めるためにしたのさ」とフランクは言った。

ウォードは立ちあがった。「お前の気にしてるのは良心じゃねえよ」

「そうじゃない?」

「別のものだろ。なんでもユダ公の娘っていうのは、じきに寝るっていうからな」

フランクは自分の拳銃をとらずに戻っていった。


アイダが現金を勘定していて、そのそばにヘレンがいた。

フランクはカウンターの背後に立ち、自分のジャック・ナイフの刃で指の爪を掃除しながら、二人が立ち去るのを待っていた。そのあとで店をしめるわけだった。

「あたし、寝る前に熱いシャワーをとろうかしら」とヘレンは母親に言った。「今夜はずっと寒くて仕方なかったもの」

「おやすみ」とアイダはフランクに言った。「明日用に五ドルの小銭を残しておいたわ」

「おやすみ」とフランクは言った。

二人は奥のドアから出てゆき、やがて階段をのぼる足音が聞えた。フランクは店をしめて奥の部屋へ行った。明日版のニューズ紙をめくっていたが、それから落着かなくなった。

しばらくして店の方へ出てゆき、横のドアに耳をすませた。錠をはずし、地下室への電灯をひねり、はいって後ろ手にドアをしめて光線が廊下に洩れぬようにし、それから静かに下へおりていった。

彼は縦に抜ける空気坑を見つけた。なかには古びて使えなくなった食品吊上げ箱が置かれていた。

彼はその埃《ほこり》だらけの箱を押しのけ、垂直の穴をのぞきあげた。真っ暗闇《くらやみ》だった。ボーバー家の浴室もその上のフーソのものも全く光を洩らさなかった。

フランクは自分の良心の声と戦ったが、それも長くはなかった。食品吊上げ箱をできるだけ奥へ押しやり、体《からだ》を縦穴のなかへ押しこみ、箱の上へぐいと踏みあがった。心臓の鼓動に体じゅうが震えた。

闇に目が慣れてくると、彼女の浴室の窓はわずか二フィート上だとわかった。壁ぞいに手でできるだけ上をまさぐると、空気坑のまわりの出っぱりにさわった。そこを足場にすれば、あの浴室のなかが見られる、と彼は知った。

しかしお前はそれをしたら、あとで苦しむぞ、と彼は自分に言った。

咽喉《のど》は痛み、衣服も汗だらけになってはいたが、自分の見るものへの期待と興奮が彼を上へ押しあげた。

胸もとで十字をきると、フランクは食品吊上げ箱につながれたロープを二本ともつかみ、ゆっくりと体を引きあげていった。その間も天窓の滑車があまり音をたてぬように、と祈った。

電灯の光が頭上に射《さ》した。

息をとめ、揺れるロープにすがって身動きせずにうずくまった。それから浴室の窓がばたんという音とともにしまった。しばらくは動けず、あらゆる力が抜け落ちそうだった。つかんでいるロープを放して落下しそうな気がし、そうすれば彼女は浴室の窓をあけて、彼が穴の底にぐんにゃり汚ない塊となって横たわっているのを発見することとなる。

そんなことは絶対にできないぞ、と彼は思った。

しかし彼がのぞき見をする前に彼女はシャワー室にはいってしまうかもしれない——それで彼は、震えながら、ふたたび上へ体を押しあげはじめた。数分もせぬうちに、出っぱった支《ささ》え木《ぎ》の上に大股《おおまた》に乗り、ただしその木に体重をすっかりかけぬようにロープへ取りすがって体の傾くのを防いだ。

体を前にかがめる——ただし乗り出したのではない——すると彼の目にはカーテンのない十字桟のついた窓から、なかの旧式な浴室が見えた。ヘレンはそこにいて、悲しげな目つきで鏡に映る自分の体を眺《なが》めていた。彼の感じではヘレンがそこに永久に立ちつくすのではないかと思われた、しかししまいに彼女は部屋着のチャックをおろし、そこから脱け出た。

彼女の裸体を見て彼は痛いうずきを感じた——彼女を愛したいという湧《わ》き立つような欲望を感じたのだ、しかし同時に喪失感も意識した、すなわち自分の最も欲するものをいつも見失ってきた自分の、いくつもの嫌な記憶がよみがえったのだ。

彼女の裸体は若々しく、柔らかく、美しく、両方の乳房は飛んでいる小鳥のよう、そして尻は花のようだった。しかし全体は、美しい型のくせに、寂しい感じだった。いや美しいからさらに寂しいのか。裸というのは寂しいものだな、と彼は思った、しかしいっしょに寝ればそうでなくなるだろう。彼にとって彼女は以前よりはるかに現実的な存在に感じられた――衣服をすてて現われた姿、ずっと身近な、可能な存在。彼は見つめるうちにほしくなり、このご馳走《ちそう》に目を釘《くぎ》づけにし、しかし見つめるほかないために欲望はつのるばかりだった。しかしまた、見ているうちに、彼女を自分の手の届かぬ所まで押しやり、ただ見ているだけの存在に仕立ててもいたのだ、というのは彼女の両目には彼の罪の種々相が反映していたからだ――彼の罪、くだらぬ過去、萎《しぼ》んだ理想、恥辱にまみれた情熱、それらがみんな彼女の両目を見ていると思い出されるのだった。

フランクの両目は湿ってきて、彼はそれを片手で押し拭《ぬぐ》った。もう一度見つめたとき、恐怖にとらわれた――彼女が窓の向うから自分を見つめているように思えたからだ。その唇《くちびる》に嘲《あざけ》りの微笑を浮べ、両目に容赦ない軽蔑《けいべつ》をたたえて彼を見つめている！　思わず彼は穴から飛び出そうかと思った、骨が砕けてもかまわない、飛びおりてしまえ！　しかし彼女はシャワーの栓《せん》をひねり、洗い場にはいって、まわりに花模様のビニール製のカーテンを引きまわした。

窓はたちまち蒸気に曇った。おかげで彼はほっとし、救われた気持になった。静かに下へおりていった。地下室に来ると、自分が必ず感じると考えていた後悔の念にさいなまれる代りに、躍動する喜びを感じた。

十二月のある土曜日の朝、モリスは二階で我慢強く二週間以上も過したのち、頭の傷が癒《なお》って下へおりてきた。その前の晩、アイダはフランクに向って朝になったら立ち去るようにと告げた、しかしモリスがそのことをあとで知ると、二人は口論をしはじめた。主人のほうはアイダに言ってなかったけれども、長い病床生活のあとなので、またも店で陰気な時間を過すのは気がすすまなかった。ほとんど自分の青春の虚《むな》しい思い出にふける幾時間もの悲しい時を思うと、恐ろしかった。商売が少しよくなったのはたしかに慰めであったが、それも十分でなかった、なぜなら商売が良くなったというのも、アイダの話から察すると、ただ彼らの手助けをする彼がいるからだと知ったからだ。その青年は、彼の記憶では、ただ飢えたような目つきのよそ者、かわいそうな感じの青年でしかなかったが、しかし景気が上向いたのはそんなことと関係なかった——売上げが増したというのもこの地下室に住んだ青年が魔法使だったからではなく、彼がユダヤ人でなかったからにすぎない。この近所の非ユダヤ教徒たちは自分の仲間が店にいたのでうれしかったのだ。彼らにとってユダヤ人というのは、咽喉《のど》につかえる骨だ。たしかに彼らは、気まぐれだがモリスの店を贔屓《ひいき》にした、そして彼の名を親しげに呼び、してもらうのが当り前のように掛売りを頼んだし、それを彼も以前は、愚かしいことに、しばしば許した――しかしそれでいて彼らは心のなかでモリスをきらっていたのだ。もしそうでなければ、フランクが来てこんなに急に収入のふえるはずがないではないか。彼はもしあのイタリア人が出てゆけばたちまち週四十五ドルの余分収入が消え去るのを恐れ、その点をアイダに強調した。彼女のほうも夫が正しいと思ったが、なおもフランクは立ち去らねばならぬと言い争った。あたしたちがどうして彼を、一週七日、一日十二時間もわずかの五ドルで雇ってゆけると思うんです？　あまりひどすぎますよ。それには店主も同意した、だからといって、あの男がここにいたいというのに、どうして町へ放り出せるかね？　五ドルはちっぽけな金だ、と彼は認めた、しかし寝床と食事があり、煙草は自由だし、店で彼が飲むというビールのこともあるだろう？　もし景気がよくなったら、もっと待遇をかえよう、少しは手数料をやってもいい、ごく少しだ――まあ、一週百五十ドルの売上げを越えた分だけにな、しかもこの金額だって角のシュミッツが店をあけてから一度も売上げておらんのだ。そこまでゆく間、彼には日曜日を休みにし、働く時間を短くしてやろう。今はわしが朝は店をあけられるから、フランクは九時までベッドにいられるわけだ。この申し出もたいしたものではないが、それにしても相手がそれを受取るか断わるか、その機会だけは与えねばならん――そのように店主は主張した。

首まで赤くしたアイダは言った、「モリス、気が狂ったんじゃない？　四十ドルよけいにはいるといったって、そこから彼に五ドルやるのよ、うちの収入のなかからね。それでも彼をここに置いとく余裕があるの？　彼が食べる分を考えてごらんよ。とてもできないわ」

「わしらは彼を雇う余裕がないが、彼を失う余裕もないのだよ、それに、彼がここにいれば商売がもっと良くなるかもしれんからな」とモリスは答えた。

「こんな小さな店で三人の大人《おとな》がどうして働けるの？」と彼女は叫んだ。

「お前は痛む足をいたわればよろしい」と彼は答えた。「朝はもっと寝ておって、なるたけ二階にいるようにしなさい。お前が毎晩あんなに疲れるのは、誰も望まんのだよ」

「それにね」とアイダは言い争った、「彼が一晩じゅう奥の部屋にいれば、あたしたち、なにか忘れ物をしても、店を閉じたあと、なかにはいっていけないでしょ？」

「その点もわしは考えてたんだ。上にいるニックの家賃を二ドルばかり引いてな、彼にフランクの眠る小さな部屋を貸してやるようにするんだ。彼らはあれをただ荷物置場に使っているだけなんだ。あすこだって、たくさんの毛布を使えば気持よく寝られるさ、それにドアは廊下へじかにつづいているから、誰の邪魔もせずに、自分の鍵《かぎ》で出入りできる。洗面なんかは店のなかでやればよい」

「家賃から引く二ドルだって結局はあたしたちの貧しい財布から出るのよ」とアイダは両手を合わせて胸に当てながら答えた。「でもそれより大切なのはね、ヘレンのために、あたし彼をここにいさせたくないのよ。あの子を見る彼の目つき、どうしても好きになれないわ」

モリスは妻を見つめた。「するとお前はナットがあの子を見る目つきや、ルイス・カープがする目つきは好きなんだね？　若い者は、みんなああいう目つきをするのさ。もう少しきくが、あの子のほうではあの男をどんなふうに見とるのかね？」

彼女はこわばった肩のすくめ方をした。

「わしの考えているのはそこさ。お前もよく知っておるだろう。ヘレンはああいう青年に興味を持たんのだ。食料品屋の店員など、あの子の気持をひくわけがない。あの子は今勤めている所でセールスマンたちとデートをするかね？　たとえ向うで頼んだとしても、しないのさ。あれはもっと上のことを望んでおる、だからそのまま上のものを望ませておけばよろしい」

「面倒が起るわよ」と彼女は低い声で言った。

モリスは彼女の恐怖をなだめ、そして土曜日の朝、下におりていったとき、フランクに向ってもう少しここにいるかと尋ねた。フランクは六時前に起きていて、店主がはいっていったときは長椅子に沈んだ様子ですわっていた。彼はモリスが申出た条件のもとに店にいつづけることをすぐ承知した。

前よりも元気になって、フランクはニックとテシーのいる三階に自分が住むのはいい考えだと言った、そこでモリスはその日、アイダの不安を押しのけて、家賃から三ドル引くからという約束で話をつけた。テシーはその部屋からトランクや衣類の袋やがらくた家具を引っ張り出した。そのあと埃《ほこり》を払い、掃除機をかけた。テシーが提供したものと、モリスが地下室の箱から取出した物とで、部屋はどうやら形がついた——かなりいい状態のマットレスのついたベッド、まだ使える小箪笥《だんす》、椅子、小さなテーブル、電気ヒーター、そしてニックが持っていた古ラジオさえ備えた。部屋は暖房器がないうえにフーソ家のガスで暖められた部屋からはドアで隔てられたので寒くはあったが、フランクは満足した。テシーはもし彼が夜に便所へゆくときはどうなるのかと心配した、そこでニックはフランクとその問題を話し、彼女が恥ずかしがるから、彼らの寝室を通らないようにしてくれとすまなそうに言った。しかしフランクは夜中には決して目がさめない質《たち》だと言った。とにかくニックはフーソたちの部屋の表ドアについた新案錠をあける別の鍵を作らせた。もしフランクが必要となればいったん廊下に出て、表ドアからはいっていけば彼らを起さないですむ、と彼は言った。それにまた、前に話して使うのだったら、彼らの浴室も使っていい。

この取決めにテシーは満足した。誰もが満足したのだが、アイダだけはフランクを置いておくというだけで気が安まらなかった。彼女は夫に、夏前に店員をお払い箱にすると約束させた。夏場には、いつも景気が上向くから、それでモリスは同意した。今その話を彼にしてくださいと彼女は頼み、そこで店主がその話をすると、店員は人の良さそうに微笑し、夏はずっと先だけれども、とにかく、それで結構ですと言った。

店主は自分の気分が変ったのを感じた。予期していたよりも良いほうに変ったのである。古い得意客の幾人かは戻ってきていた。一人の女客は彼に、シュミッツが以前ほどよいサービスをしなくなったと告げた。それに彼は健康がよくないらしく、店を売ろうと考えていると。じゃあ売ればいいとモリスは思った。そして死んじまえばいい、と思い、それから激しく自分の胸をたたいた。

アイダは一日のほとんどを二階で過すようになった。はじめは仕方なしにそうしたのだが、やがて時がたつとそれを喜ぶようになった。おりてくるのは昼食と夕食の仕度《したく》のときとか――フランクはまだヘレンの来る前に食べていた――あるいはサラダ類を作る必要のあるときだった。店の用事にほとんど手を出さず、掃除や床の油引きはフランクがした。二階にいるときのアイダは部屋を片づけ、少し本を読み、ラジオでユダヤ放送を聞き、編物をした。ヘレンが毛糸を少し買ってきて、アイダは彼女の着るセーターを編んだ。夜になって、フランクが出ていったあと、彼女は店に来て時間を過し、手帳に勘定を書きこみ、モリスが店をしめるといっしょに二階へあがった。

店主は彼の手伝い人と仲よくやった。二人は仕事を分担し、交代で客の相手をした。もっとも相変らず客を待つ間の時間は長すぎるほどだったから、午後にはモリスは店など忘れようと二階へ昼寝に行った。彼はフランクにも午後は少し休憩をとり、単調な一日の気晴らしをしたらとすすめた。フランクはなぜか落着かぬ様子だったが、しまいにそのとおりにしはじめた。ときには自分の部屋へあがってゆき、ベッドに寝ころんでラジオを聞いた。たいていは前掛け《エプロン》姿の上に上着を着こみ、近所の店の一つを訪問した。彼は店の筋向うにあるイタリア人の散髪屋ジャノーラが好きだった。この老人は最近に妻を亡《な》くしたのであり、一日じゅう店にすわっていて、家に帰る時間が過ぎてもそうしていた。髪を刈る腕前は良かった。ときたまフランクはルイス・カープの店に立ち寄り、むだ話をした、しかしきまってルイスは退屈だった。ときにはモリスの店の隣にある肉屋へ行き、息子《むすこ》のアーティと奥の部屋でしゃべった。顔色の悪い金髪の若者で、乗馬に興味を持っていた。フランクはいっしょに乗馬へ出かけてもいいと言ったが、実際にアーティが誘っても一度も行かなかった。たまには町角にあるバーでビールを飲んだ。そこのバーテンのアールが好きだった。それでいてフランクは食料品屋に戻ってくると、自分が帰ってきたのをうれしく思うのだった。

彼とモリスが奥の部屋でいっしょになると、二人はおしゃべりをして長い時間を過した。モリスはフランクを相手にするのを好んだ――珍しい土地の話を聞くのがおもしろかったのであり、そしてフランクは自分の長い放浪の間に暮したいくつもの都会のことや、自分の働いた変った職場のことを話した。彼は少年のころ少しの間をカリフォルニア州のオークランド市で過したが、大部分はそこから湾を横切ったサンフランシスコ市の孤児院で暮したのだった。子供のころいかに苦労したか、彼はモリスにいろんな物語をした。孤児院から送られた二番目の家では、主人は自分の機械工場で彼をこき使ったものだ。「ぼくは十二にもならなかったんですよ」とフランクは言った、「それなのに彼は、できるだけ学校にゆかせまいと考えてたんですからね」

その家庭に三年間留まったのち、彼は家出をした。「それからぼくの長い放浪が始まったわけです」店員は黙りこみ、流し台の上の棚《たな》にある置時計が平板な重苦しい音をたてて時を刻んだ。

「ぼくはほとんどひとりで自分に教育をつけてきたんです」と彼は話をおえた。

モリスはフランクに自分の生れた国での生活を話して聞かせた。彼の一家は貧しくて、それにユダヤ人虐殺《ポグラム》も起きていた。それで彼がロシア皇帝の軍隊に徴兵される年になると、父親は言った、「アメリカへ逃げろ」。船員をしている父親の友達が旅費の金を送ってくれた。しかし彼はロシア官吏が呼び出すまで待っていた、というのはもしも徴集される以前にこの土地から逃げ出せば、父親が逮捕され、罰金をくって監獄に入れられるからであった。もしも息子が徴集になったあとで逃亡すれば、父親は責められない――責任は軍隊のほうにあるからだ。バターと卵の行商人である父親と息子のモリスは計画を立てた――兵営にはいった最初の日に逃亡を試みよう、と。

そこでその日、とモリスは語った、彼は軍曹《ぐんそう》に――この男は赤い目をして、もじゃついた口髭《くちひげ》にパイプ煙草の匂《にお》いをさせた百姓だったが――この軍曹に向って、町で紙煙草を買いたいと言った。恐《こわ》かったが、とにかく父親がしろと言ったとおりにしたのだ。半ば酔っぱらった軍曹はお前の行くのはいいが、まだ軍服を着ていないのだから、おれがついて行かねばならんと言った。それは九月のある日で、雨が降ったばかりだった。二人は泥んこの道を歩いて町についた。そこで宿屋へゆき、彼は自分の分と軍曹の分と煙草を買った、それから、父親と計画したとおりに、いっしょにウオッカを飲まないですかと兵隊をさそった。モリスは今自分のしようとする賭《か》けに胃袋が固くなるのを感じた。なにしろ今まで一度も宿屋で酒を飲んだことはなく、それにここまで人をだまそうとしたこともなかったからだ。軍曹は幾度か杯を満たしながら、モリスに向って自分の過去の話をしはじめ、うっかりして自分の母親の葬儀に間に合わなかったところにくると、涙をこぼした。それから鼻をかみ、太い指をモリスの顔の前で振って、もしお前が逃げ出す計画でもしているなら、諦《あきら》めたほうがいいぞと警告した。生きたいと思うなら、やめるほうがいいぞ、死んだユダヤ人などは生きてるユダヤ人より値打ちがないのだからな。モリスは重苦しい薄闇《うすやみ》が自分の上におりるのを感じた。心のなかでは自由は幾年も先のことなのだと諦めかけた。ところが二人が宿屋を出て泥のなかを兵舎へ戻ってゆく間に、彼の希望はふたたび頭をもたげた、というのは軍曹が酔いどれて、いつもあとに遅れはじめたからだ。モリスはゆっくりと歩きつづけた、それでも軍曹は口に両手をあてては罵《ののし》り、モリスに向って、おい待てと呼びつづけた。モリスは待った。二人はまたいっしょに歩きだす——軍曹はひとりごとをつぶやき、モリスは、次にどうしようかと心に決めかねていた。それから軍曹は足を止め、道端《みちばた》の溝《みぞ》に向って小便をはじめた。モリスは待っているふりをしたが歩きつづけ、その間いつも弾丸が飛んできて背中に当って自分は泥のなかに倒れこむのだと予期していた——自分の未来が蛆虫《うじむし》とともに埋まるのだと。しかしそれから、まるで自分の運命に追い立てられるかのように、走りはじめた。罵り声と呼ぶ声が高まった、そして赤い顔をした軍曹は拳銃を振りながら、彼のあとをよたよた追いかけた——しかし軍曹が最後にモリスを見かけた並木道の角まで来ると、そこには誰もいず、ただ黄色い鬚《ひげ》の百姓が乾草《ほしくさ》を積んだ荷車を年老いた馬に引かせているだけだった。

この物語をしているうちにモリスは興奮した。煙草に火をつけ、咳《せ》きこまずに吸った。しかし話しおわると——これ以上は言うことがなくなると——悲しさが湧《わ》いてきた。椅子にすわっている彼の姿は小さな寂しい人間だった。二階で寝ていた長い間に彼の髪はすっかり伸び放題となり、首筋ぞいに産毛《うぶげ》が見えた。その顔は以前よりも細くなっていた。

フランクは今モリスの話した物語について考えた。たしかにこの人にゃあ大博奕《おおばくち》だったな、しかしその末はどんなことになったというわけだ？　ロシアの軍隊を逃《のが》れてアメリカにやってきた、しかしこの店にいる彼はフライパンで揚げられた魚みたいじゃないか。

「この国に来たあとで、わしは薬屋になろうとしたんだよ」とモリスは言った。「一年間は夜学に通った。代数をやり、ドイツ語と英語もとったよ。『「おいで」とある日、風は木の葉に言いました、「わたしといっしょに牧場《まきば》へ行って、さあ遊びましょ」』わしはこんな詩を学んだよ。しかしわしは夜学に通いつづける忍耐力がなかった、それだもので今の細君と出会ったときに、人生の好機会を手放してしまったのだよ」溜息《ためいき》をつき、彼は言った、「教育がないとな、まず人は行き詰ってしまうものさ」

フランクはうなずいた。

「あんたはまだ若いからな」とモリスは言った。「家族を持たぬ若い者は自由なんだ。わしのしたようなことを、してはいかんよ」

「ぼくはしませんよ」とフランクは言った。

しかし店主は彼を信じないらしかった。涙っぽい目つきの老人が自分のことを案じているのを見ると、彼は落着かぬ気分になった。彼への同情が無精《むしょう》に滲《にじ》み出るのを感じた、しかしまあ、そのうち慣れるさ、とフランクは思った。

二人が店に出ているとき、モリスはフランクのすることに目を向け、すでにアイダが教えたやり方をさらに改良しようと試みた。しかし店員のほうはすでに、やれと言われたことを手際《てぎわ》よくやっていた。この商売があまり簡単に覚えられるのは恥ずかしいかのように、モリスは彼に、数年前までは食料品屋になるのはいかに大変だったかと説明した。その時代には、作る人間でなければならなかったのであり、いわば職人であった。ところが今は、誰一人お客にパンを切ってやる手間もかけぬし、牛乳を量り売りする者もない。

「今はな、なにもかも紙の容器や罎《びん》や包みになっている。何百年も手で切ってきた固いチーズさえ、今じゃあ薄切りにしてセロハンに包まれてるよ。もう誰一人、手仕事を学ぶ必要はなくなったな」

「ぼくは家庭用のミルク缶をおぼえているよ」とフランクは言った、「ただね、家じゃあ、その缶でビールを買ってこいとぼくを使いに出したけどね」

しかしモリスは牛乳を量り売りしなくなったのはいいことだと言った。「わしの知っている食料品屋はな、缶が来るとその上に浮いたクリームを一クォーターか二クォーターすくい、それから水を入れるんだ。この水入りの牛乳をな、普通の値段で売ったもんだよ」

彼はフランクに、昔知った他のごまかしを話し聞かせた。「ある店ではな、二種類の豆コーヒーや桶《おけ》入りバターを買いこむ。片方はごく安いもので、もう一方は中級品さ、ところが中級品の半分を箱に残して、あとの半分を高級品に入れる。だからお客は最上のコーヒーや最上のバターを買っても、実は中級品を買うわけさ——」

フランクは笑った。「そしてお客のなかには、戻ってきて、やっぱり上等のバターは中級品よりいい味だ、というわけですね」

「お客をだますのはわけはないのさ」とモリスは言った。

「モリス、あんたもこういうごまかしを、ちっとはやったらどうです？　あんたの利益は少ないんですからね」

モリスは驚いて彼を見やった。「わしにお客から盗めというのかね？　向うでもわしから盗んだりするかね？」

「向うだって、できればやるでしょうね」

「人間はな、正直にしていると、眠るときに心配をせんものだ。これこそ小銭を盗むよりも大切なことだ」

フランクはうなずいた。

しかし彼は盗みつづけた。数日はやめることがあったが、それから安心感のようなものに押されてまたもとに戻った。ときには盗むことでいい気分になった。ポケットに小銭がはいっていると気持がよかったし、ユダヤ人の鼻の下で一ドルくすねるのも愉快だった。ズボンのポケットへ金をすべりこませる自分の手さばきが、あまりに巧みなので、思わず笑いを抑《おさ》えかねた。この金と、それに自分ときにも稼《かせ》いだものを合わせて背広と帽子を買い、ニックのくれたラジオに新しい真空管を入れた。ときには、電話で教えてくれるサム・パールの指示に従って、一ドル二ドルを馬に賭《か》けたが、しかし普通は金に用心深かった。図書館に近い銀行に小さな預金口座をもうけ、銀行通帳を自分のマットレスの下に隠した。その金は将来のためのものであった。

盗むのなんて平気だと感じるときがあるのは、自分がこの一家をもうけさせていると思うからであった。もし盗むのをやめると、きっとこの商店はまた不景気になるだろう。自分はこの店にいられる値打ちのある人間だし、さらに、恩をほどこしてもいるんだ。少しの小銭をかすめるのも、彼自身がなにか価値ある者と自分に示す道なのだ。そのうえ、彼はいつかすべてを返すつもりでいた——でなければどうして自分の取った金の額をつけておいたりするものか。彼はその金額を書いた小さなカードを自分の靴に入れておいた。いつか大穴をあてて十ドルかそこら手に入れたら、自分の取ったつまらぬ小銭の全部を一度に払ってやるのだ。

こんなたしかな理由があるのに、日がたつにつれて、モリスから金を盗むのが気にとがめるようになった。なぜだか自分にもわからなかった。しかし彼はなおもつづけた。ときには自分のなかにしんみりした哀しみが満ち渡り、まるでたった今友達を墓に埋めて、その墓を自分のなかに持ち歩いているような気分になった。これは昔から持っている感情だった。たしか幾年も前にこんな気持を持った記憶がある。こういう気分が幾日かつづくと、頭痛がはじまり、ひとりごとをつぶやきながら歩きまわるようになる。鏡のなかの自分を見るのもこわくなる――鏡がいつしか二つに割れて流し台へ落ちそうになる。ひどく神経が張りつめてきて、内部のバネがはじけたら一週間もぐるぐる回転しつづけそうな感じだ。だしぬけに自分に激しい怒りを感じる。こういう状態がいちばん気分の悪い日々で、自分の感情を隠そうとひどく苦労した。ところがこれらの日々は奇妙な終り方をした。自分の感じた怒りは尻《しり》つぼみな嵐《あらし》のように過ぎ去り、心に優しい感情がはいりこんでくるのを覚える。彼は店に来た客に優しい気持となり、とくに子供たちには安いクラッカーをただでやったりした。モリスにも優しくなり、ユダヤ人も彼に優しかった。ヘレンに対しても静かな優しさをいっぱいに感じ、もはや浴室で裸で立つ彼女を見ようと空気坑をのぼったりしなくなった。

それからまた、なにもかも死ぬほど嫌《いや》になる日々があった。もうたくさんだ、げんなりした。朝になって下へおりてゆくとき、もし店から火が出たら燃えるのを助けてどんなこともしてやる、と感じる。あのモリスのことを考えると、たまらなくなる――年から年じゅう毎日毎日同じつまらぬ客を相手にしていて、その客どもはまた虱《しらみ》ったかりの貧乏暮し、毎日食べる同じ安い品物を汚《きた》ない指でつまみあげる連中であり、奴らが立ち去ると、また戻ってくるのを待ってすわっているモリス――彼のことを考えると、手すりから乗り出して吐いちまいたい気がする。いったいどんな人間に生れついたら、ああやって大きな棺みたいな店に閉じこもっていられるんだ。ユダヤ系新聞を買いにゆくとき鼻先に外の空気をかぐだけの暮しなんて、どんな生れの人間のすることなんだ？　その答えはむずかしくなかった――ユダヤ人に生れればそれもできるのさ。彼らは生れつき囚人なのだ。モリスもそうなのだ――あの恐ろしい忍耐、いや我慢、とにかくそんなものを持っているのだ。そういえば紙製品のセールスマンのアル・マーカスも同じだ、それから電球の詰った重い箱二つを背負って店から店へ歩く痩《や》せた洒落者《しゃれもの》のブライトバートもそうだ。

アル・マーカス、以前に一度すまなそうな微笑とともに、この店員に向って食料品屋など早く出たほうがいいと警告したのだが、彼は身なりのよい四十六歳の男で、顔色ときたら、見るたびに、青酸カリをなめたばかりかと思う。フランクは今までこんなに白い顔を見たことがなかったし、丹念《たんねん》に見る者がいて彼の両目をよく見たら、まず食欲をなくしてしまうだろう。実を言うと、モリスがそっとフランクに打明けたところだと、アルは癌《がん》になっていて、一年前に墓へはいるはずだった体だそうだ。ところが彼は医者をだしぬいた、ただしあれが生きている状態と言えればの話だが、とにかく生きのびている。かなりの金を貯めこんでいるのに、働くのをやめようとせず、相変らず月に一度は現われて、紙袋や包み紙や紙の容器の注文を取ってゆく。モリスはどんなに商売が不景気でも、なんとか彼のために少しの注文を出そうとした。アルは火のつかぬ葉巻を吸い、金具表紙の販売帳にある桃色の紙に注文を書きこみ、短かな世間話をしてゆくが、その間も彼の目は話の内容と縁のない遠くを見つめ、やがて帽子に手をあてると、次の店へ出かけてゆく。誰もが彼の重い病気を知っていて、二、三人の商店主は、仕事をやめるようにと熱心に忠告した、しかしアルはすまなそうな微笑を浮べ、口から葉巻をとってからこう言う――「わたしが家にいますとね、シルクハットをかぶった人が階段をあがってきてわたしのドアをたたく、ということになるんです。それよりもこうやって動きまわって、少なくとも向うさんに骨ばった尻を振らせ、わたしを見つけようと苦労させてやりたいですからね」

ブライトバートは、モリスの話によると、九年前までいい商売をしていたが、彼の弟がそれをつぶしてしまった――賭博《とばく》のせいだ――そのうえに銀行預金の残りを引出し、ついでに彼の妻を説きつけて道連れにした。彼に残ったのは引出し一杯の勘定書きで、貸金はなし――そして少し薄ばかな五歳の男の子。ブライトバートは破産し、債権者たちは彼から羽一枚残さずむしり取った。何カ月も彼と息子は小さくて汚ない貸間に暮した、なにしろブライトバートは仕事を捜しに出かけてゆく気力がなかったからだ。世間は不景気だった。彼は生活保護をうけ、のちになって行商をはじめた。今五十代であったが、髪はすっかり白くなって、動作も老人めいていた。卸屋から電球を仕入れ、二つの箱に入れて肩に背負って物干し用の紐《ひも》で結んだ。毎日、ねじれた靴をはいて何マイルも歩き、店々に顔を出しては物《もの》哀《がな》しげな声で呼びかける、「電球はいりませんか」夜になると家に帰り、息子のハイミーに夕食を作る。ハイミーは靴屋にされるために職業学校へ行っているが、機会さえあればずる休みをする子だ。

ブライトバートがはじめてモリスの近所に来てこの店に立ち寄ったとき、店主は彼の疲れた様子を見て、レモンをそえたお茶をすすめた。行商人は肩の紐をゆるめ、その二つの箱を床に置いた。奥の部屋に来ると、熱いお茶を黙ったままごくごく飲みながら、グラスにあてた両手を温《あたた》めた。彼はさまざまの苦労のほかに、七年ごしの疥癬《かいせん》があって夜もよく眠れなかったが、一口もこぼさなかった。十分過ぎると立ちあがり、店主に礼を言い、痩せてむずがゆい肩に紐をあてると、立ち去った。ある日、彼は自分の過去をモリスに話し聞かせ、二人は泣いた。

あの連中は苦しむために生きてるんだ、とフランクは考えた。そのうちでも、腹が痛くて痛くて仕方ないのにいちばん長く便所へゆかずにいる奴が、いちばん上等なユダヤ人というわけなんだ。どうりで彼らといると、こっちがいらいらしてくるわけだ。

冬はヘレンをいじめつけた。彼女は逃《のが》れ、家のなかに隠れた。家にいるときは十二月に仇討《かたきう》ちのつもりでカレンダーの日々に十字のばってんをつけた。ナットが電話さえかけてくれたら、とたえず考えたが、電話はまったく鳴らなかった。夜になると彼のことを夢に見たし、深い愛を感じ、彼にあこがれた——彼の暖かな白いベッドのなかにも喜んで飛びこんだだろう、もし彼がうなずきさえしたら、いや、自分から彼にそう頼む勇気さえあったら……しかし彼は一度も電話をしてこなかった。十一月はじめに地下鉄で出会って以来、彼の姿は影さえ見かけなかった。彼は角を曲った所に住んでいたのだが、これでは天国にいても同じだった。それで鋭くとがった鉛筆で、彼女は死に果てる毎日を、まだそれが終らぬうちに掻《か》き消すのだった。

フランクは彼女に親しみたいと切望したが、まだろくに口をきいたこともなかった。ときおりは通りで出会った。彼女はハローとつぶやき、自分の本を抱《かか》えたまま行き過ぎたが、しかし彼の視線が自分のあとを追うのを意識した。ときによると、彼女は母親への反撥心《はんぱつしん》から、店の中でちょっと立止って店員と話すこともあった。一度彼はだしぬけに自分の読んでいる本のことを口にして、彼女を驚かした。彼は自分と外出しないかと頼みたかったが、あえてしなかった——母親の目が成りゆきに対して不信の色を見せていたからだ。それで彼は待った。たいていはウインドーにいて彼女を見つめた。彼女の隠れた表情をさぐり、彼女の満ち足りぬ心を察した——これが彼自身の同じ気持を深めた、しかしそれをどうしてよいのかわからなかった。

十二月は春の気配を全く見せなかった。彼女は目をさますごとに、鈍い感情に凍った孤独の日を迎えた。それからある日曜日の午後、冬は一時間ほどたじろぎ、彼女は散歩に出かけた。急に誰でもなんでも許してやりたい気持になった。暖かい空気の息吹《いぶ》きだけでも、そんな気を起させるに十分だったのだ――彼女は生きていることにふたたび感謝したくなった。しかし太陽はじきに沈み、豆粒めいた雪が降ってきた。彼女は重い気持で家へ向った。フランクがサム・パールの店のある町角にひとりきりでいたが、彼女はそばを通ったくせに目にはいらぬらしかった。彼のほうは気持が傷ついた。彼は彼女をほしかったが、いくつかの事実ががっしりさえぎっていた。第一に彼ら一家はユダヤ人であり、彼はそうでなかった。もし彼がヘレンと外出しはじめれば、母親は発作を二度は起すだろうし、父親のモリスも一回はするだろう。それにヘレンの態度は、たとえ最も寂しそうなときでさえ、人生になにか大きなものを求めているらしかった――F・アルパインなんかを相手にしそうもなかった。彼は無一文であり、持っているのは苦労ばかりした過去と、彼女の父親に犯した罪と、そして良心にはとがめられながら父親から盗んでいる事実だけだった。希望のないことが、よくもまあ重なり絡《から》まりあったものだ！

この固く絡まった瘤《こぶ》をほぐすには一つの道しかないと彼は思った――すなわち自分があの強盗の片割れだとモリスに告白することだ、まず心中にのしかかる重荷を一度に投げ出すことから始めるのだ。奇妙なことに、彼はユダヤ人から強盗したことを後悔しているのではなかった。自分の選んだ相手がボーバーという特別な人間であったからとて、まさかその男に対してすまなく感じるようになるとは思っていなかった――それが今はそう思っているのだ。もともとはそんな気持ではなかった、すなわち、そんなことを予期してはいなかったのだ。しかしもとの気持はもはや大切ではなく、現在自分がどう感じているかが問題であり、彼は自分のしたことに気がとがめていたのだ。ヘレンがそばにいると、その気持はことに強まった。

それで、まず告白することが必要だった――これは咽喉《のど》に刺さった骨のようなものだった。あの晩ウォード・ミノーグのあとからこの店に押し入った瞬間から、そんな嫌《いや》な予感がしていた――自分はいつか自分のしているこの行為を、たとえいかに苦しく情けなくとも、言葉にして吐き出すようになるのだ、とそう感じた。いや、あの店に押し入るずっと前から、むしろミノーグに会う前から、東部へ来る前から、薄気味悪い直感で、それを感じていたのだ――自分が生きてきた間ずっと、いつかは、恥ずかしさにしわがれた声で、泥だらけの目つきで、どこかの馬の骨に向って自分こそあなたを傷つけ裏切ってきた人間だと告白するようになるのだ。この考えは長く彼のうちに住み、爪を立てつづけていた。あるいは彼が吐き出しえぬまま持っている渇《かわ》きとも言えようか――自分に起ったことすべてを体じゅうから放り出したい衝動なのだ（とにかく彼の身に起ったすべてはろくでもないことだったからだ）、それをきれいに洗い流して小さな平和、わずかの秩序を得たい衝動なのだ、出直したいのであり、自分の過去は鼻もちならぬ悪臭を放ってきたのだから、その先に出てやり直したい

──その悪臭が彼を窒息させぬ前に自分の人生を変えたいのだ……。

にもかかわらず、それを言いうるチャンスが来たとき、たとえば十一月の朝に店の奥の部屋でモリスと二人でいて、ユダヤ人が彼にコーヒーをいれてくれたときなど、今、今こそすべてを打明けようという衝動が湧《わ》き出し、全力をこめてその重荷を持ちあげようとりきむ。しかしそれは自分の全人生を引裂き、骨と血をばらばらにするようなことだ、そしてひとたび自分のした悪事を口にすれば自分は真っ黒こげになるまでやめられぬだろう──そういう恐怖が腹のなかに煮えくりかえる──それで告白する代りに、自分の過去がいかに惨《みじ》めだったか口早にモリスに語ったが、これでは自分の願ったことを全く口にしないのと同じだった。彼はモリスの同情を搔《か》きおこし、半ば満足した気になるが、長つづきはしない、なぜならじきに告白したい欲望が戻ってきて、彼は自分のうめいている声に気がつくのだ──しかしうめき声は言葉ではなかった。

彼はこう理屈をつけてみた──自分が店主に必要以上のことを打明けなかったのは利口だったと。ものには程度がある、それにあのユダヤ人はそんな告白をされる資格もないのだ、なぜなら自分は七ドル半しか盗まなかったしその金をレジのなかへ返したのだ、それに彼がウォードに頭を殴《なぐ》られたことだって、自分自身はいやいやウォードのあとについてきただけなのだ。いやいやとは言えぬかもしれぬ。進んで強盗にはいったとも言えるが、あんなことまでする気は全くなかったのだ。この点で罪は少し軽くなるはずだ、そうではなかろうか？　そのうえ、自分はウォードに誰も殴るなと頼んだではないか、そしてあとになってあいつが、最初にねらった人間であるカープを襲うという計画を口にしたときも、それを断わったではないか。これは自分が更生しようとしている証拠ではないか。それに、なんだかだと言っても、寒い夜明けに震えながら待っていてモリスの牛乳ケースを引いてやったのは誰なのだ、そしてあのユダヤ人が二階で寝こんでいる間、一日十二時間も汗水たらして働いたのは誰なのだ？　いや今でさえ彼が鼠《ねずみ》の穴みたいな店で飢え死ぬのを防いでやっているではないか。こんなことだってみんな、なにかの足しになってるはずだ。

このように彼は自分に説きつけた、しかしそれも長くは保《も》たず、彼はふたたび自分のした悪行から自由になりたいともがきはじめた。いつかすべてを告白することにしよう、と彼は自分に言った。もしもモリスが自分の説明と真剣な詫《わ》びを受入れてくれるなら、次の動きへの大きな障害を取除けるわけだ。今自分がレジから盗んでいる分は、あの強盗のことをモリスに話してしまったあとで、すぐにレジのなかへ返しはじめよう。自分の少しの給料と、盗んで銀行に預けてある金から戻してゆこう、そうすれば事はすむ。そうしたからとて必ずしもヘレン・ボーバーが自分に惚《ほ》れることはないかもしれぬ――その逆になってしまうこともありうるだろう――しかし、もし彼女が惚れたとき、こっちの気持がやましくないわけだ。

彼は自分がひとたび打明ける気になったらモリスになんと言うか、その言葉を胸に刻みこんでいた。二人が奥の部屋でしゃべっているとき、前にも一度したように、まず自分の人生がいかにいいチャンスを逃《のが》してきたかから話しはじめよう。なかには思い出すのも口惜《くや》しい素敵なチャンスもあったと言おう。いろいろな原因のために不運にみまわれた、それもたいていは自分の間違いから起きたことで――今でも後悔の山に埋まっている――なんとか自分を解き放そうと手を打ったが、たいていは失敗で、そんな多くの失敗のすえ、しばらくすると諦《あきら》めてしまい浮浪人みたいになった。宿無しとなり、運がよければ地下室に暮し、空地《あきち》に眠り、犬も食わぬか食えぬようなものを、ごみ箱からすくって食べた。手にはいるものを身につけ、ばたりと倒れたところで眠り、なんでもむさぼり食った。

普通なら死んでしまうはずだったが、自分は生きのびた――無《ぶ》精髭《しょうひげ》だらけ、くさい姿で、なににすがる望みもないまま夏も冬もうろついた。何カ月間こんな暮しをしたのか、思い出そうにも思い出せない。誰一人そんな記録はつけなかったから。しかしある日、這《は》いこんだ穴のなかで、思いもかけぬ考え方に打たれた――自分は本来ずっとましな人間なのだ。そして、空想から引き戻され、考えた。こんな暮しをしているのも本当の自分を知らなかったせいだ。自分はずっとましな人間で、なにか大きな、並でないことをやれる人間なのだ――それをその瞬間まで悟らずにいたのだ。それまでは自分を普通程度の人間と考えつづけてきた、しかしその地下の穴のなかでは自分が間違っていたと知ったのだ。それを知らなかったからこそ、いつも運勢が向いてこなかったのだ、本当の自分の値打ちを知らなかったために、間違ったことに精力を注いできたのだ。それから、その自分はなにをなすべきだと問うてみて、また別の強力な考えにぶつかった――すなわち、自分は犯罪を行える人間なのだ、と。この考えは以前から自分の心をくすぐっていたのだが、今それは自分をつかんで離さなくなった。犯罪をすることで自分の運勢を変えよう、冒険をしよう、そして王子様のように暮すんだ。盗み、強奪――仕方なければ人殺し――それを思うと喜びに身が震えた――どの暴力行為もみんな己《おの》れの欲望を満たす助けとなり、自分の運が開けるにつれて他人の運が縮まるのだ。もしも人間が自分は大きな存在だ、違った人間なんだと考えたら、次には哀れな野郎が思いつけないすごいチャンスを手に入れることもできるんだ――彼はこのように信じこみ、広々とした安心感を覚えた。

そこで彼は戸外での浮浪者生活をやめた。ふたたび働きはじめ、住む部屋を見つけ、金を貯《た》めて拳銃を買った。それから東部へ向った――彼の欲した生活のある土地、金もナイト・クラブも、かわいい女の子もいる土地へ。どこから始めていいかわからぬままに、一週間ほどはボストンでうろつき、それから貨物列車に飛び乗ってニューヨークのブルックリンに来た、そして二日もするとそこでウォード・ミノーグに会った。ある晩、玉突き場で遊んでいると、ウォードは巧みにも彼が拳銃を持っているとかぎつけ、二人で強盗をやろうという申込みをした。フランクは手初めとしてその考えを歓迎したが、もう少しよく考えたいからと言った。彼はコニー・アイランドへ行き、浜辺《はまべ》の木製の遊歩道にすわって自分がどうすべきか考えていたが、その間に自分が見張られているという気味の悪い感じを覚えた。振返ってみると、それはウォード・ミノーグだった。ウォードは腰をおろし、彼が強盗を計画している相手はユダヤ人だと言った、それで彼は同意した。

しかし強盗をやる晩になって、彼は自分が怖《お》じけているのに気づいた。車のなかではウォードもそれを感じとり、彼を罵《ののし》った。フランクはこれをやりぬかねばならぬと感じた、しかしあの食料品屋へはいってハンカチを顔に巻きつけたときになって、このすべての考えがばからしくなった。それが心のなかからしゅっと抜け出てゆくのを感じた。彼が思い描いた犯罪はみんなそこにくたばってしまったのだ。この惨《みじ》めさは息もできぬほどであり、今すぐに通りへ飛び出して姿を消してしまいたいと思った、しかしウォードひとりをそこに残しておくわけにいかなかった。奥の部屋で、ユダヤ人が頭から血を流している姿を見ると吐き気をもよおし、彼は自分が最も悪質の間違いを犯した、消しがたい大変なことを犯したと悟った。かくしてたちまちに彼の犯罪生活は終りをつげ、彼の夢想の世界も消え果て、彼は自分の犯した多くの失敗の綱に絡みとられていた。こうしたことを、すっかりモリスにいつか話そうと思った。きっとあのユダヤ人は哀れに思ってくれると彼は知っていた。

それでいて彼は、その代りに、このことすべてをヘレンに話している自分を空想したりした。なにかすることで彼の本当の姿をヘレンに見せたかったのであり、こうするほかに、食料品屋の店員が英雄らしく見える機会などないではないか。彼女に話すには胆力《ガッツ》がいるし、これはなかなか出てこないものだ。自分はもっと良い運にめぐまれる値打ちのある人間だ、と彼は感じつづけていたが、それを確認するにはただ一度でも――一度だけでも――正しいことをせねばならないのだ。それも適切な機会に。もしも二人が少し余裕のある時間いっしょにいられたら、彼女に聞いてほしいと頼もう。最初は彼女も戸惑うだろうが、彼が自分の過去を話しはじめれば、彼女はきっと最後まで聞いてくれるだろう。そのあとは――あとはわからない。とにかく、娘とはまず、なにか始めることが大切なんだ。

しかし店員は我に返って、自分の考えが感傷的だと気がついた――元来、根は感傷的な甘ちゃんである――こんな考えはいつもの癖の白昼夢なのだ。彼女の父親に強盗をしたなんて打明けたあとで、彼女が自分をどう思うかわかりきったことではないか。やはり黙っているのが最上の手だと彼は考え直した。それと同時に彼のなかに嫌《いや》な予感が這《は》いこんできた――もしも自分が今なにも言わずにおくと、いつかあまり遠くない日に、もっと汚れた自分の過去を告白することになる、という予感である。

クリスマスを過ぎて数日して、満月の晩だったが、新しい服を着こんだフランクは、店から十丁ほど離れた図書館へ急いでいた。図書館は大きな店を改良したもので、なかは書棚《しょだな》に囲まれていて明るく、冬の晩には暖かな匂《にお》いがした。奥には二つ三つの読書テーブルがあった。寒い所からはいると気持のいい場所だった。彼の想像は当っていた――まもなくヘレンがやってきたのだ。頭に赤いウールのスカーフをかぶり、片方の端は肩に投げかけていた。彼はテーブルで読書していた。ヘレンは表のドアをしめたとき、彼に気づいた――それを彼も知った。以前にも、ちょっとだが二人はここで出会ったことがある。そのときのヘレンは彼がなにを読んでいるかといぶかり、通りすがりに彼の肩ごしにちょっと目を走らせた。まず『機械の友』ぐらいだろうと想像していたが、実際は誰かの伝記だった。この晩も前のように、棚から棚へ歩いてゆくとき、ヘレンは自分に注がれる彼の目を意識した。彼のほうでも一時間して彼女が立ち去るとき、自分の方へひそかにちらっと視線を向けるヘレンを見とめた。フランクは立ちあがり、一冊の本を借り出した。追いついたときには、彼女はこの通りを半ばほど来ていた。

「満月だね」と彼は挨拶《あいさつ》の帽子を持ちあげかけたが、なにもかぶっていない自分に気づいてまごついた。

「雪がくる模様だわ」とヘレンが答えた。

相手がからかっているのかと、彼はヘレンに目をむけ、それから空を見た。雲一つなく、月の光が満ち渡っていた。

「あるいはね」街角に近づいたころ、彼は言った、「君がよかったら、公園をちょっと歩きたいんだけど」

その申し出に彼女は身震いしたが、それでも臆病《おくびょう》な笑いとともに角を曲り、彼の横を歩きはじめた。彼がにせの電話で彼女を呼びおろした晩以後、ヘレンはほとんど彼と口をきいていなかった。あの電話が誰からのだったかいまだにわからなくって、あの出来事はまだ彼女の心を戸惑わせていた。

歩いてゆくうちに、ヘレンは彼に対していらだちを感じた――それもさらに悪質なヒステリーになりそうないらだちである。なにが原因かはわかっていた――彼女の母親のせいだ、母親がどんな非ユダヤ人も頭から危険視して、彼とヘレンがいっしょにいるだけで凶事が起ると思いこんでいるせいだ。ヘレンはまた、フランクの食い入るような目がいつも自分に注がれるのに気づまりを感じた。そのまなざしは、ときおり見せるぼんやりした目つき以上のなにかを秘めていたのだ。ヘレンはそんなことで彼をきらいにならぬように努めた――母親が彼を敵に仕立てたからといって、それは彼の落度ではないと考えたからだ、それに彼がいつも自分を見ているとしても、それはなにか魅力ある点を見いだしているからに違いない。それでなければ、どうしてあんなに見つめたりするだろうか？　自分の寂しい生活を考えて、ヘレンは彼に感謝の気持を感じた。

不愉快の感情が過ぎ去って、ヘレンは彼の方を用心深く見あげた。彼はヘレンの心の動きなど知らぬらしく、月光のなかを目立たぬ姿で歩いていた。それから彼女は思った――前にも同じ気持を感じたが――この人は、あたしが想像したよりももっとなにかを持っているかもしれないと。ヘレンは、父親を助けてくれた彼に一度も感謝をしなかったことを恥ずかしく感じた。

公園のなかでは、月は前よりも小さくなり、白い空をさまよう放浪者だった。彼は冬についてしゃべっていた。「君がさっき雪のことを言ったのは不思議だったなあ」とフランクは言った。「図書館では聖フランシスの生涯を読んでいたんだ、そして君が雪のことを口にしたんで、一つの物語を急に思い出したよ――聖人は冬の夜に目がさめて、自分が僧侶になったのは正しかったかどうかと自分に尋ねたんだ。ああ、自分が美しい若い娘に会って、彼女と結婚し、今ごろ妻や子供を持っていたとしたらどうだろう、とね。そう思うと悲しくなって、眠れなくなった。粗末なベッドから起きてきて、教会だか僧院だか、そんな所から外へ出たんだ。地面はすっかり雪で覆《おお》われていた。その雪から彼は雪ダルマの女を作った。そして言ったんだ、『これが私の妻だ』それから彼は二つか三つ雪ダルマの子供を作った。そのあとで雪ダルマみんなにキスをし、部屋のなかにはいりベッドに横たわった、前よりもずっと気持が休まってね、眠りにおちたとさ」

この物語は彼女の心を驚かし、動かした。

「それをさっき読んでたの？」

「いいや、子供のときに聞いたのを思い出したんだ。なぜか知らないが、ぼくの頭にはそういう話がいっぱいなんだ。ぼくがいた孤児院にね、一人の僧侶がやってきて本を読んでくれた。どういうわけか、ぼくはみんなおぼえているんだ。理由もないのに、いつも心のなかへ浮んでくるんだ」

彼は髪を刈りこんでいて、それに新しい服を着ていたせいか、一週間も地下室に寝ていたあの姿——父親のぶかついたズボンをはいたあの店員とはとても思えなかった。今まで一度も会ったことのない青年のように見えた。着ている服も趣味がよく見え、それに顔立ちも彼なりに興味のあるものだった。前掛け《エプロン》がないと、彼は前よりも若く思えた。

二人は人気《ひとけ》のないベンチを過ぎた。「ちょっとすわらないか、どう?」フランクは言った。

「歩いたほうがいいわ」

「煙草は?」

「いいえ」

彼は煙草に火をつけ、それからヘレンに追いついた。

「いい晩だね」

「あたしね、父を助けてくれたことで、あなたにお礼を言いたいのよ」とヘレンは言った、「とても親切にしてくれたわね。もっと前に言わなくちゃあいけなかったんだけど」

「誰もぼくにはお礼なんかいらないのさ。君のお父さんはぼくに親切にしてくれたんだからね」彼は落着かない気持を感じた。

「とにかく、食料品屋になんかなっちゃあだめよ」とヘレンは言った。「なんの未来もないんだから」

彼は唇《くちびる》に微笑を浮べながら煙を吐いた。「誰もみなそう警告するよ。心配しないでいいさ、食料品屋にあこがれるほど、ぼくの夢は小さくないよ、ほんの臨時の仕事なんだ」

「いつもこういう仕事をしているんじゃないでしょう?」

「そうさ」彼はもっと正直に言おうと心に決めた。「今は、いわば、息抜きの仕事をしているのさ。はじめに間違った方向に行ったんでね、途中で方向転換せねばならなくなった。そのとたんに君のお父さんの店にぶつかったわけさ、だから次の計画がはっきりするまであそこに留《とど》まってるだけなのさ」

彼は自分がヘレンにしようと思っていた告白のことを思い出した、しかしまだその時期は熟していなかった。見ず知らずの人間として彼女に告白するより、親しい友達として告白するほうがいい。

「ぼくはいろいろ試《ため》してきたのさ」と彼は言った、「その末に今は、一つの方向を選んで、それにかじりつくことにしたんだ。いつでもうろつきまわるのに飽き飽きしたからね」

「またやりはじめるにしては、少し遅すぎやしないの?」

「ぼくは二十五歳だよ。それぐらいの年でやり直した人はいくらもいるし、本で読んだ男たちは、もっと遅くから始めたよ。年なんか関係ないんだ。年をとってるからって、ほかの連中より劣ることはないさ」

「そういう意味で言ったんじゃないわ」次の空《あ》いたベンチに来たとき、彼女は足を止めた。「もしよかったらここにちょっとすわってもいいわ」

「いいとも」フランクは彼女がすわる前にハンカチで席を拭《ふ》いた。煙草をさし出した。

「吸わないって言ったわ」

「ごめんよ、さっきの君は歩いているときに吸わないのかと思ったんだ。女の子のなかには歩きながら吸うのが好きじゃないのがいるからね」彼は煙草をしまった。

ヘレンは彼が持っている本に目をとめた。「なにを読んでいるの?」

彼はそれを示した。

「『ナポレオンの生涯』ね」

「そうさ」

「どうして彼を読むの?」

「どうしてって――彼は偉大な男だったからさ、そうじゃないかい?」

「もっと別の方向で偉大な人がたくさんいるわ」

「それもみんないつか読むさ」とフランクは言った。

「本はたくさん読むの？」

「ああ。好奇心が強いからね。なぜ人間が生きているのか知りたいんだ。なぜ人間があれこれ行動するのか、その理由を知りたいのさ――こんな言い方でわかるかな？」

彼女はわかると言った。

彼はヘレンがなにを読んでいるのか尋ねた。

「『白痴』これ、知っている？」

「いいや。なにが書いてあるんだい？」

「長編小説よ」

「ぼくは真実の書いてあるものを読みたいね」と彼は言った。

「これが真実なのよ」

ヘレンが尋ねた、「あんたは高校を卒業したの？」

彼は笑った。「もちろんさ。この国では教育は自由勝手だからね」

彼女は顔を赤くした。「ばかな質問をしたわね」

「ぼくも気取って言ったわけじゃないさ」と彼は急いで言った。

「そうは取らなかったわ」

「ぼくは三つの州で高校に通った、そして夜のほうで仕上げをした——夜間高校のことさ。大学へ行く計画をたてたけれど、仕事がきて、断われなくなって、だから気が変っちまったけれど、やっぱり間違いだったな」

「あたしは父や母の生活を助けねばならなかったのよ」とヘレンは言った、「だから行けなかった。ニューヨーク大学で夜間のコースをいくつかとったわ——ほとんど文学のコース——一年だけの単位は集めたけれど、それだって夜間だと大変なのよ。今の仕事、あたし満足してないわ。今でも昼間の大学に行きたいと思っているのよ」

彼は煙草をはじきとばした。「このごろ、こんな年だけど、また大学へ行きはじめようと考えているんだ。一人、かなり遅くに大学を終えたのを知ってるよ」

「夜間に行くつもり?」彼女は尋ねた。

「あるいはね、しかし、いい仕事が見つかれば昼間にも行けるかな——たとえば、深夜営業の食堂とか、そんな仕事さ。今言ったこの男というのはね、なにかの副支配人だったんだ。五年か六年かかって工学部を卒業したよ。今では国じゅう駆けまわって、えらく収入があるそうだ」

「そんなやり方、とても骨が折れるのよ——すごく辛《つら》いわ」

「時間はきついけどね、しかし慣れるものさ。なにかやり甲斐《がい》のあるものがあると、眠る時間も惜しくなるのさ」

「夜間に行くと、幾年もかかるわ」

「時間なんか、いくらかかっても平気さ」

「あたしは平気でいられないわ」

「考えるんだけどね、何事だって可能なんだ。自分にはいろんなチャンスがあると思うんだ。いつも自分にこう言い聞かせているんだ——一つの仕事だけにこだわるな、なぜならお前はほかの仕事なら、ずっとよくできるかもしれないんだ。それだもんでぼくは今まで腰が落着かなかった。いろんな条件を探って生きてきたんだ。今でも実現させたい大望がいろいろあるんだ。まずそれを得る第一歩は、いい教育を受けることさ。これはたしかだよ。前はそんなこと考えてなかったけど、長く暮してくると、ますますそう思うな。今ではそれがいつも心にあるんだ」

「あたしもずっとそんなふうに感じてきたわ」とヘレンは言った。

彼は別の煙草に火をつけ、燃えつきたマッチを投げ捨てた。「君はどんな仕事をしているんだい?」

「秘書よ」

「それ、好きかい?」

彼は半ば目を閉じて煙草を吸った。ヘレンは、自分が仕事を好きじゃないと彼が悟ったのを感じ、きっと彼は父か母からそのことを聞いたのだろうと疑ぐった。

しばらくして、彼女が答えた、「好きじゃないわ。単調な仕事だもの。それに一日じゅう相手をしている人たちのうちには、会わなければうれしいような人が何人もいるわ――セールスマンたちだけど」

「奴《やっ》ら、生意気な態度をするのかい？」

「おしゃべりなのよ。みんなそう。あたしね、自分がなにか役立っていると感じるような仕事をしたいわ――社会奉仕とか、それとも教える仕事とか。今している仕事は、なんの達成感もないわ。五時がくるとやっと家に帰れる。その時間のためにだけ生きてるみたい」

彼女は毎日の単調な暮しをしゃべりはじめたが、しばらくすると、彼がろくに聞いていないのに気づいた。月光を浴びた遠くの並木を見つめていて、その顔はやつれ、光った両目はよそを見ていた。

ヘレンはくしゃみをし、スカーフをほどいて、頭にしっかり巻き直した。

「もう行きましょうか？」

「煙草を吸いおわるまで待ってくれないか」

なんて図々《ずうずう》しいんだろう、と彼女は思った。

それでも彼の顔は、鼻が少しつぶれてはいたが、薄暗い光のなかで感じのよい繊細な表情だった。

あたし、どうしていらだっているのかしら？　たしかに今までフランクを別の人間と思い違いしていたけど、それはこっちの思いこみであり、自分があまりに長く人と付き合わなかったせいなんだわ。

彼は一つ荒い息をした。

「どうかしたの？」と彼女は尋ねた。

フランクは咳《せき》をしたが、その声はかすれていた。「いや、月を見ていたら、なにかが心のなかにひょいと浮んだのさ。心って、いろんなことをやるもんだよ」

「自然を見ていてなにか考えこんだというわけ？」

「自然の光景は好きさ」

「景色を見るためには、あたしもあちこち歩くわ」

「ぼくは夜の空を見るのが好きさ。西部にいると、空は広いぜ。ここだと空が狭くてしようがない——大きなビルがありすぎるからね」

彼は煙草を踵《かかと》でもみ消し、物憂げに立ちあがった——今の彼は自分の青春と別れを告げてしまった人間のように見えた。

彼女は立ちあがり、彼のことをちょっと考えながら、ともに歩いていった。月は、帰る家もない空のなかで、二人の頭上を動いていった。

長い沈黙のあとで、歩きつづけながら彼は言った、「ぼくが考えていることを君に話したいんだ」

「無理に話さなくってもいいのよ」

「話したい感じなんだ」と彼は言った。「今考えていたのは、旅回りのサーカス団のことなんだ。ぼくは二十一のころ、しばらくそこで働いた。その仕事についたとたん、曲芸をやる女の子を恋してしまったんだ。体《からだ》つきはちょっと、君みたいだったな——まあ言えば細っそりしたほうだ。はじめは、そんなに深刻じゃなかったと思うな。彼女のほうがこっちをまともな男と考えなかったらしいんだ。ひねくれたところのある子でね、ほら、気分屋で自分ひとりでいろんな悩みを抱えこむタイプさ。ある日、二人で話を始めて、そしたら彼女が言うんだ、自分は尼になりたいってね。ぼくは言ったよ、『君にはどうも似合いそうもないぜ』『あたしのこと、なにも知らないくせに』と彼女は言うんだ。こっちは黙ってたよ、だけどね、なぜかぼくは人間をすぐに見分けるんだ、こういうのは生れつきの才能だと思うな。とにかく、その夏じゅうずっと、ぼくは彼女に夢中だった、ところが向うは、ほかの男もいないらしいのに、ぼくを相手にもしないんだ。『ぼくが若すぎるからなのか？』とぼくは彼女に尋ねた。『そうじゃないわ、だけどあんたは経験が不足だわ』と彼女は答えるんだ。ぼくは言った、『ぼくがどんなさまざまな暮しをしてきたか、君がぼくの心のなかを見通せさえしたら、考えが変るよ』しかしどうも彼女はこっちを信じないらしかった。二人がすることといったら、そんな話ばかりさ、ときどき、彼女にデートを申込んだけど、その前からだめだと思っていたし、そのとおりだった。『諦めろ』と自分に言ったよ、『あの子が興味を持っているのは、自分自身のことだけさ』「それからある朝、秋になって季節の変るのが匂《にお》いでわかるころだったけど、この興行が終ったらおさらばすると彼女に言ったんだ。『どこへゆくの?』と彼女は尋ねた。ぼくはもっといい生活を捜しに出かける、と言った。彼女、それにはなんにも答えなかった。ぼくは言ったよ、『君はまだ尼になりたいのか?』彼女は顔を赤くして目をそむけた、それから、もう自分ではそんなこと考えないと言った。彼女の気が変ったのは見てとれたけれど、それがぼくのためだと考えるほど、こっちも間抜けではなかったさ。しかしどうやら、それが本当だったらしい、なぜって偶然に二人の手が触れて、彼女がぼくを見る目つきに気がつくと、息がとまりそうだったんだ。おや、ぼくらは二人とも恋におちてる、と思ったね、ぼくは彼女に言った、『今夜ショーが終ったらここで会ってくれよ、そしたらそれから二人だけになれる所へ行こう』彼女は承諾した。立ち去る前に彼女は素早いキスを一つしてくれた。

「とにかく、その日の午後、彼女はおやじさんの古い車を借りて、前の興行地で見た店のなかにあるブラウスを買おうと出かけた、しかしその帰り道に雨が降りだした。正確にはどんなふうだったかわからないんだが、彼女は道路のカーブを見誤ったかどうかして、道から飛び出した。そのボロ車は丘をころがり落ちて、彼女は首の骨を折っちまった……それがこの話の終りなのさ」

二人は黙って歩いた。ヘレンは心を動かされた。だけどどうして彼はいつもこんな悲しい音楽ばかり奏《かな》でるのかしら？　と彼女は思った。

「かわいそうに」

「何年も前のことさ」

「悲劇だったわね」

「ぼくに起るのはそんなことばかりさ」と彼は言った。

「人生は新しく立ち直れるもんだわ」

「ぼくの運はいつも同じさ」

「教育を受けるという自分の計画を進めたらいいのよ」

「まあそんなところだ」とフランクは言った。「ぼくのするのはそれさ」

二人の目が合い、ヘレンは頭の皮がちくちく刺されるような感じを覚えた。

それから二人は公園を立ち去り、家に帰った。

暗い食料品屋の外で彼女は急いでおやすみと言った。

「ぼくはちょっと外に残っている」とフランクは言った。「月を眺《なが》めたいからね」

彼女は二階へあがっていった。

ベッドのなかで、彼女は二人の散歩を思いかえし、彼が大学へ行く野心や計画を持っていると言ったのをどこまで信じていいのかしら、と考えた。あれこそ自分にいい印象を与えるためには最適の話ではないか。それに、「君みたいな体つき」のサーカスの女の子の悲しい話なんて、なんの目的があってしたのかしら？　いったい彼は、サーカスの女の子と誰を重ねあわせていたのかしら？　にもかかわらず、彼の話し方は率直だったし、彼女の同情を搔《か》きおこそうという様子もなかった。たぶんあれは本当に思い出したことで、自分が寂しかったので話したかったのだ。彼女自身も同じように、月の光で思い出す悲しい記憶を持っていた。彼のことをあれこれと考え、なんとかまとまった姿を目に描こうとしたが、浮んでくるのは混乱した映像だった――ものほしそうな目つきをした食料品屋の店員、そのうえ、サーカスの手伝いをやったり、大学の学生になろうとする男――いろんな可能性を持った人間。

眠りにおちる寸前になって、彼が自分の人生に彼女を巻きこもうという欲望を持っているのを感じた。以前に彼を避けたいと思っていた気持が戻ってきた。しかし彼女は簡単にそれを払いのけることができた。急に目がはっきりさめて、ヘレンは壁にあいた窓からは空が見えないことや、道路を見おろせないことを口惜《くや》しく思った。雪の降る月夜の晩に、彼は誰を思い描きながら、雪だるまの妻を作っていたのかしら？

この食料品屋の収入は、とくにクリスマスや新年の前後になると、ふえつづけた。十二月の後半の二週間では、モリスは平均して一週で百九十ドルという記録的な売上げをした。この異常な増収の理由として、アイダは、少し離れた所に新しい貸しアパートができたからという新理論をひねり出した。そのうえ、シュミッツは以前ほど店のことに気を配らなくなったという噂《うわさ》も彼女は耳にしていた。この独身の店主はときおり気まぐれな態度になった。モリスはこうした理由を否定しなかったが、それでもこの景気の最大の原因をあの店員の来たことに置いた。客たちは彼を好きだったのだ（その理由のいくつかはモリスにはよくわかっていた）、そのためにお客は自分の友達をも連れてきたのだ。その結果、この店主はふたたび諸経費を払えるようになったし、それに小まめに節約することで、未払いの請求書を片づけることさえできた。フランクはこの景気の上昇を当り前と思っているらしかったが、しかしモリスは彼に感謝したい気持であり、それで恥ずかしいほどわずかな週五ドルの給料をふやそうかと考えた、しかし用心深くそれを控えた、というのはこの増収が、いつも調子の落ちる一月になってもつづくかどうか、それを見てからと考え直したからだ。たとえ彼が週に二百ドルを定期的に稼《かせ》ぎつづけたとしても、わずかの利益は残るだろうが、とても店員一人を雇える余裕はなかった。ほんとに楽になるためには、週に二百五十ドルか三百ドルを稼がねばならぬが、そんなことは夢物語だった。

とはいえ、状況が好転したのだから、彼はヘレンに向って、お前の苦労して取る二十五ドルからは、もっと自分の分を取りなさいと言った。少なくとも十五ドルは取っておきなさい、そして商売が現在のままでつづけば、今に彼女の援助はいらなくなる。彼はそう願った。ヘレンは十五ドルを自分のために使えるのを非常にうれしがった。靴はひどくなっていたし、新しいコートもほしい――彼女のものはボロ同然になっていた――そしてドレスの一着か二着も買える。それにまた、ニューヨーク大学の授業料にも数ドルはとっておきたい。彼女もまたフランクのことでは父親と同じ考えを持っていた――彼がこの一家の運勢を変えてくれたのだ。あの晩に公園で彼が言った教育をつけたいという願いやその他の希望を思い出し、きっと彼は自分の欲したものを身につける人だと感じた、なぜなら彼は明らかに平凡な人間以上のものだったからだ。

彼はよく図書館にいた。ヘレンが行くたびに、ほとんど常に彼はテーブルに本をあけてすわっていた。彼はひまな時間をみんなここに来て読書しているのかしら、と彼女は思った。そのために彼に感心する気持になった。彼女自身は週に二度ぐらいで、そのたびに一冊か二冊の本を借り出した、なにしろ本を返して新しい本を借りるのは彼女の数少ない楽しみの一つだったからだ。最も寂しいときでさえ、本のなかにいるのは好きだった、ただし自分の読んでいないない本がありすぎると思うと、気が沈んだりもしたが――フランクによく会うので、はじめのうちは気持が落着かなかった。彼はここにとりついているみたいだ、なぜかしら？　図書館は図書館であり、フランクは、彼女と同じように、一定の必要を満たすためにここへ来るのだ。彼女と同じように、彼もまた寂しいためにたくさん読むのだ、彼があのサーカスの娘の話をしたあとでは、彼女はこう考えるようになっていた。次第に彼女の気持は落着いていった。

たいていフランクは彼女が出ると自分も出てくるが、しかし彼女がひとりで歩いて帰りたいときは邪魔をしなかった。ときによると、彼女が歩いて、彼はバスに乗ることもあった。ときには彼女がバスに乗り、彼の歩いてゆくのを見かけることもあった。しかし普通は、天候がひどくなければ、いっしょに帰り道につき、ときおりは公園に寄った。彼はさらに自分のことを語り聞かせた。彼はヘレンが交際してきた人々とは違った生活を過したのであり、彼が暮したさまざまな土地のことがうらやましかった。あたし自身の生活は父のものとほとんど同じで、店に制約され、父の習慣やあたしの習慣に制約されたものでしかない、と彼女は思った。モリスはまず町の角から向うには行かなかった、ごくまれに出るとすれば、客がカウンターに置き忘れた物を返しにゆく程度だった。イーフレイムが生きていたころ、そして彼女も子供だったころは、日曜の午後に二人をコニー・アイランドへ水浴びに連れていってくれた。それにユダヤ人の祭日には、ユダヤ劇を観に出かけたり、地下鉄でブロンクス区にいる同国人を訪《たず》ねたりした。しかしイーフレイムが死んでからは、幾年もの間どこにも出なかった。彼女もまた、別のいくつかの理由で、同じだった。一セントもないのに、どこへ出かけられるだろうか？　彼女は遠い土地のことを熱心に読みふけったが、実生活は家から離れぬものだった。いろいろ聞き知った都会、チャールストンやニューオーリンズやサンフランシスコに、行ければ行ってみたかったが、実際にはマンハッタン区から外には、ほとんど出なかった。フランクからメキシコやテキサスやカリフォルニアやその他の土地のことを聞くと、改めて自分の行動範囲の貧しさを思うのだった——日曜日のほかは毎日、地下鉄に乗って三十四番街までゆき、戻ってくる。あとは週に二回、夜になって図書館へ行くだけ。夏になると、まれに例外はあったが、たいていは——休暇のときには——マンハッタンの浜へ行く。運がいいと、ルイゾーン・スタジアムへ一、二回はコンサートを聞きにゆく。一度、二十歳《はたち》のころ、すっかり疲れ果てた様子を見た母親に強くすすめられて、ニュージャージー州にある成人用の、費用のかからぬ野外キャンプへ一週間だけ行ったことがある。その前、高校時代には、週末にアメリカ史のクラスでいっしょに首府のワシントンへ行き、政府の建物のいくつかを歴訪した。外の世界へ出た経験はこれだけだった。こんなに小さな所に貼《は》りついて暮すなんて、自分の人生に対する罪悪だ。フランクの話は彼女をいらだたせた――彼女は旅行や経験をしたかった、いわば生きたかった。

ある晩、二人は公園のなかにいた。樹々《きぎ》の並ぶ広場の向うの、囲われた場所にあるベンチにすわっていると、フランクがこう言った――秋になったら大学へ行くことに決心した、と。これは彼女を興奮させ、それから幾時間もの間、このことが頭から離れないのだった。彼が取りうる興味深いコースをあれこれと考え、クラスで彼が出会うすぐれた人たちや彼が味わう勉強のおもしろ味を想像してうらやんだりした。彼の姿も思い浮べた――ちゃんとした服を着こみ、髪を短く刈りこみ、曲った鼻だって整形するだろう、そしてもっと慎重な言葉つきでしゃべり、音楽や文学に熱中し、政治学や心理学や哲学を学ぶだろう、そして学べば学ぶほど知識欲が増してゆき、それによって自分にも他の人々にも値打ちのある人間になってゆくだろう。彼女は自分が彼の招待で大学の演奏会や劇に行く姿を想像した――そこでは彼の大学友達、将来性のある青年たちと会うだろう。そのあとで二人が暗い大学構内を歩いてゆくときには、彼は自分の出席する教室ではどんな偉い教授が教えるかと話したり、そのクラスのある建物を指さしたりするだろう。そして彼女は両目を閉じると、さらに思い描けるのだ、彼女自身が大学に入学したときのことを！――ああ、そんな奇蹟《きせき》が起るだろうか――しかもその彼女は単に夜間の一、二のコースを取って翌朝はあのパンティーとブラジャーの会社へ出勤する忙しい会社員ではなくて、正規の昼間の学生としての自分なのだ。少なくともフランクは彼女に夢を持たせたのだった。

大学入学の準備に、あんたは良い小説、偉大な小説のいくつかを読まねばいけない、と彼女は言った。彼女はフランクが長編小説を好きになり、自分のように彼にもそれを味わわせたいと思った。そこで『ボヴァリー夫人』『アンナ・カレーニナ』『罪と罰』といった作品を借り出し、これらの作家たちは、彼がほとんど聞いたこともない名前ばかりだろうが、みんな心から満足できる作品なのだと話した。フランクは彼女がそれらの黄ばんだページの本を扱うとき、まるで聖典をささげるような手つきなのに気づいた。まるで——彼女の言葉だと——ここからは人間の必ず知らねばならぬ大切なもの、人生の真実がすべて読みとれるといったふうだ。フランクはこの三冊を自分の部屋へ運びあげ、窓から漏れる隙間風《すきまかぜ》の寒さを避けるために毛布にくるまって、苦しい読書を開始した。いずれの物語にもはいりこむのが困難だった、なにしろ人物も場所も馴染《なじ》みがないし、妙な名前の群れをおぼえるのが大変だし、文章のいくつかは複雑に絡《から》まっていて終りまでいきつく前に最初のほうを忘れてしまう。開巻の数ページ、妙な状況や行動の林のなかを無理に読み進むうちから、気持がいらだった。幾時間も文字の列をにらみつけたが、最初の本を投げ出し、次の本、三番目の本とかかり——しまいにやけになって、三冊とも投げ捨ててしまった。

しかしヘレンがこれらの本を読んで尊敬したのであるから、彼が読めなくては恥ずかしいではないか。そこで彼は一冊を床から拾いあげ、ふたたびとりかかった。はじめの幾章かを無理にも進んでゆくと、次第に楽になり、やがて人物にも興味を持ちだした――彼らのさまざまな生き方、ある者は傷つき、ときには死んでしまう人生。フランクは最初のうち我慢して読み進んだが、やがて奇妙な渇望に駆られて熱中し、まもなく三冊とも読みあげてしまった。『ボヴァリー夫人』は好奇心とともに読んでいったが、最後にはげっそりとし、嫌《いや》になり、冷たい気持になった。どうしてこんな婦人のことを書きたがったりするのか、見当がつかなかった。もっともこの婦人のことや事件の起り方、そして死ぬほかなかった彼女の生き方を憐《あわ》れむ気持にはなった。『アンナ・カレーニナ』のほうがましだった――彼女のほうがおもしろい女だし肉体的な魅力もあった。こんな女性が最後に列車の下で死ぬことが不満だった。自分では気軽な気持で読んでいるつもりだったが、それでも作中人物のリョーヴィンが首吊り自殺を考えた直後に森のなかで彼に訪れた深遠な変化には感動した。少なくともこの男は生きたがっていたのだ。『罪と罰』は彼に反撥《はんぱつ》と興奮を同時に感じさせた――ここにいる連中は誰も彼も、口をあければなにかを告白したがった、自分の弱点、自分の病気、自分の犯罪を告白したがった。惨《みじ》めなものに埋まった学生のラスコーリニコフは彼に苦痛さえ感じさせた。フランクははじめこの学生がユダヤ人に違いないと思い、そうでないのだと知って驚いた。本のあちこちで、それも興奮を感じる個所でさえ、フランクは自分の顔が汚ない溝水《どぶみず》のなかに突っこまれるように感じたし、他の個所では自分が何カ月も酔いどれているように感じた。この本を読みおわると、彼はほっとしたのだった——もっとも娼婦《しょうふ》のソーニャは好きになり、読みおえてから幾日間も彼女のことを考えたりした。

そのあとでヘレンは彼がもっとよく知るために同じ作家たちの他の作品をすすめた、しかしフランクは自分がすでに読んだものも本当に理解したと思えないからと、それを断わった。「あなたが人間を知ってるのなら、作品も理解できたはずよ」と彼女は言った。「人間ならぼくも理解してるさ」と彼はつぶやいた。しかし彼女を喜ばすために、さらに二冊の分厚い作品と格闘した——読んでいるうちに、ときには胸のむかつく気分になり、目を血走らせた緊張した顔やしかめ面《つら》になったりしたが、最後の部分にくると、たいてい少し救われた気持になった。ヘレンが人間の惨《みじ》めさに埋まるこんな本で満足するはずがないと思い、もしかすると彼女は浴室をのぞき見した彼のことを知っていて、その罰のためにこんな本を読ませるのかと疑った。しかしどうもその考えは現実離れしていると思い直した。とにかく、彼は一つの印象を心に刻みこんだ——自分にすべきことがあるのにその実行をためらうと、その人間の人生はたちまちくずれてしまうのだ。そしてまた、ただ一つの間違った行為によってその人間の全人生は破滅するものなのだ。そう考えると心が動揺した。そのあとではその人間は、いかに自分の行為の償いをしても、永久に苦しまねばならぬのだ。ときおり、フランクが夜おそく部屋にすわっていて、かじかんだ赤い両手で本をささえていると、頭は帽子をかぶっているのにしびれていて、自分が活字のページからすべり落ちてゆく妙な感じにとらわれ、読んでいるのは自分自身のことだという奇妙な錯覚にとらわれた。はじめこれは彼を興奮させたが、しかし次には深い憂鬱《ゆううつ》におとしこんだ。

雨の降る晩、ヘレンはフランクの部屋へあがってゆこうとした。自分のほしくない贈物をもらったので、それを彼に返しにゆこうと思ったのである。しかし部屋を出る前に電話が鳴り、アイダが急いで下の廊下に出てきて彼女を呼んだ。フランクは自分の部屋のベッドにいて雨の窓を見つめながら、彼女のおりてゆく足音を聞いた。ヘレンがはいってゆくと、モリスは店で客の応対をしていたが、アイダは奥の部屋でお茶のカップを前にすわっていた。

「ナットよ」とアイダは動かずに言った。

ママはわざと聞かないようにするつもりだわ、とヘレンは思った。

彼女は最初、この法科の学生と話したくないと感じた、しかし彼の声は暖かであり、それは彼が努力しているのを示していた、それに湿っぽい晩に聞く暖かな声はやはり気持悪くなかった。彼女はすぐに電話の向うで話す彼の顔を思い浮べられた。それでいて、自分が彼をとても欲した十二月に彼が電話してくれればよかったのに、と思った、なぜなら今は、なぜか自分にもわからないが、またも離れた気持になっていたからである。

「ヘレン、このごろ誰も君を見かけないようだけど」とナットは言いはじめた。「君、どこへ姿を隠しちまったんだい?」

「あら、相変らずここに住んでるわ」ヘレンは自分の声がかすかに震えるのを隠そうとしながら言った。「あなたはどう?」

「その電話口のそばに誰かがいるんで、君の声はそんなに控え目なのかい?」

「そのとおりよ」

「そうだと思った。じゃあ、簡単に言うよ。ヘレン、長いこと会わなかったね。君に会いたいんだ。今度の土曜日の晩、劇を観に行くのはどう? 明日は山の手に行く途中で切符を買えるからね」

「ありがとう、ナット。そんな気は起きないわ」彼女は母親が溜息《ためいき》をつくのを聞いた。

ナットは軽く咳払《せきばら》いをした。「ヘレン、誰だって自分がなんの理由で告発されたかわからないときは、自分を弁護できない、そうじゃないかい? ぼくがいかなる犯罪を犯したか、説明してくれないか? 詳細なる事実をあげてね」

「あたしは法律家じゃないわ——あたし、なにも告発なんかしないわ」

「じゃあ原因といってもいいよ――なにが原因なの？　それまではあんなに親しかったのに、少したつとぼくは帽子を持ったまま島に取残されてる有様なんだ。ぼくがなにをしたっていうんだい、頼むから言ってくれよ」

「その話はやめたいわ」

ここでアイダは立ちあがり、そっとドアをしめながら店へ出ていった。ありがとう、とヘレンは思った。壁にある窓の向うまで聞えないように、低い声のままでしゃべった。

「君は変な娘だよ」とナットは言っていた。「ものの値打ちを古風な価値観で量るんだ。いつも君に言うんだけど、君は自分をきびしく考えすぎるよ。今この世の中で、そんなにきつい重苦しい良心を持って生きてゆく必要、ないんじゃない？　二十世紀はもっと自由なんだよ。こんなこと言うと気を悪くするかもしれないけど、でも本当なのさ」

彼女は顔を赤くした。彼の直感は彼なりに正しかった。「あたしの価値観はあたしの価値観なのよ」と彼女は答えた。

「もしも人間がみんな、己《おの》れのいだいた美しい瞬間ばかり後悔して握りしめてたら、人間生活はどうなると思う？　人生を生きる真実の詩はどこにある？」

「この問題をそんなに陽気に議論するなんて、あなたのそばに誰か女友達でもいるというわけ？」とヘレンは腹立たしい口調で言った。

彼の声は落胆して傷ついた響きだった。「もちろんぼくはひとりさ。まいったなあ、ヘレン、君の目から見ると、ぼくはよっぽど低級になったらしいね?」

「こちらがどんな様子か、さっき言ったでしょ。ほんの少し前まで、母がまだ部屋にいたのよ」

「すまなかった、忘れてたんだ」

「今は大丈夫だわ」

「ねえ、ヘレン」と彼は親しい口調で言った、「われわれの個人的関係を調整するには電話ではだめだよ。ぼくが君の部屋まで行って話すという考えはどう? とにかくお互いに心から了解し合わねばだめさ。ヘレン、ぼくはそんなに思いあがった男じゃないよ。率直に言って、君が嫌《いや》なのに押しつける気はない。嫌なら、それはいいさ。でも少なくとも、友達になって、たまにはいっしょに外に出ようよ。君の所へ行って、君と話させてくれよ」

「また別のときにね、ナット、今はあたし、することがあるの」

「たとえばどんなこと?」

「また別のときにね」と彼女は言った。

「じゃあそうしよう」とナットは愛想よく言った。

彼が電話を切ると、ヘレンはそこに立ったまま、自分が正しかったかどうかと考えた。自分がそうでなかったと感じた。

アイダが台所にはいってきた。「彼はなんの用があったの――ナットは?」

「ただのおしゃべりよ」

「あんたと出かけたいと頼んだわけ?」

彼女はそれを認めた。

「なんと返事したの?」

「いつか別のときに、と言ったわ」

「別のときってどういう意味だい?」アイダは鋭い口調で言った。「ヘレン、あんたはどうなったというの、お婆さんになったの? 毎晩、ひとりきりで二階にこもっていて、なんの足しになるの? 本を読んだからって、お金持になれる? あんた、このごろどうしたのよ?」

「べつになんでもないのよ、ママ」彼女は店を出て内廊下へはいった。

「自分がもう二十三だということ、忘れちゃだめよ」とアイダはあとから声をかけた。

「忘れないわ」

二階へあがると、さっきの気がかりが強くなった。自分がせねばならぬと思ったことは、いやでも、せねばならぬのだと感じた。

その前の晩、彼女とフランクは、この八日間で三度目だが、図書館で出会った。出るときになって、ヘレンは彼が包みを無器用に抱《かか》えているのに気づき、なかに彼のワイシャツか下着がはいっているのかと思ったが、帰り道になってフランクは自分の煙草を投げ捨てると、街灯の下でそれを彼女に渡した。「これ、君にやるものなんだ」

「あたしに？　なんなの、これ？」

「帰ってあければわかるさ」

ヘレンは半ば仕方なく受取り、彼に感謝した。あとは家までの道を、彼女はぎごちない気持でそれを持ち運び、二人ともあまり口をきかなかった。彼女は意外な気持にとらわれていたのだ。あのときちょっと考えたら断われたのだ、理由としては、友達でいるにはこんなことしないほうがいい、なぜならまだ二人とも互いによく知り合っていないから、と言えばよかったのだ。ところがひとたび両手に物を受取ると、それをすぐ彼に返す勇気がなかった。それは中型の大きさの箱で、なにか重いものがはいっていた——ヘレンは本だろうと想像した、しかし本にしては大きすぎた。自分の胸に抱きかかえながら、ふとフランクに対して優しい気持を感じ、われながらまごついた。食料品屋から少し手前になると、あわてたようにおやすみを言い、少し先を歩きだした。店の窓にまだ灯がついているときは、二人はいつもこんな別れ方をした。

ヘレンが家の内廊下にはいると、アイダもモリスも店にいたから、なんの質問もうけなかった。部屋にはいり、階下から足音が聞えればすぐ隠せるようにベッドの上でその箱の包みを、少し身震いしながらあけた。ボール箱の蓋《ふた》の下に二つの包みがあり、それぞれが白い薄紙で包まれ、明らかにフランクがしたらしく、不揃《ふぞろ》いな結び方の赤いリボンで結ばれていた。最初の贈物をほどいたとき、ヘレンは思わず息を吸いこんだ——長い手織りのスカーフ、黒いウール地に金の縫いこみのあるものを見たからだ。驚きながら次の贈物をあけると、それはシェイクスピア劇の赤い皮装の本だった。カードはなかった。

彼女は力の抜けた様子でベッドにすわった。あたし、受取れないわ、と自分に向って言った。両方とも高価な品物だった、たぶん大学へ行くために懸命に稼《かせ》いだお金をすっかり使って買ったに違いない。たとえ彼がそれだけのお金を持っていたとしても、彼からの贈物は受取れなかった。それは正しいことでなかったし、彼からの物となると、なぜか、正しくないどころか、もっといけないものに思われた。

ヘレンはすぐに彼の部屋へあがっていって書置きとともにドアの前に残しておきたく思った、しかしまさか彼がくれたその晩にするだけの勇気もなかった。

昼間は思い悩んだすえ、次の晩になると、ぜひ返さなければと感じた。今彼女は、ナットが電話をくれぬ以前にそうすればよかったと思いはじめた、そうすれば自分の気持としても、あの電話で彼ともっと気軽に話せただろうに。

ヘレンは四つ這《ば》いになり、フランクのスカーフと本のはいっている箱を捜そうと、ベッドの下に手をのばした。彼が自分にこんな素晴らしい物をくれたことに心を動かさずにいられなかった——今までの誰がくれた物よりもいい物だった。ナットなんか、いちばん気を配ったときでも、半ダースのピンクの薔薇《ばら》をくれただけだった。

贈物にはお返しがつきものだわ、とヘレンは思った。深く息を吸いこみ、そこから箱を取出すと急いで階段をのぼった。フランクのドアをためらいがちにたたいた。すでに彼はヘレンの足音だと気づいていて、ドアの背後で待っていた。両の拳《こぶし》を握りしめていて、爪が掌《てのひら》に食い入るほどだった。

ドアを開き、目が彼女の抱《かか》えている包みにおちたとき、彼は殴《なぐ》られたかのように顔をしかめた。

ヘレンはぎごちなく小さな部屋に踏みこみ、急いでドアをしめた。その場所の小ささと粗末さ——思わず身震いがでるのを抑《おさ》えた。乱れたベッドには、彼のつくろいかけた靴下が置かれていた。

「フーソたちは家にいるの?」と彼女は低い声で尋ねた。

「二人とも出ていった」彼は鈍い声でしゃべり、その両目は自分が贈った品物に情けなさそうに注がれていた。

ヘレンは贈物とともにその箱を彼に渡した。「本当にありがとう、フランク」と彼女は微笑を作ろうとしながら言った、「でも、これは受取るべきでないと思うの。秋になれば、大学の授業料に、あんたは一セントだって必要になるんだもの」

「君が返すのはそんな理由じゃないさ」と彼は言った。

彼女の顔は赤くなった。もし母が見つければきっと大騒ぎになるから、と説明しかけたが、しかしその代りに言った、「あたし、いただけないわ」

「どうして?」

それには返事がしにくかったし、彼のほうも返事のしやすい態度ではなかった——大きな両手に断わられた贈物を持ったままでいて、それはたった今死んだ生き物といったふうだった。

「受取れないのよ」と彼女はようやく言った。「あなたの趣味、とても素敵だけど、すまないわ」

「いいさ」と彼は元気なく言った。ベッドに箱を投げ出した、するとシェイクスピアの本が床に落ちた。彼女は急いで身をかがめて拾いあげたが、開かれた所が『ロミオとジュリエット』だったのを見てぎくりとした。

「おやすみなさい」彼女は部屋を出ると、急いで階下におりた。自分の部屋に帰ると、遠くの方で男の泣いている声を聞くように思った。脈打つ咽喉《のど》に片手をあげてじっと耳をすましたが、もはや聞えなかった。

ヘレンは気をまぎらわそうとシャワーを浴び、それからナイトガウンと部屋着を着た。本を取りあげたが、読めなかった。以前も彼が自分を恋しているらしい徴候に気づいていたが、今ではそれがほとんど確実だった。昨日の晩、あの包みを持って自分の脇《わき》を歩いている彼は、帽子や外套《がいとう》は同じだったが、誰か別の人間のようだった。彼には以前に気のつかなかった大きさと力が備わったように思えた。彼は愛という言葉を口にしなかったが、しかし愛は彼のなかにあった。その直感は、彼から贈物を渡された瞬間に自分のなかに生れ、そのために全身がぞっとするのを感じた。ここまで彼をもってきたのは彼女自身の責任だった。以前から彼とは深く付き合わぬようにと自分に言い聞かせていたのに、その警告に従わなかったせいだ。寂しさから、彼の心をそそってしまったのだ。さもなければ、彼がいると知っていてなぜたびたび図書館に行ったりするかしら？　それに帰り道など、彼といっしょにピザを食べたりコーヒーを飲みに寄ったりした——話を聞いてやったり、大学へ行く計画を話し合ったり、彼の読んでいる本について長々と語り合ったりした、と同時に彼女は二人のデートを父や母から隠してもいたのだ。彼もそれを知っていて、だからいろいろな希望を持ちはじめたのも当然だった。

ただ奇妙なことに、彼女はフランクをとても好きだと感じるときがあった。多くの点で、彼は値打ちのある人物だし、そんな男性が正直な気持を向けてきたとき、こっちだって機械ではないから自分の気持を隠せないのは当り前ではないか？　しかしまた、うっかりすれば面倒に巻きこまれるから、真剣に気をひかれてはならぬと知っていた。面倒ごとはもうたくさんだった。心配ごとのない平和な暮しがほしかった。二人は友達にはなれるだろう、それもおとなしい調子のものだ——月夜の晩に彼の手を握ることさえするかもしれないが、それ以上は絶対にしないのだ。そういうことを彼に言っておくべきだった。そうすれば彼はもっとほかの人へあの贈物をとっておけたはずだし、今自分が彼の気持を傷つけたと気に病んだりしなくてすんだわけだ。そうはいっても、ある意味で、彼の明白な深い愛情に彼女は驚いていた。事がこんなに早く起ろうとは予期していなかったのだ、なにしろ今までの恋愛は逆の順序でばかり起っていたからだ。ふつう、彼女のほうが先に恋におち、それから相手が、たとえナット・パールではないにしても、やっと応じてくる。だから今度のような逆のケースは、彼女には気分がよかった、そしてこんなことがもっと幾度か起ってくれればと願ったが、ただしそれは値打ちのある相手とだ。あたし図書館にあまり行かないようにしようと彼女は決心した、そうすれば彼も、今はそうではないにしろ、やがて悟るようになり、こっちの愛情を得ようとする考えを捨てるだろう。本当の現実がなにかを知れば、彼は自分の苦痛を、(たとえもし感じているとして)きっと克服するだろう。しかしこうした考えも、彼女に平和を与えなかった、そしてしばしば試みたが、読書に心を集中できなかった。モリスとアイダが彼女の部屋のなかを通り過ぎるとき、電灯が消えていて彼女は眠っているように見えた。

翌日の朝、勤めに出ようとしたとき、彼女は情けない光景を見とめた――歩道に置かれたごみ缶はいっぱいだったが、べとつく食物くずの袋の上に彼の贈物のはいった箱がのっていたのだ。そのごみ缶の蓋《ふた》は箱の上からぐっと押しつけられたらしいが、横にすべり落ちて歩道にころがっていた。ヘレンが箱の蓋をあげてみると、薄紙に包まれた贈物が二つとも見えた。むだに捨てられることに怒りを覚えて、彼女はつぶれたボール箱からスカーフと本を取出し、内廊下へ急いで戻った。もしこれらを二階へ持ってあがれば、彼女がなにを持っているのかとアイダが尋ねるだろう。そこで彼女は地下室に隠すことに決めた。電灯をつけ、階段に鳴るハイヒールの音に気をつけながら、そっとおりていった。それから薄紙を除いて、どちらも汚れていない贈物を、葡萄酒《ぶどうしゅ》貯蔵箱にあるこわれた箪笥《たんす》のいちばん下の引出しに隠した。汚れた薄紙と赤リボンの束は古新聞にまるめ、上にあがると、ごみ缶に押しこんだ。ヘレンは父親がウインドーの前でぼんやり自分を見守っているのに気づいた。彼女は店にはいり、おはようと言い、両手を洗うと仕事に出かけた。地下鉄のなかでは気持が沈んでゆくのを感じた。

その晩、夕食後にアイダが皿を洗っている間、ヘレンはそっと地下室へおりてゆき、スカーフと本を取出し、それからフランクの部屋へあがっていった。ノックをしたが返事はなかった。品物をドアの前へ置いてゆこうかと考えたが、彼に話をせぬうちにそうすれば、彼はきっとまた投げ捨てるだろうと感じた。

テシーが自分の部屋のドアをあけた。「ちょっと前に彼が出てゆくのを耳にしたわよ、ヘレン」彼女の視線はヘレンの両手にある品物の上におちた。

ヘレンは顔を赤らめた。「ありがとう、テシー」

「なにかお言《こと》づけは？」

「いいの」彼女は二階に戻り、もう一度、贈物をベッドの下へ押しこんだ。それから考えを変え、本とスカーフを簞笥の別々の引出しにしまい、その上から下着をかぶせて隠した。母親があがってきたとき、彼女はラジオに耳を傾けていた。

「ヘレン、あんたは今夜、どっかへ行くつもり？」

「たぶんね、わからないわ。図書館へでも行こうかしら」

「なぜ図書館ばかり行くの？　二、三日前に行ったばかりじゃないの」

「あたしね、ママ、あそこでクラーク・ゲーブルとデートするのよ」

「ヘレン、生意気なことお言いでないよ」

溜息《ためいき》をつきながら、ヘレンはごめんなさいと言った。

アイダも溜息をついた。「ほかの親は自分の子が本を読むのをしきりにすすめるけどね。あたしはあんたがもっと読まないでいてほしいよ」

「読まなくったって、あたしがそれで早く結婚できるわけじゃないわ」

アイダは編物をしたが、じきに落着かなくなり、また下へおりていった。ヘレンはフランクの品物を取出し、家へ帰る途中で買った厚い紙に包み、紐《ひも》で結び、それからバスに乗って図書館へ行った。彼はそこにいなかった。

次の日の晩、彼女はまず彼の部屋を試《ため》した、それから家を抜け出すことができると、ふたたび図書館へ行った、しかしその両方の場所に彼はいなかった。

「フランクはまだここで働いているの？」と朝になって彼女はモリスに尋ねた。

「もちろん働いておるよ」

「しばらく見なかったようなの」と彼女は言った。「彼は出ていったのかと思ったわ」

「夏になったら、立ち去るのさ」

「彼、そう言ったの？」

「ママが言うのさ」

「彼は知ってるの？」

「知っておるよ。なぜそんなことをきくのかね？」

「ただきいてみたかっただけ」と彼女は言った。

その晩ヘレンが内廊下へはいってゆくと、あの店員が階段をおりてくる足音が聞え、踊り場で彼を待った。彼が帽子をあげてから通り過ぎようとしたとき、彼女は話しかけた。

「フランク、どうしてあの二つの贈物をごみ缶に投げこんだの？」

「あんなもの、なんの役に立つ？」

「むだなことをしてはだめよ。あれに使ったお金を取戻さなきゃいけないわ」

彼は口の端《はし》をゆがめて笑った。「悪銭身につかず、というやつさ」

「冗談なんか言わないで。あたし、あれをごみ缶から取出して、あんたのために自分の部屋にしまってあるのよ。傷なんかついていなかったわ」

「ありがとう」

「あれを戻して、あんたのお金を取戻してほしいわ。秋になったら、あんたはいくらお金があっても足りないのよ」

「子供のときから、ぼくは買った物を返すのが大きらいでね」

「そんなら、あたしにレシートを渡してよ。そうすれば昼休みに行って戻してくるわ」

「レシートはなくしたよ」と彼は答えた。

彼女は優しく言った、「フランク、ときには物事が自分の思ったようにはいかない場合もあるのよ。

失望しないでほしいわ」

「ぼくが失望しなくなるのは、死んで埋められるときだろ」

彼は家を出てゆき、ヘレンは階段をのぼった。


週末になると、ヘレンはまたカレンダーの日付を消す習慣を再開した。自分が正月以来一つも消していないと気がついた。彼女は昨日までの日付を消した。日曜になると天気が良くなり、彼女は落着かなくなった。ナットがもう一度電話をかけてくれるといいと願った、ところがその代りに彼の妹がかけてきて、二人は昼過ぎから公園通りを散歩した。

ベティは二十七歳でサム・パールに似ていた。大柄で顔立ちもよくないほうだったが、赤っぽい髪の色と気立てのよさがいつも目立った。ヘレンの考えでは、頭のほうは少し鈍かった。二人は共通の話題もなく、だからあまり始終は会わなかったが、ときにおしゃべりしたり映画に行ったりするのは嫌《いや》でなかった。このごろのベティは自分の事務所にいる公認会計士と婚約していて、ほとんどの時間は彼といっしょにいた。今やその気取った指に豪華なダイヤモンドの指輪をはめていた。ヘレンはこのときだけは彼女をうらやましく思い、ベティも相手の気持を察したのか、ヘレンが同じ幸運にめぐり会えるようにと言った。

「きっとすぐにそうなるわよ」と彼女は言った。

「ありがとう、ベティ」

しばらく歩いたあとでベティが言った、「ヘレン、個人的なことにお節介したくないけど、でもね、あたし長い間きこうと思ってたの――あなたとあたしの兄のナットの間はどうなってるの？　彼に一度きいたけど、はぐらかすような言い方するのよ」

「そういうことって、ご存じのように、スムーズにはいかないものよ」

「あんたは彼を好きだと思ってたわ、そうじゃないの？」

「好きだったわ」

「じゃあ、どうして彼に会わなくなったの？　喧嘩《けんか》でもしたわけ？」

「喧嘩なんか。ただお互いに考えが違っていたのよ」

ベティはそれ以上ききかなかった。しばらくあとで、彼女はこう言った、「ヘレン、彼にときどき会ってやってよ。ナットはいい人間になる性質《たち》をうんと持っているわ。あたしのボーイ・フレンドのシェップね、彼もそう思っているわ。兄がいちばん悪いのは、頭がよいので人を見下そうとするところなのよ。でも少したてば、彼がそれを自分で直すと思うわ」

「そうかもしれないわね」とヘレンは言った。「あたし、少し待ってみるといいかもね」

二人はキャンデイ・ストアへ戻った。そこにはシェップ・ハーシュ、がっちりした体《からだ》で眼鏡をかけたベティの未来の夫が、自分のポンティアックで彼女をドライブに連れてゆくために待っていた。

「ヘレン、いっしょにおいでよ」とベティが言った。

「さあどうぞ」とシェップは自分の帽子を持ちあげた。

「行きなさいよ、ヘレン」と母親のパールがすすめた。

「ありがとう、本当にお礼を言うわ」とヘレンは言った、「でもあたし、少し下着にアイロンをかけなければならないから」

二階へあがると、彼女は窓辺《まどべ》に立ち、裏庭を見おろした。先週の汚ない雪の残り。目を楽しませ心を高めてくれる一本の草も花もなかった。彼女は自分が節や瘤《こぶ》の塊《かたまり》になったように感じた。いたたまれぬ気持でコートを着こみ、黄色いネッカチーフを頭にかぶると、また家を出た。どっちへ行くのか自分でもわからなかった。当てもなく、裸木の並ぶ公園の方へ歩きだした。

公園の正面入口に近くなると、道路が交差する中央に、コンクリートでできた三角地帯があった。昼間はここで人々がベンチにすわり、あたりをうろつくやかましい鳩の群れにピーナッツやパンくずを投げている。そこまで来ると、ヘレンは一人の男がベンチのそばにうずくまって鳥に餌《えさ》をやっているのを見とめた。ほかには誰もいなかった。男が立ちあがると、鳩は彼のまわりを飛びまわり、

二、三羽はその両腕や肩にとまり、一羽は手のところまで来て、窪《くぼ》めた掌《てのひら》にあるピーナッツをついばんだ。もう一羽の肥《ふと》った鳩は彼の帽子に止った。ピーナッツがなくなると男は両手をたたき、すると鳩は羽ばたきながら散っていった。

それがフランク・アルパインだとわかったとき、ヘレンはためらった。今は彼に会いたい気持などなかったが、しかし自分の箪笥《たんす》の引出しに隠した包みのことを思い出し、あれを思いきって片づけようと決心した。角まで行き、それから三角地帯に向って道路を横切った。

フランクは彼女が来るのを見とめたが、どうなろうとかまわぬという気持だった。贈物を返されたことで彼の希望は粉みじんになっていた。彼女が自分に恋してくれさえしたら、自分の人生は希望した方向へ変ってゆくだろうと思っていたのだ。ただしこの意味で変ることとさえ、変るというだけで自分が惨《みじ》めになりそうな気がした。たとえば彼女のような女性と結婚して、一生涯ユダヤ人と関《かか》わるようになったとしたら、どんな得があるというのか？　それで彼は、これからどう変ってゆこうとかまわぬ、と自分に言い聞かせたのだった。

「こんにちは」とヘレンは言った。

彼は自分の帽子に触れた。顔は疲れた表情だったが、両目は澄んでいて、視線も落着いていた。まるでなにかと格闘した末に相手をやっつけたといったふうだ。彼の心を悩ましたのはすまなかったとヘレンは感じた。

「ぼくは風邪《かぜ》をひいたんだ」とフランクは言った。

「もっと太陽に当らなきゃいけないわ」

ヘレンはベンチの端にすわった――まるですわると料金を請求されるみたいにおずおずしてるな、と彼は思った。彼はヘレンから少し離れてすわった。鳩の群れの一羽が輪を描いてもう一羽を追いかけ、その背中に乗った。ヘレンは目をそむけたが、フランクは二羽が飛び去るまでぼんやり見つめていた。

「フランク」と彼女は言った、「この問題にいつまでもこだわってるみたいで嫌《いや》だけど、あたしって物を粗末にするのは我慢できない質《たち》なの。あんたがロックフェラーみたいな金持でないことよく知っているのよ、だからあんたがあの親切な贈物を買った店を教えてくれれば、あたしあれを返してこれると思うの。レシートがなくてもできると思うのよ」

彼女の目はかたい青さを見せていて、こんなふうに思うのはばかくさいと思いつつも、彼は少しヘレンを恐れた――いわば自分のことを彼女があまりまじめに考えすぎていると感じたのだ。同時に、自分がまだ彼女を好きだとも知った。そうは考えていなかったのだが、しかしこうしていっしょにすわっていると、やはり好きなのだと思い返した。ある意味で、これはむだな感情だったが、しかしそれ以上でもあった、なぜなら彼はまだ完全に望みがないとは感じていなかったからだ。ヘレンのかたわらにすわり、彼女の疲れた不幸な顔を見ていると、自分にはまだチャンスがあるのだと感じた。

フランクは指の五本の関節を一つずつ鳴らした。彼女の方を向いた。「ヘレン、たぶんぼくはせっかちにやりすぎたかもしれない。もしそうだとすればすまなかったよ。ぼくという人間はね、誰か好きになると、それを示さずにいられないんだ。君もわかると思うけど、その相手に物をあげたくなるんだ。もちろん人によってはもらうのがきらいな人もいる。それは知っているよ。しかしそれは向うの考え方なんだからね。ぼくの性質はなにか与えたくなるほうで、直そうとしても直らないんだ。だから、いいかい。ぼくはすまなく思っている、腹なんか立てて、君への贈物をごみ缶にぶちこみ、君に拾いあげさせたりしたのはね。とにかくぼくの言いたいのは、こうなんだ。君のために買った贈物の一つを君が持っててくれれば、うれしいと思うんだ。まあ、いわば一人の男の小さな思い出としてさ――君がいい本を読むことを教えたその男が感謝の気持から君に贈った物としてさ。ぼくが君に贈物をして、なにか期待しているなんて心配しなくてもいいのさ」

「フランク……」彼女は顔を赤くしながら言った。

「話を終えさせてくれよ。こうしたらどうかな？　もしも君があの二つのうちの一つを持っていてくれるなら、ぼくはもう一つのほうを持って店へ行き、お金を取返すことにする。それならどう？」

ヘレンはどう言ってよいかわからなかったが、しかしこの問題を片づけたかったから、相手の中し出にうなずいた。

「じゃあ決った」とフランクは言った。「君はどっちのほうがほしい?」

「さあねえ、スカーフはとても素敵だけど、でもあたし、本のほうにするわ」

「じゃあ本をとっておきなよ」と彼は言った。「君のいいときにスカーフを持ってきてくれれば、ぼくはあれをきっと戻しにゆくよ」

彼は煙草に火をつけ、深く吸いこんだ。

ヘレンは、問題が解決したからにはさよならを言って散歩をつづけようかと思案した。

「君は今忙しいのかい?」と彼は尋ねた。

彼女はちょっとした散歩ぐらいいいと思った。「いいえ」

「映画でも見ようか?」

ヘレンは少し返事に戸惑った。彼はもう一度始めようという気かしら? 彼がまた接近しすぎないように、早く垣根《かきね》を立てなければいけない、と彼女は感じた。しかしすでに彼の気持を傷つけていることを考えると、そんな自分の気持をはっきり上手に言うのは、もう少しあとで、よく考えてからにしようと思った。

「あんまりゆっくりもしていられないけれども」

「じゃあ行こう」と彼は言い、立ちあがった。

ヘレンはゆっくりとネッカチーフをほどき、それを結び直した、そして二人はいっしょに出かけた。

二人で歩いてゆく間、ヘレンは本を受取ったのが間違いだったかしらと思いつづけた。彼はなにも期待していないと言ったが、あの贈物はやはり自分に負債なのだと感じ、そんな借りはほしくないのだった。それでいて、自分は彼を少し好いているのかしらと何となく自問してみると、やはり少しは好きだと認めるのだった。ただしそれは気に病むほどではなかった。彼を好きではあったが、それ以上の深い感情に踏みこむ可能性は感じられなかった。彼は自分が恋をしたいと願うタイプの男性ではなかった。それだけは確かだと彼女は自分に言い聞かせた——彼にはいくつか不満な点があるが、とくに、どこか率直でなく、なにか隠しているふうがあるのだ。それで彼は実際の彼より大きく見えるときもあれば、小さく見えるときもある。彼は大きな野心を持つけれども、それは無理しないでいるふだんの彼とは別ものなのだ。もちろん彼は常に多少の無理をしているのだが、その努力の少ないとき、彼の姿は小さく見えるのだ。この点はしかし、彼女にも明確に理解できずにいた、なぜなら、たとえ無理をしてでも彼が自分を大きく賢く見せえたとしたら、そうできる可能性が彼のなかに存在しているわけだ。人間はなにもないところから幻影さえ作れるものではない。彼は外見以上のなにかを持っているのであろう。しかしそれでも、彼は自分の持っているものを隠し、自分の持たないものも隠している。魔術師は片手にカードを示し、もう一方の手でそれをぱっと消してしまう。彼は自分がどんな人間かを語り聞かせながら、それによってかえって相手に、それは本当かしらと思わせてしまうところがある。ちょうど鏡のなかを見つめ、そして鏡そのものを見やると、なにが本物で現実で大切なものかわからなくなるのと同じだ。彼女は次第に、フランクが率直な素振りをしているだけなのだと感じるようになっていた——自分の人生の経験をあれこれと語ることで実体を隠しているのではなかろうか。たぶん意識してしているのではないかもしれない——自分のしていることを知らずに、ああしているのかもしれない。いったい彼はすでに結婚したことのある身なのかしら、とヘレンは自分に尋ねてみた。彼は一度も結婚しないと言ったことがある。では、一度だけキスしたという悲しいサーカス娘との間には、もっと深い関係があったのかしら？　彼は違うと言った。もしそうでないなら、どうして、彼が過去になにかをした——なにかしら想像もできぬことを犯した人だ、と感じさせるのだろうか。

二人が映画館に近づいたとき、母親のことがヘレンの頭にひらめき、彼女は思わず言ったのだった、「あたしがユダヤ人だということ、忘れないでね」

「そんなこと、気にするもんか」とフランクは言った。

暗いなかにはいると、今彼女に答えたことを思い返して、彼は得意な気持の自分を感じた、まるで煉瓦壁《れんがへき》を頭で突き破ったのに怪我《けが》ひとつしなかったときのように。

彼女は言いたいことを我慢して、言葉を返さなかった。

とにかく、夏になったら彼は出てゆく人なんだわ。

アイダはフランクを簡単に追い出せたのに店に置きつづけたことで、ひどく後悔していた。その責任は自分にあり、それでなおさら気に病んだ。べつに証拠はなかったが、どうもヘレンが彼に興味を持っているらしいと感じていた。なにかが二人の間に起りつつあった。娘からききだす気にはなれなかった。なぜなら否定されれば自分の恥になるからだ。そして自分では努めたが、どうしてもフランクを信頼する気持になれなかった。たしかに彼は店の商売を助けてくれた。しかしそれに対して、この一家が恩返しをするにも程度があるではないか。彼女が下におりてくると、店にひとりきりでいる彼の表情はこそ泥みたいだ。たえず溜息《ためいき》をつき、ひとりごとをつぶやき、自分が観察されていると気づくと、急になにげない振りをする。彼がなにをしていようとも、なにかそれ以上のことをしているという感じなのだ。二つの心を持った人みたいだ。一つの心がここにあるとすると、もう一つは別の所にある。彼は本を読んでいるときでさえ、本を読む以上のなにかをしているのだ。そして黙っている彼は、彼女の理解できない言葉をしゃべっているのだ。なにかが彼の心をとらえているのであり、そのなにかは自分の娘のことなのだとアイダは疑った。ヘレンが店か奥の部屋にいるときだけ、彼はくつろぎ、一つの人間になる。アイダは心配だった。もっともヘレンが彼に特別の反応を示す気配は見えなかった。彼の前でのヘレンは口数が少なくごく冷静だった、ほとんど冷たいとも言えた。相手の落着かぬ視線に対して、なにも返さなかった——ただ背中を向けるだけだ。しかしそれだからこそ、かえってアイダは心配だった。

ある晩、ヘレンが家から出ていったあと、アイダは階段をおりてゆくフランクの足音を聞きつけた、そして彼女は急いで外套《がいとう》を着こみ、頭からショールをかぶると、まだら雪のなかを彼のあとからつけていった。フランクは少し離れた映画館まで歩き、金を払い、なかへはいった。アイダは、きっとあのなかでヘレンが彼を待っているのだと思った。心のなかにとげが刺さったような気持で家へ戻ってきたが、すると二階に娘がいてアイロンをかけているのを見いだした。別の夜、彼女はヘレンを追って図書館まで行った。反対側の道路に立って、寒さに震えながら一時間も待ち、しまいにヘレンが現われると、そのあとから家に帰った。彼女は自分の疑惑を心から追い払おうとしたが、それは消えなかった。一度、奥の部屋にいて耳をすますと、娘がフランクと本のことを話しているのが聞えた。これが彼女の気になった。少しあとでヘレンが彼女に、フランクは秋には大学へ行く計画らしいと口にすると、アイダは彼がそう言ったのも娘の気をひくためなのだと感じた。

彼女はモリスに話し、ヘレンと店員との間になにかあるような気がしないかと尋ねた。

「ばかを言うな」と店主は答えた。彼も以前はその可能性を考え、ときには心配もしたが、あとでは二人が違いすぎる人間だと考えつき、その問題を頭から払いのけていた。

「モリス、あたしは心配なのよ」

「お前はなにもかも心配するんだよ、ときには根も葉もないことさえなあ」

「彼が出てゆくように、言ってよ——お店もよくなったことだし」

「今はよくなってるさ」と彼はつぶやいた、「しかし次の週はどうなるか誰もわからん。わしらは彼を夏までおいておくと決めたんだよ」

「モリス、彼は面倒ごとを起すわ」

「どんな面倒を起すというんだね?」

「いまにわかるわ」と彼女は言い、両手を握り合せて、「きっと悲劇が起るのよ」

彼女の予言は最初はうるさいだけだったが、あとになると、彼の気持を乱した。

次の朝、店主と店員はテーブルの前にすわって熱いポテトをむいていた。大鍋《おおなべ》は水を切られて横倒しになっていた。二人は湯気をたてるポテトの山のそばにすわって身をかがめ、塩けのついた皮を小さな庖丁《ほうちょう》でむいていた。フランクは悩みごとのある様子だった。髭《ひげ》を剃《そ》っていない顔には両目の下に黒い隈《くま》がでていた。酒を飲んでいるのではないか、とモリスは思ったが、しかし彼からは酒の臭《にお》いがしなかった。二人はそれぞれ物思いにふけって、口をきかずに働いた。

半時間もすると、フランクはすわった椅子のなかでもじもじし、それから言った、「ねえ、モリス、誰かがもしあんたに、なにをユダヤ人は信じているのかと尋ねたら、あんたはどう言って答える？」

店主はむいている手を止めたが、すぐには答えられなかった。

「ぼくの知りたいのはね、いったいユダヤ人とはどんなものか、ということなんだ」

自分の貧しい教育を恥じているモリスは、こういう質問にあうと必ず怖気《おじけ》づいた、しかしそれでも自分が答えねばならぬと感じた。

「わしの父親がよく言ったがね、ユダヤ人であるには、ただ良き心を持っていればよいのさ」

「どういう意味だい？」

「大切なのはトーラだ。これは律法のことでな——ユダヤ人は律法を信じねばならんのだよ」

「こうきいていいかどうかわからないけど」フランクはさらにつづけた。「あんたは自分が本当のユダヤ人だと考えているの？」

モリスは驚いた、「わしが本当のユダヤ人かとは、どういう意味かね？」

「腹を立てないでほしいけど」とフランクは言った、「ぼくにはそうきける理由が少しはあるのさ。

第一に、あんたはユダヤ人の集会所《シナゴーグ》へ行かないだろ――少なくともぼくは一度も見たことがないよ。あんたはユダヤ教に従った料理《コーシャー》を作らないし、そういう食べ方もしない。それに、南シカゴで知っている裁縫師がかぶっていたような、ああいう小さな黒い帽子をかぶりもしない。その人は一日に三度祈っていたよ。あんたは奥さんが頭から湯気をたてて怒鳴ったって、平気でユダヤ人の休日に店をあけているじゃないか」

「食べるためには」とモリスは顔を赤らめながら答えた、「ときには休日も店をあけねばならんのだよ。ただしヨム・キパー（ユダヤ人が良心を清める大切な聖日―訳注）には、あけておかないよ。もっともユダヤ食のことは気にしないのさ、あれは旧式だと思うからね。わしが心にかけているのは、ユダヤの律法を守るという点さ」

「だけどああいう細かいことはみんな律法なんだろ、そうじゃない？　それに律法は豚を食べるなと言っているのに、あんたはハムが好きじゃないか」

「わしが豚を食べようと食べまいと、さほど大切ではないのさ。ユダヤ人のなかには大切に思う者もいるが、わしはそうではないのだ。ときにほしくなったときにハムの一切れを口に入れようが入れまいが、だからといってわしがユダヤ人ではないと誰も言えない。ところが律法を忘れたとすれば、彼らに非難されても喜んで受けるよ。律法を守るというのは、正しい行いをし、正直で善良であることなのさ。これは他の人々にも役立つ大切なことだ。人間の生活は辛《つら》いものだよ。なぜ他の人を傷つけなければならないんだ？　わしやあんたのみでなく、誰だってみんな一生懸命に暮しておるんだ。わしらは動物ではないよ。だからこそわしらは律法が必要なんだ。これがユダヤ人の信じていることさ」

「他の宗教も同じような考えを持っているんじゃないかな？」とフランクは言った。「とにかく、ぼくのわからないのはね、モリス、どうしてユダヤ人がこんなに苦しむのかという点なんだ。なんだか、ユダヤ人は苦しむのが好きなみたいだけど、そうじゃないかな？」

「あんたは苦しむのが好きかね？　彼らはね、ユダヤ人であるがために苦しむのだよ」

「問題はそこなんだ。ユダヤ人はその必要がないときでさえ苦しんでいるみたいなんだ」

「生きているかぎり、人間は苦しむものだよ。ある人々は他人よりもよけいに苦しむが、それも苦しむのを欲しているからではない。ただわしが考えるには、もしユダヤ人が律法を守る苦しみに耐えられないようなら、なに一つ耐えられないということだ」

「モリス、あんたはなんのために耐え忍んでいるの？」とフランクは言った。

「わしは君のために耐え忍んでいるのさ」とモリスは静かな口調で言った。

フランクはテーブルに庖丁を置いた。驚いたように口を大きくあけ、「それ、どういう意味だい？」

「言いかえると、君がわしのために苦しみに耐えているということだ」

店員はわからぬままに黙っていた。

「ユダヤ人は律法を忘れたら」とモリスは話をしめくくった、「善《よ》いユダヤ人ではないし、善い人間ではないのだよ」

フランクは自分の庖丁を取りあげ、ポテトの皮をむきはじめた。店主も黙って自分の山のポテトをむいた。店員はそれ以上なにも尋ねなかった。

ポテトが冷えはじめたとき、二人の会話に気をやんだモリスは、なぜフランクがこの問題を持ち出したかを、自問してみた。ヘレンの件があるからかな、ということが彼の心をよぎった。

「本当を言ってほしいんだが」と彼は言った、「君はなぜあんな質問をしたのかね?」

フランクは椅子のなかで身動きした。彼はゆっくりと答えた、「あんたには正直に言うけど、以前ぼくはユダヤ人がきらいだったんだ」

モリスは身動きもせずに彼を見やった。

「だけどそれはずっと以前のことでね」とフランクは言った、「ユダヤ人がどんな人たちか知らなかったころなんだ。彼らのことをろくに理解しなかったせいだろうね」

彼の額は汗で覆《おお》われていた。

「そういうことはよく起るものだ」とモリスは言った。

しかし主人の正直な言葉も店員の気持をまったく軽くはしなかった。

ある日の午後、昼食のすぐあとで、ふと鏡をのぞいたモリスは自分の髪がもしゃもしゃで、襟筋《えりすじ》に産毛《うぶげ》があつく生《は》えているのを見た。われながら恥ずかしいと感じた。そこでフランクに向って、通りの向うの散髪屋に行くからと言った。ミラー紙の競馬欄に目を通していた店員はうなずいた。モリスは前掛け《エプロン》を釘《くぎ》に掛け、小銭を取るために店へ出ていった。引出しから二十五セント貨をいくつか取ったあと、その日のレシートを調べて満足した。店を出て電車通りを横切って散髪屋へ行った。

店はすいていて、待つ必要がなかった。オリーブ油の匂《にお》いをさせるジャノーラが彼の頭にとりかかって、二人は話を交わしたが、その間もモリスは、刈られる髪の量に気恥ずかしさを感じながらも、いつしか頭では店のことを考えていた。せめてこんな状態がもう少しつづいてくれさえしたら、満足なのだがな——もちろんカープほどの景気ではない、だが今は少なくとも生きてはゆけて、数カ月前のひどい惨《みじ》めな暮しではない。アイダはまたも店を売ろうとせっついているが、商売がよくなって、暮す自信のある場所の見つかるまで、店を売ったってなんの役に立つというのか？　アル・マーカスやブライトバート、それに配達人たちもみんな、相変らず景気が悪いとこぼしているのだ。よけいなことを考えないで、現在いる所にいるのがいちばんいいのだ。たぶん夏になれば、フランクが立ち去ったあとで、あの店を売って新しい場所を見つけよう。

散髪屋の椅子にゆったりすわった店主は窓ごしに自分の店を見守っていた、そして自分がここに来てから三人の客が自分の店にはいっていったのを見て満足した。一人の客はでこぼこした大きな袋を抱《かか》えて立ち去り、きっとあのなかには少なくとも半ダースのビールがはいっているとモリスは想像した。それに二人の女客が重そうに包みを持って出ていった——その一人は詰ったマーケット袋を下げていった。一人あたり、まず二ドルは使ったなと彼は想像し、どうやら五ドルばかりと散髪代は稼《かせ》げたと計算した。散髪屋が彼のまわりにかけた布をはずすと、モリスは店に帰ったが、そこで彼はレジの上でマッチをすり、期待をもって数字をのぞいた。ひどく驚いたことに、そこには、さっき店を出るときに見た数字の上に三ドル少ししか加えられていなかったのだ。彼はあっけにとられた。食料品などでいっぱいのあの袋から見たら、三ドルというのはありえないではないか。それともあのお客たちはコーンフレークとかそんな安物ばかりいっぱいに詰めて帰ったのだろうか？　それはとても信じられず、彼は気分の悪くなるほどの驚きを感じた。

奥へはいると外套《がいとう》を掛け、震える手つきで前掛け《エプロン》の紐《ひも》を結んだ。

フランクは微笑しながら競馬欄から目をあげた。「すっかりきれいになって、別の人みたいだな。

モリス、毛をすっかり刈られた羊みたいだ」

顔色の青ざめた店主はうなずいた。

「どうしたの？　ひどく顔色が悪いけど？」

「どうも気分がよくないんだ」

「二階へ行って、昼寝したらどう？」

「あとでしよう」

彼はおぼつかぬ手つきでコーヒーを注《つ》いだ。

「景気はどうだね？」彼は店員に背を向けたまま尋ねた。

「まあまあですね」とフランクは言った。

「わしが散髪屋に行ってから、幾人の客が来たね？」

「二人か三人」

フランクの目を見やることができず、モリスは店へ出てゆき、ウインドーの前に立って散髪屋の方を見つめたが、頭のなかは心配で渦巻いていた。あのイタリア人はレジから金を盗んでおったのだろうか？　あの客たちはいっぱいになった袋を下げて出ていったのに、それを示すものがなにもないではないか？　それともフランクは客に貸しで品物を与えたのだろうか？　そんなことはしないようにと言ってある。するとどうしたわけなんだろう？

男の客がはいってきた、そしてモリスが応対した。その客は四十一セント使った。モリスが売上げをレジに鳴らすと、レジは前の額に正確に加わった数字を出した。レジがこわれているというわけでもない。今や彼は、フランクが盗んでいたのだとほとんど確信した。そしてどれくらい前からのことかと考えはじめると、気を失うほどの気分になった。

フランクは店に出てきて、ウインドーの前に立つ店主の呆然《ぼうぜん》とした顔を見た。

「モリス、まだ気分は直らないのかい？」

「じきに直ると思う」

「気をつけたほうがいいよ。また病気になったら辛いものね」

モリスは自分の唇《くちびる》をなめたが返事はしなかった。一日じゅう重い心のまま過した。アイダにはなにも言わなかったし、言う勇気はなかった。

それからの数日、彼は用心深く店員を見張った。まだ疑うだけにしておいてやろう、と彼は決心したが、しかし真相を知るまでは気持が安まらなかった。ときどき奥のテーブルにすわり、物を読んでいるようなふりをしたが、実際は客の注文する品物に耳をすましていた。その値段を書きとめてゆき、フランクが食料品を包んでいるときに急いで大体の額を計算した。客が去ると、なにげなくレジに近寄り、店員が鳴らした額をそっと確かめてみた。二、三セントは違ったが売上げ額はいつも彼の計算したものとほぼ同じだった。そこでモリスは少し二階へ行くからと言い、しかし、その代りに内廊下のドアの背後に立ち止った。板の間からのぞくと店のなかが見えた。そこに立ったまま、買われた品物の値段を暗算で加え、十五分もしてから、なにげなくレシートを調べた、そして総額が彼の暗算したものなのを発見した。彼は自分の疑惑が間違いかもしれぬと思いはじめていた。散髪屋から見たお客たちの袋は、彼が中身を思い違えたのかもしれなかった。そう思っても、彼らがたった三ドルしか使わなかったとは信じられなかった——あるいはフランクが気がついて、あれからは用心しているのかもしれぬ。

それからモリスは考えた——たしかにフランクは盗んでおったかもしれないが、もしそうだとしても、それは彼の誤りというよりも、自分のほうが悪いせいではないか。フランクは一人前の男でそれなりに必要なものがあるのに、彼に払っているものといえば、わずかな手数料を含めても週六ドルか七ドルぐらいだ。たしかにフランクは部屋と食事が無料《ただ》で煙草も自由だ、しかしまともな靴でさえ八ドルから十ドルもする時代に、週六ドルや七ドルでどうやって暮せるというのか？　だから悪いのは、一人前の働きをする人間に奴隷賃金しか払っていない彼のほうではないか——いや一人前の仕事のうえにフランクは余分の仕事さえしているのだ。たとえば、彼がいるだけで店の売上げが上がったのは別にしても、地下室の下水管が詰ったとき、長いワイヤーで掃除してくれて、鉛管屋に使うはずの五ドルか十ドルを節約してくれたではないか。

かくしてモリスは、わずかな収益しかない現在だが、ある日の午後、彼とフランクが配達されたばかりの品物をといて並べているとき、梯子《はしご》の上に立っているフランクに向って言った、「フランク、今から夏が来るまで、君の賃金を手数料なしの十五ドルに上げてやろうと思うんだ。もっと払いたいと思うんだが、君もこの店がどんな程度かよく知っておるからな」

フランクは店主を見おろした。「モリス、どうしてそんなことするんです? この店はぼくが今ももらっている以上の支払い、できっこないよ。ぼくが十五ドルも取ったらあんたの収入はゼロになっちまう。現在のままでいきましょうや。ぼくは満足してるんだから」

「若い者はいろいろ必要だし、使うものも多いしな」

「ぼくはほしいものをちゃんと買ってるよ」

「わしの言ったようにしておきなよ」

「ぼくはいらないですよ」と店員は困ったように言った。

「取っておけよ」と店主は主張した。

フランクは棚《たな》に品物を詰めおわり、おりてきた、そしてサム・パールの店に行くと言った。店主の前を過ぎるとき、彼は視線をそらした。

モリスは缶詰類を棚に納めつづけた。フランクの昇給をアイダに告げて騒ぎを起すよりも、彼に払うだけの金をレジからのけておこう、と決心した。毎日少しずつとれば気がつかれないだろう。土曜になったら、アイダが彼の給料を手渡す前にそっと彼に渡してやることにしよう。

ヘレンは、強い疑いを持ちつつも、彼に恋心を覚える自分を感じた。それは、自分でしたくないのにめまぐるしく回転する踊りのようだとも言えた。その月は寒くて――しばしば雪も降り――自分のためらう心と戦い、大変な間違いをしたという恐怖と戦って、苦しいときを過した。ある夜はこの家が焼け落ちて哀れな両親が路頭に迷うという夢を見た。二人は下着のまま舗道に立って嘆いていた。目をさますと、彼女はあの物哀《ものがな》しげな顔の見知らぬ男だった彼への不信感と戦ったが、失敗した。あの見知らぬ男はすでに変貌《へんぼう》していて、もはや他人ではないのだった。これが彼女の心に生じたことを知る手がかりだったのだ。ある日の彼は暗い地下室の奥にうろつく他人だったのに、次の日の彼は陽光のなかに立ち、彼女の顔に微笑《ほほえ》んでいたのだ――まるでそれは、彼について知ったことすべてと知らないことすべてが合流し、無傷の親しい全体像になったかのようだった。たとえ彼がなにかを隠しているとしても、それは彼の過去の苦しみ、孤児として育ったために受けた苦しさを隠しているのだと彼女は思った。今、彼の両目は前よりも静かで、賢そうだった。その曲った鼻も顔にマッチしており、顔はまた彼という人間にマッチしていた。その顔は変らなかった。彼は優しくて、なにを待つのかは別として、その待つものを、感心するほどの落着きを見せて待っていた。彼を変えるのは自分なのだ、と彼女は感じ、その事実に心を動かされた。今自分が彼から自由の立場にいることなど、さほど大切ではなくなった。彼に向って優しい気持になり、彼のそばにいたいと思った。彼を変えることで、あたし自身も変ってきているのだわ、と彼女は思った。

ヘレンが彼の贈物であるあの本を受入れてから、二人の間柄には微妙な変化が生じていた。というのも、彼のくれたシェイクスピアを読むたびに、彼女がフランク・アルパインのことを考えたり、劇のなかに彼の声を聞いたりするようになった。本を読むたびに、フランクは彼女の心に這《は》いこんできた。どんな本のなかでも、あらゆる文字のなかに彼が潜み、別の誰かの考案した物語のなかにも一人物として現われる——まるですべての連想が同じ結末しか持たぬのと同じだった。いわば、彼はいたる所にいた。それで、しめし合せたのではないが、二人はまた図書館で会うようになった。二人が書物の並ぶなかで会うことはヘレンの疑惑をほぐした。いわば、書物のなかにいればなにも悪いことはできず、なにも悪いことが身に起るはずがないと信じているふうであった。

図書館にいると、彼もまた安心しているらしかった。たとえば一度、二人が家へ帰ってゆく途中で、彼は急になにかに気をとられ、奇妙に用心深い様子を示し、たえず振返った。まるで誰かにあとをつけられているかのようであったが、いったい彼のあとを追う人や物がいるというのだろうか?

彼はけっしてヘレンと家までは同行しなかった。前と同様、互いの了解のもとで、彼女が先にはいり、彼はぐるりと角をまわって別の方向から廊下にはいり、店のウインドー前を通り過ぎてヘレンと同じ方向から来たと悟られぬようにした。ヘレンは彼の用心をこう解釈した──彼はこの恋をかちえたと感じていて、それを失わぬように用心しているのだと。言いかえればこれは、彼がヘレンのことを彼女の望む以上に大事にしている証拠ではなかろうか。

それからある晩、二人は公園の芝生《しばふ》を横切って歩き、互いに向き合った。彼女は自分が危険な身になったと思おうとしたが、しかし意志に反して、用心の心は彼の両腕のなかで鈍く弱まった。彼に寄りかかり、彼の触れるのに応じ、ヘレンは自分のなかに冷たい波が夜の方から流れ込み、暖かさが全身に伝わるのを感じた。彼女の唇《くちびる》は開かれた──彼の熱したキスから、自分の長いこと望んでいたものすべてを吸いこんだ。それでいて、この最も甘美な喜びの瞬間に、またも疑惑を感じた。それは不愉快な感じであり、そのために悲しくなった。悪いのは彼女のほうだった。彼女はまだ本当には彼を受入れていないのだ。まだ体のどこかでノーの信号がまたたいていた。その信号のことを頭に浮べるだけで、それはたちまち働きだし、彼女の神経をいらつかせた。帰り道での彼女は、二人の最初のキスのうれしさを改めて思い出した。それなのに、どうしてキスが心配にと変ってしまうのかしら? それから彼女は、フランクの両目が悲しげなのを見とめた、そして彼に見られないようにそっと泣いた。春は永遠に来ないのかしら？

ヘレンはこの恋を議論でごまかそうとした、しかしそんな議論はたちまち雲みたいに消えてしまうのに驚いた——自分は以前のように、しっかり筋道立って考えられないと気づくのだ。自分に説きつける理屈は散乱し、移り、変化してゆき、今まで馴染《なじ》んだ重量や価値や経験まで変更させたかのようだ。たとえば、彼はユダヤ人ではない。これは、ついこの間まで大きな障害であり、その壁のために彼女はフランクを真剣な相手と考えずにいられた、ところが今はそれがさほど緊急かつ大切な問題と思われなくなっている——今の時代にこんな点を気にする人がいるかしら？　なによりも大切なのは愛とその実現ではないのかしら？　最近では、彼が非ユダヤ人であることを気にするのも、自分自身のためというより、むしろ父や母のためになっていた。たしかに彼女はユダヤ人として厳格に育てられたわけではないが、しかしユダヤ民族に対しては忠実な気持でいた——それもユダヤ民族の歴史や神話からというより、むしろユダヤ民族がくぐってきた苦しみを尊《とうと》ぶからであり、ユダヤ民族を人間として愛し、彼らの一員であることを誇りにしてきた——今まで一度も自分が同じ民族の者以外と結婚することなど想像しなかった。しかし最近では考えが変ってきて、個人の幸福を達成するのが実に困難な現在のような時代には、愛を見つけることは奇蹟《きせき》にちかく、だからまず二人の人間がそれをつかむことこそ大切なのだと思いはじめていた。（宗教上の問題として）相手の男性の信じる宗教が自分のものと正確に同じでなければいけないのかしら、たとえそれがなくとも、大切なのは男と女が共通の理想を分け合い、生活のなかに愛を保とうと願い、二人の間の最上のものを全力で蓄《たくわ》えることではないだろうか？　宗教上よりも人間同士として食い違いが少なければいいのだわ、そこが大切なんだわ——かくして彼女はこの問題を自分なりに解決したが、しかしこれでは説得できないであろう両親のことを思うと、気持は満足しなかった。

両親が現在のヘレンとフランクの間柄を見つけたら、彼女のこの理屈が筋の通ったものであったとしても、けっして納得しまい。もしもフランクが大学にはいれれば、彼の値打ちに疑いを持つ母親も少しは見直すようになるかもしれない——しかし大学はユダヤ人の集会所《シナゴーグ》ではなく、学士号はバル・ミツヴァー（ユダヤ人が十三歳でする成年式—訳注）ではないのであり、母親は、そしてかなり自由な考えを持つ父親さえ、フランクはユダヤ教徒にならねばだめだ、と主張することだろう。ヘレンには最後の愁嘆場を乗りきる自信がなかった。そこでの言い争いや両親の涙ながらの懇願が恐ろしかったし、ただでさえ不幸な彼らから、この世に残った小さな平和さえ奪い去る自分を思うと、自分の気持の惨《みじ》めさも恐ろしかった。両親はもう不幸をたっぷり味わってきた人たちなのだ。とはいうものの、これからの人生は長いのに青春の時期はとても短く、だから誰でも一度は心を鬼にして自分の道を選ばねばならない。自分を失わずに進み、苦痛を乗りこえて自分の決断のとおりに行く必要があるのだ。モリスとアイダはひどく悲しむだろうけれど、やがてまもなく彼らの苦しみも和らいで、いつか融け去るだろう……こう考えつづける彼女だったが、それでいて自分自身の子供はやがてはユダヤ人と結婚してくれればいいと願わずにいられないのだった。

そしてもし彼女がフランクと結婚したら、ひとかどの人物になりたいという彼の願いを実現させるのが彼女の第一の仕事となるだろう。ナット・パールも「ひとかどの人物」になろうとしている、しかし彼の場合は、お金を作って、法科大学院にいる彼の裕福な友達連中と同じレベルの生活をすることなのだ。一方、フランクは自分を立派な人間にしようと苦闘しているのであり、このほうがずっと値打ちのある野心ではないか。ナットは上等の正規の教育を受けているけれども、フランクは人生について、もっと知っているし、将来はずっと伸びそうな印象をあたえる。彼女は彼が成れそうな人間になることを欲し、大学に通う彼を援助してゆく諸計画を思い描いた。もしかすると、彼が自分の方向を悟ったら、大学院の修士の学位さえ取らせるようにしよう。もちろんそうなれば、昼間の大学へ行くという自分の淡い計画は中止になるだろう。しかしそれは、実際にはずっと前に消えていたのであり、自分の得なかったものをフランクが得れば、それで自分は満足できるだろう。彼がたとえば技師とか化学者になって働きだしたあとで、自分は一年ぐらい昼間の大学へ行って、年来の渇望を少し癒《いや》せばいい。そのころには三十歳になっているだろうが、しかしそれだけ延びても、彼を世間に押し出し、自分の常に願っていた生活を味わえれば、待っただけの値打ちはあるだろう。彼女はまた自分の一家がニューヨークを離れられればいいと願った。彼女はこの国をもっと見たかった。そしてすべてが好転すれば、やがて父と母もこの店を売り払って、いつか自分たちの近くに住むようになるだろう。みんなでカリフォルニア州に住めるようになり、両親は自分たちの小さな家に住み、孫たちのそばで楽な暮しができるようになるかもしれない。人間が勇敢に好機会と取組めば、未来というものは種々の実現可能の道を用意して待っているものだ、と彼女は思った。問題は、彼女はその決心をしたかどうか、ということだ。

彼女は重大な決断をするのを延期した。なによりも恐れたのは、これが自分の人生への大変な妥協になりかねないという点だった——今までも多くの人たちが、自分たちの望んだよりずっと低い暮しに妥協して落着いてしまったのを見てきていた。彼女は自分の定めた一線より以下の暮しを受入れたくなかった、自分の持つ理想とはかけ離れた運命に縛られ、自分の渇望したものより下の平凡な生活を無理にも選ぶようになるのを恐れた。フランクを夫にしようと、また手放そうと、それだけはごめんだった。さまざまな恐怖の底に、たえず、自分の生活が希望どおりのものにならぬのではないか、希望とは非常に違ってしまうのではないかという大きな恐怖が横たわっていた。変化することは気にならなかったし、代りのものでも満足するだろうが、しかし自分の夢の本体まで失いたくなかった。とにかく、夏までには、彼女がどうするか、決心も固まることだろう。その間は三日おきに、夜になるとフランクは図書館へ行き、するとそこに彼女もいた。しかしオールド・ミスの図書館員が察しのよい顔で二人に微笑したので、ヘレンは気づまりな感じとなり、そこで二人は会う場所を変えた。簡易食堂《カフェテリア》や映画館やピザ・パイを売る店などにしたが、そういう場所ではおしゃべりができなかったり、彼を抱いたり抱かれたりしにくかった。二人はおしゃべりをするには歩きまわり、キスは隠れてした。

フランクは、大学案内をもらうために手紙を書いたと言った。五月ごろには、二人で相談して決めた大学へ彼の高校の成績を送らせることになるだろう。彼はヘレンが自分のために計画を立てているのを知っている様子だった。彼はあまりしゃべらなかった、というのも、願ったことをしゃべりすぎるとそれが実現しないという古い迷信を、いつも恐れていたからである。

はじめ、彼は辛抱強く待った。ほかに手はないではないか? 今までも待ってきたのであり、今もまだ待っているのだ。自分は生れつき待つようにできている人間なのだ。しかしまもなく彼は、自分では隠そうとしていたけれども、体の接触を求め、その寂しさに耐えきれなくなった。人の家の軒下でのキスや公園のベンチの冷たい感触は、もうたくさんだと思いはじめた。浴室で見たヘレンの姿が目に浮びつづけ、その記憶が重荷となった。自分の欲望の鋭い針にちくちく刺されるようになった。しまいには、なんとか彼女を自分の部屋へ、自分のベッドへ連れてゆくことを計画しはじめた。満足、安心、将来への望みがほしかった。ぼくに身をまかすまでは、彼女は自分のものにならないんだと彼は思った。女なんて、みんなそんなふうなんだ。必ずそうとばかり限らないが、しかしたいていはそうなんだ。いつも彼女と会うと熱くなり燃え立ち、それからこれでおしまい、さよならとなる——あんな苦しみに決着をつけたかった。彼女を完全に自分のものにしたかった。

二人はしばしば出会うようになっていた。公園のベンチとか街角とか——すなわち吹きさらしの広い世界でである。雨や雪が降ったりすると、人の家の玄関口にたたずんだり、または家に帰ったりした。

ある晩、彼は不満をもらした——「なんてこった！ ぼくらは二人とも同じ暖かな家から出てきてこんな寒い所で会うんだからな」

彼女はなにも言わなかった。

「まあいいや」とフランクはヘレンの困った目つきを見て、言った、「ほかに道はないんだから、このままでゆくさ」

「これがあたしたちの青春なのよ」と彼女は辛そうに言った。

そこで彼は、自分の部屋へ来るように彼女に頼もうとしたが、どうせだめだと感じ、頼まなかった。

ある寒い星の輝く夜、二人は公園のいつもすわる場所に近い木立のなかを歩いてゆき、夏の夜には恋人たちが草むらに横たわる広い草地へ出た。

「ねえ、ちょっとここに腰をおろそうや」とフランクは頼んだ、「今は誰もいないときだからね」

しかしヘレンはうなずかなかった。

「どうしてなんだい?」と彼は尋ねた。

「今はだめ」と彼女は言った。

あとになって彼は否定したけれども、ああいう場所に来るとフランクは我慢できなくなるのだと彼女は悟った。ときによると彼は幾時間も不機嫌《ふきげん》だった。二人の家なし児の状態が彼のなかにどんな古傷をあけるのかとヘレンは思いわずらい、心配した。

ある夕方、二人は公園通りにあるベンチに二人だけですわり、フランクは彼女の体に腕をまわしていた。しかしそこが家からあまりに近すぎるので、ヘレンは誰かが通り過ぎるたびにびくりとし、身をすさった。

三度そんなことがあったあと、フランクは言った、「ヘレン、こんな状態は辛すぎるよ。たまには二人で家のなかにいられるような所に行かなきゃあ」

「どこよ?」と彼女は尋ねた。

「どこがいいと思う？」

「そんなこと、あたしには言えないわ、フランク。わからないもの」

「ぼくら、こんな状態をいつまでつづけるんだい？」

「あたしたちの好きなだけつづけるわよ」と彼女はかすかに微笑しながら言った、「それとも、二人がお互いに好きな間だけ、と言うべきかしら」

「そういう意味じゃないんだ。ぼくの言おうとしたのは、二人だけになれる場所のない状態をいつまでつづけるかさ」

彼女はなにも答えなかった。

「いつか、ぼくの部屋へそっとあがってゆくほかないと思うんだ」と彼は提案した。「簡単にできるんだ——今夜というんじゃないよ、でもね、金曜ならいいのさ、ニックとテシーが映画に行き、君の母親が下の店におりたあとならね。ぼくは新しいヒーターを買ったから、部屋は暖かいよ。君があそこにいても誰にもわからない。あそこならはじめて二人だけになれる。そんなふうに二人だけになったこと、一度もないんだからな」

「あたし、できないわ」

「どうして？」

「フランク、あたしできないわ」

「するとぼくはいつまでも曲芸師みたいな格好で君を抱くしかないわけかい？」

「フランク」とヘレンは言った、「一つだけ、あなたにはっきりさせたいことがあるの。今はまだあたし、あなたとは寝たくないのよ——あなたがそういうつもりで言ってるのならね。あたしがあなたを愛していると確かになるまでは待つほかないの。もっと言えば、二人が結婚するまでと言ってもいいわ」

「そこまで君に頼んだわけじゃないさ」とフランクは言った。「ぼくの言った意味は君がぼくの部屋に来れば、もっと気持よく二人だけで過せるからなのさ、こんなに、人影が過ぎるたびに君が身をすくめたりしなくていいからさ」

彼は煙草に火をつけ、黙ってふかした。

「悪かったわ」しばらくして彼女は言った、「あたし、この問題についてどう感じているか、あんたに言わねばと思ったの。どうせいつかは話すつもりでいたのよ」

二人は立ちあがり歩いた、フランクは自分の受けた傷を噛《か》みしめながら。

冷たい雨が下水から黄色い雪解け水を流し去った。陰鬱《いんうつ》な雨は二日つづいた。ヘレンは金曜の晩にフランクと会う約束をしていたが、濡《ぬ》れた戸外に出てゆくのを考えると、嫌《いや》だった。勤めから帰ってきて、隙《すき》を見つけると、彼の部屋のドアの下から紙片をさしこみ、下へおりた。その紙片には、もしニックとテシーが映画に行くなら、しばらく部屋へあがってゆく、と書いてあった。

七時半にニックがフランクのドアをたたき、彼も映画に行きたいかと尋ねた。フランクは、いいや、たぶんその映画を見てしまったからと言った。ニックはさよならと言い、彼とテシーはレインコートにくるまり雨傘《あまがさ》を持って家から出ていった。ヘレンは母親がモリスのいる下へおりてゆくのを待った。しかしアイダは足が痛むとこぼし、休みたいと言った。それでヘレンは自分が下へおりていった。それによってフランクが彼女の足音を聞きとり、なにかうまくいかなかったと悟るだろうと思ったからだ。誰かに聞きつけられるかぎり、彼女が上へ行けないことは彼も理解するだろう。

しかし数分すると、アイダがおりてきた、そして二階で休むには落着かない気分だからと言った。それからヘレンは言った——あたしベティ・パールの部屋に寄り、たぶん二人で彼女の結婚衣裳《いしょう》を作るドレス・メーカーへ行くことになるわ、と。

「雨が降ってるわよ」とアイダは言った。

「知ってるわ、ママ」ヘレンは自分の嘘《うそ》を憎みながら答えた。

彼女は自分の部屋まであがってゆき、帽子と外套《がいとう》、雨靴と傘を取出した。それから歩いておりてくると、自分がたった今家を出たしるしにドアをばたんと鳴らした。彼女は静かにドアをあけ階段を忍び足であがっていった。

フランクはなにが行われているのか推察していて、彼女のせわしいたたき方に応じてすぐドアをあけた。ヘレンは心配で青ざめていたが、しかし大変に美しかった。ヘレンをかたく抱きしめた彼は、自分の胸に彼女の心臓の鼓動を感じた。

彼女は今夜ぼくにやらせるな、と彼は自分に言った。

ヘレンはなお落着かなかった。母親に嘘をついたので動揺する良心を静めるには、えらく時間がかかった。フランクは電灯を消し、ラジオで柔らかなダンス・ミュージックをかけた。今彼はベッドに横たわり煙草をふかしていた。しばらくの間ヘレンは彼の椅子にぎごちなくすわって、彼の煙草の光るのを見守り、そうしていないときは、町の灯を反映する窓に雨滴の光って落ちるのを見つめていた。しかし彼が煙草を床に置かれた灰皿へすり落したあと、ヘレンは靴を脱ぎすて、フランクが壁の方へ動くと、その狭いベッドに彼と並んで横たわった。

「これで少しは形になってきたな」と彼は溜息《ためいき》をついた。

彼女は目を閉じたまま彼の腕のなかに横たわり、ヒーターの暖かみを、背中にあてた手のように感じていた。ほんのしばらくかるい眠りにさそいこまれ、それから彼のキスで目をさました。わずかに緊張した様子で身動きもせず横になっていたが、彼がキスするのをやめると、くつろいだ。外に降る雨を静かに聞いている様子は、まだ春が幾週も先のことなのにそれを春雨と聞いているようだった。

その雨のなかにあらゆる種類の花が育った、そしてそれら春の花のなかでも、とくにこの花——甘い春の夜の花のなかに、彼女は彼とともに野原で横たわり、空には新しい星が光り、一つの叫びが彼女の咽喉《のど》に湧《わ》きあがるのだった。彼がまたもキスをしたとき、彼女はそれに情熱をもって応じた。

「好きよ」

「ぼくも君を愛している、ヘレン、君こそぼくの恋人だ」

二人は息もせずキスをし、それから彼はヘレンのブラウスのボタンをはずした。彼女は起きあがってブラジャーのホックをはずしたが、そうしているとき彼の指がスカートの下にくるのを感じた。

ヘレンは彼の手をつかんだ。「お願い、フランク。そんなに熱くなって、困らせないで」

「じらさなくてもいいじゃないか、ねえ」彼は手を動かそうとしたが、彼女は両脚をしっかりと閉じ、ベッドから下へおろした。

彼はヘレンを引戻し、両肩を下に押しつけた。ヘレンは自分の体の上に乗った彼の体が震えているのを感じ、一瞬だったが、彼は無理にでもするかもしれぬと思った——しかし彼はそうしなかった。

彼女はぐったり反応のない様子でベッドに横たわった。彼がふたたびキスをしたときも動かなかった。しまいに彼も仰向けに寝た。ヒーターの光の反映でヘレンは彼がいかにも不幸な顔なのを見てとった。

ヘレンはベッドの端にすわり、ブラウスのボタンをかけた。

彼は両手で顔を覆った。なにも言わなかったが、彼女にはベッドにいる彼の体が小さく震えているのを感じとれた。

「ちぇっ」と彼はつぶやいた。

「すまないわ」と彼女は優しく言った。「あたし、しないってあんたに言ったでしょ」

五分過ぎた。フランクはゆっくりと起きあがった。「君は処女なのか？ だから心配しているというわけか？」

「あたし違うわ」と彼女は言った。

「処女だと思ったな、君は」と彼は驚いて言った。「処女みたいに振舞ったじゃないか」

「あたし、そうじゃないと言ったでしょ」

「じゃあどうしてあんな態度をするんだい？ あんなふうにすれば、相手の人間がどう感じるかわからないのかい？」

「わたしだって人間よ」

「じゃあ、なんであんなふうに振舞うんだ？」

「あたし、自分の信じていることをしているだけよ」

「君はたしか処女じゃないと言ったと思ったがね」

「性《セックス》について理想を持つのは、なにも処女ばかりじゃないわ」

「ぼくがわからないのはだね、もしも君が前にしたのなら、今ぼくとしたって、どう違いがあるかということさ」

「あたし、前にしたからといって、今できるわけではないのよ」と彼女は髪をうしろへ撫《な》であげながら言った。「そこが要点なのよ。あたしはしたことがあるわ、だからこそ、今あなたとはできないのよ。公園通りにすわってた晩、あたし、しないとあんたに言ったでしょ」

「さっぱりわからないな」とフランクは言った。

「愛の行為は愛とともにしなければだめなのよ」

「ぼくは君を愛すると言ったろ、ヘレン。ぼくが言ったの、君にも聞えたろ」

「あたしの言うのはね、あたしもあんたを愛さなければだめということ。あたし、自分では愛してると思うけど、ときには確かでなくなるのよ」

彼はふたたび沈黙におちた。ヘレンはぼんやりとラジオに耳を傾けたが、もはやそれは心をさそう音楽ではなかった。

「フランク、怒らないで」

「そんな言葉、飽き飽きしたよ」と彼は激しく言った。

「フランク」とヘレンは言った、「あたし、前に誰かと寝たと言ったけど、打明けて言うと、あたし自分のしたことを後悔しているの。たしかに少し楽しんだと認めるけど、その後、あれはするだけの値打ちがなかったと思ったの——ただそのときは後悔を感じると思わなかったのよ、なぜって自分がなにを欲しているか知らなかったからよ。たぶん自分では自由になりたいと感じ、だからセックスに踏みきったのね。でももし愛していないと、セックスは自由なものじゃないのよ、だからあたし、自分が誰かを本当に愛していないかぎり、これ以上はするまいと決心したの。自分をきらいになりたくないもの。自分が自制力のある人間になりたいし、あなたにも、もし頼めるんならそうなってほしいのよ。頼む以上は、あたしがいつかあなたを愛するようになったら、あたし本当に自由にできると思うわ」

「ばかくさい」とフランクは言った、しかし、驚いたことにその考えは彼の心をとらえた。彼は自分もまた自制力のある人間と考え、それから実際そうであったらなあと思った。これは彼にとって昔の遠い考えのように思えた、そして彼は後悔や奇妙な悲しみとともに、かつて幾度も自分を自制力のある人間に仕立てようとしたのを、そしてそれがあまり成功しなかったのを思い出した。

彼は言った、「ヘレン、ぼくのさっき言ったこと、ああいう意味じゃなかったんだ」

「知ってるわ」と彼女は言った。

「ヘレン」と彼はしわがれた声で言った、「君に知ってほしいんだ。ぼくは心のなかではとても善《よ》い人間なんだよ」

「あたし、そうじゃないと考えたことないわ」

「ぼくは悪いことをするときでさえ、善い人間なんだ」

彼女は、彼の言った意味をわかるような気がすると言った。

二人は幾度も、繰返しキスをした。彼は思った——ひとたび手に入れれば素晴らしくなるものを自分は持ってるんだ、その時期が来るのを待っているのは、他のことと比べても、そうひどい苦しみじゃないはずだ。

ヘレンはベッドに仰向けに寝て、うとうとした。そしてニックとテシーが帰ったので目がさめた。彼らは見てきた映画の話をしながら自分の寝室へはいっていった。映画は恋愛ものであり、テシーはとてもそれを好きになったらしい。彼らは服を脱いでベッドにはいり、その後、彼らのダブル・ベッドはきしりはじめた。ヘレンはフランクのためにすまなく感じたが、フランクはそんなふうにとらないようだった。ニックとテシーはじきに眠りにおちた。ヘレンは軽く息をしながら、彼らの深い呼吸に耳をすまし、どうやって階下へおりてゆこうかと悩みはじめた、というのももし母親が起きていたらヘレンの階段をおりてゆく足音を聞きつけるだろうからだ。しかしフランクは低い声で、彼女を廊下の入口まで運んでゆこう、そのあとで少しして、まるでどこかから家に帰ったふりをして上へあがってゆけばいい、と言った。

彼女は外套《がいとう》と帽子と雨靴をつけ、雨傘《あまがさ》を持つのも忘れなかった。フランクは彼女を階段の下まで運んでいった。彼のゆっくりとした重い足音だけが下におりていった。二人がおやすみのキスをして、彼が雨のなかを散歩に出てゆくと、じきにヘレンは廊下のドアをあけてあがっていった。

それからアイダが眠りにおちた。

このことがあってからヘレンとフランクは家の外で会うようになった。


雪の降っている午後、表のドアがあくと、ミノーグ刑事が一人の男を押しながらはいってきた。手錠をかけられた肥《ふと》り気味の男で、無精髭《ぶしょうひげ》を生《は》やし、色褪《あ》せた緑色のジャンパーと綿のズボンをはいていた。二十七歳ぐらいで、疲れた目つき、帽子はなかった。店にはいると、手錠のかかった両手をあげて、濡《ぬ》れた髪から雪を拭《ぬぐ》った。

「モリスはどこにいる?」と刑事は店員に尋ねた。

「奥の部屋ですよ」

「なかへ行け」とミノーグ刑事は手錠の男に言った。

二人は奥へ行った。モリスは長椅子にすわって、煙草を盗みのみしていた。急いで火をもみ消し、それをごみ缶に投げこんだ。

「モリス」と刑事は言った、「どうやらあんたの頭を殴《なぐ》った奴を捕《つか》まえたらしいぜ」

店主の顔は粉のように白くなった。その男を見つめたが、近づこうとはしなかった。

しばらくしてから彼はつぶやいた、「あれがこの人かどうかわかりませんね。ハンカチで顔を覆《おお》っていたから」

「こいつはでかい野郎だぜ」と刑事は言った。「あんたを殴った奴もでかかった、そうだったろう?」

「ずんぐりしてた」とモリスは言った。「もう一人のほうが大きかった」

フランクはドア口に立って見守っていた。

ミノーグ刑事は彼の方を向いた。「君は誰だ?」

「わしの店の店員ですよ」モリスが説明した。

刑事は外套のボタンをはずし、上着のポケットからきれいなハンカチを出した。「手伝ってくれんか」と彼はフランクに言った。「これをこいつの顔に結んでくれ」

「なんだか嫌《いや》だな」とフランクが答えた。

「そう言わずに頼むぜ。こいつに手錠で頭を殴られたくないんだ」

フランクはハンカチをとり、いやいやながら、男の顔に結びつけた。容疑者は棒のように突っ立っていた。

「モリス、これでどうだね？」

「わからないね」とモリスは困って言った。彼はすわりこまねばならなかった。

「モリス、水でもほしいかい？」とフランクが言った。

「いいや」

「ゆっくり見なよ」とミノーグ刑事は言った、「ようく見てくれ」

「彼がそうだか、わからない。もう一人のほうが、荒っぽい態度でしたよ。彼は荒い声だった――優しくなかった」

「おい、なにか言え」と刑事は言った。

「おれはこの人から強盗しなかった」と容疑者は無表情の声で言った。

「モリス、この声と同じか？」

「いいや」

「彼は相棒のほうに似ていないかね――がっちりした仲間のほうさ」

「いいや、これは違う人だよ」

「どうしてそうはっきり言える？」

「手助けしたほうは落着かない人間でしたよ。この男より大きかった。それにこの人は小さな手をしている。あの手助けの奴は大きくて厚い手をしていたから」

「確かかね？　警察はこいつを昨日の晩、犯行中に捕まえたんだ。もう一人逃げた男といっしょに一軒の食料品屋に押し入ったんだ」

刑事はハンカチを男の顔から引き去った。

「彼じゃないですよ」とモリスははっきり言った。

ミノーグ刑事はハンカチを折りたたみ、ポケットに押しこんだ。自分の眼鏡をレザー・ケースにすべりこませた。「モリス、たしか、おれの息子をこのあたりで見かけたかどうか、前にあんたにきいたことがあったな。まだ見かけないかい？」

「見かけんね」と店主は言った。

フランクは流し台へ行き、コップの水で口をすすいだ。

「たぶん君は彼を知ってるだろう？」と刑事は彼に尋ねた。

「いいや」と店員は言った。

「まあ、いい」刑事は外套《がいとう》のボタンをかけた。「そういえばモリス、あんたはあのころ牛乳を盗んでた奴が誰だったか、見つけたかね？」

「あれから誰も盗まなくなりましたよ」とモリスは言った。

「おい、来い」と刑事は容疑者に言った。

手錠をされた男は雪のなかへ店から出てゆき、そのあとから刑事がついていった。

フランクは二人が警察車に乗るのを見守り、その男に申しわけない気持だった。今のぼくは以前のぼくと同じではないが、もし警察が今のぼくを逮捕したとしたらどうだろう？　と彼は思った。

モリスは彼が牛乳壜《びん》を盗んだころのことを考え、すまなそうに店員の方を見つめた。

フランクはふと自分の両手の大きさに気がつき、思わず便所へはいっていった。

夕食のあと、ベッドに横たわって、自分の人生について考えていると、フランクの耳に階段をのぼる足音が聞え、誰かが荒っぽくドアをたたいた。少しの間、彼の心臓は恐怖に高鳴った、しかし起きあがり、無理にドアを引きあけた。毳立《けばだ》った帽子の下からにやりと笑った顔はウォード・ミノーグだった——その両目は小さくて小汚《こぎた》なかった。瘦《や》せていて、以前よりひどく見えた。

フランクは彼をなかに入れラジオをつけた。ウォードはベッドに腰かけたが、皮の靴は雪の雫《しずく》をたらしていた。

「ぼくがここに住んでるなんて、誰から聞いたんだ？」とフランクは尋ねた。

「お前が玄関からはいるのを見たのさ、ドアをあけたお前が上へあがるのを聞いたからさ」とウォードが言った。

こいつから手を切るにはどうしたらいいんだ、とフランクは思った。

「ここには近づかないほうがいいぜ」と彼は沈んだ気持で言った。「その目立つ帽子をかぶったお前をモリスが見たら、二人とも監獄行きだぜ」

「おれはな、あの出目金の友達、ルイス・カープを訪ねてきたのさ」とウォードが言った。「酒を一壜ほしかったんだ、ところが奴はこっちが現金《げんなま》を持たないんで、渡そうとしねえんだ、それでおれは考えた——おれの美男子の友達フランク・アルパインならちっとは貸してくれるとな。なにしろ正直で、よく働く野郎だからな」

「お門《かど》違いだよ。こっちは貧乏人さ」

ウォードはずる賢い目つきで彼を見た。「あのユダヤ人からくすねて、まずかなりは貯《た》めこんだと見てたぜ」

フランクは彼を見つめたが返事をしなかった。

ウォードの目つきが変った。「たとえお前が奴の小銭をくすねてたって、そんなことおれに関係ねえんだ。おれが来たのはこういうわけだ——今度はな、雑作なくやれる仕事を見つけたんだ」

「ウォード、前にも言ったけど、君の仕事にはもう興味を持ってないよ」

「たしかお前は自分のピストルを取戻したかったはずだぜ。さもないとあれがどっかに落っこってて、それにはお前の名前がくっついてるかもしれねえからな」

フランクは両手をこすり合せた。

「お前がやるのはただ車を運転するだけさ」とウォードは愛想よく言った。「今度のは間違いない仕事だぜ。ベイ・リッジにあるでかい酒屋なんだ。九時を過ぎると、一人の男しかいなくなる。獲物はまず三百ドルは堅いぜ」

「ウォード、その様子じゃあ、強盗どころの話じゃないみたいだ。それより病院にはいったほうがいいようだよ」

「なあに、ひどく胃がやけるだけさ」

「まず体《からだ》に気をつけたほうがいいぜ」

「ご親切、ありがとよ」

「どうしてまじめにやろうという気にならないんだ?」

「お前はどうだ?」

「ぼくはやろうとしているさ」

「どうやらお前のユダヤ娘が尻押《しり》ししているらしいな」

「ウォード、彼女のことは口にするな」

「先週、お前が彼女を公園に連れてったとき、あとをつけたぜ。いい子じゃねえか。どれぐらいやった？」

「ここから出てけ」

ウォードはふらつきながら立ちあがった。「五十ドルくれ、さもないとおれはお前のユダヤ野郎とユダヤ娘に言いつけるぞ。手紙を書いて去年の十一月に強盗をしたのが誰か、言ってやるぞ」

フランクは固い顔をして立ちあがった。ポケットから財布を取出し、中身をベッドにぶちまけた。一ドル札で八枚あった。「これだけが全部さ」

ウォードは金をひったくった。「もっともらいに来るぜ」

「ウォード」とフランクは歯ぎしりしながら言った、「もしまた言いがかりをつけにここへあがってきたら、そしてもしぼくとあの娘のあとをつけたり、モリスになにか言いつけたりしたら、ぼくは警察のお前の親爺《おやじ》にきっと電話するぞ、そして彼にどこへ行けばお前が見つかるか言うぞ。今日彼はこの店へ来てお前のことをきいていた、だからもし彼がお前を見つけたら、きっとお前は頭をぶち割られちまうぞ」

ウォードはうなり声とともに店員に向って唾《つば》を吐きかけ、それがそれて壁にかかり、したたり落ちた。「このくさいユダヤ野郎め」と彼は歯をむいた。廊下に飛び出し、二つの階段をころがるようにおりていった。

店主とアイダがその音に驚いて飛び出してきた、しかしそのときにはウォードはいなかった。

フランクはベッドに倒れ、両目を閉じた。

暗くて風のある晩、ヘレンが遅くなって家を出たとき、アイダは彼女のあとをつけた。寒い通りをいくつか過ぎ、広場を横切って人気《ひとけ》ない公園へはいった、そしてヘレンがフランク・アルパインと出会うのを見た。高いライラックの繁《しげ》みと一群れの黒いかえでに半ば囲まれたそこには、いくつかのベンチが薄暗くひっそりと並んでいて、彼らが二人だけになりたいときよく来る場所だった。アイダは二人がベンチにいっしょにすわりキスをするのを見守った。彼女は半ば死んだような気持で、重い足を引きずって家に帰り、二階へあがった。モリスは眠っていて、彼女は主人を起したくなかったから、台所へ行ってすわり、むせび泣いた。

ヘレンは帰ってきて台所にいる母親が泣いているのを見た、そして彼女が知ったのだと気づいた。

ヘレンは心を動かされ、怖気《おじけ》づきもした。

かわいそうな気持になって、彼女は尋ねた、「ママ、なぜ泣いてるの?」

アイダはしまいに涙に汚《よご》れた顔をあげ、絶望した心で言った、「あたしがなぜ泣くって? この世が情けなくなったからよ。むだになったわたしの人生のために泣くのよ。お前のために泣くのよ」

「あたしがなにをやったというの?」

「わたしの心を殺したんだよ」

「そんなひどいこと、あたしなにもしないわ。あたし恥ずかしいことなにもしないわ」

「お前はあのユダヤ人でない男とキスして恥ずかしくないのかい?」

ヘレンは驚きに口をあけた。「ママ、あたしのあとをつけたのね?」

「そうだよ」とアイダは泣いた。

「よくもそんなことができたのね」

「よくも異教徒《ゴイ》とキスなんかできたね?」

「二人がキスしたこと、あたし恥じていないわ」

これ以上の口論になるのをヘレンは避けようとした。なにもまだ決っていず、すべてはこれからのことだったからだ。

アイダは言った、「お前があんな男と結婚したら、一生涯がだめになっちまうよ」

「ママ、あたしの言うことを信用してよ。あたしね、誰とも結婚する計画なんかないのよ」

「じゃあ、誰にも見られない公園で彼とキスしたのはなぜだい？　なにもその男と企《たくら》んでいないということかい？」

「あたし、前にもキスされたことあるわ」

「だけど彼は異教徒《ゴイ》だよ、ヘレン、イタリア人だよ」

「人間よ、あたしたちと同じ人間だわ」

「ただ人間だからでは十分じゃないよ。ユダヤ人の娘には、相手がユダヤ人でなくちゃあ」

「ママ、とても遅いのよ。口論したくないわ。パパを起さないようにしましょうよ」

「フランクはお前にふさわしくないよ。あたし、彼が好きじゃない。彼の目は人と話すとき、相手を見ていないもの」

「彼の目は悲しい表情なのよ。辛い過去がたくさんあった人だから」

「彼はどっかへ行って、彼の好きな異教徒の女を見つければいいんだわ、ユダヤ人の娘じゃなしにね」

「あたし、朝は勤めに出なきゃなんないの。あたしベッドに行くわ」

アイダは静まってきた。ヘレンが服を脱いでいるとき、彼女はその部屋にはいってきた。「ヘレン」

と涙をおさえながら言った、「あたしはお前がよかれとばかり思っているんだからね。私と同じ間違いをしないでおくれ。食料品屋の店員でろくに身元もわからない貧しい人間といっしょになれば、一生だめになっちまうんだよ。お前はもっと良い生活をさせる人と結婚しておくれ、たとえば大学教育のある、ちゃんとした職業の青年とさ。見知らぬ男と関《かか》わらないでおくれ。ヘレン、あたし、自分の言ってることがなにか、よく知っているんだよ。本当だよ」彼女はまた泣いていた。

「あたし、できるだけのことはするわ」ヘレンは言った。

アイダはハンカチで目を拭《ぬぐ》った。「ヘレン、あたし一つだけお願いがあるの」

「なんなの？　あたし、とても疲れてるのよ」

「明日ナットに電話をかけておくれ。彼と話すだけでいいわ。ハローと言って、もし彼がデートしたいと言うなら、いいわと言っておくれ。彼にもチャンスを与えてやっておくれ」

「一度彼にチャンスを与えたわ」

「去年の夏は彼とあんなに楽しんだじゃないか。浜辺《はまべ》に行ったり、演奏会に行ったり。なにが起きたというの？」

「二人の趣味は違うのよ」ヘレンは疲れたように言った。

「夏のころは、お前、二人の趣味が同じだと言ったよ」

「そのあとで、違うことがわかったのよ」

「ヘレン、彼はユダヤ人の青年だし、大学卒よ。彼にもう一度チャンスを与えなさい」

「いいわ」とヘレンは言った、「だからお母さんも寝てくれない?」

「それからフランクとはもう外で会わないで。彼にキスをさせないでおくれ、いいことじゃないもの」

「約束はできないわ」

「お願いだよ、ヘレン」

「あたし、ナットに電話をかけると言ったわ。今はそれだけでおしまいにしましょうよ。ママ、おやすみ」

「おやすみ」アイダは悲しげに言った。

母親の忠告は気が重かったが、それでもヘレンは次の日に事務所からナットに電話をかけた。彼は親しげであり、妹の未来の夫から中古車を買ったからそれでドライブに行こうと彼女を誘った。

「いつかそうするわ」と彼女は言った。

「金曜の晩はどう?」とナットは尋ねた。

金曜はフランクに会う日だった。「土曜日にしてくれない?」

「土曜日は約束があるんだよ。それから木曜日も——法学部に用事があるんだ」

「じゃあ金曜日でもいいわ」彼女は母親を満足させるには、フランクとのデートを変えるしかないと考えながら、仕方なしに同意した。

その日の午後、モリスが昼寝のためにあがってくると、アイダは必死になって、フランクをじきに立ち去らせてくれと頼んだ。

「この問題、十分ばかりひとりで考えさせてくれんかね」

「モリス」と彼女は言った、「昨日の晩、ヘレンが出ていったあとであたしも出ていって、彼女が公園でフランクと会うのを見つけたのよ。二人はキスしたわ」

モリスは顔をしかめた。「彼がヘレンにキスした?」

「そうよ」

「彼女も彼にキスしたのか?」

「この目で見ましたよ」

しかし店主は、少し思案したあとで、面倒くさげに言った、「キスがなんだというんだね? キスなんかなんでもないさ」

アイダは怒り狂って言った、「あんた気が変になったの?」

「彼はじきに出てゆく人間さ」とモリスは言い聞かせた。「夏にはな」

涙が彼女の目にあふれた。「夏まではここで悲劇が十回も起りますよ」

「どんな悲劇があるというんだね――人殺しかい?」

「もっとひどいことよ」と彼女は叫んだ。

彼の心は冷え、思わず怒りを発した。「この問題はわしにまかせておけばいいんだ、わかったか」

「今に見てるがいいわよ」とアイダは苦々しげに警告した。

その週の木曜日、ジュリアス・カープは酒屋に息子のルイスを残して外に出た、そしてモリスがひとりでいるかどうか食料品屋のウインドーからなかをのぞいた。あの強盗事件の晩以来、カープはモリスの店に足を運ばずにいた、だから今あそこにはいってゆけばどんな応対を受けるかと、気持が落着かなかった。ふつうは、互いに口をきかぬ時期がつづいたあと、恨みを長く持てない性質のモリス・ボーバーが折れてでて、カープに話しかけたものだった。しかし今度は彼も酒屋の主人と付き合う可能性を心から追い出し、二人の虚《むな》しい関係を再開しようとしなかった。ベッドにいて回復期にあったころ、モリスはしきりにカープのことを考えた――いやでも思い出されるのであり、必ず後味《あとあじ》が悪いものだった――そして自分で考えた以上に彼のことをきらっているのだと気がついた。あの男は低級で愚かな人間であり、商売が栄えるようになったのも運がよかったからにすぎないと彼は腹立たしく考えた。あの男の幸運はすべて他人を不運におとしいれる性質のものだ、まるで世界には一定の運しかなくて、カープが取ってしまったあとは、犬も食わないといったふうだ。モリスは自分が長い年月《としつき》苦労した結果、なにも報われなかったことを思って、ますます怒りを感じた。これはカープのせいではなかったが、通りの向うにあのおかず屋ができたことで、貧しい人間をさらに貧しくしたのは事実だった。それにあの晩、健康で金もある彼の代りに、この自分が自分の店で頭に一撃をくらったことでも、彼を許せなかった。そこで、毎日隣にいる男ではあったが、酒屋の主人となにも関係せぬことで、わずかながらも満足を感じていた。

一方、カープのほうはモリスが最初にほぐれるだろうと高《たか》をくくって待っていた。彼は食料品屋がいつか頑《かたくな》な沈黙を破る光景を思い描いた。まずそれまでは、あの哀れなユダヤ人が持つ辛い不運な生活——それも並はずれた不運な生活——を憐《あわ》れみながら、彼が解けてくる徴候を楽しんでいた。あいうふうに生れつく人間もいるものだ。それに比べてカープは、手に触れるものはなんでも純金に変るのだ。モリスのほうは、町のなかで腐った卵を見つけると、それはもう割れて中身が漏れているのだ。そういう人間のためには、いつ雨宿りするかを忠告できる経験ある人間が必要なのだ。しかしながらモリスは、カープの気持を知ってか知らずか、頑なに沈黙を守っていた——たとえば彼は毎日フォワード紙を買いに角まで出かけるが、酒屋の主人が店の前に立っていようと、表のウインドーからのぞいて彼と顔が会おうと、まるで他人を見るような目つきをした。一月《ひとつき》が過ぎ、やがて早くも四カ月が過ぎて、カープは不愉快な結論に達した——アイダのほうはなお親しい様子を見せたが、モリスは彼が近寄らぬかぎり決して心は開かぬだろうと。モリスは降参する気はないのだ。彼はこう悟ると、それを冷たく受止めた——向うがそうでるなら、こっちもお返しだ、無関心でいてやれ。しかし無関心というものは彼が喜んで扱える品物ではなかった。自分でも明確でない理由から、カープはモリスに好かれたがった。そこで彼の貧乏神の隣人が交際を求めないと知って、じきに腹がむしゃくしゃした。たしかにモリスは強盗に頭を殴《なぐ》られたが、その責任はカープにあったろうか？　自分でさえ用心したのだ——まして悪運《シュリマズル》にとっつかれたモリスが用心せぬとは？　そうさ、私が通りの向うに二人の強盗を見たと警告したときさえ、あの男は表ドアに錠をおろして警察に電話をかけたりしなかった。ふつうの人間ならするはずだ。なぜしなかったのか？——なぜなら彼は間抜けで、運の薄い人間だったからだ。

そしてああいう彼だから、面倒ごとがバナナの房《ふさ》みたいに鼻の頭にぶらさがるのだ。頭を殴られたあとでもまた寝こんでしまったし、次にフランク・アルパインを雇いこんだのも同じだ。カープは、ばかでないから、困った事態が起ろうとしていることが一目でわかった。フランクとは知合いになっていて彼が頼《たよ》りにならぬ浮浪者と考えたカープは、彼がじきに面倒を引起すと思い、その自信は揺らがなかった。モリスの蠅《はえ》たかりの虫食いだらけの店、あれは一人前の店員に払う給料の半分も稼《かせ》ぎ出せぬ所だ、それなのにモリスは体《からだ》が直ってもまだあの店員を雇っている、全く気《き》狂《ちが》いざた、むだ使いだ。カープはやがて息子のルイスから聞きこんで、自分があの店をひどい状態と見た推測の正しかったのを知った。それによると、フランクはちょくちょく極上の酒を買いに来る——もちろん当然のことだが、現金で払ってゆく——しかしこれはどこから出た金か？　そのうえ、もう一人の濫《らん》費《ぴ》家《か》であるサム・パールの話だと、ときおり二ドル札をくだらぬ競馬馬に賭《か》けては、風に吹き飛ばしているという。これが涙金しか払われぬに違いない男の仕《し》業《わざ》だとすれば、こたえは簡単だ——答えは、彼が盗んでいるのだ！　誰から盗んでいるのか？　もちろん、文無しのM・ボーバーからだ。ロックフェラーは幾百万ドルでも扱い方を知っているが、モリスときたら十セント稼いでも、それを自分の破れポケットへ入れる前になくしちまうのだ。なにしろ店員というのは盗むにきまっているのだ。カープだって、若いときには、自分の雇い主からくすねたものだった——あれは半盲の靴卸商だった。それに息子のルイスも彼から摘《つま》み食いするのを知っているが、それは気にならなかった。なんといっても、彼は息子だからだ。それにこの商売をやっていて、いずれは——あまり早くないと願うが——それを自分のものにする人間だからだ。そのうえ、やかましく警告したり、ときおりはだしぬけの棚卸《たなおろ》しをして、ルイスの盗みを最小限度に押えていた——ほんの豆粒ほどに、だ。他人の店員が盗むとなると全くの別問題だ。危ないこった——あのイタリア人が自分の店で働くとなったら——そう思うとカープはぞっと身震いした。

それに不幸の星があの食料品屋についているのだから、あの見知らぬ男はその不幸を、減らすどころか、さらにシャベルで積みあげることだろう。なぜなら、ユダヤ娘のいる家に若い異教徒《ゴイ》を置くなんて、最も危険なことなのだ。これは必ずといえるほど困った結果になるのであり、それでカープは、もしモリスと話し合える仲に戻れたら、ぜひとも説明してやってこの深刻な不幸から彼を救ってやりたいと思ったのだ。こんな不幸の種さえも存在することを、先週に二度も確かめたのだ。一度はヘレンとフランクが公園通りの並木の下を歩いているのを見つけ、二度目は車を運転して家に帰る途中で、二人が映画館から手をつないで出てくるのを見かけたからだ。それ以来、彼は幾度か二人のことを考えた——それも心配の念とともにであり、それゆえ彼は、なんとかして運のないボーバーを援助してやりたいと思いだしたのであった。

モリスとしては自分の生活を楽にする目的でフランクを置きつづけているのだ、それは明らかだ、そしてもし自分がボーバーなら、たぶん彼もまた自分の背後で起りつつあることを知らずじまいでいただろう。だからこのジュリアス・カープが彼の娘の危険について警告してやるほかないのだ。なにがどうなってるか、彼なら巧みに説明してやれるだろう。そのあとでルイスの尻押しをしてやろう。

カープは気づいていた。ルイスは長いことヘレンを好きでいるのだが、彼女を手に入れるだけの自信を持たずにいる。ルイスというのは、一度ぴしゃりとたたかれると、引っこんで爪を噛《か》んでいる性質なのだ。場合によっては、ぐいと後押ししてやる必要がある――カープはこの一年ほど頭の奥にしまいこんできた提案をモリスに申出ることで、息子のヘレンに近づく道をつけてやれるだろうと感じた。まず息子のルイスが結婚後はいかに期待できる人間かを現金《げんなま》の額やその他の利点から説明する、そしてモリスの口ききで彼女がルイスと真剣にデートするように運ばせる。もしも二人が二カ月ほどいっしょに出歩いて――ルイスは必ずヘレンを豪勢に楽しませるだろう――縁結びが実現したら、これは娘にとってのみでなく、食料品店主にも利益になるものとなろう、なぜならそうなればカープはモリスの哀れな店を引受け、それを改造し拡張して、最新の設備と商品を備えたセルフ・サービスのマーケットにしてやるからだ。拡張には角にある彼の貸家の住人を期限が来たら追い出そう――これは大変な犠牲だが、するだけの値打ちはある。そのあとで彼自身が実際的な忠告をする控えの協力者になれば、まず大地震でも来ぬかぎり、モリスの老年の豊かな収入が奪われることはないであろう。

このことでいちばんの問題になるのはヘレンだとカープは予測していた。彼女は勝気な娘だし、知的自由業の人間と結婚したい素振りを見せたことがあるが、それだけの値打ちがある娘なのだ。ただしナット・パールが相手では見込みが薄いのだ、なにしろナットは社会的に成功したがっていて、それにはあんな貧乏娘よりも、やがてルイス・カープが受けつぐようなモノがほしいのだ。だから彼はヘレンがあまり熱くなったとき、自分の将来を考えて彼女をそっと押しのけたのだ——これはカープがサム・パールから聞きこんだ事実であった。ところがルイスならヘレンのような娘と結婚できる資格があり、ヘレンも、勝気で頭のよい娘だから、きっとルイスにはよい嫁さんになるだろう。この酒屋経営者は折を見て彼女に遠慮なく話してやろうと腹を決めていた。少し丹念に、こう説明してやろう——もしフランクといっしょになれば、彼女にはただ宿なしの将来があるばかりで、ばかくさい彼の悪運をかぶって彼女の父よりさえ貧乏になることだろう、それに反してルイスとであれば彼女は好きなものをなんでも持てるし、それ以上も可能だ——その点はこの義理の父になるわたしにまかせておけば大丈夫。ひとたびフランクが立ち去ってしまえば彼女もこっちの話に耳をかたむけ、彼の提供する良い生活をうれしがるだろう。独身の娘にとって二十三とか四とかいう年頃は危険なのだ。その年になると娘は自分が老《ふ》けてゆくばかりと感じる——その年になると、異教徒の男でさえ魅力的に映るようになるのだ。

なかをのぞいたカープは、フランクがサム・パールの店へ行っていて食料品屋の奥の部屋にはモリスしかいないと知った。咳払《せきばら》いを一つして店のなかに足を踏み入れた。モリスのほうは、奥の部屋から出てきて、客が何者かを見分けると、一瞬だが仇討《かたきう》ちをしたような勝利感を覚えた。しかしそのあとではすぐに厄病神がまた現われたという迷惑な気持となり、さらにはカープが来るのは悪い知らせのときばかりだという嫌《いや》な記憶をよみがえらせた。そこで彼は黙ったままで、酒屋の主人が口をきくのを待った。しかしカープ——上等なスポーツ服とギャバジンのズボン姿だがそれらも突き出した腹を隠せないし顔に出た愚かな表情も軽減しえないカープは、いつものおしゃべりに似合わず今度だけは舌をもつらせていた、というのも自分が最後にここへ来たあとのひどい結果を思い出していたからで、彼はただモリスの頭にある傷跡を見つめるばかりだった。

相手が哀れになり、店主は口を開いたが、それは自分の思ったよりも親しい口調なのだった、「どんな具合かね、カープ」

「ありがと。べつにこぼすこともないといった調子さ」にこりと笑い、彼はカウンターごしに分厚い手を差出した、そしてモリスは、気のすすまぬまま、重いダイヤの指輪のはまった彼の指を握った。まだ仲直りしたばかりだから、今すぐモリスの娘にふりかかった災害を彼に知らせるのは、どうも具合が悪かった。そこでカープは、言う言葉を捜しまわり、きまり文句を口にした、「商売はどうだね?」

モリスは相手がそう尋ねてくれるのを待っていた。「いい調子だよ、それに毎日、上向いてるよ」

カープは眉《まゆ》にしわをよせた。しかし彼も、あるいはモリスの商売が自分の想像より良くなっているのかもしれぬと思った。ときおりこの食料品屋のウインドーからのぞいてみると、以前の空《から》っぽのかわりに一人二人の客を見つけることがあったからだ。今、数カ月ぶりになかへはいってみると、店は手入れがゆきとどき、棚《たな》には商品がぎっちり詰っている。しかし商売が良くなっているとすれば、彼にはじきにその理由がわかった。

それでも彼は何気ない様子で尋ねた、「なんで景気がよくなったかなあ？　新聞に広告でもしたのかい？」

モリスはその哀れな冗談に微笑した。ユーモアのセンスのない人間はいくら金ができても、相変らずなのだ。「口伝えの評判さ」と彼は言った、「それがいちばんいい広告だよ」

「それだって人の口がなんと言うか、そこが問題さ」

「人の口の言うことだと」とモリスはためらいもせずに言った、「わしがいい店員を見つけ、そのために商売が景気づいたのさ。冬は落ちるのに、毎日上向いているよ」

「あんたの店員がしたんだって？」とカープは尻をかきながら考え深げに言った。

「お客は彼が好きなのさ。異教徒の客を呼ぶわけさ」

「新しい客がねえ？」

「新しいのも、古いのも」

「ほかに商売の足しになったものはなかったかね？」

「ほかには、十二月にできたあの新しいアパートが少しは助けになっているね」

「なるほど」とカープは言った、「それ以上はなにもないかね?」

モリスは肩をすぼめた。「ないだろうね。人の噂《うわさ》だと、君の所のシュミッツは体がよくなくて、前ほどサービスをしないようだな。それで彼のところにいった客も、少しは戻ってきている、しかしわしにいちばん助けになるのはフランクさ」

カープは驚いた。この男は自分の鼻の下で起っていることさえ知らずにいるのか? 彼はたちまち、この場所から永遠に店員を放り出す天与の機会を見抜いた。「あんたの商売を景気づけたのはフランク・アルパインじゃなかったのさ」と彼はきっぱり言った。「それは別のことのせいだったのさ」

モリスはかすかに微笑した。相変らずお利口な人は何事にも因縁がつけられるわけだ。

しかしカープは話題を変えなかった。「彼はここへ来てどれぐらいになる?」

「彼が来たのがいつか知ってるだろ——十一月さ」

「そしてすぐに商売が上向きはじめたのかね?」

「少しずつな」

「そうなったというのも」とカープは興奮しながら言い放った、「この異教徒《ゴイ》がここへ来たからじゃない。彼に食料品商売の知識があると思うかね? なにもないさ。あんたの店が景気づいたのも、あたしの貸店のシュミッツが病気になり、一日じゅうは店をあけていられなかったからさ。そのこと、あんたは知らなかったのかね？」

「彼が病気だとは聞いておったよ」とモリスは答えたが、咽喉《のど》が詰るような感じだった、「しかし配達人たちの話だと、彼の父親が来て手助けしてるということだ」

「そのとおりさ」とカープは言った、「しかし十二月の中ごろ、彼は毎朝病院通いをしたよ。最初は父親が店にいたけど、それから父親もへたばっちまって、だからシュミッツは七時どころか九時か十時ごろにあけた。それに夜は十時にしめる代りに八時にしめたよ。こんなことが先月までつづいたのさ、しまいには朝も十一時まで店をあけられずにいて、まず半日の商売を捨てちまった。そのころ店を売りたがったけど、誰も買い手がなかったね。昨日、彼は店をしめちまった。そのこと、誰もあんたに話さなかったかね？」

「客の一人が言ったよ」とモリスは心痛を覚えながら答えた、「しかしそれはほんの二、三日のことかと思った」

「彼はひどい病気なのさ」とカープは厳《おごそ》かに言った。「二度と店をあけないだろうね」

これはどうしたことだとモリスは思った。あの店がまだ空きだったころや、次には改造されつつあった何カ月もの間、彼はたえず見に行った、しかし開店してからは、サム・パールの店の角を曲って見にゆくことは一度もなかった。そうする勇気がなかったからだ。しかしあの店が二カ月以上もそんなひどい商売の仕方だったたと、どうして誰も話してくれなかったのだろう――アイダもヘレンもそうだ。たぶん二人ともあの店の前を通ったが、ドアがしまっているのに気づかなかったのだろう。彼女たちも、彼と同様、あの店がいつも開いていてこっちの客を奪っていると思いこんでいたのだ。

「だからといって」とカープは言っていた、「あんたの店員が売上げを助けなかったわけじゃないさ、でもね、商売が上向いた本当の理由は、シュミッツの店が長くあけられていないので、彼の客が何人かこっちに来たせいさ。もちろん、フランクはそんなことあんたに言いっこないよ」

嫌《いや》な予感にとらわれて、モリスは酒屋の主人が今言ったことを噛《か》みしめた。「シュミッツはどうなったね？」

「血液が悪くなる病気でな、今病院に寝ているよ」

「かわいそうに」と店主は溜息《ためいき》をついた。希望と恥ずかしさにもまれながら、彼は尋ねた、「彼はあの店を競売に出すのだろうかね？」

カープは大仰な口つきになった。「競売に出すとはどういう意味だね？　あれはいい店だよ。彼はね、水曜日にあれを売ったよ。相手は二人のノルウェー人でね、モダンな共同経営者なんだ。次の週にしゃれた食料品とおかずの店を開くよ。そうなればあんたの商売がどうなるか、わかるはずだよ」

モリスは曇った目つきになり、心は死にかけた。

カープは自分が店員をねらい撃ちして店主を傷つけてしまったと気づいた。あわてた彼は口早に言いそえた、「あたしにはどうにもできんだろ？　彼が売れるチャンスを持ったとすれば、まさか競売にしろとも言えんじゃないか」

店主は聞いていなかった。彼はフランクのことを、すさまじい怒りとともに考えていた——あの男にだまされていたのだ！

「いいかね、モリス」とカープは急いで言った、「あんたの店のことで一つ提案があるんだよ、まずあんたをだましたこのイタリア人を放り出してさ、それからヘレンに言っておくれ、あたしのルイスが——」

しかしカウンターの向うの店主は幽鬼のようになって、彼のもたらした知らせに向ってあやしげな呪《のろ》いを吐き出したのであり、カープはあとずさりして店から出てゆき、自分の店に逃げこんだ。

またも以前のように心痛の一夜を過したあとで、モリスは自分のベッドを逃《のが》れ、朝の五時に店へ出てきた。そこで彼は重苦しい一日をひとりで過すことになるのだ。店主は一晩じゅうカープのもたらした悪い知らせと格闘して過した。まるで赤く燃える石炭のようになって考えつづけた——あのドイツ人の病気の様子を誰もどうして教えてくれなかったのだろう——たとえばセールスマンの誰かでもいいし、ブライトバートかお客の一人でもいいから、教えてほしかった。いやたぶん誰もそんなこと大切なニュースと思わなかったのだ、なにしろ昨日まではシュミッツの店も開いてはいたのだから。それに彼が病気だと、誰かが一度わしに話したこともあったっけ。だから二度と話す気もなかったのかもしれん、だって人間は病気になっても良くなるもの、と誰でも思いこんでるんだからだ。彼自身が寝こんでいたときだって、近所の人はそのことを噂《うわさ》したろうか？　たぶん誰もしなかったろう。人はみんな自分たちの心配にかまけているのだ。シュミッツが自分の店を売ったニュースの件は、モリスにも文句のつけようがなかった——彼はただちに知らされたからだ、まるで頭に岩を落されたみたいに。

フランクのことをどうするか——これも彼は長いこと思案した。あの店員が店の景気をひとりで作り出したのかどうか、実際に彼はそんな振りをしつづけてきたのかどうかと、あれこれ考えつづけ、しまいにこう判断した——いや、フランクは彼をだましたのではなかった。カープに話を聞いたときはそう思ったが、しかしフランクは店を景気づけたのが自分の力だと彼をだます気などなかったのだ。たぶんあの店員は、彼自身と同様、この店が好景気に変った本当の原因を知らずにいたのだろう。いや、彼は知らぬはずがなかったかもしれぬ、なにしろ彼は昼間も外へ出て近所の店へ行くから、噂やニュースを聞いたかもしれぬ、だから知っていたはずとも言えたが、しかしモリスはそう思いたくなかった、たぶんフランクを一家の救い主と思いたかったからであろう。たぶんその気持があるから、彼は目に映ったものも見えず、聞えたものも聞かずじまいで現在までできたのかもしれぬ。それも起りうることだった。

最初の惑乱と恐怖が過ぎると、モリスは自分の店を売り払おうと決心した——すでに午前八時には二、三人の配達運転手に頼んで話を広めてもらうようにした。だからといって彼はフランクを手放す気など少しもなかった、それどころか彼をここに置いて、二人のノルウェー人が店をあけたあとは、それに対抗させねばならぬ。今はシュミッツから取戻したお得意客たちをノルウェー人たちに奪われぬように、フランクの手助けでなんとか防がねばならぬ。彼はフランクがこの店を助けなかったとはどうしても信じられなかった。この店が好景気になったのもドイツ人の病気のせいだと最高裁判所で証明されたわけではない。カープはそう言ったが、カープは神様の言葉をしゃべる人間か？　もちろんフランクはこの店の商売に力になったのだ——ただしそれはわが一家が想像したほどでなかったかもしれぬ。その点ではアイダが間違っていなかったのだ。しかしフランクなら幾人かのお客を押えておけるだろう——店主は自分にはそれができそうに思えなかった。彼はその精力がなかったし、景気が悪くなったら毎日をひとりで耐える神経も持ち合わさなかった。歳月が彼の耐久力を蝕《むしば》んでいたのだ。

フランクは下におりてきたとき、店主が普通でないとすぐ気づいたが、しかし彼は自分の持つ諸問題に気をとられすぎていて、彼がなにを悩みわずらっているのか尋ねる余裕がなかった。ヘレンが彼の部屋に来て以来、しばしば彼女の忠告——あなたはもっと自己をきびしく押えねばだめよ——あの言葉がたえず思い起されて、なぜ自分がこんな言葉に心を動かされたのか、なぜいまだにそれがドラムの棒みたいに頭のなかをたたきつづけるのかといぶかった。この自己抑制の考えにともなって、その見事さの感覚も生れた——自己の欲したとおりに事を処理しうる人の見事さ、もし欲すれば善をなしうる人の見事さである。そしてこの感じを味わったあとには後悔の念が生れた——自分の性格が、ずっと以前から、次第にくずれ去りつつあり、しかもそれを止めるのに指一本も貸さなかったという後悔である。しかし今日、硬い髭《ひげ》を安全剃刀《かみそり》で剃《そ》っているとき、彼は金を返そうと決心したのだった——彼が働いた数カ月の間にモリスからくすねてきた百四十数ドルを、少しずつでも、返しおえようと決めた。この金額はまさにその目的のために、彼の靴のなかに隠したカードの上に書きこまれた数字の総計なのであった。

過去の汚点を一拭《ひとぬぐ》いで消し去るために、彼は強盗に加わった自分のことをモリスに告白しようとまたも思いはじめた。一週間前、彼はそれを口から出しかけ、店主の名前を声高に呼びさえしたが、しかしモリスが目をあげるのを見ると、むだなことだと感じ、なんでもないと言った。自分は生れつき心配性の良心を持っていて、いつもそれで損をしてるんだ、と彼は思った。もっとも、ときには自分のなかにあるこの良心の苦い重みを誇らしくも思った、というのは、これがあるために自分は少なくとも他の人々とは違った人間だと感じるからである。これがあるために彼は立ち直る気持になり、ヘレンへの愛情もちゃんと持てるのだし、これからそれを長く保ちうるのだ。

しかし彼は自分が告白してユダヤ人があの分厚い耳で聞いている光景を思い描くと、どうにも耐えられなかった。今でも扱いかねるほど面倒があるのに、これ以上ごたごたを起してなんの役に立つ？せっかく取りつくろって幸福な生活をつかみかけてるのに、その目的をぶちこわすだけではないか。過去は過去なんだ、くよくよするな。意志に反して強盗に加わったが、しかし今の彼は、モリスと同様、むしろウォード・ミノーグの犠牲者なのだ。ひとりだけだったら、彼は実行しなかったろう。それは彼が犯したことを消しうるわけではないが、少なくとも彼の本当の気持を示してはいた。だからあの事件は偶然に起ったようなもので、犯行の意志がなかった以上は告白する意味もないではないか。過ぎ去ったことはそのままにしておけ。過去はどうにもできやしない――ただあちこちを磨《みが》きあげ、残った部分は閉じこめておくしかないのだ。これからは明日だけを心において生きよう、そうすれば明日は、自分の以前の暮しより値打ちのある人生を、自然に作ってくれるだろう。これからは以前の自分を捨て、意義のある生き方をしよう。

すぐにも始めたくて彼は財布の中身をレジにぶちまける機会を待ちかまえた。モリスが昼寝に行ったらできるだろうと思ったが、そのときになると、今日はろくに用もないのに、アイダがつまらぬ理由をつけて下へおりてきて、奥の部屋で彼といっしょにすわった。彼女は陰気な表情で、沈んでいた。たえず溜息《ためいき》をつき、その様子は彼を見るのも嫌だというふうだったが、それでも口はきかなかった。理由は彼も知っていた――ヘレンから聞いたからだ、そしてひどく居心地がわるかった、まるで、びしょ濡《ぬ》れの服を着ているのに、どうしても彼女が脱ぐのを許してくれないといった感じだった。しかし今は黙って口出しせず、この問題をヘレンにまかせるほかはなかった。

アイダは出てゆかなかった、それで彼は盗んだ金を返そうにも返せず、しかしそうしたいという欲望はしまいに耐えがたいほどになった。客がはいってくるごとにアイダは自分が応対すると言って出ていったが、しかし最後の客が去ると、煙草をくわえて長椅子にのびているフランクに向って、気分がよくないから上にあがると告げた。

「そうすれば気分がよくなりますよ」と彼は起きながら言ったが、彼女は返事をせず、しまいに出ていった。彼女が二階に行ったと確かめると、彼は急いで表の店へはいった。財布には五ドル札一枚と一ドル札一枚があり、前から考えたとおり彼はその全部をレジに戻した。すると残りはポケットにある小銭だけになったが、どうせ明日は給料日だった。六ドルの数字をレジにたたき、しかし一度に六ドルも売れるはずもないからその証拠を消すために、「非売上げ《ノー・セール》」のボタンを押した。それからフランクは自分のなしとげた行為に非常な喜びを覚え、目には涙が浮んだ。奥の部屋へゆくと靴を脱いでカードを取出し、彼の借りの全額から六ドルを引去った。それから計算した——銀行に預けた金は八十ドルほどあり、これを少しずつ戻してゆく、それを使いつくしたら、あとは自分の週給から返してゆく、そうすれば二、三カ月で借りを返しおわるだろう。ただし、この商売で稼《かせ》ぐ以上の金をレジに入れてゆくことで誰にも疑惑をいだかせぬよう用心しなければならぬ。

彼が自分のした行為でまだいい気分になっていたとき、ヘレンからの電話がかかった。

「フランク」と彼女は言った、「そこにひとりでいるの？　もしそうじゃなかったら、番号が違うと言って、電話を切って」

「ひとりきりだよ」

「今日はおだやかでいい日ね、気がついてた？　あたし昼休みに散歩に行ったけど、まるで春みたいだったわ」

「まだ二月だよ、あわてて外套《がいとう》を脱がないほうがいいぜ」

「ワシントンの誕生日（二月二十二日―訳注）のあとは寒さのしんがゆるむのよ。素晴らしい空気の匂《にお》いをかいだ？」

「今は店のなかさ」

「陽《ひ》にあたりに外へ出なさい」と彼女は言った、「暖かくて、素晴らしい気持よ」

「なんで電話なんかかけたんだい?」と彼は尋ねた。

「理由がなければ電話をかけちゃあいけないの?」彼女は柔らかく言った。

「今までしたことがないからね」

「電話したのはね、今夜ナットの代りにあんたと会えればいいな、と思ったからよ」

「彼に会いたくないんなら、デートを取消せばいいじゃないか」

「母がうるさいから、デートはしたほうがいいのよ」

「別の日にかえたらどうだい」

彼女はちょっと考え、それから、早く片づけたほうがいいからと言った。

「君の好きなようにしたらいいさ」

「フランク、あたしがナットに会ったあとで、二人で会えない? たぶん十一時半か、遅くとも十二時ごろに。そのころでもあたしに会う気ある?」

「もちろんさ、だけど、急になんだというんだい?」

「会ったときに話すわ」と彼女は小さな笑い声をたてていった。「公園通りで会う? それともライラックの繁《しげ》みの前のいつもの場所?」

「君の言うほうでいいさ。公園のなかでもかまわないよ」

「本当はあそこ、お母さんにつけられてからは行きたくないのよ」

「そんな心配はしなくていいさ」と彼は言った、「君はぼくに、なにか素敵なことを言いたいわけかい？」

「とても素敵なこと」とヘレンは言った。

それがなんだかわかっていると彼は思った。きっと彼はヘレンを花嫁のように抱いて自分の部屋に運び、それからあれがすんだら彼女を運びおろす。そうすれば彼女は自分がどこにいたか母親に悟られる心配なしに、ひとりで上へあがってゆけるのだ。

ちょうどそのときモリスが部屋にはいってきたから、彼は電話を切った。

店主はレジにある数字を検査し、その金額に満足すると溜息をついた。土曜日までには、まず二百四十ドルから五十ドルは稼げるだろう。しかしひとたびあのノルウェー人が店をあけたら、こんな高い売上げは二度とこないだろう。

モリスがマッチの黄色い炎でレジをのぞいているのを見ていて、フランクは自分に残っている金がたった七十セントなのを思い出した。自分が六ドルをレジに戻す前にヘレンは電話をかけてくればよかったのに、と彼は思った。今夜雨が降ったりしたら、公園から家までタクシーを使うかもしれない、それとも二人で彼の部屋へあがったとすれば、あとで彼女はお腹《なか》が空《す》き、ピザかなにかほしがるかもしれない。とにかく金がいれば彼女から一ドルぐらい借りてもいい。彼はまた、小さな借金をルイス・カープに頼むことも考えたが、それは気が進まなかった。

モリスは彼のフォワード紙を買ってきて自分の前のテーブルにひろげた、しかし彼は読んでいなかった。自分が将来のことでいかに気をもんでいるか、今さらに思うのだった。さっき二階にいるときは、ベッドに横たわって、店の経費を切りつめる方法をあれこれ思案した。毎週フランクに払う十五ドルを考え、それが意外に大きな額だと気になった。また、この店員がヘレンにキスしたことや、アイダのした警告などを考え、それらすべてが彼の神経をいらだたせた。フランクに出ていってくれと言おうかと真剣になって考えたが、そこまで決心がつかなかった。ずっと以前に彼を出しておけばよかったと彼は後悔した。

フランクのほうは、ヘレンからどんな小さな金も借りたくないと改めて思っていた——自分の好きな娘にそんな頼みをするのはいい気分ではなかった。それよりも、今戻した金のなかから一ドルをレジからとったほうがいいだろう。五ドルだけ戻しておいて一ドル札は自分にとっておけばよかったと彼は思った。

モリスは長椅子にすわっている店員をちらっと盗み見した。自分が散髪屋の椅子にすわっていて、店から大きな袋を持った客たちが出てゆくのを見ていたときのことを思い起し、落着かぬ気持になった。彼は店から盗んでいるのかなと思った。なにしろこのことは今まで幾度も自分に問いただし、まだ確かな返事を見つけていなかったから、こう思うと恐怖にとりつかれた。

壁にあいた窓ごしに彼は一人の女客が店へはいってくるのを見た。フランクが長椅子から立ちあがった。「モリス、ぼくがこの人の世話をするよ」

モリスは新聞に顔を伏せたまま言った。「うん、わしは地下にあるものを掃除せねばならんからな」

「あそこにあるなにが入用なわけ?」

「なに、たいしたものでないさ」

フランクがカウンターの背後に歩いてゆくと、モリスは地下室におりていったが、そこにとどまらなかった。そっと階段をのぼってゆき、内廊下のドアに身を寄せた。その割れ目からのぞくと、女客がはっきりと見え、彼女の注文する声も聞えた。その注文する品物の値段を彼は計算していった。勘定は一ドル八十一セントになった。フランクがその金をレジに入れると、店主は緊張のあまり息を止め、それから店のなかへはいっていった。

客は食料品のはいった袋を抱きかかえて表のドアから出てゆくところだった。フランクは片手を前掛け《エプロン》の下、ズボンのポケットに突っこんでいた。彼は驚いた表情で店主を見つめた。レジに記録された金額は八十一セントだった。

モリスは心の底でうめき声をあげた。

フランクは恥ずかしさに緊張しながらも、なに一つ変なことはなかったという振りをした。それはモリスを怒り狂わせた。「勘定はもう一ドルあったはずだ、なぜ君は一ドル少なく打ったのかね?」

店員は、長い苦悶《くもん》の時間のあと、自分の言っている声を聞いた、「モリス、ちょっと間違っただけだよ」

「違う」と店主は怒鳴った。「わしは君があの客に売った額を内廊下の所で聞いておったんだ。今まで君が同じことを何度もしたことさえ、知っているんだぞ」

フランクはなにも言えなかった。

「その一ドルをここへ出しなさい」とモリスは震える手を突き出して命令した。

もがきながら、店員は嘘《うそ》をつこうとした。「あんたの思い違いだよ、ぼくはレジに一ドル入れすぎていたんだ。釣り銭が足りなくなったから、ぼくは一ドルでサム・パールから五セントを二十換えてきた。そのあと、うっかりして『非売上げ《ノー・セール》』を打つ代りに、一ドルを打っちまったんだ。だからぼくは今一ドルを取戻したんだ。損はかけてないよ、本当だ」

「それは嘘だ」とモリスは叫んだ。「釣り銭用に、わしは小銭の巻いたのをなかへ残しておいたぞ」

彼はカウンターの背後まで大股《おおまた》で歩き、「非売上げ《ノー・セール》」を鳴らし、小銭を巻いた包みを取出した。「本当のことを言え」

フランクは考えた。やっと自分が別の人間になった今になって、こんなことが起るなんて。

「モリス、ぼくは小銭が足りなかったんだ」と彼は認めた、「それが本当のところだよ。あした給料をもらったら返そうと考えてたんだ」彼がしわくちゃの札をズボンのポケットから取出すと、モリスは札をひったくった。

「盗む代りに、どうしてわしから借りようとしなかったんだね？」

店員は、店主から借りることなど思い浮ばなかったと気がついた。それというのも理由は簡単だった——今まで彼は借りたことがなかったからだ。いつも盗んでいたからだ。

「そのことは思いつかなかった。ぼくの間違いだったよ」

「いつも間違いだ」と店主は怒りを見せて言った。

「ぼくの人生はいつもそうだ」とフランクは溜息《ためいき》をついた。

「君はわしと会った日からずっと盗んでいたんだ」

「それは正直に認めます」とフランクは言った、「しかし本当のところ、モリス、ぼくはあんたに返そうという気でいたんだ。今日でさえ、ぼくは六ドル戻したんだ。だからこそあんたが昼寝に行ってから今までの間に、あれだけの額の売上げがレジにはいってたんだ。奥さんに、あんたが上に行ってから二ドル以上稼《かせ》いだかどうかきいてみてくれよ。残りはぼくが入れたんだから」

彼は自分の靴を脱いで盗んだ金額の忠実な記録をモリスに見せようかと思った、しかしその気にはなれなかった、というのもその金額があまり大きすぎたので、かえって店主を怒らせるだろうと思ったからだ。

「君が返したからといって」と店主は叫んだ、「それは元来わしの金だ。わしはここに泥棒なんか置きたくない」彼はレジから十五ドルを数え出した。「さあ、君の一週間分だ——最後のな。今すぐこの店を出ていってくれ」

彼の怒りは消えていた。彼の口調は悲しみと明日への恐怖に満ちていた。

「ぼくにもう一度だけチャンスを与えてください」とフランクは頼んだ、「モリス、頼むから」その顔はやつれ、両目は物につかれたようで、鬚《ひげ》は夜のように黒かった。

モリスは青年の姿に心を動かされたけれども、ヘレンのことを思った。

「だめだ」

フランクはわびしい、打ちひしがれたユダヤ人を見つめた。彼の両目に涙があるにもかかわらず、許す気配はないと見てとると、フランクは前掛け《エプロン》を釘《くぎ》に掛け、出ていった。

その夜は新鮮で美しく、自分がそれを味わいそこねたのを口惜《くや》しく感じながら、ヘレンは十二時三十分過ぎに街燈のともる公園へ急いだ。その朝、古い外套《がいとう》の下に新しい服を着て街を歩きだしたとき、香り高い空気に彼女は涙ぐむほど感動し、自分は本当に彼を愛しているのだと感じた。たとえ将来はどうであれ、そのときに彼女が味わった解放感と充実感は誰一人否定できなかったろう。幾時間かして、ナット・パールといたときも、そして二人が道路端《ばた》の酒場に寄ったり彼の主張でロング・アイランドをドライブしたときも、彼女の思いはなおフランクを離れず、ナットといるのがいらだたしかった。

ナットはナットでしかない。彼も今夜はしきりに努力し、彼なりの魅力を見せた。気持いい話し方をし、ふられたときも立派だった。ヘレンが会わなかった数カ月間にも変っていず、二人が星に光る湾を見おろす暗い岸に車をとめたとき、少しやさしい言葉をかけたあとでヘレンを抱いた。「ヘレン、前に二人でした楽しかったこと、忘れていないだろう?」

彼女は怒りにかられて彼を押しのけた。「それは過ぎたことよ。あたし忘れたわ。ナット、あなたが紳士だとしたら、やはりあなたも忘れるべきよ。二度ばかりいっしょに寝たからといって、それがあたしの未来を縛る理由になる?」

「ヘレン、見知らぬ他人に言うような言い方するなよ。頼むから人間らしくしてくれよ」

「あたし人間ですからね、どうぞお忘れなく」

「以前はぼくたち、仲が良かったじゃないか。ぼくが頼んでるのは、また友情を持つということなんだ」

「友情といいながら、あなたは別のことを要求してるんでしょ、正直に認めたらどう?」

「ヘレン……」

「いやよ」

彼はハンドルの前ですわり直した。「ああ、君は疑ぐりっぽい性質になっちまったなあ」

彼女は言った、「変ったのよ、いろいろのことがね――それを認識してほしいわ」

「誰が変えたわけだい?」彼は腹立たしげに言った、「君がよくデートするとかいうあのイタリア人がかい?」

彼女は氷の沈黙で応じた。

帰り道で彼は自分の言ったことを詫《わ》びようとしたが、しかしヘレンはただ急いでさよならを言った。彼と別れたとき、心はほっとした気持と、こんな夜をむだにしたという口惜しさを覚えた。

フランクを待たせすぎたかしらと心配しながら、灯火のついた広場を横切り、高いライラックの繁《しげ》みをふちどる砂利道を歩いて会合の場所へ向った。いつも二人のすわるベンチへ近づくにつれて、彼がいないのではないかという予感にとらわれたが、そんなはずはないと自分に言い聞かせた、それかららいないとわかってひどく失望した――ほかの恋人たちはいたが、たしかに、彼はいなかったのだ。

彼が立ち去ってしまうことなどあるだろうか？　その可能性があるとは思えなかった――今までの彼は、いかにヘレンが遅れても、必ず待っていてくれた。とくに今夜のように彼女が大切なことを話すと告げておいた以上、彼はきっと聞きたがるはずだ――しかもその話は、今こそ彼女が本当に彼を愛していると知ったという大切な内容だというのに。彼女はすわりこみ、彼に事故でも起きたのかしらと心配した。

ふつうだとこの場所は彼ら二人きりのことが多かった、しかし寒さのゆるんだ二月下旬の夜は人々をここに誘い出した。ヘレンの斜め向う、芽のふきかけた暗い枝の下のベンチでは、二人の若い恋人たちがしっかり抱きあって長いキスをしていた。左のベンチは空《から》だったが、一つ向うのベンチには、薄暗い街灯の下で男が眠っていた。猫がその影をかぎまわり、立ち去った。男はうめき声を洩《も》らして目をさまし、細目でヘレンを見やり、あくびをしてまた眠りこんだ。恋人たちはしまいに離れ、男の子は下手な手つきでうれしそうな娘の手を引きながら、黙って去った。ヘレンはその娘を深くうらやんだ――一日の終りにこんな気持を感じるとは、なんと情けないことか。

腕時計を見やると、もう一時を過ぎていた。身震いをしながら立ちあがったが、もう五分だけ待とうと思い、またすわった。散らばる星々が自分の頭の上に遠くから重石《おもし》となってのしかかるように感じられた。辛い寂しさにとらわれ、春めいた夜の美しさを恨んだ――それは彼女の両手からすべり抜け、無為に消え去ってしまった。彼女は期待することや虚《むな》しく待つことに疲れたのだった。

一人の男が彼女の前に、ぐらつきながら立っていた――ずんぐりした体つき、汚《よご》れていて、ウイスキーの臭《にお》いをさせている。ヘレンは恐怖に打たれて立ちあがりかけた。

彼は帽子の縁《へり》を指ではじき、しゃがれ声で言った、「びくつかないでいいぜ、ヘレン。生れは筋通ってる人間なんだ――お巡《まわ》りの息子《むすこ》だからな。おれをおぼえてるだろ、どうだい？――君と同じ学校に行ったウォード・ミノーグさ。いちど女学校の校庭で、親爺《おやじ》にさんざ殴《なぐ》られたっけ」

彼を見たのは幾年も前のことだったが、それでもヘレンはウォードだと気がつき、すぐに彼が女の子を便所までつけていった事件を思い出した。ヘレンは本能的に片手をあげて自分を守ろうとした。悲鳴をあげるのは抑えたが、さもないと彼がつかみかかると思ったからだ。彼を待っててこんな目に出会うなんて、なんて間抜けかしら、と彼女は思った。

「おぼえてるわ、あんたのこと。ウォード」

「ちっとすわっていいかい？」

彼女はためらった。「いいわ」

ヘレンはできるだけ彼から遠ざかってすわった。彼の顔は酒のせいか半ば正体を失った表情だった。彼が動いたら、彼女は叫びながら走りだすつもりだった。

「暗いのに、どうしてあたしとわかったの?」と彼女は尋ねたが、さりげない素振りで、どうしたら逃げられるかそっと周囲を見まわした。あの木立を過ぎたとしても、さらに繁みの間の小道を二十フィート行かないと広場へ出られない。広場へさえ出られたら、助けてもらえる人が見つかるけど。

ああ困った、とヘレンは思った。

「このごろ、二、三度は君を見かけたからさ」とウォードは答え、片手でゆっくり胸のあたりをこすった。

「どこで?」

「あちこちさ。一度は君の親爺の店から出てきたとき、君だとわかったぜ。顔も体も以前と変らねえなあ」彼はにやりと笑った。

「ありがと。あんた気分よくないの?」

「胸が変に痛むし、ひどく頭痛もするのさ」

「もしほしいんなら、あたしハンドバッグにアスピリン持ってるわ」

「だめさ、あいつは胸がむかつくばかりなんだ」ヘレンは彼が木立の方に視線を走らせるのに気づいた。ますます心配になり、彼が手出ししないならと言ってハンドバッグを彼にやろうかと考えた。

「君の友達のフランク・アルパインは元気かい?」とウォードは言い、かすかなまばたきをしてみせた。

彼女は驚いて言った、「フランクを知ってるの?」

「以前からのダチ公さ」と彼は答えた。「奴、ここであんたを捜してたぜ」

「彼——元気だった?」

「あんまり景気いい面《つら》じゃなかった」とウォードは言った。「仕方なしに家へ帰ったぜ」

彼女は立ちあがった。「あたしも帰らなきゃ、もう」

しかし彼も立ちあがっていた。

「さよなら」ヘレンは彼から離れて歩きだした。

「奴はこの手紙をあんたに渡せって頼んだぜ」ウォードは片手を外套《がいとう》のポケットに突っこんだ。

ヘレンは彼を信じなかったが、しかし彼が近づくままに立ちどまっていた。彼は仰天する素早さでヘレンをつかみ、叫ぼうとする彼女の口をくさい臭《にお》いの片手で押え、木立の方へ引きずりはじめた。

「おれのほしいのは、お前があのイタ公にくれてやったものだ」とウォードはうなり声で言った。

彼女は蹴《け》り、ひっ掻《か》き、彼の手に嚙《か》みつき、身をもぎ離した。彼はヘレンのコートの襟《えり》をつかみ、それを引きちぎった。彼女はふたたび悲鳴をあげて前方へ走りだした、しかし彼が飛びつき、彼女の口に腕をかぶせた。彼女を一本の木に息のとまるほどぶっつけた。片手で咽喉《のど》をぎゅっと押え、もう一方の手でコートをはぎのけ、服を引裂いたのでブラジャーがあらわれた。ヘレンはもがき、無性に蹴りたてると、膝《ひざ》が彼の両股《りょうまた》の間に当った。彼は悲鳴をあげ、ヘレンの顔を殴った。彼女は自分の力が抜け落ちてゆくのを感じ、気を失うまいとあがいた。叫んだが、声は出なかった。

ヘレンは自分に押しつけられた彼の体が激しく震えているのを感じた。あたしは汚《けが》されてる、と彼女は思ったが、それでいて奇妙に彼のくさい体からは自由な自分を感じていた。まるで彼が一個の掃《は》き溜《だ》めと化していてそれを彼女が蹴り捨ててしまったかのようだった。両脚《りょうあし》ががくりと曲り、彼女は地面にすべり倒れた。自分では争っているつもりだったが、あたしは気を失っていたという思いが心のなかを走った。

ぼんやりだが、自分のそばでなにか格闘がつづいているのを意識した。殴る音が聞え、そしてウォード・ミノーグが大きな悲鳴をあげて、やがてよろめき去っていった。

フランクだわ、彼女は震える喜びとともに思った。ヘレンは自分の体がやさしく持ちあげられるのを感じ、自分が彼の両腕のなかにいるのを知った。彼女は安堵感《あんどかん》からすすり泣いた。彼はヘレンの両目や唇《くちびる》にキスをし、半ば剝《む》きだしの乳房《ちぶさ》にキスをした。彼女は両腕でしっかり彼に抱きつき、泣き、笑い、そして自分は彼を愛していると言うために来たのだとつぶやきつづけた。

彼はヘレンを下におろし、二人は暗い樹々《きぎ》の下でキスした。彼女はフランクの舌にウイスキーの味を感じ、一瞬間だが気になった。

「ヘレン、君を愛してるんだ」と彼はささやき、ぎごちない手つきでヘレンの破れた服で彼女の乳房を覆《おお》おうとしながら、もっと暗い方向へ、そして木立のなかから星の暗い草地の方へ彼女を引いていった。

二人は冬の大地の上に膝からすわりこみ、ヘレンはせつなく頼んでいた、「ねえ、お願い、今はやめて」しかし彼は渇望と情熱に満ちた愛を口にし、果てしなく待つ辛《つら》さを訴えた。そうしているときでさえ、彼にはヘレンが手の届かぬ存在に思えていた――彼がのぞき見した浴室でのヘレンと同じ存在に思えた、それで彼はヘレンの頼みをいくつものキスで閉ざした……

その後、彼女は叫んだ、「犬よ――あんたは割礼を受けない犬！」（ユダヤ教徒が生れたとき男性包茎に受ける大切な儀礼的習慣―訳注）

翌朝、モリスが奥の部屋にひとりですわっていると、少年が桃色のビラを持ってきて、カウンターに置いて立ち去った。店主は店に出てきたときそれを拾いあげ、読んだ。ビラには経営者の変ったことが告げられ、角を曲った所に食料品としゃれたおかずを売る店がタースンとピーダースンによって、月曜日に再開するとあった。つづいて大きな活字で、彼らが最初の週に提供する特売品の一覧表を出していた。それらの品の安い定価は、とてもモリスの対抗できそうもないものだった、なぜなら彼には二人のノルウェー人がするような損を覚悟での安売りなど、不可能だからだ。店主は自分が店のどこかの穴からくる冷たい風に吹かれて立っているように感じられた。両脚と尻《しり》とをガス暖房器につけて立っていたのだが、それでも奥の台所部屋にいると、自分の骨までしみとおる寒さを溶かすには、ひどく長い時間がかかった。

午前中ずっと彼はしわくちゃのビラを丹念に眺《なが》め、ひとりごとをつぶやいた。冷えたコーヒーをすすり、将来を考え、ときおりはフランク・アルパインを思った。あの店員は昨日の晩、十五ドルの給料を取らずに立ち去っていた。モリスは彼がそれを取りに今朝戻ってくると思ったが、時間が経つにつれて、そうしないだろうとわかった、たぶん、給料を残すことで、彼の盗んだ金のいくらかを返す気でいるのだろう。いやそうでないかもしれぬ。店主は自分の胸に幾度も繰返した問いをまたつぶやいた――彼を追い出したのは正しい行為だったのだろうか。彼が盗みをしていたのは確かだった。だがまた彼が盗んだ金を返そうとしていたのも本当だった。それでレジに六ドルを入れてしまって自分は文無しになったのに気づいたという彼の話も、たぶん本当なのだろう、なぜならレジにあった金額は、モリスが数えたとき、ふだん昼寝どきの暇な午後にあげる以上の額だったからだ。あの店員には気の毒なことをしたかもしれぬ。それでいて店主はすまないと思うと同時に、これが起ったのをうれしくも感じた。ついに彼を出してしまったのがうれしかったのだ。ヘレンのためにはこうせねばならなかったのであり、それはまた、彼自身のためばかりか、アイダの心の平和のためでもあったのだ、そうは考えてもやはり彼はノルウェー人が店を開くときになって店員を失いひとりきりになるのを不運と感じた。

浅い眠りにむくんだ顔をしたアイダがおりてきた。世間が恨めしくて仕方がないという顔だ。ヘレンはいったいどうなるのかしら？　彼女は自分に向って問いかけ、胸に握り拳《こぶし》を押しつけた。しかしモリスが目をあげて彼女の不平不満を聞こうとしたとき、アイダはなにを言うのも恐《こわ》くなった。半時間ほどして、店のなかがなにか変ったと感じた彼女は、店員のことを思い出した。

「彼はどこにいるの?」と彼女は尋ねた。

「出ていったよ」とモリスは答えた。

「どこへ行ったというの?」と彼女は驚きながら言った。

「永久に出ていったのさ」

アイダは夫を見つめた。「モリス、なにが起ったの、話してちょうだい?」

「なんでもないさ」彼は戸惑って言った。「彼に出てゆけと言っただけさ」

「どうしてだしぬけに言ったの?」

「お前は彼がここにいてほしくないと言ってただろ?」

「彼を見た最初の日からそうよ、だけどあんたがいつもだめと言ってたのよ」

「今はわしがいいと言ったのさ」

「やっと重荷がおりたわけね」しかし彼女は満足しなかった。「彼、まだ家からは出ていかないんでしょ?」

「さあ知らんね」

「三階へ行ってきいてくるわ」

「テシーになんかきくな。彼が引っ越せば自然にわかるさ」

「いつ彼に出てゆけと言ったの?」

「昨日の晩さ」

「じゃあ、どうして昨日の晩、あたしに話さなかったの?」と彼女は腹立たしげに言った。「どうしてあたしに、彼は早めに映画に行ったなんて話したの?」

「気持が落着かなかったからさ」

「モリス」彼女はぎょっとなって尋ねた。「なにか起ったんじゃない? ヘレンが――」

「なにも起らなかったよ」

「ヘレンは彼が出てったのを知っているの?」

「彼女には話さなかった。どうしてヘレンは今朝あんなに早く勤めに行ったのかな?」

「彼女、早く出ていったの?」

「そうさ」

「どうしてかしらね」アイダは落着かなげに言った。

彼は広告ビラを取出した。「これがあるんで、わしは気持が落着かんのさ」

彼女はちらっと広告に目をおとしたが、理解できぬ顔だった。

「あのドイツ人が」と彼は説明した。「店を売ったんだ。二人のノルウェー人に」

彼女は驚きに口をあけた。「いつ?」

「今週さ。シュミッツは病気なんだ。今病院に寝ておるんだ」

「それはあんたに話したでしょ」とアイダは言った。

「わしに話したと?」

「まああきれた。クリスマスのあとであんたに言ったじゃないの――商売が以前よりよくなったときに。配達人たちがあのドイツ人はお客をなくしてると言ってたのを、あんたに話したでしょ。あんたは違うと言ったわ、フランクが商売を上向かせたんだって。異教徒の店員が異教徒のお客を呼び寄せると言ったわ。あんたと言い争ってると精も根も尽き果ててるわ」

「彼が午前中は店をしめてるということもわしに言ったかね?」

「誰が言ったの?　それはわたしも知らなかったわ」

「カープが言ったのさ」

「カープがここへ来たの?」

「木曜日にやってきてな、わしにいいニュースを知らせてくれたのさ」

「どんないいニュース?」

「シュミッツが店を売ったということさ」

「それがいいニュースなの？」と彼女は尋ねた。

「たぶん彼にとってはな、しかしわしにとっては、それどころか」

「彼が来たこと、あたしに話さなかったわね」

「今、話しとるよ」と彼はいらだたしく言った。「シュミッツが売っちまったんだ。月曜に二人のノルウェー人が店を開く。わしらの商売はまた地獄落ちだ。ここで飢え死にするわけだよ」

「あんたもたいしたお手伝いをつかんだもんだわ」と彼女は辛辣《しんらつ》に言った。「あたしが彼を出てゆかせてと頼んだとき、どうして聞こうとしなかったのよ？」

「わしは聞いたんだよ」と彼は物憂げに言った。

アイダは黙りこんだが、それから尋ねた、「それじゃあ、シュミッツが店を売るとカープから聞いたんで、あんたはすぐにフランクに出てゆけと言ったの？」

「その次の日さ」

「やっと安心したわ」

「来週になったら『やっと安心』と言えるかどうかね？」

「それとフランクとなんの関係があるの？　彼がこのお店を助けたというわけ？」

「さあどうかな」

「さあどうかなですって」と彼女のほうは甲高《かんだか》く言った。「あんたは言ったばかりじゃないの、よい売上げも彼のせいじゃない、それがわかったから彼を出したんだと」

「それがどうかわからんのさ」と彼は情けなさそうに言った、「どっから景気がやってきたのか、わしにはわからんのだ」

「彼のせいじゃなかったのは確かよ」

「なんのせいで店が盛《さか》ったかどうか、もう気に病んでおらんよ。来週になったら、どこから客が来るか、そのほうが心配さ」彼はノルウェー人たちが提供している特売品目を声高く読みあげた。

彼女は両手が白くなるほど握りしめた。「モリス、この店を売らなきゃだめよ」

「じゃあ売ったらいい」溜息《ためいき》をつきながらモリスは前掛け《エプロン》をはずした。「わしは一休みするよ」

「まだ十一時半よ」

「寒気がしてな」彼は沈んだ表情だった。

「まずなにかお食べなさい――スープでも」

「誰が食べる気になるね?」

「あったかいお茶を飲みなさい」

「いらん」

「モリス」彼女は静かに言った、「あんまり心配しないで。なにかが起ってくれるわ。あたしたちだって、どうにかして食べていかねばならないんだもの」

彼は返事をせず、広告ビラを小さな四角にたたみ、それを持って二階へあがっていった。どの部屋も寒かった。アイダはいつも下へおりるときに暖房器を止め、午後も遅く、ヘレンが戻ってくる一時間ほど前にまた火を入れるのだった。今は家じゅうが寒すぎた。モリスは寝室の暖房器の止め栓《せん》をまわし、それからポケットにマッチがないと気がついた。彼は台所からマッチをとった。

ベッドにはいってからも、彼は寒気を感じた。二枚の毛布と掛布を重ねて寝たが、なお震えた。自分は病気なのかといぶかっているときに眠りが訪れた。眠りが感じられると、ほっとうれしかった。もっとも眠るとじきに夜になるのが難点だが、しかし眠りは夜と同じだから、これも仕方なかった。

その夢の夜のなかで、彼は通りから自分の店のなかを見ていて、そこにタースト とピーダースンを見とめた——一人は小さな金髪の口髭《くちひげ》を生《は》やし、もう一人は半分禿《は》げていて、その頭に電灯が光っていた——彼のカウンターの背後に立ち、彼のレジのなかに手を突っこんでいた。店主はなかに駆けこんだが、二人はドイツ語をしゃべくっていて、彼のわめくユダヤ言葉などまるで気にかけなかった。その瞬間フランクがヘレンといっしょに出てきた。店員はメロディに富むイタリア語をしゃべったが、それでもモリスは一つの卑しい言葉を聞きとった。彼は店員の顔を殴りつけ、二人はすさまじい勢いで床の上を格闘して、ヘレンは声のない悲鳴をあげた。フランクは彼をどさんと投げ倒し、彼の薄い胸の上にまたがった。彼は自分の肺が破裂するかと思った。懸命になって叫ぼうとしたが声は咽喉《のど》もとで鳴るばかりで、誰一人助けようとはしない。彼は死ぬかもしれぬと思いはじめ、そうなったほうがいいとも思った。

テシー・フーソは大木が雷に打たれて倒れる夢を見た、それから誰かのひどくうなる声を聞いたと思い、恐怖のあまり目をさました。耳をすましたが、それからまた眠りこんだ。フランク・アルパインは惨《みじ》めな長い夜の果てに、うめきながら目をさました。自分の叫びに目をさまし――もう眠らずにいよう、永久に、と彼は思った。衝動的にベッドから跳《は》ねおりて下の店へおりてゆこうとした――それから自分がモリスに放り出されたのを思い出した。灰色で陰気な冬の朝だった。ニックは勤めに出ていっており、テシーが部屋着のまま台所にすわってコーヒーを飲んでいた。彼女はふたたびフランクが叫んだのを聞いたが、最近になって妊娠したと知ったため、動こうとはせず、ただ彼の悪夢がなんのせいかと思っただけだった。

ベッドに寝ている彼は毛布を頭まで引きあげてさまざまの思いを窒息させようとしたが、しかしそれらの悩みは漏れ出てくさい臭《にお》いを放った。押えこもうとすればするほど、悩みの悪臭は強まった。

ベッドのなかがごみ箱のようになり、彼はそこから出てゆけなかった。彼が出られなかったのも、彼自身がそれだったからだ――自分がひしゃげた鼻にある悪臭そのものだったからだ。あんな行為をした以上、このひどいくささも当り前というわけだった。ついに我慢できなくなり、毛布をはねのけ、服を着ようとしたが着られなかった。自分の裸足《はだし》の様子に全くげっそりしたのだ。煙草が無性にほしくなったが、しかし自分の手を見るのがこわくて火をつけられなかった。両目を閉じ、マッチをすった。マッチは彼の鼻をこがした。マッチを裸足で踏みつけ、その熱さに小踊りをやった。

ああ、おれはなぜ、あんなこと、しちまったんだ？　なぜあんなことをしたんだ？　なぜあんなことしたんだ？

さまざまな思いは彼を殺しかねなかった。どうにも耐えられなかった。ゆがんだベッドの端にすわると、悩みに満ちた頭は今にも破裂しそうだった。走りだしたかった。彼の一部分はすでに、どこへゆくかも知らぬ方向へ、疾駆していた。彼はただ走りたかったのだ。しかし走っている間も、もとへ戻りたがっていた。ヘレンのもとへ戻りたかった、戻って許してもらいたかった。それぐらいは頼めるように思えた。人間は人間を許してきたのだ――人間がほかのなにを許すというのか？　彼女が耳さえ傾けてくれれば、必ず説明して納得してもらえる。説明することこそ、自分が傷つけた人に近寄れる唯一の道なのだ――逆に言えば、その人を傷つけたことで、その人に彼を愛する理由を教えることになるのだ。彼はこう説明するだろう——自分が公園に行って待ったのは、彼女の言いたいという話を聞きたかったからだ。ただし彼女が彼を愛していると言いたいのだとは、ほぼ察していたし、それは、じきに二人がいっしょに寝るという意味だとも思った。これが頭にあり、そしてあそこにすわって、彼女がそう言うときの来るのを待っていたが、同時にまたそうならない場合もあると考えて、胸を締めつけられる苦しみを覚えた。ヘレンに、自分があの店から追い出されたのはなにが原因かを知られたら、とたんに彼女を失うことになるだろう。あのことは彼女にどう言ったらいいだろうか？　すわったまま幾時間も、なんと言ったらいいか考えつづけ、しまいに腹ぺこになってしまった。十二時ごろ、ピザを食べようとベンチを離れて出かけたが、その代わりにバーへ立ち寄った。それから、鏡のなかに自分の顔を見つけると、自分をあざけりたい激しい反撥《はんぱつ》を感じた。お前のすることといったら、ただコマ鼠《ねずみ》が輪をまわすみたいな真似《まね》ばかりじゃねえか、と彼は鏡のなかの自分に言った。それも、することなすこと、へまばっかりだった、そうだろ？　彼が公園に戻ったとき、ウォード・ミノーグが彼女を痛めつけていた。彼はもう少しでウォードを殺すほどだった。それから、ヘレンが彼の両腕のなかにいて、泣きながら彼を愛しているとついに言っているのを聞くと、これが最後なのだ、もう二度と彼女には会えないんだという絶望感にとらわれた。彼女を失う前に一度は彼女を愛さねばならない、と彼は思った。彼女はだめと言い、そこまでは嫌《いや》と言ったが、彼には自分を愛すると言った彼女の言葉を聞いたばかりだから、本当とは信じられなかった。無理でも始めれば彼女はついてくるだろう、と彼は思った。だからそれから、彼はあれをした。彼は愛をもって彼女を愛した。彼女にもそれはわかるべきだったのだ。もしわかったら、あんなに暴れまくって、彼の顔をやたらに殴《なぐ》ったりしなかったろうに。彼を汚ない名で罵《ののし》ったり、彼から逃げたり、彼の弁解や懇願や哀《かな》しみに背を向けたりしなかっただろうに。

ああ、辛い。おれがなにをしたというんだ？

彼はうめいた――楽しい結果を得る代りに、くさい臭《にお》いだらけになった。もしも自分のしたことを根こそぎ抜き去れるなら、それをたたきつぶして粉々にしたい。しかしあれは行われたのであり、訂正ができないのだ。あれはもはや彼の手のつけられぬ所にあった――彼の悪臭だらけの心のなかにあるのだ。これからは後悔でたえず息苦しいだけだろう。自分はもう今まで失敗を重ねすぎた。これまでのどこかで立ち止り自分の行く方向を変えねばならなかったのだ。運勢を、自身を変え、世間を憎むことをやめ、まともな教育を受けて仕事ややさしい娘を得ねばいけなかったのだ。今までは意志なしに生きてきて、善良になろうと心がけつつ必ずそれを裏切ってきたのだ。一度でもモリスに強盗のことを告白したろうか？　見破られる瞬間までレジから盗むことをやめなかったではないか？　公園での一度だけの恐ろしい行為によって、自分の善への意図の最後のものを――あんなに長く待った愛を、未来への唯一のチャンスを——殺してしまったではないか。やくざな呪《のろ》われた人生はどこへ行こうとそこで自分をこづきまわし、いつも当てどなく放浪させたのだ。吹く風のままにさまよい、なに一つ持たず、生きてきた幾年もの経験さえない者と同じなのだ。もし経験を持っていれば、少なくとも自分が新しく始める時期や止る地点ぐらいわかったはずだ、それなのにわかったことといえば、ますます自分を台無しにする方法ばかりだ。価値があるとひそかに考えていた自己は、どう考え直してみても、ただの死んだ鼠でしかなかった。自分はくさい鼠でしかなかったんだ。

彼はまた悲鳴をあげ、今度はその声がテシーを怖気《おじけ》させた。フランクは起きあがって走りだそうとしたが、走ってゆくべき場所がなかった。逃げこむべき場所も残っていなかった。部屋が縮まった。ベッドが彼の方に飛びついてくる。自分が罠《わな》に掛った鼠だと彼は感じた——苦しくて、叫びたくなったが叫べなかった。自殺することを思いはじめた、しかしその瞬間にまたすさまじい自覚にも打たれたのだ——自分はだめな人間みたいに振舞ってきたが、ほんとは実にきびしい道徳観を持った人間なんだ！

その夜のアイダは眠れずにいて、彼女の娘が泣いているのを聞きつけた。ナットがあの子になにかしたんだわ、と彼女は想像を走らせたが、しかし出ていって、どうしたのか話しておくれとヘレンに頼むのは恥ずかしかった。ナットが粗暴に振舞ったのだわ、と彼女は考えた——ヘレンが彼に会うのをやめたのも無理なかったのだ。一晩じゅうアイダは、ヘレンにあの法科の学生と会えとすすめた自分を責めた。しまいに彼女は情けない思いのまま眠りにおちた。

夜明けの光が増すころにモリスは二階の住居から離れた。ヘレンはわが身を引きずるようにベッドから起きだした、そして赤い目をして浴室にすわると自分のコートの襟《えり》を縫いつけはじめた。会社の近くまで行ったらそれを洋裁屋にあずけて、破れ目の見えない程度に直してもらおう。彼女の新しい服のほうは、もはや手のつけられぬ有様だった。あきらめて、それをまるめこみ、箪笥《たんす》のいちばん下の引出しをあけ、ほかの衣類の下へ隠した。月曜日になったら、これとすっかり同じ服を買ってきて、衣裳戸棚《とだな》にかけておこう。シャワーを浴びるために脱いで——この数時間のうちでこれが三度目である——自分の体《からだ》の有様を眺《なが》めると、わっと泣きだした。自分は、引寄せた男に必ず汚される女だったのか。彼にあんなことをさせるほど、自分はうかつな女だったのだろうか。彼女はフランクを信じた自分に激しい自己嫌悪《けんお》を感じた。ほんとは、最初から信用できない人間と感じていたのに、どうしてあんな男と恋になんかおちたのかしら。彼女は自分の作りだした勝手な空想が口惜《くや》しかった——あの男は彼女の思ったような人間になれるはずはなかったのだ。浮浪人にしかすぎないのに、教育をつけうるとか、将来性があるとか、優しくて善良な人間だとか思いこんだなんて。いったい自分の知恵はどこに行ったというの？　自分の基本的な防衛本能はどこに行っちまったというの？

シャワーの下で、彼女は泣きながら体じゅうに石鹸を塗りきつくこすった。七時になると、母親が起きぬ間に服を着こみ、食べる気持など起きぬままに家から出ていった。眠りのなかでなら、自分の暮しを忘れて過せたろうが、起きてから家にいる気にはなれなかったし、あれこれきかれるのには耐えられなかった。半日の勤めを終って帰ったとき、もしもまだ彼が家にいるようなら、彼に出てゆけと命令するか、金切り声で罵って追い出してやろう。

自動車修理工場から家に帰ってきたニックは、内玄関でガスの臭《にお》いを嗅《か》いだ。自分の部屋にある暖房器具を点検し、両方の暖房に火がはいっているのを確かめ、それからフランクのドアをたたいた。

しばらくするとドアが細目にあいた。

「なにか臭いがしないか?」とニックは割れ目からのぞく片目を見つめながら言った。

「よけいなお節介するな」

「気でも狂ったのか? ここでガスの臭いがしたんだよ。危ないからさ」

「ガスだと?」フランクはドアをばたんとあけた。パジャマ姿で、やつれた様子だった。

「どうしたんだい、病気か?」

「どこでガスの臭いを嗅いだんだ?」

「君はこの臭いがわからないのか?」

「ひどい風邪《かぜ》をひいているから」とフランクはしゃがれた声で言った。

「たぶん地下室から漏れてるかもしれんな」とニックは言った。

二人は階段を走りおりたが、すると臭気がフランクの鼻を打った——それはなかをかき分けて進む感じを起したほどの濃い鋭い臭いだ。

「漏れてるのはこの階だ」とニックが言った。

フランクはドアをたたいた。「ヘレン、ここでガスが漏れてるんだ。なかにはいらせてくれ、ヘレン」と彼は叫んだ。

「ぐんと押してみろ」とニックが言った。

フランクはドアに肩を押しあてた。ドアは錠がおりていなかったから、彼はなかへ倒れこんだ。ニックが急いで台所の窓をあけている間にフランクは裸足《はだし》のまま家じゅうを歩きまわった。ヘレンはいなかったが、モリスがベッドにいるのを見つけた。

店員は咳《せ》きこみながら、店主をベッドから引きずり出し、居間まで運んでゆき床の上に寝かせた。ニックは寝室の暖房器の栓《せん》をまわして止め、すべての窓を押し開いた。フランクはひざまずいてモリスの上にかがみこみ、両手を彼の脇腹《わきばら》に当てて上下に動かした。

テシーがおびえながら駆けこんできた、そしてニックは彼女にアイダを呼べと怒鳴った。

アイダはうめき声をあげながら階段をよろめきあがってきた、「あらまあ、ああ、大変」

モリスは床に横たわっており、その下着は濡《ぬ》れていたし、顔は茹《ゆ》でた大根の色、口の端から泡《あわ》が漏れていて、その姿を見た彼女はつんざくような叫びをあげた。

ぼんやりと内廊下へはいってきたヘレンは母親の叫びを聞いた。ガスの臭いを嗅ぎ、死を予期しながら階段を、恐怖にとりつかれて駆けあがった。

パジャマを着たフランクが自分の父親の背中をさすっているのを見ると、彼女の咽喉《のど》は嫌《けん》悪《お》心《しん》で詰った。彼女は恐怖と憎しみをこめて叫んだ。

フランクは怖《お》じけて、彼女を見あげることができなかった。

「今彼の目が少し動いた」とニックが言った。

モリスは気がついたとき、自分の胸に大きな痛みの塊《かたまり》を覚えた。頭は溶解した金属のようであり、口はひどく乾《かわ》いていて、胃袋には嚙《か》むような痛みがあった。自分が長い下着のまま床に伸びているのに気がついて、恥ずかしく思った。

「モリス」とアイダが叫んだ。

フランクは立ちあがり、裸足でパジャマという自分の姿に戸惑った。

「パパ、パパ」ヘレンはひざまずいて言った。

「なぜこんなことをしたのよ、あんた」アイダは店主の耳に怒鳴った。

「なにが起ったわけだ?」彼はあえいだ。

「なんでこんなことをしたのよ?」と彼女は泣いた。

「思い違いだよ」と彼はつぶやいた。「わしはガスに火をつけるのを忘れたんだ。うっかりしただけだよ」

ヘレンは唇《くちびる》をゆがめてむせび泣きをはじめた。フランクは顔をそむけねばならなかった。

「彼が助かったというのもさ、空気が漏れてたからなんだ」とニックが言った。「モリス、この家が完全密閉じゃなかったんで、あんたは助かったんだよ」

テシーは身震いした。「寒いわ。彼になにか掛けなくちゃあ。汗をかいてるわよ」

「この人をベッドに寝かせて」とアイダは言った。

フランクとニックが店主を持ちあげてベッドに運んだ。アイダとヘレンが毛布や掛布をかぶせた。

「ありがと」とモリスは彼らに言った。彼はフランクを見つめた。フランクは目を伏せた。

「窓をしめたら」とテシーが言った。「臭いは消えたわよ」

「もうちょっと待とう」とフランクが言った。彼はヘレンをちらっと見たが、彼女は背を向けていた。

彼女はなおも泣いていた。

「なんであの人、あんなことしたの？」とアイダは嘆いた。

モリスは長いこと彼女を見つめていたが、それから目を閉じた。

「彼を休ませたほうがいいよ」とニックが忠告した。

「もう一時間はマッチをつけないほうがいいですね」とフランクがアイダに告げた。

テシーは一つの窓を残して他をすっかりしめ、立ち去った。寝室にはモリスのそばにアイダとヘレンが残った。

フランクはヘレンの部屋で立ち止ったが、そこに彼を歓迎するなにものもなかった。

しばらくして、彼は服に着換え、店へおりていった。客はかなり立てこんでいた。アイダがおりてきた、そして彼が頼むのを押しきって彼女は店をしめた。

その日の午後、モリスは熱を出した、そして医者は彼が病院へゆかねばならぬと告げた。救急車が来て、店主を運びこんだ。彼の妻と娘がいっしょに乗りこんだ。

三階の部屋の窓から、フランクは彼らが行くのを見守っていた。

日曜の朝も店はぴたりと閉じたままだった。フランクは恐れはしたものの、ボーバーの住居へおりてドアをたたき、アイダに鍵《かぎ》を頼もうかと考えた。しかしもしかすると、ヘレンがドアをあけるかもしれないし、そうなれば自分がなにを言っていいか、言う言葉もないだろう。そこで彼は地下室へおりてゆき、食品吊上げ箱の上に乗って空気坑から小さな窓に這《は》いこみ、店の便所に抜けた。奥の部屋へゆき、髭《ひげ》を剃《そ》り、コーヒーを飲んだ。おれは誰かが出てゆけと怒鳴るまでここにいてやろう、と彼は思った。たとえそうされたとしても、なんとかしてここに留《とど》まろう。もし望みがあるとしたら、それしか手段はなかった。店の表戸の鍵をまわし、牛乳とパンを運びこみ、客を迎える仕度《したく》をした。レジのなかは空だった、そこでサム・パールの店へゆき、売上げができたら払うからと言って、小銭で五ドルを借りた、サムはモリスの具合を知りたがったがフランクは知らないと言った。

八時半を少しまわったころ、フランクが表のウインドーの前に立っているとアイダと娘が家から出ていった。ヘレンは去年の花のように見えた。彼女を見守っていると、痛いような喪失感、恥、後悔を感じた。それは大切なものを奪われたという耐えがたい感じだった——昨日までは、なにか素晴らしいものをほとんど手に入れかけていた、しかし今日はそれが消え去り、あとにはただ思い出の惨《みじ》めさだけがある。ほとんど手に入れかけたものだと考えると、そのたびに気が狂うほどだった。外に飛び出して彼女を入口まで引っ張ってきて、彼女に対する自分の愛がどれほど大きなものか宣言したいと思った。しかしなにもしなかった。身を隠したとも言えないが、とにかく彼は自分の姿を現わさず、そして二人は地下鉄の方へ立ち去っていった。

あとになって、彼もまた病院に行ってモリスに会おうと思った——二人が帰ってきて、モリスがどの病院にいるか知ったらすぐにだ、と彼は思った。しかし二人は夜中になるまで帰らなかった。店はしまっていて、彼は自分の部屋から、二つの黒い姿がタクシーをおりるのを見おろした。月曜日、すなわち二人のノルウェー人が店を開いた日には、朝の七時にアイダが下におりてきた。表のドアに貼《は》りつける紙を持っていて、それには、モリス・ボーバーが病気なので店は火曜か水曜まで休業しますと書いてあった。驚いたことに、フランク・アルパインが前掛け《エプロン》姿でカウンターの背後に立っているのだ。彼女は怒りに震えながらなかへはいった。

フランクはかわいそうなほどしょげていた。というのもモリスかヘレンか、あるいはその両方が、彼のした二つの悪事をすっかり彼女に話したのだろう、もしそうなら彼はおしまいだ、と思ったからだ。

「あんた、どうやってここにはいったのよ?」アイダは責めるように尋ねた。

彼は空気坑の窓から抜けてきたと言った。「あなたにはほかに心配ごとがあると思ったから、鍵《かぎ》のことで面倒かけるの、嫌《いや》だったんですよ」

彼女はフランクに、そのやり方で二度とはいってきては困ると強く命じた。その顔は深くしわがより、目は物憂げで、口つきは苦々しげだった、しかしフランクは自分のした悪事を彼女が知らないでいると直感した――なぜだか、その不思議な理由はわからなかったが。

フランクはズボンのポケットから一つかみのドル紙幣と小銭のはいった小さな袋を取出し、それらすべてをカウンターにのせた。「昨日、ぼくは四十一ドル商売をしましたよ」

「あんた、昨日もここにいたの？」

「どうやってはいったか、さっき言いましたね。四時から六時ごろまでかなりお客が立てこみましたよ。ポテト・サラダはすっかり売切れですよ」

彼女の両目に涙が浮んだ。彼はモリスがどんな具合か尋ねた。

彼女はハンカチで濡《ぬ》れた瞼《まぶた》をおさえた。「モリスは肺炎をおこしてるわ」

「それはいけませんね。もしよかったら、ぼくが心配してると言ってください。回復の見込みは、どうなんです？」

「あの人、ひどい病気だわ。もとから肺が弱かったから」

「ぼくも病院に見舞いにゆきますよ」

「今はだめ」とアイダは言った。

「もっとよくなったときにしましょう。彼はどのくらいあそこにいることになるんでしょうね？」

「わからないわ、今日、お医者さんが電話してくるから」

「ねえ、奥さん」とフランクは言った。「モリスが病気の間、この店は心配しないでぼくにまかせてくれませんか？　ぼくがなにも要求しないのは、あなたも知ってるでしょう」

「あたしの主人は、あんたに店から出ていけと言ったはずよ」

彼はひそかにアイダの顔をさぐったが、そこには非難の表情は見てとれなかった。

「ぼくは長くいるつもりはないですよ」と彼は答えた。「その点は心配しないでいいです。モリスがよくなるまでここにいるだけです。あなたはこれから病院の費用に一セントでも必要なんですよ。ぼく自身はまるでなんにもほしがらないから」

「モリスはあんたに、なぜ出ていかねばならないか、言ったでしょ？」

彼の心臓は鼓動を早めた。彼女は知っているのか、それとも知らないのだろうか？　もし知っているのなら、あれは間違いだったと言おう――レジにある金は一セントもさわらなかったと否定してもいい。カウンターの上、彼女の目の真ん前にある一塊りの金がその証明にならないだろうか？　しかし彼はこう答えた――「言いましたよ。ぼくがヘレンのまわりにうろついてもらいたくないからとね」

「そうよ、彼女はユダヤ人の娘よ。あんたはほかの人を見つけるべきだわ。それから主人は、シュミッツが十二月から病気でいて午前はほとんど店をしめてたし、夜も早くしまったことに気がついたのよ。うちの収入がふえたのも、あんたのせいじゃなくて、そのためだとね」

アイダはそれから、ドイツ人が店を売って、二人のノルウェー人が今日新しく開店するはずだとフランクに告げた。

フランクは顔を赤くした。「シュミッツが病気で店をよくしめてたのは知ってましたよ、しかしそれがうちの商売を活気づかせたんじゃない。そうなったのも、ぼくが懸命に働いて、商売をよくしたからですよ。だからぼくはこれからもこの店を同じ調子でやってゆけます。たとえ二人のノルウェー人か三人のギリシャ人が角の向うで店をあけたって、平気ですよ。それどころか、ぼくはきっと売上げをもっと高くしてみせますよ」

彼女はフランクの言葉を半ば信じかけたが、しかしためらった。

「そんなこと言っても、じきに自分がどれほどお利口かわかるはずよ」

「じゃあ、とにかくぼくの力を見せるチャンスだけは与えてください。なにも払わなくていいんです。ぼくにはなにも払わなくていい。部屋と食事だけで十分だから」

「いったい、あんたはあたしたちから何をほしがっているの?」と彼女は追いつめられたようにせつなげに尋ねた。

「ただ手伝いたいだけですよ。ぼくはモリスに恩返しをしたいですからね」

「あんたはなにも恩なんか受けてないわ。あんたが彼を救ったことで、彼こそあんたに恩があるのよ」

「はじめに嗅《か》ぎつけたのはニックでしたよ。とにかくぼくは彼がいろいろしてくれたので、とても恩を感じてるんです。感謝の気持を持っているときは、本当にそう感じるのがぼくの性質ですからね」

「ヘレンには手を出さないでちょうだい。あの子はあなたに向かないんだから」

「大丈夫です」

彼女はフランクを留まらせることにした。こんなに貧しい以上、ほかにどうしようがあるというのだろうか？


タースとピーダースンはウインドーに春の花輪を飾って開店した。彼らの配った桃色のビラが着実に客を引寄せ、フランクのほうは暇な時間をもてあますことになった。昼間は、わずかのお得意客が店にはいってきただけだった。夜になってノルウェー人の店がしまったあとでは、店は少し活気づいたが、しかしフランクが十一時ごろウインドーの明りを消したときには、レジに十五ドルしかはいっていなかった。彼はさほど心配していなかった。どうせ月曜は景気の悪い日なのだ、そのうえほんのわずかな特売品を買う機会がある間は、客が向うに行くのも無理はない。二週間も過ぎて、近所の人が向うにも慣れて普通の買い方に落着くまでは、ノルウェー人の店がどれほど商売に影響するか誰にもわからぬことだ。どんな店だって、あんなに安く特売品を毎日出しつづけるはずがない。商店は慈善事業ではないのだ、だから向うがただ同然に売るのをやめたとき、彼のほうではサービスで向うと競争し、それに値段も安くして、お得意をふやせばよいのだ。

火曜日は売上げが低かった、しかしふだんの火曜だって同じだ。水曜日はちょっと上向いたが、木曜日にはまた低くなった。金曜はまだましだった。土曜日はその週で最上の日だったが、それでも最近の土曜日ほどよくはなかった。その週の終りでの店の売上げは最近数週間の平均を百ドルほど割っていた。この程度は予期していたので、フランクは木曜日に半時間ほど店をしめ、バスに乗って銀行に行った。自分の預金から二十五ドル引出しその金をレジに入れた——ただし木曜日に五ドル、金曜日に十ドル、土曜日に十ドルと戻した。そうすれば毎晩帳簿をつけるアイダの気持を少しは励ませると思ったからだ。その週がふだんより百ドル足りないというより七十五ドル足りないほうがまだ気分も和らぐはずだ。

モリスは病院で十日を過してやや快方に向い、アイダとヘレンに付き添われてタクシーで家に帰ってきて、予後を養うためにベッドに寝かされた。フランクは、勇気を奮って、彼に会うために上へあがってゆこうと思った。今度こそ、すぐに、まともに告白もしよう。それからモリスに焼きたてのうまい食べ物を持ってゆこう。店主が好きだと知っているチーズ・ケーキか、あるいはリンゴ入りのケーキでもよいだろう。しかしそうするのは、まだ早すぎるかもしれぬ、もしかするとモリスは、そんな物を買う金をどこで手に入れたかと言うかもしれない。それどころか、こう怒鳴るかもしれない――「お前は盗人《ぬすっと》なんだぞ。いいか。お前がこの店にいられるのも、ただわしが病気で下に行けないからなんだぞ!」しかし、もしモリスがこんな気持だったら、フランクの盗みのことをもうアイダに話しているはずだ。彼女がまだ彼を追い出さないでいるのをみると、きっとモリスはあのことをまだ口にしていないのだ。彼はモリスがなぜ、ことを自分の胸だけに納めておくのか、あれこれと考えた。起きた事件の意味が本当には判断つかないと思ったとき、人はよくこうした態度に出るものだ。やがてはモリスも自分のことを別の目で見るようになるかもしれない。店員はさらに、店主が立ち働けるようになっても自分を店に置いてもらう可能性について、頭をしぼった。ここにいさせてくれるなら、なんでも約束してかまわない――「モリス、ぼくは店からにしろ別の人からにしろ、これ以上の盗みはしないよ。安心していい。もし、ぼくがしたら、その場で死んじまってもいい」この約束と、店をあけておくための彼の努力によって、こちらの真剣な気持を納得してもらえるかもしれない。そう思ったりしたが、しかし彼は店主に会いにゆくのは少し先のことにしようと考えた。

ヘレンもまた彼のしたことを誰にも話さなかったが、彼にはその理由がわからなくなかった。彼女にした罪のことは常に彼の心から離れなかった。自分では犯す気のなかったことだが、とにかくしてしまったのであり、今はただそれを直すほかなかった。彼女の欲することはなんでもする気持であり、彼女がなにも望まないなら、彼のほうでなにかをしよう、彼のなすべきことをしよう、それも誰かに強制されてではなく、自分の心から出たものとしてしようと考えていた。自分の強い意志と愛とをこめてするのだ。

話したいと思う言葉が心に積み重なって重苦しい毎日だったが、その間も彼はヘレンの姿をちらっと見かけるばかりだった。板ガラスのウインドーから見るばかりであり、彼女はいわば海の底にいる存在だった。緑色のガラスの向うにいる彼女は、溺《おぼ》れ死んだ者のようであり、それでいて、ああ、以前よりもずっと美しいのだった。彼女に対して優しい憐《あわ》れみを感じ、また憐れまれる彼女にした自分が恥ずかしかった。いちど、勤め先から家へ帰ってきたヘレンと視線があったが、その目は嫌悪《けんおかん》感を示していた。ああ、これでぼくもおしまいだ、と彼は思った、彼女はここにはいってきて、あんたなんかどっかへ行って死んじまえと言うぞ。しかし彼女は視線をそらした瞬間から、遠くに薄れた存在と化してしまった。自分はこんなにも彼女から離れた人間になったのかと彼は鋭い苦しみを感じた。もはや自分は彼女の影に、そして彼女が空中に残した香《かぐ》わしい匂《にお》いに向って弁解する人間でしかないのだ！　彼は自分に向って自己の悪業を告白したが、彼女にはしていなかった。そこが最も呪《のろ》わしい点だったのだ、そうしたい気持を持つけれども、相手は耳を貸そうとしないのだ。ときどきは泣きだしたいと感じたが、それはただ子供が泣くのと全く同じことに思えた。そう思って我慢しようとし、かえってひどく泣いた。

一度、彼は内廊下でヘレンと会った。彼が唇《くちびる》を動かさぬうちに彼女は姿を消した。その姿に向って激しくほとばしる愛情を覚え、彼女の去ったあとでは、この情けない空虚感こそ自分の受ける罰なのだと感じた。以前はこの罰が激烈に直ちに来るものと予期していたのだが、実際にはゆっくりと来た――来るように思えないでいると、いつしかそこにあるのだった。

彼女に近づく方法は全くなかった。彼のしたことによって彼女は別の世界にはいってしまい、そこへの入口はなかった。

ある朝はやく、彼は内廊下に立って待ち、やがて彼女がおりてきた。

「ヘレン」と彼は言いながら、このごろ店でかぶっているラシャ製の帽子を急いで脱ぎ、「ぼくの心は情けなさでいっぱいなんだ。あやまりたいんだ」

彼女の唇は震えた。「あたしに話しかけないで」と軽蔑心《けいべつしん》で息苦しそうな声で言った。「弁解なんか聞きたくないわ。あんたには会いたくないし、あんたを知りたくもないわ。お父さんがよくなったら、すぐに出ていってほしいわ。お願い。あんたは父を助けてくれたし、その点は母もあたしも感謝するわ、でもあんたはあたしの助けにはならない人だわ。あたしをげっそりさせるだけよ」

ドアが彼女の背後でばたんとしまった。

その夜、彼は自分がヘレンの窓の外の雪のなかに立っている夢を見た。両足は裸足《はだし》だったが寒くなかった。降る雪のなかで長いこと待っていると、雪片が頭の上に積り、顔がほとんど凍りついた。それでもなお待っていると、哀れな気持になったヘレンが窓を開き、なにかを投げおろした。それは空中にただよったので、なにかを書きつけた紙きれかと思ったが、やがて冬なのに珍しい白い花だとわかった。フランクはそれを手にとらえた。ヘレンが細めにあけた窓から花を投げおろしたとき、彼女の指がちらっと見えたのみだった。しかし部屋のなかの明りが外へ漏れおちて、その暖かささえ感じられた。それから、ふたたび目をあげたときには窓はぴったりしめられ、氷で封をされていた。夢のなかではあったが、彼はその窓が実は一度も開かれなかったのだと知った。そんな窓はどこにもなかったのだ。彼は手のなかにあるはずの花を見おろした、すると目をこらす前にそれはなくなって、自分がさめているのに気がついた。

次の日、彼は階段の下でヘレンを待っていて、帽子をかぶらぬ頭には電灯の光がおちていた。彼女は凍った表情の顔をそむけたまま、おりてきた。

「ヘレン、ぼくの愛情は、どうしても消えないんだ」

「あんたが愛なんて言うの、汚らわしいわ」

「人間は一度だけ間違いをしたら、それで永遠に苦しまねばならないのかい？」

「あんたがどうなろうと、あたしの関係したことじゃあないわ」

幾度彼が待っていようと、ヘレンは言葉もなしに通り過ぎた——まるで彼が存在していないかのように。たしかに彼は存在していなかった。


もしこの店が暗い晩に風で吹き飛ばされでもしたら、おれも死んじまったほうがいい、とフランクは思った。彼はがんばろうとあらゆる方法を試みた。商売は実にひどかった。この食料品屋がどれほど保《も》つか、また店主とその妻が彼にどれくらい長く店をまかせておくのか、全く見当がつかなかった。もしも店がつぶれたら、なにもかもご破算になるだろう。店をつづけてさえいれば、いつかはなにかが変るチャンスもあるし、そうなればまた次のことが起るかもしれぬ。モリスがおりてこれるまでこの店を彼がつづけるのであれば、状態を変えるのに少なくとも二週間の余裕はあった。もちろん、二、三週間などないも同然といえた、なにしろ彼がせねばならぬ仕事は幾年も要するほどのものだったからだ。

タースとピーダースンは、特売を一週二週とつづけた。客の飛びつく目玉商品を次から次へと考えついた。フランクのお客たちは姿を消しはじめた。なかには、今や通りで会っても挨拶《あいさつ》さえしない者もいた。一人二人は電車通りを横切って、向う側の舗道を歩いてゆき、ウインドーにある彼のやつれた顔を見ないようにした。彼は銀行にある預金をすっかり引出し、毎週の収入に少しずつ加えたが、それでもアイダはいかに景気が悪いか気がついた。彼女は陰気になり、競売人に店を渡そうかと話した。これが彼をぞっとさせた。もっとがんばらねばならぬと感じた。

彼はあらゆる計画を試みた。掛けで特売品を仕入れ、その品物の半分を売ったが、するとそれからノルウェー人が同じ物をさらに安く売りはじめ、それで残りの品は棚《たな》にのったままとなった。二日ほどは一晩じゅう店をあけておいたが、電灯料を払うほどの増収もなかった。ほかにすることも思いつかぬまま、店の手入れをしようと考えた。銀行から出した金のうち最後の五ドルのほかはみな使って、安いペンキを数ガロン買いこんだ。商品棚の一部から品物をどけて、壁にある黴《かび》くさい紙をけずり落し、そこを明るいきれいな黄色で塗った。一部を塗りおわると、次の部分へかかった。壁をおわると、高い梯子《はしご》を借りてきて、少しずつ天井の紙をはがし、そこを白く塗った。棚もいくつかは取換えて、それらに安いニスを塗って仕上げた。結局のところ、こうしてもたった一人の客さえ取戻せなかったと認める始末だった。

まさかこれ以上になるとは思えないのに、店はますます悪くなった。

「店の不景気なこと、モリスにどんなふうに言ってるんです?」とフランクはアイダに尋ねた。

「あの人が尋ねないから、あたしも話さないでいるわ」と彼女は鈍い口調で言った。

「彼の具合、今、どうです?」

「まだ弱々しいわ、お医者の話だと、肺が紙みたいなんですって。本を読んだり、寝たりしてるわ。ときおりラジオを聞いているわ」

「休ませておけばいいですよ。そのほうがためになるんだから」

彼女はまたも言った、「あんたはどうして、そんなに夢中でただ働きをやるの? なんのためにここに留まっているの?」

愛のためにと彼は言いたかった、しかしそれだけの心臓がなかった。「モリスのためですよ」

しかし彼もアイダをごまかせなかった。たしかに彼は一家をしばらくは支《ささ》えてくれたが、それだけだったらアイダはこの場で彼に荷をまとめて出てゆけと告げただろう。彼女がそう言わぬのも、もうヘレンが彼を相手にしなくなったと知ったからである。あの男はばかなことをしてヘレンの機嫌《きげん》をとりそこなったに違いない。それとも父が病気なので、ヘレンは前より両親のことを考えるようになったのかしら。あんなに心配するなんてばかだったわ。それでいてアイダはやはり心配した、なぜならヘレンは、あの年なのに、男性にほとんど興味を示さなかったからだ。ナットが電話をかけてきたが、ヘレンは電話口に行こうとさえしなかった。

フランクはあらゆる経費を切りつめた。アイダの許可を得て、電話を取除いた。そうするのは嫌《いや》だった、なぜならヘレンが電話を使いにおりてくるかもしれなかったからだ。ガス料金を倹約するため、階下の二つの暖房器の一つを止めた。店にあるものだけに火を入れて客が寒くないようにしたが、台所のものは使わなかった。彼は厚いセーターとチョッキと、フランネルのシャツを着こんで前掛け《エプロン》をかけ、頭には縁なし帽をかぶった。しかしアイダのほうは、外套《がいとう》を着ていてさえ店の空虚さや奥の部屋の寒さに我慢しきれなくて、しまいに二階へ逃げ帰った。ある日、彼女は台所へはいってきて、フランクが昼食に、茹《ゆ》でたじゃがいもをスープ皿にのせて塩をふりかけているのを見ると、泣きはじめた。

彼はたえずヘレンを思った。こんな思いをしている自分を彼女にどう伝えたらいいだろうか？ たとえ自分の姿をまた見たとしても、相変らずの彼としか映るまい。彼には中から外が見えたが、誰一人、外からは中を見られないのだ。

ベティ・パールが結婚したとき、ヘレンは結婚式に行かなかった。その前の日、彼女は困った口調で弁解をし、気分がすぐれないからと言い、それを父親の病気のせいにした。ベティのほうは、自分の兄とのことからだろうと考え、わかるわと答えた。「あたしが再婚するときは出てね」と彼女は小さな笑い声で冗談を言ったが、ヘレンは相手の気持を傷つけたと知って、すまなく感じた。思い直して、ナットがいようがいまいが、結婚式やおしゃべりや親戚を我慢してみようと考えた――まだ言い直せるかもしれない――しかしどうしてもその気になれなかった。華《はな》やかな結婚式に出られる状態ではなかった。みんなはこう言うかもしれない――「そんな顔してるんなら、お葬式に行ったほうがいいわよ」すでに幾晩も泣き明かしたのだが、それでも思い出は心に食いこんだままだった。なんてばかな女なの。あんな男を愛してしまうなんて、どうしたというの？　ユダヤ人でもない男と結婚できると思いこむなんて、どうしたわけ？　それも相手はまったく値打ちのない見知らぬ男なのよ。そうは思ったが、この恐ろしい失敗から彼女を救うのは神様しかなかった。そう思うと、結婚式などはまるで興味のないものになった。

寝苦しい夜がつづいた。昼になると夜が恐ろしかった。寝る時間から夜明けまで数時間、物憂い眠りにおちるだけだった。じきに目がさめるぞという夢を見ると、そのとおりになった。すると自分がかわいそうになり、哀しみは、眠気ではなく、別の哀しみを誘い出した。心は絶え間ない心配ごとを織り出した――たとえば父親の健康状態であり、父は直ろうとする気持をまるで見せなかった。店も相変らずだ。アイダは台所で泣きながらささやいた。「お父さんに言わないでおくれ」しかしいつかは、それもじきに言わねばならぬだろう。彼女はあらゆる食料品屋を呪《のろ》った。誰にも会わず、なにも将来を計画せぬ自分も心配になった。朝になるとカレンダーから眠りのない日々を消していった。神様、こんな日々を打切りにしてください。

ヘレンは四ドルを除いた残りの給料をすっかり母親に渡して、それはレジにはいったが、それでも一家は経費をまかなう現金に不足した。ある日フランクは現金を握る方法を考えた末、一つのことに思いついた。スウェーデン人のペンキ屋カールから古い貸しを取立てよう。たしかあのペンキ屋はモリスに七十ドル以上も借りている。そこで彼はペンキ屋を毎日見張ったが、しかしカールは店にはいってこなかった。

ある朝フランクがウインドーに立っていると、カールが紙包みした壜《びん》をポケットに入れてカープの店から出るのを見つけた。

フランクは飛び出してゆき、古い貸しのことをカールに告げた。この勘定のうちから少し払ってくれぬかと尋ねた。

「これはおれとモリスの間で話がついてるんだ」とペンキ屋は答えた。「よけいなお節介はするな」

「モリスは病気なんですよ、現金がいるんだ」とフランクは言った。

カールは店員を押しのけ、家へ帰っていった。

フランクは腹が立った。「あの酔いどれ野郎からきっと取立ててみせるぞ」

アイダは店にいた、そこでフランクはじきに戻ると言った。前掛《エプロン》けを釘《くぎ》にかけ、外套《がいとう》を着るとカールのあとをつけて彼の家まで行った。その住所を書きつけたあとで、店に戻った。彼はまだ、貸しを返してくれと頼んだときペンキ屋の見せた態度に腹を立てていた。

その日の夕方、彼はその汚《きた》ない四階建てのアパートに戻ってゆき、きしむ階段をいちばん上の階までのぼっていった。面倒くさげにドアをあけたのは痩《や》せた、黒っぽい髪の女だった。その顔をよく見るまでは年寄りだと思ったが、気がつくと、年は若いのに老《ふ》けて見える女なのだった。

「あんたはペンキ職のカールのおかみさんですか?」

「そうよ」

「彼と話できませんか?」

「仕事のこと?」と彼女は勢いこんでいった。

「いいや。ちょっと別のことで」

彼女はまたも老けた顔つきになった。「彼は何カ月も働いてないのよ」

「彼にちょっと話したいんです」

案内されてなかにはいると、そこは大きな部屋で、台所と居間がつづいており、仕切りにはあけたままのカーテンがさがっていた。居間にあたる部屋のまんなかにはくさい臭《にお》いをたてる石油ストーブがあった。その臭いはキャベツを茹《ゆ》でる酸っぱい臭いと混ざっていた。部屋には四人の子供がいた――十二歳ぐらいの少年と、三人の妹たち――それぞれ紙に絵を書いたり、切ったり貼《は》ったりしていた。子供たちはフランクを見つめたが、黙って自分たちのすることをつづけた。店員は居心地の悪い気持だった。窓ぎわに立ち、陰気な街灯のついた通りを見おろした。もしもペンキ屋が半分でも払う気なら、残りはご破算にしてやろうと彼は思った。

ペンキ屋の妻は音をたてるフライパンに鍋《なべ》の蓋《ふた》をかぶせ、寝室へはいっていった。戻ってくると、夫は眠っていると言った。

「しばらく待つことにしますよ」とフランクは言った。

彼女は揚《あ》げものに戻った。いちばん年上の娘が食卓の仕度《したく》をし、皆はその前にすわった。親爺《おやじ》の席をあけておくんだな、と彼は気がついた。じきに穴から這《は》い出してくるだろう。母親はすわらなかった。フランクのことはかまわずに、スキム・ミルクを容器のまま取上げ、子供たちのグラスに注《つ》いでまわり、それから粉にまぶして揚げたソーセージを一本ずつ与えた。またフォーク一杯分の熱い酢漬けキャベツを一人ずつ配った。

子供たちは飢えたように食べ、口をきかなかった。いちばん年かさの娘はフランクをちらと見たが、彼が見返すと、自分の皿に目をおとした。

皿が空《から》になると、娘は言った、「ママ、ほかにもうないの？」

「ベッドへお行き」とペンキ屋の細君は言った。

フランクはストーブの臭いでひどい頭痛がした。

「またいつかカールに会いますよ」と彼は言った。口のなかの唾《つば》は真鍮《しんちゅう》のような味だった。

「あの人、起きなくてすみませんね」

彼は店へ走って戻った。自分のベッドのマットレスの下に最後の三ドルが隠してあった。その紙幣を取りあげ、カールの家まで走り戻った。しかし途中でウォード・ミノーグと会った。彼の顔は黄ばんで頬がこけ、死体収容所から脱《ぬ》け出たばかりといった様子だった。

「おめえを捜していたんだぜ」とウォードは言った。紙の袋からフランクの拳銃《けんじゅう》を引出した。「これをおめえ、いくらで買ってくれる？」

「くそくらえ」

「おれは病気なんだ」とウォードはむせび泣いた。

フランクはその三ドルを彼に与えた、そしてしばらくあと、拳銃を下水のなかへ落した。

彼はユダヤ民族についての本を読んだ。短かな民族史で、この本が図書館の書棚《しょだな》にあるのを何度も見かけていたが、一度も取りおろしたことがなかった。しかしある日、好奇心を満足させたくなって借り出した。最初の部分は興味をもって読んだ、しかし十字軍と宗教裁判のところがすんで、ユダヤ民族が苦しみはじめる部分になると、無理に読み進むようになった。血みどろの幾章かはとばし読みし、彼らの文明と諸業績の部分はゆっくり読んだ。ユダヤ人の作る街々《ゲットー》についても読んだ――そこには自分たちがなぜ「選民」であるか考えつづけながら飢えかけた鬚《ひげ》だらけの人間たちが閉じこもっていた。彼もなぜかを考えようとしたが、わからなかった。その本は読みおわらぬまま、図書館に返された。

幾晩か、彼はノルウェー人たちの店を偵察に行った。前掛け《エプロン》をはずしてから角を曲ってゆき、サム・パールの店の前に立ち、通りの向うにある食料品としゃれたおかずの店を見やった。ウインドーにはぴかつく缶詰類がさまざまに並べられていた。店のなかは昼のように明るい照明だった。棚《たな》には食欲をそそる品物がぎっしり詰り、それが彼にひもじい思いを起した。なかにはいつも客がいて、彼の店がたいてい空《から》っぽなのと対照的だった。二人の経営者が店をしめて家へ帰ってしまうと、フランクは通りのこちら側から横切ってゆき、ウインドーごしに暗い店をのぞきこんだ——まるでそれは、暗い内部を眺《なが》めることで幸運の秘密を探り出し、それによって自分の運や生活を変えようとするかのようであった。

ある晩、店をしめてから長い散歩をして、彼がかつて一、二度訪れたことのある深夜営業の店『コーヒー・ポット』に立ち寄った。

フランクはそこの主人に、夜間勤務の男をほしくないかと尋ねた。

「コーヒーを出したり、注文をとったり、ちょっと皿を洗ったりする人間がほしいね」と店主は答えた。

「ぼくがそれになろう」とフランクは言った。

その仕事は十時から午前六時までで、給料は三十五ドルだった。朝、家に帰ってきてからフランクは食料品屋をあけた。その週の終りになると、金額を打ち込まずに三十五ドルをレジに入れた。この金とヘレンの給料とで一家はようやく暮しを支えられた。

店員は昼間、店の奥の長椅子で寝た。ブザーを取りつけたから、誰かが表のドアをあけると目がさめた。これで睡眠の不足を補った。

彼は自分が善《よ》いことを悪いほうへ転じてしまったという後悔の念に閉じこもって暮した。この思いは古くからのものだが、今新しく彼の心をさいなんだ。夜に見る夢は苦しく、いつも夜の公園での出来事が現われた。あの食物くずの臭《にお》いが鼻のまわりにまといついた。口に出せぬ言葉を咽喉《のど》に溜《た》めて、うめきながら暮した。毎朝、店のウインドーの前に立って、ヘレンが勤めに行くのを見守った。彼女が帰ってくるときもそこにいた。彼女は少し内曲がりの両脚《りようあし》でドアの方へ歩いてくるが、目は伏せたままで、彼の存在に気づかなかった。素晴らしいことも含めて、言いたい言葉が無数に胸に湧《わ》きたち、咽喉に詰った——日ごとにそれらの言葉は死に果てた。彼はたえず逃《のが》れ出ることを考えた。それこそいつも彼が最後にはする行為だ——逃げ出すこと。しかし今度は踏み留まるつもりだった。出るのは棺に入れて運び出されるときだ。この家の壁が倒れたら、彼らはフランクをシャベルで掘り出すことになろう。

あるとき、彼は地下室で二インチと四インチ四方の松材を見つけ、厚い板切れを切り取り、自分のジャック・ナイフでなにかを彫りはじめた。驚いたことに、それは飛んでゆく小鳥の姿になった。形はゆがんでいたが、どこか美しいところがあった。それをヘレンに差出そうかと考えたが、あまり粗末なものにも思えた——なにしろ彼のはじめての製作品なのだ。そこで別の物にとりかかった。彼女のために花を彫ってやろうと思い、それはしまいに、今にも咲きだす薔薇《ばら》となった。出来あがると、花弁が開こうとする感じは繊細でいて、しかも本物の花のようにしっかりしていた。それに赤い色を塗ってから彼女にやろうと思ったが、色を塗るのはやめることにした。その木製の花を店の包装紙に包み、外側にヘレンの名前を活字体で書きこみ、彼女が勤めから帰る数分前になると、内廊下にある郵便箱の外側にテープで貼《は》りつけた。彼女がはいってゆくのを見送り、それから階段をあがってゆく足音を聞いた。内廊下をのぞいてみて、彼女が彼の花を取去ったのを知った。

その木製の花はヘレンに自分の不幸を思い出させた。ヘレンは自分がよい判断力を持っているくせにあの店員を愛してしまったことで、自分を憎みながら暮していた。自分の貧しさから逃げるために恋をしてしまったのだ、と彼女は思った。自分は環境の犠牲者だとつくづく感じた——実に陰惨な下の店、そして執念深く策略ばかりする店員が象徴する悪夢の中にいるのだ。彼女はあの男を怒鳴って店から追い出すべきだったのに、店の便利という利己心から見逃しているのだ。

次の朝、彼は食物のくずを歩道のごみ缶に入れようとして、その底に自分の木製の花を見とめた。

モリスは病院から帰ってきた日、ズボンをはいて店へ駆けおりたいという欲望を覚えた、しかし医者は彼の両肺の音を聞いたり、次には毛の生《は》えた指で胸のあたりをたたいたりしたのち、言った、「あんたはどんどん元気になってるんですからね、そんなに急がなくてもいいでしょう?」アイダに向って彼はそっと言った、「彼は休まねばなりませんよ、絶対にね」彼女が恐怖の表情をしたのを見ると説明を加えて、「六十歳は十六歳じゃないですからな」モリスは少し言い争ったあと、ベッドに横たわった。それからは自分が店にまた戻れるかどうかさえ気にしなくなった。彼の回復はゆっくりしたものであった。

きっぱりとではないが、春は近づきつつあった。昼間の陽射《ひざ》しは前より明るくなり、寝室の窓から降りそそいだ。しかしまだ寒い風が町のなかを吹き荒れ、ベッドにいる彼に鳥肌《とりはだ》を生じさせた。半日ほどすっきり晴れていたと思うとやがて空は暗くなり、ちらほらと雪が降った。彼は物思いに沈み、何時間も少年時代のことを夢見て過した。あの緑の野原を思い出した。子供のころ走りまわった場所を決して忘れなかった。彼の父親、母親、何年間も会っていないただ一人の妹、みな思い出される、ああ、情けない。むせび泣くような風が彼に向って呼びかけた……

下の通りにある日除《ひよ》けのはためく音は店のことを思い出させ、彼は恐ろしくなった。長い間、下がどうなっているかアイダに尋ねなかったが、しかし考えなくても血で悟っていた。そのことを頭で考えるときには、レジの鳴る音がほとんどしないと思い、改めてそうだと知った。下からは重苦しい沈黙しか聞えなかった。あそこは物言えぬ墓石がしっかり植えこまれているのだ、なにが聞えるというのだ？　死の臭《にお》いが床《ゆか》の隙間《すきま》から滲《し》み上ってきた。アイダがなるべく下には行かずにここでする仕事を捜すのも、理由はわかっていた。心が石でできている異教徒《ゴイ》のほかに、あんな場所にいられようか？　彼の店の運命は黒い羽の鳥のようになってぼんやりと浮き漂ったが、彼が少し元気になりはじめたと感じると、その鳥はぎらぎら目を輝かせ、彼を際限なく悩ませた。ある朝、枕《まくら》に寄りかかってすわって昨日のフォワード紙を眺《なが》めていて、彼はひどい心配にとりつかれ、しまいに汗が吹き出し、心臓がひどく高鳴った。モリスは思いきって掛布を押しのけ、よろめきながらベッドから立ちあがり、急いで服を着はじめた。

あわててアイダが寝室にはいってきた。「モリス、なにをしてるのよ——病人でしょ？」

「わしは下へおりねばならん」

「おりても役に立ちませんよ。下にはなにも仕事がないんだから。もっと休んでいてよ」

いっそベッドに戻って寝て暮そうかと思ったが、しかしそれでは彼の心配が静まらなかった。

「わしは行かねばならんのだ」

彼女はやめてと頼んだが、彼は耳を貸さなかった。

「今、彼はどれくらい稼《かせ》いでいるんだ?」モリスはズボンのベルトをしめながら尋ねた。

「雀の涙ほどよ。七十五ドルぐらいかしら」

「一週でか?」

「当り前でしょ?」

ひどい金額だったが、しかし彼はもっと少ないと思っていたのだ。頭のなかには店を救うさまざまな計画が渦巻いていた。自分が下で働ければ、少しはましになると感じていた。ここにいるから恐怖が生じるのだ、ここでは彼は役に立たないからだ。

「彼は一日じゅうあけているのか?」

「朝から晩までよ――なぜだかわたしにはわからないけど」

「彼はなぜここに留《とど》まっておるのだい?」と彼は急にいらだって尋ねた。

「とにかく、出ていかないわ」彼女は肩をすくめた。

「彼にいくら払ってるんだ?」

「なんにも——ほしくないんですとさ」

「じゃあ、なにがほしいと言うのだ——わしの苦い血か?」

「あんたを助けたいんですとさ」

彼はひとりつぶやいた。「あんたはときどき彼を見張っているかね?」

「あたしがなんで彼を見張るの?」と彼女は言い、心配な顔になった。「彼、あんたからなにか盗んだの?」

「彼にはここにいてほしくないんだ、これ以上な。ヘレンのそばにいさせたくないんだ」

「ヘレンは彼に口もきかないわ」

彼はアイダを見つめた。「なにが起ったんだね?」

「あの子にきいたらいいわ。ナットともどうしたのかとね。あの子はあんたとそっくり——あたしにはひとつも話さないのよ」

「彼は今日出てゆかせる。ここに置いておきたくないのだ」

「モリス」と彼女はためらいがちに言った、「彼はとてもお店を助けているわ、本当よ。あんたが元気だと感じるまでもう一週間置いときなさいよ」

「いかん」彼はセーターのボタンをとめ、彼女の懇願にもかかわらず、危なげな足取りで階段をおりていった。

フランクは彼がおりてくるのを聞きつけ、体《からだ》が冷えるのを感じた。

店員はこの幾週間、店主がベッドから出てくるときを恐れていた。もっとも、不思議なことに、その瞬間の来るのを待ちこがれる気持もあって、モリスが来たらこう言って許してもらおう、ああ言って店に置いてもらおうと何時間も考えふけってきた。たとえばこんな弁解をする計画を立てた――「ぼくは強盗をして取った金を使わなかったでしょう?　飢えかけても使わなかったんですよ、だって、レジに返そうと思っていたからだし、そしてちゃんと返しましたよ、ただし、生きてゆくためにロールパン少しとミルクは盗みましたけどね」しかしこの言い方に効果があるかどうか自信なかった。自分が店主を助けて長いこと我慢づよく働いたとも主張できそうだが、これとても、その間ずっと小銭を盗んだという事実で帳消しになりそうだった。ガスをうんと吸いこんだモリスを救ったのは自分だと言いたかったが、それも半分はニックの力だった。店員はもはや店主に訴えるべき手がかりをなくしたと感じた――自分は蓄《たくわ》えた信用をすっかり使い果したのだ。しかしそれから奇妙でスリルのある考えに出くわした――それは一《いち》か八《ばち》かの切り札となる手だった。どたん場になって自分が強盗の片割れだと真剣に打明けたら、それを話すことで自分の性格の本当の姿をモリスに理解してもらえるかもしれぬ、そして自分が過去の悪い生活から出ようと苦闘しているのに同情してもらえるかもしれぬ。彼の訴え——長いことモリスに尽した意味——を理解したら、店主は自分を置いておく気になり、そうすれば自分は今までの負い目をすっかり返せるようになるかもしれない。フランクはこの考えにふけったすえ、これは危ない方法で、彼の救いになるどころか致命傷になるかもしれないと気づいた。それでも、もしモリスが彼に出てゆけと言い張ったら、この方法を使おうと思った。そこまでくれば失敗しても、もともとだ。しかし店員は自分のしたことを告白して店主から許された光景を思い描いたとき、それで心の重荷がさっぱり消え去るだろうとは感じられなかった、なぜならこの時期遅れの告白はモリスの娘に対して自分が犯した罪を隠しているかぎり、完全かつ満足なものにならなかったからだ。あのことについては、どうしても口を開けないと彼はわかっていた、だから彼がどんなに巧みに言おうとも、必ず言い残した苦い味が——告白すべき別の罪が——あることとなり、これがなによりも気の重いところだと彼は感じた。

フランクがレジのそば、カウンターのうしろに立って自分のナイフで指の爪をけずっているとき、青ざめた顔をし、肌はたるみ、痩せた首にぶかつくシャツ、きびしい目つきをした店主が内廊下のドアから店にはいってきた。

店員は縁なし帽子に手をあげ、レジからいざるように少し離れた。

「モリス、またあんたの顔が見られて、うれしいですよ」と彼は言ったが、腹のなかでは、長く病床にいた彼を一度も見舞わなかった自分を後悔していた。モリスは冷たくうなずき、奥の部屋へ行った。フランクはあとについてゆき、片膝《かたひざ》をつくとガス暖房器に火をつけた。

「ここはとても寒いんで暖房をつけた方がいいと思って。ガスの費用を節約するんでふだんは消しておくんですよ」

「フランク」とモリスはきびしい口つきで言った、「わしがガスをうんと吸ったときに助けてくれたことでは、礼を言う、それからわしが病気の間、店をあけておいてくれたことにもな。しかし今は出ていってもらいたいんだ」

「モリス」とフランクは沈んだ気持で答えた、「あの最後のときから今まで、ぼくは一セントも盗んでいないよ、誓ってもいい。それが本当でなかったら、この場で神様に打ち殺されてもかまわない」

「わしが君に出てゆけと言うのは、それが理由ではないんだ」とモリスは答えた。

「じゃあ、なぜ?」店員は顔を赤くしながら尋ねた。

「君はわかっておるだろ」と店主は言い、足もとに目をおとした。

「モリス」とフランクは最後の苦悩のすえに言った、「ぼくは言いたいことがあるんだ、とても重要なことなんだ。以前から言いたかったんだけれど、どうしても勇気が出なかった。モリス、ぼくがしたことで今のぼくを責めないでほしい——だって今のぼくは改めた人間なんだから——実はあの晩にはいった強盗の一人はぼくだった。神様に誓うけど、ここにはいったとたんに、ぼくは気持が変ったんだ。でも行きがかりでやめられなかった。そのことをあんたに話したかった——だからすぐに、ぼくはこの店へ戻ってきたんだ、そしてチャンスを見つけて、ぼくの取り分の金をレジに返したんだ——だけれどそれを話すだけの心臓がなかった。あんたの目をまともに見られなかった。今でもこう言ってること恥ずかしくて仕方ないけど、思いきって言ってるんだ。だからぼくがこのことでどれだけ苦しんだかわかると思う。それから、ぼくがしたんじゃないけど、あんたの頭に怪我《けが》させて本当に申しわけないと感じてることも、わかると思うんだ。なによりもわかってほしいのは、ぼくが以前のような人間ではなくなっていることなんだ。今でもそんな人間に見えるだろうけど、もしぼくの心がずっと思っていたことを知ってくれたら、ぼくが違った人間になったとわかると思うんだ。今はぼくを信用しても大丈夫だ、それは誓ってもいい、だからぼくはこの店に置いてもらってあんたを助けたいと頼めるんだし、そうしてほしいんだ」

このように言うことで、店員は心が大きく解き放たれるのを感じた——まるで木に止った小鳥の群れがいっせいにさえずりだしたかのようだ。しかしその歌声は、沈鬱《ちんうつ》な目つきのモリスがこう言ったとき、ぴたりと静まった——「それは前から知っておった。君の言うこと、新しいことは一つもない」

店員はうめいた。「どうして知ってるんです？」

「二階でベッドにいる間に考えついた。君がわしに怪我をさせた夢を見て、それから思い出した——」

「しかしぼくは怪我をさせなかったよ」と店員は熱くなって言った。「ぼくはあんたに水を持ってきてやったほうだ、おぼえてるでしょ？」

「おぼえとるとも。君の両手をおぼえとるよ。君の目もおぼえとる。刑事が、ここに押し入ったんでない強盗を連れてきた日だ、わしは君の目つきがどうも変だと思った。それから、内廊下のドアの向うに隠れていて、君が一ドル盗んでポケットに入れるのを見たとき、君をどこか別の場所で見たなと思ったが、思い当らなかった。君がガスから救ってくれたあの日には、もう少しでわかるところだった。それからわしはベッドに寝ておって、ほかになにも考えず、ただ自分の心配ごとやら自分の一生をこの店でむだにしたことなど思っておると、ふと君が最初にここに来たときのことを思い出した。わしらはこのテーブルにすわっておって、君は今まで間違ったことばかりしてきたと言ったっけ。それを思い出したとたん、わしは自分にこう言ったよ、『フランクはここで強盗をしたあの男だ』とな」

「モリス」とフランクはしゃがれ声で言った、「すまなかった」

モリスは情けない気持のあまり、口もきけなかった。店員をかわいそうに思いはしたが、白状した犯罪人を家内に置きたくなかった。たとえ彼が改心した人間だったとしても、この店に置いてなんの役に立つだろう——食べる口が一つふえるだけ、通夜の死人を見守る目玉が二つふえるだけではないか？

「ぼくのしたこと、ヘレンに話したんでしょうね？」とフランクは溜息《ためいき》をついた。

「ヘレンは君になんか興味持っとらんよ」

「モリス、もう一度だけやらせてください」と店員は訴えた。

「わしの頭を殴《なぐ》ったユダヤ人ぎらいの男、あれは誰だったね？」

「ウォード・ミノーグ」とフランクは少しして言った。「彼は今病気ですよ」

「ああ」とモリスは溜息をついた。「父親こそ哀れだ」

「ぼくらはあんたでなく、カープの店に押し入ろうとしたんです。お願いだからもう一カ月だけ店にいさせてくれないか。自分の食料と、それに家賃も払うから」

「わしが給料を出さんのにどうやって払うつもりだね——わしの出さん給料から引けというわけかね？」

「ぼくは店がしまってから、深夜の仕事を持ってるんだ。ちょっとは稼《かせ》いでいますよ」

「だめだ」と店主は言った。

「モリス、この店はぼくの助けがいるんだ。なにもかもひどい景気なのをあんたは知らないんだよ」

しかし店主は自分の店員に対してきっぱり心を決めていた、そして彼を留《とど》まらせようとはしなかった。

フランクは自分の前掛け《エプロン》を釘《くぎ》にかけ、店から出ていった。あとで、スーツケースを買い、自分の少ない荷物を詰めた。ニックのラジオを返したとき、テシーにさよならを言った。

「フランク、これからどこへ行くつもりなの?」

「わからない」

「いつか戻ってくるの?」

「わからない。ニックによろしくと言ってくれ」

立ち去る前にフランクはヘレンに短かな手紙を書き、自分が彼女にしたことをもう一度詫《わ》びた。彼女は自分が会ったいちばん素晴らしい娘だとも書いた。自分は自分の人生をめちゃくちゃにしてしまったのだ、と。ヘレンはその手紙に涙を流したが、返事をすることは考えなかった。


モリスはフランクが改良した店のなかの様子に感心したが、しかしすぐに、それが景気になんの効果もなかったと見ぬいた。商売はひどいものだった。そしてフランクがいなくなると、収入は恐ろしいほど縮まり、前の週より十ドルも足りなかった。これまでも店が不景気になることはよくあったが、この売上げ額は気絶しそうなものだった。

「わしらどうしたもんかな?」と彼は絶望した心で妻と娘に尋ねた。二人はその日曜の夜、外套《がいとう》を着たまま火の気のない店の奥にうずくまってすわっていた。

「どうしようもないでしょ」とアイダが言った、「すぐに競売へ出すのよ」

「たとえ手放すとしても、ちゃんと売るのがいちばんいいのだ」とモリスは言い返した。「店を売れば住居のほうも少しは金になる。そうすれば借金を払っても二千ドルぐらい残る。ところが競売に出したら、上の住居は売れなくなるだろう?」

「売りに出したって、誰が買うと思うの?」とアイダがきびしく言った。

「破産せずに店を競売に出すこと、できないの?」とヘレンが尋ねた。

「競売にしたら、なにも手にはいりゃせん。そうなれば店は空《から》っぽで、そのまま貸すことになり、誰一人住居のほうは買わんさ。この区域でさえ貸し店が二カ所もあるんだ。もしわしが競売に出したと卸売業者が聞いたら、向うはわしに破産申請をさせ、住居のほうも取上げてしまう。しかしもし店を売るなら、住居のほうもいい値段がつくわけだ」

「誰も買いはしないわよ」アイダは言った。「あたしが売れとあれほど言ったときは、耳もかさなかったくせに」

「住居も店も売ったとしたら」とヘレンは尋ねた、「それからお父さん、どうするつもり?」

「たぶん小さな店が見つかるさ、キャンディ・ストアかなにかかな。共同経営者を見つけられれば、ちゃんとした地域に店をあけられるだろうし」

アイダがうめき声をあげた。「一文菓子なんて売るのはごめんですよ。それに共同経営者は前に見つけて、こりたでしょ、あのくたばり損《ぞこな》い」

「お父さん、なにか仕事が見つけられない?」とヘレンが尋ねた。

「この年で、誰が仕事をくれるかね?」とモリスが尋ね返した。

「商売で知り合った人がいるでしょ」と彼女が答えた。「たぶん誰かがスーパーマーケットのレジの仕事をくれるかもしれないわ」

「あんたはお父さんに、一日じゅう立っていさせたいの? それも静脈瘤《りゅう》のある両足でさ?」とアイダが言った。

「それだって、客のない店の奥に凍えながらすわっているのよりましだわ」

「結局、わしらはどうしたらいいんだ?」とモリスが尋ねたが誰一人答えなかった。

二階にあがると、アイダはヘレンにもし彼女が結婚したら、少しは事がよくなるかもしれないと言った。

「ママ、あたし誰と結婚したらいいわけ?」

「ルイス・カープとさ」とアイダは言った。

次の日の夜、アイダはカープがひとりで酒屋にいるのを見つけてはいってゆき、自分の一家の苦労話をした。酒屋の主人は歯の間から口笛を鳴らした。

アイダは言った、「ほら、去年の十一月、あんたがポドルスキーという男を家によこしたいと言ったでしょ——食料品の商売をやりたがっている亡命者の人」

「おぼえてるさ。このへんに来たいと言ったがね、ひどい風邪《かぜ》をひいちまったんだ」

「その人、どこかに店を買った？」

「まだだろうね、たしか」彼は用心深く言った。

「その人、まだ買いたがってる？」

「たぶんね、だけど、あんたの店なんか彼にすすめられないなあ、そうじゃない？」

「店のほうをすすめなくていいわ、値段のほうで彼の気をそそってよ。今ではモリスも二千ドルの現金なら売ると言うの。住居のほうも、ほしいならとても安い値段にするわ。彼は若いんだから、商売をうまくやって、あの異教徒《ゴイム》といい競争相手になるわ」

「いつか彼に電話をかけよう」とカープは言った。彼はなにげなしにヘレンのことを、きっと彼女はじきに結婚するんだろうね？　と尋ねた。

アイダは風向きが自分の望む方向に変ったと知った。「ルイスにね、あまり臆病《おくびょう》になるなと言ってよ。

ヘレンは寂しがってて、誰かと外に出たがってるわ」

カープは自分の拳《こぶし》のなかへ咳《せ》きこんだ、「あんたんとこの店員、姿が見えないね。どうしたんだね?」

なにげなしに言い、自分の大きな足を改めて眺《なが》めながら、ゆっくり歩きまわった。

「フランクはね」とアイダはしかつめらしく言った。「もうあたしの店で働いていないわ。モリスが彼に出てゆけと言って、だから先週、立ち去ったのよ」

カープは濃い眉毛《まゆげ》をあげた。「それではと」と彼はゆっくり言った、「ポドルスキーに電話をかけて、明日の晩来いと言ってみよう。昼間は働いてる男だからね」

「午前中がいちばんいいときなのよ。残り少ないモリスのお客が来るのはそのときだもの」

「水曜の午前に休みをとれと言ってみよう」とカープは言った。

あとになって、彼はアイダの話したヘレンのことをルイスに告げた、しかしルイスは爪を切っていた顔をあげて、彼女は自分の好きなタイプではないと言った。

「ポケットに現金《げんなま》がはいっておれば、どんな女だって自分の好きなタイプになるよ」とカープが言った。

「彼女は違うさ」

「まあ、今にわかるさ」

次の日の午後カープがモリスの店へはいってきた、そうして二人が大変な仲よしであるかのように、店主に忠告した——「ポドルスキーにここを見せるとき、あまり長く置いてはいかんよ。それから商売の様子は黙ってしゃべらんことだ。無理に売りつけるようなことはいかんよ。彼はここでの用事をすませたらわたしの家に来るから、そしたらわたしがあれこれ彼に説明してやるよ」

モリスは自分の感情を隠してうなずいた。自分は破滅せぬうちに、この店から、そしてカープから逃げ出さねばならんのだと感じていた。気のすすまぬ様子で、この酒屋の主人の忠告どおりにするとうなずいた。

水曜の朝早くにポドルスキーが到着した——恥ずかしげな様子の若者で、厚手の緑色の服はまるで馬の毛布から仕立てたかのようだ。外国製らしい小さな帽子をかぶり、巻かないままの雨傘を持っていた。顔は無邪気そうで、両目は善意に輝いていた。

奥の部屋では緊張したアイダが待っており、こんな駆引きになれないモリスは落着かぬ様子でポドルスキーを奥に招いた。しかしこの亡命者は帽子に手をあげてから、店に留《とど》まると言った。ドアのそばの隅《すみ》へそっと引っこみ、どう言ってもそこから出てこなかった。さいわいに客がぼつぼつとはいってきた。モリスが商人らしく彼らに応対すると、ポドルスキーはそれを熱心に見つめた。

店が空《から》になると、店主はカウンターの背後から世間話を試みたが、ポドルスキーはたえず咳払《せきばら》いしただけで、あまり口をきかなかった。モリスはこの貧弱な亡命者がひどく哀れになった――きっとこの男は苦労してきたに違いない、血と汗を流して小金を貯《た》めてきたに違いない――そう思うとモリスはいたたまれなくなり、相手に高く売りつける不正直な計画に耐えかねてカウンターから外へ出てきた、そしてポドルスキーの外套《がいとう》の襟《えり》をつかむと、熱心に話しはじめた――この店はおしゃかであるけれど、健康で力のある若者が最新の方法と少しの現金を使えば、さほど時間をかけずとも立て直せるはずだ、そうすればここは相当に暮せる収入になる。

台所からアイダが甲高《かんだか》く呼びたててポテトの皮むきを手伝えと言ったが、モリスはしゃべりつづけて、しまいには自分の嘆きの大海に溺《おぼ》れこんだ。それからやっとカープの警告を思い出した、そして自分ではカープが本当の大ばか者だと改めて感じてはいたものの、ここで話をぷつりと打切った。ただしこの亡命者から無理に離れようとする寸前に、こうつけ加えた、「わしは二千ドルで売れるんだけどね、現金で千五百か六百ドル出す人になら、いつでも店を譲るよ。住居のほうはあとで話し合う。これなら筋の通った話だろう、ええ？」

「いいですとも」とポドルスキーはつぶやき、また口を固くしめた。

モリスは台所に退却した。アイダは彼をにらみつけ、それはまるで彼が殺人を犯したかのような目つきだったが、しかしなにも言わなかった。二人か三人、さらに客が現われたが、十時半を過ぎると、かぼそい客の流れはとだえた。アイダはもじもじし、ポドルスキーをその場所から引出す方法に頭をしぼった、しかし彼は留まりつづけた。彼女は奥に来てお茶を飲めばと言ったが、礼儀正しく断わった。今ごろはカープがあんたに会いたがってるわよと言ってもポドルスキーは頭を振って、留まった。彼は雨傘の布地をきつく巻き締めた。ほかに言うこともなくなって、彼女は昼のサラダの作り方をすっかり彼に書き残しておくわと、うっかり言ってしまった。驚いたことに、彼は大仰なほど彼女に感謝したのだった。

十時半から十二時まで店には誰も来なかった。モリスは地下室へ行って隠れた。アイダはぼんやりと奥にすわっていた。ポドルスキーは例の片隅で待っていた。誰も見ていぬうちに、彼は黒い雨傘を持ってそこを離れ、この食料品屋から逃げ出していった。

木曜日の朝、モリスは靴ブラシに唾《つば》を吐きつけて自分の靴を磨《みが》いた。彼は外出着を着ていた。内廊下にあるベルを鳴らして、アイダに下へ来いと告げ、それから帽子と外套《がいとう》をつけたが、いずれもろくに使わないので、古くはあったがちゃんとしていた。身仕度《みじたく》をすますと、レジを「非売上げ《ノー・セール》」と鳴らして、ためらいがちに八枚の二十五セント貨をポケットに入れた。

彼は以前の共同経営者チャーリー・ソベロフの所へ行くのであった。何年も前、やぶにらみでずる賢い策略家のチャーリーは、借金をして作った千ドルだけをポケットにしてこの店主の所へやってきた、そしてモリスに共同経営者にならないかと申込んだ——モリスが四千ドルを出して、チャーリーの知っている食料品屋を買おうというのだ。店主はチャーリーの落着かぬ態度や薄青いやぶにらみの目を好まなかった。片目が見ているものを、もう一方の目は避けている目つきなのだ。しかし彼のうるさいほどの熱心さに負けて、二人はその店を買った。これは景気のいい商売だ、とモリスは思い、満足した。夜学で簿記を習ったチャーリーが帳簿を扱いたいと主張し、アイダの警告にもかかわらず、彼は同意した、なぜなら帳簿類はいつでも彼の検査できる所にあるから、というのが彼の意見だった。しかしチャーリーの鋭い鼻は、どんな人間からうまい汁が吸えるか、ちゃんと嗅《か》ぎつけていた。モリスは一度も帳簿を見ようとはせず、二人が店を買ってから二年すぎると、商売はつぶれた。

店主は呆然《ぼうぜん》となり、落胆し、最初はなにが起ったのやらわからなかった。しかしチャーリーはこの災難が起るべくして起ったことを数字で証明してみせた。経費がかかりすぎた——二人ともが高すぎる給料を取っていた——これは自分の失敗だとチャーリーは認めた。それに仕入れ商品の値があがっていて、収入は低かったのだと。そのときになって、モリスは自分の協力者がこっそりとだまし、操作し、かすめうる金はみんな盗んでいたのだと知った。二人はその店を惨《みじ》めな値段で売り払い、追い出されたモリスが呆然としている間に、チャーリーは短期間に現金を集めてその店を買いもどした。商品を仕入れ直し、それを次第に景気のいいセルフ・サービスの店に仕上げていった。何年間も二人は会わないでいたが、四、五年前からこの前共同経営者は、冬をマイアミに過して帰ったときなど、どういう風の吹きまわしか、モリスを訪ねてくるようになった。奥の部屋にすわり、目玉をきょろつかせ、指輪をした指でテーブルをたたきながら、二人の若かったころの昔話などをするようになった。アイダはまだ彼を許さなかったが、モリスは年月のたつ間にその男への憎しみを忘れるようになっていて、今彼はこのチャーリー・ソベロフの所へ、強まる恐怖に駆られて、助けを求めにゆくのだった——なにかの仕事、どんなものでもいい、頼んでみよう。

アイダが下におりてみると、モリスが帽子に外套姿で不機嫌《ふきげん》そうにドアのそばに立っていた。その姿に驚いて彼女は言った、「モリス、どこへ行くというの?」

「自分の墓へ行くのさ」と店主は言った。

彼が疲れきった様子なのを見て、彼女は両手を胸にあてながら叫んだ、「どこへ行くのよ、話してよ!」

彼はドアをあけて押えていた。「職捜しさ」

「戻ってらっしゃい」と彼女は怒って言った。「誰があんたに仕事なんかくれるの?」

しかし彼は妻の言う言葉を察して、すでに外へ出てしまっていた。

足早にカープの店を過ぎるときに見ると、ルイスがカウンターに並んだ五人の客——いずれも酔いどれ——を相手にしていて、茶色の酒壜《さかびん》が幾本も売れていた。彼のほうは四時間に牛乳を二クォート売っただけだった。恥ずかしいことだがモリスはこの酒屋が焼け落ちてしまえばいいと思った。

角に来て立ち止り、方角を選ぶ必要があることにすっかり戸惑った。空間とは、歩いてゆく方角をこんなに備えているものかと改めて感心した。彼は喜びもなしに選んだ。風はあったが、天気は悪くなく——春の気配をただよわせていた、しかし彼には自然を愛する余裕などなかった。自然は一人のユダヤ人になにも与えなかった。三月の風は彼の肩をこづいて先に急がせた。自分が体重を失った存在に感じられた——非人間、背中に吹きつけるものに押されて動いてゆく犠牲者だ——吹きつけるのは風ばかりではなかった、いろいろな心配ごと、借金、カープ、強盗、破滅も吹きつけた。彼が行くのではなかった、彼は押されていたのだ。彼には犠牲者の意志しかなく、それは意志とも呼べぬものだった。

「なんのために、わしはこんなに熱心に働いたんだろう？　わしの青春はどこにある？　どこへ行っちまったんだ？」

青春の年月は実りも憐《あわ》れみもくれずに過ぎ去ってしまった。彼は誰を責めることができようか。運勢が手を出さなかったことさえ、自分の手でこわしてしまったのだ。正しい選択をしなければならなかったときに、間違った選択をしてしまった。それが正しかったときでさえ、うまくゆかなかった。それがなぜかを理解するには教育が必要だったが、しかし彼には教育がなかった。暮しをよくしたがっていたのに、どうすべきかを、何年たっても学べなかった――学べなかったことだけは学んだ。幸運というのは天与の贈物なのだ。カープはそれを持っていたし、幾人かの友達もそうで、みんな裕福になりすでに孫も出来ている、ところが哀れな彼の娘は、彼に似た生れつきなのか、今やオールド・ミスになる運命に直面している――もちろん自分で求めたのではないが、そうなっているのだ。生活は貧しく、世間は悪化するばかりだ。アメリカは複雑な国になりすぎてしまった。一人の人間など、なんの意味もなくなった。あまりに多くの商店や不景気や心配ごとがひしめいている。彼はなんでこんな国に逃《のが》れてきたのだろうか。

地下鉄は込んでいたので、彼は立ってゆくほかなかったが、しまいに妊娠した女性が、おりるときに自分の席を彼に指し示した。彼はそれを受けるのが恥ずかしかったが、ほかの誰も動かなかった、そこで彼はすわった。しばらくすると気分が楽になるのを感じ、もしも自分に行く先がなかったらこのままずっと乗りつづけてもいいなと思った。しかし彼には行く先があった。マートル街駅に来ると、小さなうめき声を洩《も》らし、電車をおりた。

ソベロフのセルフ・サービス・マーケットに着いてみると、前にその成長ぶりをアル・マーカスから聞いてはいたものの、その大きさに驚嘆した。チャーリーはもとの店より三倍も大きくしていた——隣の建物を買いこんで店との間にある壁を取除き、そのあとで裏に増築もし、それが庭の四分の三ほどを占めていた。その結果、ひどく大きなマーケットになり、広い商品置場や棚《たな》が並んで食料品がぎっしり詰っていた。なかは大変な人込みで、半ば怖《お》じけながらウインドーからのぞいたモリスには、それがデパートのように見えた。ああ、わしが自分の財産を用心していたら、この一部分はわしのものだったのに、と彼は思い、胸に痛みを感じた。彼はチャーリー・ソベロフが作った不正な富をうらやまなかったが、しかしほんの小さな金でもあればなにかヘレンにしてやれたのにと思うと、自分の無一文が今さらに後悔された。

彼はチャーリーが果物台の近くに立っているのを見つけた——景気よい光景をご満悦で眺《なが》めわたす家長《バラボス》といった様子だ。グレーのフェルト帽子に紺サージの服というしゃれた姿、しかしボタンをかけぬ上着の下には、絹ワイシャツから突き出た腹のまわりに折畳み前掛《エプロン》けを締めていて、この妙な身なりのまま、偉そうにぶらついていた。モリスは自分ののぞいていたウインドーのガラスに自分の姿を見た——その姿がドアを押しあけ、長い通路を歩いてチャーリーの所まで行く。

その姿はしゃべろうとするが声にならず、しまいに長い沈黙のすえに経営者《ボス》が、忙しいんだ、用事だったら言えと言う。

「チャーリー、わしに、そのう」と彼はつぶやく、「仕事がないかね？　レジの係かなにか。わしの店は不景気でな、競売に出そうと思うんだ」

チャーリーは、いまだに彼をまともに見られないままにやりと笑う。「常雇いのレジ係が五人いるんだがね、しかし臨時雇いなら使えるかな。下のロッカーに外套《がいとう》を掛けてこいよ、仕事のことはそれから教えるから」

モリスは自分の姿が白い店員服になるのを思い描いた——その服の胸のあたりには『ソベロフのセルフ・サービス』という文字が赤で縫いつけられている。これから一日に数時間は勘定台のカウンターに立ち、包んだり、足したりして、チャーリーの備えた巨大なクロム鋼製のレジをリンと鳴らすのだ。閉店時間になると、あの経営者《ボス》が来て彼の売上げを調べる。

「モリス、あんたのは一ドル足らんよ」とチャーリーは小さく笑って言う、「でもまあ勘弁しとこう」

「いや」とモリスは思わず言う自分に気がつく。「わしが一ドル間違えたんだ、だから一ドル払うことにする」

彼はズボンのポケットから二十五セント貨をいくつか取出し、四個を数え出し、かつての共同経営者の掌《てのひら》に落す。それからこの仕事はやめたと宣言し、糊《のり》のきいた店員服を掛け、自分の外套を着ると、威厳を失わずに表口へと歩いてゆくことになる。ここでその姿は、ウインドーに映じる自分の姿と合体し、モリスはじきに立ち去っていった。

モリスは一群の男たちの端に加わった。彼らは六番街の舗道を黙ってゆっくり流れていて、職業紹介所の入口に来るごとに、黒板に白墨で書かれた職種一覧を無表情な顔で読んだ。職種はコック、パン焼き人、給仕、守衛、雑役などだった。ときおり、一人がそっと群れから離れ、紹介所へはいってゆく。モリスはこの男たちと四十四番街まで歩いてゆき、そこで一つの職に目をとめた――簡易食堂《カフェテリア》で温《あたた》かい食品を出す係だ。彼は狭い階段を一階だけのぼり、煙草の煙のにおう部屋にはいった。モリスがそこにまごついて立っていると、しまいに大きな顔をした紹介所長が自分のすわっていた折畳み式デスクから目をあげた。

「あんた、なにか捜しているんですかい？」

「カウンター係」とモリスは言った。

「経験はあるかね？」

「三十年」

所長は笑った。「大変なもんだね。だけど向うでは週に二十ドルで雇える若者をほしがってるんだ」

「わしぐらいの経験がある者に、なにか仕事、ありませんか？」

「サンドイッチ用の肉を薄く切れるかね?」

「誰にも負けませんよ」

「来週来てくれんか。なにかあんたに見つけられるだろう」

モリスは男たちの群れにまた加わった。四十七番街で、彼はユダヤ人の食堂にある給仕の口を申込んだ。しかしその紹介所ではすでにその仕事を受付けたのに黒板から消し忘れていたのだった。

「では、ほかにありませんかね?」とモリスは職員に尋ねた。

「今どんな仕事をしているんだね?」

「自分の店を持ってるんですよ、食料品とおかずの店をね」

「それなら、なぜ給仕なんかしたいんだね?」

「カウンター係の職がどこにも見つからないからですよ」

「年はいくつだね?」

「五十五歳」

「あんた、五十五よりもずっと年をくってる、そうだろ?」と相手は言った。モリスが出てゆこうとすると、男は彼に煙草をすすめた。しかし店主は咳《せき》がでて煙草をやめているからと言った。

五十番街で、彼は暗い階段をあがり、長い部屋の端っこにある木のベンチにすわった。

その紹介所の主人《ボス》は大きな背中と肥《ふと》った尻をした男で、太い短い指の間に火の消えた葉巻をはさみ、重そうな足を別の椅子にのせたまま、低い声で二人のグレーの帽子をかぶったフィリピン人に話していた。

ベンチにいるモリスを見ると彼は声をかけた、「おじさん、なんの用かい?」

「いや。わしは疲れたんですわっているんだよ」

「家へ帰んな」とその主人《ボス》は言った。

彼は下におりてゆき、自動販売機の前の、皿を積み重ねたテーブルでコーヒーを飲んだ。

アメリカ。


モリスはバスで東十三番街まで行った。そこにはブライトバートが住んでいて、彼はこの行商人が家にいればいいと願ったが、いたのは息子のハイミーだけだった。その子は台所にすわり、牛乳をかけたコーンフレークを食べながら、漫画を読んでいた。

「パパは何時に帰ってくるね?」とモリスは尋ねた。

「七時ごろか、たぶん八時ごろ」とハイミーは頬張《ほおば》ったまま言った。

モリスは一休みにと腰をおろした。ハイミーは食べ、漫画を読みつづけた。大きな落着かぬ目をしていた。

「あんたはいくつだね？」

「十四」

店主は立ちあがった。ポケットのなかに二十五セント貨二個を見つけ、テーブルの上に置いた、

「いい子でいなよ。君のお父さんは君を愛しとるんだよ」

彼はユニオン広場で地下鉄に乗り、ブロンクス区まで乗っていった。そこのアパートにアル・マーカスが住んでいたのだ。きっとあの男ならわしに職を見つけてくれるだろう、と彼は感じた。どんな仕事でもいいのだ、まず、夜間の警備人なんかでもかまわん、と彼は思った。

彼がアルのベルを鳴らすと、ドアに出てきたのは、身なりのととのった悲しい目つきの女性だった。

「失礼しますよ」とモリスは言った。「わたしの名はボーバーです。古くからアル・マーカスのお客なんです。彼に会いに来たんです」

「あたくしはあの人の義理の妹で、マーゴリーズといいます」

「彼が家にいないんなら、待ちたいんですがね」

「とても長いこと待つことになりますわ」と彼女は言った、「あの人、昨日、病院に運ばれたんです」

なぜだかはよくわかっていたが、それでも彼は尋ねずにいられなかった。

「人間は、すでに死んでいるのに、それでもなお生きてゆけますかね？」

モリスが冷たい夕暮れのなかを家に帰ってくると、アイダはその姿を一目見て泣きはじめた。

「あたしの言ったとおり、職は見つからなかったでしょ？」

その夜、アイダが痛む両脚を湯につけようと上にあがったあとで、モリスは店にひとり残り、ふとこってりした甘いクリームを食べたいという抑えがたい欲望を感じた。子供時分に食べた濃い牛乳につけたパンのうまかったことを思い出したのだ。冷蔵庫に半パイント壜《びん》の生クリームを見つけ、うしろめたい気分でそれを取出し、古くなった白パンの塊《かたまり》といっしょに奥の部屋に持っていった。皿にクリームを注《つ》ぎ足し、パンをそれにひたし、クリームのついたパンをがつがつと食べはじめた。

店の方で物音がし、それが彼を驚かせた。彼はクリームとパンをガス・レンジに隠した。カウンターの所には痩《や》せた男が立っていて、古い帽子をかぶり、黒っぽい外套《がいとう》はその踵《かかと》までたれていた。鼻は長く、首は痩せていて、骨張った顎《あご》には赤い鬚《ひげ》が生《は》えていた。

「いい五旬節で《ア・グート・シャボス》」とその案山子《かかし》は言った。

「いい五旬節で《ア・グート・シャボス》」とモリスは答えたが、五旬節《シャボス》はまだ一日さきだった。

「この店の臭《にお》いは」とその痩せたよそ者は、小さな目をすばしっこく動かしながら言った、「掘りたてのお墓みたいだね」

「景気が悪いのだよ」

その男は唇《くちびる》を舌でなめ、ささやいた、「保険、かけとるか——火災保険を」

モリスはぎょっとした。「あんた、なんの商売だね？」

「いくらだ？」

「いくらって、なにが？」

「利口な人間は一言《ひとこと》を聞いて、二言《ふたこと》がわかる。いくら保険をかけとるね？」

「店には二千ドル」

「それだけか」

「住居には五千ドル」

「なんてこった。一万はかけにゃあ」

「こんな住居に誰が一万もいるね？」

「人によってはな」

「ここになんの用があるんだね？」とモリスはいらだって尋ねた。

男は骨張って赤い毛の生えた両手をこすった。「職人にご用はないかね?」

「なんの職人なんだね?　あんたはなにを作るんだね?」

彼はずるそうに肩をすくめた。「わしは暮しを作るのさ」職人は聞えぬほどにささやいた。「火事を作るのさ」

モリスはあとずさりした。

その職人は目を伏せて待った。「わしらは貧しい人間さ」と彼はつぶやいた。

「わしになにをしてほしいんだね?」

「わしらは貧しい人間さ」と職人は言いわけがましく言った。「神様は貧しい人間を愛するけれど、助けるのは金持のほうさ。保険会社は金持だ。奴《やっ》らはあんたの金を取りあげて、あとでなにを返すというんだね?　なんにもさ。保険会社なんかにすまなく思わなくていいのさ」

彼は放火を申出た。自分は手早く、確実に経済的にやるだろう——保険金を取れること保証。外套のポケットから彼は一片《ひとひら》のセルロイドを取出した。「これがなにか、わかるかい?」

モリスはそれを見つめてから、なにも言わぬことにした。

「セルロイドさ」と職人は低く強く言った。彼は大きな黄色いマッチをすり、セルロイドに点じた。それは直ちに燃えあがった。一瞬の間彼の手に留まってから、カウンターの上に落ち、たちまち燃えつきた。彼が一吹きすると、消えうせた。悪臭だけが空中にただよった。

「見事だろ」と彼はしゃがれ声で告げた。「灰も残らない。だからおれたちは紙やぼろくずを使わず、セルロイドを使うのさ。こいつを割れ目に押しこめば、火は一分もせぬうちに広がるよ。それから消防署や保険会社の調査員が来たときも、なにが見つかると思う？――なんにもさ。なにも見つからないと会社は現金を払う――この店には二千ドル、住居のほうに五千」微笑が彼の顔に広がった。

モリスは身震いした。「すると、保険金を取るために、わしの住居と店を燃やせと言うのかね？」

「そうだよ」と職人はずるそうに言った、「それがあんたのしたいことだろ？」

店主は沈黙におちた。

「いいかい」と職人は説きつけるように言った、「あんたは家族を連れてコニー・アイランドへドライブに出かけな。家へ帰ってきたときは仕事がすんでるさ。料金は――五百ドル」彼は指先を軽くはたいた。

「三階に二人住んどるよ」と店主はつぶやいた。

「彼らが外へ出てゆくのはいつだ？」

「ときどき映画に行くがね、金曜日の晩だ」彼は鈍い言い方をしていて、自分がなぜこんな秘密を見知らぬ他人に打明けるのか、自分にもわからなかった。

「じゃあ、金曜の晩にしようや。おれはユダヤの律法を気にしない人間さ」

「だが誰が五百ドルを持っているというのかね？」

職人は口をあんぐりあけた。深く溜息《ためいき》をつき、「じゃあ二百ドルでいいよ。仕事はちゃんとするぜ。あんたは六千から七千ドルを取るのさ。手にはいったらあとの三百ドルを払いなよ」

しかしモリスの気持は決っていた。「だめだよ」

「値段が気に入らないのか？」

「火事が気に入らないのさ。詐欺をするのが気に入らないのさ」

相手はさらに半時間も説きつけたが、やがて仕方なげに立ち去った。

次の日の晩、一台の車が表に停り、店主が見守っていると、ニックとテシーがパーティに行く身なりで乗りこみ、車は走り去った。二十分すると、アイダとヘレンが映画へ行くので下へおりてきた。ヘレンが母親に行こうと頼んだのであり、アイダは娘が寂しそうな様子なのを見て同意したのだった。この家に人っ気がなくなったと気がついたとき、モリスは急に興奮を覚えた。

十分後彼は二階にあがってゆき、小さな部屋にある樟脳《しょうのう》くさいトランクのなかを捜した。自分が以前に使っていたセルロイドのカラーを見つけようとしたのだ。アイダはなんでもとっておく質《たち》だったが、しかし彼にはそれが見つからなかった。ヘレンの箪笥《たんす》の引出しを捜し、封筒にいっぱいはいった写真のネガを見つけた。娘の女学生時代の写真を幾枚かとりのけ、誰だかわからぬが水着姿の少年のものを幾枚かとった。急いで階下におりてゆき、マッチを見つけ、地下室へ行った。貯蔵箱なら火をつけやすいと思ったが、次には空気坑にしようと決めた。炎はすぐに上へあがって開いた便所の窓から店へ移るだろう。鳥肌《とりはだ》が体《からだ》じゅうに生じた。火をつけたら内廊下で待っていよう。炎が勢いづいたら、通りへ飛び出して警報器を鳴らそう。あとになったら、自分は長椅子にうたた寝していて、気がついたら煙だらけだったと言おう。消防車が来たころには、家は半ば焼けているだろう。あとは消防ホースと斧《おの》が片をつけてくれる。

モリスは食品吊上げ箱の内側、二枚の板の間の割れ目にネガのセルロイドをさしこんだ。手が震えた、そして彼は低い声で自分を励ましながら、マッチをネガに近づけた。それから炎が仰天するような臭《にお》いとともに燃えあがり、たちまち食品吊上げ箱の横板を這《は》いあがった。モリスは呆然《ぼうぜん》として見守った。それからひどい叫びをあげた。半狂乱で燃えているネガをたたき、地下室の床にはたき落した。食品吊上げ箱のなかの火を消すものはないかと捜している間に、自分の前掛《エプロン》けの裾《すそ》が燃えているのに気づいた。両手で炎をたたいたが、するとセーターの裾が燃えはじめた。彼は神の助けを求めてすすり泣いた、と思うと背後から荒っぽくつかまれ床に投げ出された。

フランク・アルパインが自分の外套《がいとう》で店主の燃える衣服を押えつけた。彼は食品吊上げ箱のなかの火を自分の靴でたたき消した。

モリスはうめいた。

「ねえ、頼むから」とフランクは訴えた、「ぼくをここに戻してくれよ」

しかし店主は彼に家から出てゆけと命じた。

日曜の夜の午前一時ごろ、カープの店は燃えはじめた。

その前の夕方、ウォード・ミノーグはフランクの部屋のドアをたたき、テシーからあの店員は立ち退《の》いたと告げられた。

「どこへ行った?」

「知らないわ。ボーバーさんにきいてみたら?」テシーは彼を追い出したい気持にせかれて言った。

下におりたウォードは食料品屋のウインドーからのぞいて、モリスの姿を見ると急いで身を隠した。最近ではアルコールをとると吐き気がするようになっていたが、それでも酒への渇《かわ》きはすさまじかった。吐き気を押えて二口も飲めばいい気分になるんだ、と彼は思う。しかし彼のポケットには十セント貨一つしかなかった、そこで彼はカープの店へはいってゆき、なんでもいい安いやつを五分の一クォーターだけ、掛けで飲ませてくれとルイスにねだった。

「お前には五分の一クォートの下水だって掛売りはしないよ」とルイスは言った。

ウォードはカウンターにある葡萄酒壜《ぶどうしゅびん》をつかみ、それをルイスの頭に投げつけた。彼は身をかわしたが、壜は棚《たな》にある幾本かの壜をこわした。ルイスは人殺しと叫びながら外へ飛び出し、ウォードは一本のウイスキーをつかんで店から飛び出して通りを走りだした。肉屋の前を過ぎたとき腕から壜がすべり落ち、舗道に当って割れた。ウォードは口惜《くや》しげに振返ったが、走りつづけた。

警察が来たときにはウォードは消え去っていた。その晩、夕食のあとで寒い町々を歩きまわっていたミノーグ刑事は、アールの酒場でビールを飲んでいる自分の息子を見とめた。刑事は裏のドアからはいったが、しかしウォードは鏡のなかに彼を見とめ、表口から飛び出した。息切れしていたが、非常な恐怖に駆られて、石炭置場へ向って走った。背後に父親の足音を聞いて、ウォードは積み台の前にある錆鎖《さびぐさり》の柵《さく》を跳《は》ねこえ、石畳みの上を石炭置場の裏の方へ走った。倉庫にある幾台ものトラックの一つの下に這《は》いこんだ。

刑事は息子を罵《ののし》りながら、暗いなかを十五分ほど捜しまわった。それから拳銃《けんじゅう》を取出して倉庫のなかへ発射した。ウォードは殺されると思い、トラックの下から這い出し、走りだして父親の両腕のなかに飛びこんだ。

彼は父親に向って、頼むから怪我《けが》させないでくれ、自分は糖尿病にかかってて壊疽《えそ》にもなるところだからと哀願したが、父親は警棒で容赦なく殴《なぐ》りつづけ、しまいにウォードはくずれ落ちた。

その彼に身をかがめて刑事は怒鳴った、「この近所には近寄るなと言ったんだぞ。これがおれの最後の警告だ。こんどお前を見かけたら、きっと殺してやるぞ」彼はコートの埃《ほこり》を払い、石炭置場から立ち去った。

ウォードは石畳みの上に倒れていた。鼻からは血が吹き出していたが、まもなくそれは止った。立ちあがると、あまり目まいがするので泣きだした。よろめきながら倉庫にはいり、一台の石炭トラックの運転台によじのぼった——そこで眠ろうと考えたのだ。しかし煙草に火をつけたとき、吐き気に襲われた。煙草を投げ捨て、吐き気が去るのを待った。吐き気が消えると、ふたたび飲みたい渇望が起きた。もしも石炭置場の塀《へい》を乗り越えられれば、そしてその向うの低いのも二つ三つ越えれば、カープの店の裏庭に出られる。彼は前にあそこの当りをつけたことがあったから、酒屋の裏側には鉄棒つきの窓が一つあるのを知っていた。しかしその錆びた鉄棒は古くてゆるんでいることも知っていた。自分の力が戻ったら、あれぐらいは押し曲げられるなと彼は思った。

わが身を引きずるようにして石炭置場の塀を乗り越え、それからさらにゆっくりと別の塀をいくつか越え、しまいにカープの裏庭の雑草のなかに立った。十二時以後の酒屋は閉店していたから、屋内には灯がなかった。暗い食料品屋の二階にあるボーバー家の窓は灯がともっていて、用心しないとあのユダヤ人に物音を聞きつけられるかもしれなかった。

二度、十分おきに、彼は鉄棒を押し曲げようとしたが失敗した。三度目、体が震えるまでがんばると、内側の二本がゆっくりと広がった。その窓は錠がおりてなかった。ウォードは指先を窓の下にあて、きしり音をたてるのに用心しつつ持ちあげた。あけると、曲った鉄棒の間から身をくねらせて酒屋の奥へはいりこんだ。なかにはいるや、ちょっとひとり笑いをして自由に動きまわった――けちで安っぽいカープは泥棒よけの警報器をつけていないと知っていたからである。ウォードは奥にある在庫品から三種類のウイスキーを選び出し、試《ため》し飲みをしては吐き出した。ジンの壜からは、無理に三分の一ほど飲みおろした。二分もすると痛みや苦痛を忘れ、自分に感じつづけてきた哀しみも消えていった。朝になって床一面にちらばった空壜を見たらカープはどんな滑稽《こっけい》な面《つら》をするかと想像し、せせら笑った。レジを思い出して店の表の方へ行き、リンと鳴らしてそれをあけた。なかは空っぽだった。怒りにまかせてレジにウイスキー壜をたたきつけた。吐き気がこみあげてきて、うめき声とともにカープのカウンターにうっ伏した。それが直ると、街灯の光を頼りにウイスキー壜を、次から次へとレジにたたきつけはじめた。

マイク・パパドポーラスは酒屋の前側の二階にある寝室にいたが、この騒音に目をさました。五分もしてから、なにか変なことが起きていると考え、起きあがり、服を着た。その間に、ウォードは棚《たな》いっぱいの壜をたたき割っていて、しまいに煙草が吸いたくなった。二分間もかかって、ようやくマッチをすり煙草に火をつけた。うまそうに煙草を味わう彼の顔をマッチの火がちょっと照らした。

それから彼はマッチを振って肩ごしに投げ捨てた。それはまだ燃えながら、アルコールの溜《たま》りに落ちた。それはごおっと音をたてて燃えあがった。炎の樹《き》のようになったウォードは体じゅうをたたいた。悲鳴とともに奥へ走り、あの窓から外へ出ようとしたが、しかし鉄棒と鉄棒の間にはさまり、へたばり、そして死んだ。

煙を嗅《か》ぎつけたマイクは下に駆けおりた。そして店のなかに火を見つけると、ドラッグ・ストアのある角まで走って警報ボタンを押した。走り戻ってくるとき、酒屋の板ガラスのウインドーが砕け散り、そこから吠《ほ》えたてる炎の渦が巻きあがった。マイクは母親やそのほか階上の間借人たちを外に出しおわると、ボーバーの玄関へ走ってゆき、隣が火事だと怒鳴った。彼らはみんな起きていた——ヘレンはウインドーが砕けたときには本を読んでいて、上へ走りあがってニックとテシーを呼んだ。みんなセーターや外套にくるまって家から避難し、通りすがりの人々と固まって、通りの反対側に立って見守った。火はカープの繁盛していた商売を破壊し、やがて家全体をなめはじめた。炎に注ぐ消防の多量の水にもかかわらず、火は燃えさかるアルコールにあおられて屋根に達し、しまいにくすぶるようになったときには、カープの財産はただ空《うつ》ろな、水を滴《したた》らす抜け殻《がら》になっていた。

消防夫たちが鳶口《とびくち》で焼けた家具類を引っかけて舗道に放りだしはじめ、そのころになると誰もみな口をきかなくなった。アイダはひそかに溜息《ためいき》を洩らし、目を閉じて考えていた——地下室でモリスの焼けこげたセーターを見つけたこと、彼の両手に焼けて縮れた毛を見とめたことなどを……。両用眼鏡をせずに来たサム・パールは見当もつかずにひとりつぶやいていた。ナットはパジャマの上に外套を着こんで帽子もない姿だったが、そっとヘレンのそばに寄ってきて、しまいにそのそばに立った。モリスは自分を苛《さいな》む感情と闘《たたか》っていた。

一台の車が来てドラッグ・ストアの向うに停った。カープがルイスとともに出てきて、二人はホースのいっぱいある通りを横切って自分たちの店の方へ歩いた。カープは彼の以前のお城《ゲシエフト》を見ると正視するに耐えないような表情を見せた、そして財産のほとんどが保険でカバーされているのに、前方へよろめくと倒れ伏した。ルイスは叫び声をあげて彼を起そうとした。二人の消防夫が悲嘆の酒屋を彼の車へ運んでゆき、そしてルイスは大あわてに車を家へ走らせていった。

あとになってモリスは眠りがたい時間を過した。長い下着姿のまま寝室の窓辺《まどべ》に立ち、舗道にある焼け焦げの壊《こわ》れた家具類を見おろしていた。凍えた手で、自分の胸にうずく苦痛を引っ掻《か》いた。自己に対して、どうにも打消しえぬ嫌悪感《けんおかん》を感じた。自分はカープにあれが起ればいいと願ったことがあったのだ——すると、まさにそのとおりになったのだ。彼の苦悩は痛々しいものだった。

三月の最後の日曜日、午前八時には空いちめん雲に覆《おお》われ、吹雪《ふぶき》にちかい雪となった。冬はまだわしの顔に唾《つば》を吐くわいと憂鬱《ゆううつ》な店主は思った。彼が見ていると、ぼってりとした雪片は地上に落ちるとすぐに融《と》け去った。雪が降るには暖かすぎるのだ、明日にも春の四月が来るんだからな、と彼は考えた。たぶんそうなのだ。その朝、彼が目をさましたときの夢では自分の脇腹《わきばら》に傷口があき、地面にも穴があった――それも酒屋のあった所に、彼が一歩外へ踏み出したら落ちこみそうな大穴があいていたのだ。しかし大地が彼を支えてくれて、この奇妙な感覚は薄れていった。彼はそんな気分を捨てようとして考えた――カープの損害は気の毒に思っても役に立たんのだ、それに彼には預金があるから、あまりの苦労ではないだろう。苦しみは貧しい人たちにつきまとうものなのだ。カープの間借人たちにはえらい悲劇だったのだ、それから若いのに死んだウォード・ミノーグもそうだし、たぶんあの刑事にもな、しかしジュリアス・カープにはさほどではないのだ。わしだと火事を起すにも費用がかかるのだが、カープはそれを無料でしてもらった。金を持ってる男には、なんでもそうなのだ。

店主がこう考えているとき、明らかに眠れぬ一夜を過した顔の酒屋の主人が、降りしきる雪のなかから現われ、食料品屋にはいってきた。かぶった帽子は細い縁《へり》のもので帯《バンド》には滑稽《こっけい》な小さな羽根がつき、着ている外套は前がダブルというしゃれたものだったが、それにしては陰気な色に満ちた両目の下に黒ずんだ隈《くま》ができ、顔色は白くよどみ、唇《くちびる》は青ざめていた。昨夜、舗道に倒れて打った額には、絆創膏《ばんそうこう》を貼《は》りつけ――まさに不幸なる人物、彼にとって最悪のことである商売の損害そのままが現われた姿だった。手にはいるべき現金が毎日むなしく飛び去っていく光景を目に描いて、耐えがたい気持なのだ。まさにカープは戸惑った、情けなさそうな様子だった。モリスはさっきの恥ずかしい気持を呼びさまされ、彼を奥の部屋へお茶に呼んだ。やはり早く起きていたアイダもまた、彼の世話をやいた。

カープは熱いお茶を一度か二度すすったが、カップを下におろしたあとは受け皿から持ちあげる元気もなかった。ぎごちない沈黙の果てに彼は口をきった。「モリス、わたしはあんたの住居を買いたいよ。それに店も」彼は震えがちの息を深く吸いこんだ。

アイダは抑えかねた叫び声を発した。モリスは呆然《ぼうぜん》とした。

「なんのために？　商売はひどいんだよ」

「そんなにひどくないわよ」とアイダが叫んだ。

「食料品屋は興味ないよ」とカープは陰気に返事をした。「ただ場所だけ。隣だから」彼は言ったが、つづけられなかった。

彼らは了解した。

カープは説明した——自分の持ち家と店とを建て直すには何カ月もかかるだろう。しかしもしモリスの店を買い取れば、二週間以内に改造してペンキを塗りかえて商品も備えられる。そうすれば商売の損失を最も少なく抑えられるわけだ。

モリスは自分の耳を信じられなかった。うれしさに興奮し、同時に恐怖感にもとりつかれた――それはお前が夢を見てるのだよと誰かに言われはしまいか、それとも目の前のうまい魚であるカープが肥《ふと》った鳥に変じて、「今のは嘘《うそ》だったぞ」と叫びながら飛び去りはしまいか、それとも急に気が変って彼をひどく落胆させはしまいか……。

そこでモリスは期待をぐっと抑えつけ、口を閉ざしていた。しかしカープは売値を言ってくれと頼み、それには店主も用意があった。「住いのほうは九千ドル――ただし三千ドルは、わしが前金で払ってるから、先にくれること――それから店のほうは二千五百ドル、現金だよ」景気は悪いとはいえ、なんといっても営業中の食料品屋なのだし、冷蔵庫だけにも彼は九百ドル払っているのだ。期待に震えながら彼は計算した――まず五千五百ドルは現金で手にはいるだろう、そうすれば、借金を払ったあとでも新しい店を捜すことぐらいはできる。アイダの仰天した顔つきを見て、モリスは改めて自分の大胆さに驚いた、そしてカープはきっと笑いのめして、もっと安い値を言うだろうと思った――そしてその値でも承知するつもりでいた――しかし酒屋の主人は力なくうなずいたのだ。「店のほうは二千五百ドル払うけれど、在庫品と家具を競売にした値段は引くよ」

「それはあんたの自由だよ」とモリスは答えた。

カープはその取引をこれ以上議論するのに耐えられなかった。「契約はあたしの弁護士にさせるよ」

食料品屋から出た酒屋の主人は舞う雪のなかに姿を消した。アイダはうれしさに泣きはじめ、モリスはなおも呆然としたまま、自分の運が変ってきたと思いふけった。そしてカープの運もだ、なぜならカープが失ったものをある意味では彼が手に入れたというわけだからだ、それはちょうど今まで散々自分に惨《みじ》めな思いをさせた男が、償いのためにしているかのようだった。昨日までのモリスは、天の配剤が一夜にして行われるとは夢にも信じなかったのである。

春の雪はモリスの心を深く揺り動かした。その降る様子を見守っていると、自分の子供時分のいくつもの情景が目に浮び、忘れていたことが思い起された。彼は午前中ずっと、変化する雪を眺《なが》めて過した。自分を子供に仕立て、雪のなかをかけまわったり、雪をかぶった樹から黒ツグミの群れが飛び立つのに叫び声をあげたりする想像にふけった——戸外へ出てみたいという欲望が抑えがたいほど強まった。

「ひとつ雪かきでもするかな」と彼は昼飯どきにアイダに言った。

「昼寝をしたほうがいいわよ」

「お客が困るだろうからな」

「どんなお客?——お客はもういらないんでしょ?」

「こんなに積ったんでは、誰でも歩くのに困るさ」と彼は言いわけをした。

「待てばいいのよ。明日には融けるわ」

「今日は日曜日だ。教会へゆく異教徒《ゴイム》の人たちが見ると、体裁わるいじゃないか」

彼女の声には鋭さがまざった。「モリス、わざと肺炎になりたいというの?」

「もう春だよ」と彼はつぶやいた。

「まだ冬よ」

「帽子と外套《がいとう》をつければいいだろ」

「足が濡《ぬ》れるでしょ。ゴム靴はないんですよ」

「五分間だけだ」

「だめよ」と彼女はにべもなく言った。

あとになってしよう、と彼は思った。

午後もずっと雪は降りつづき、夕方になると六インチもの深さに積った。雪がやむと、風が出た、そして通りに雪煙りを巻きおこした。彼は店のウインドーからそれを見守った。

アイダは一日じゅう彼にくっついていた。彼が外に出られたのは夜も遅くなってからだった。店をしめると、彼はすわりこんで、店の包み紙の上に商品名を長々と書きつづけ、しまいに彼女は待ちきれなくなった。

「なぜそんなに遅くまで起きてるのよ?」

「競売人に見せる在庫品を書いてるのさ」

「それはカープのする仕事だわ」

「助けてやらにゃあ。彼には値段がわからんのだから」

店を売る話になると彼女は気が安まった。「じきに上へ来るのよ」と彼女はあくびをした。

モリスは妻が眠ったと思えるころまで待った。それから地下室へおりてシャベルを取った。帽子をかぶり古手袋をはめると、通りへ踏み出した。驚いたことに、風は意外に冷たく、ばたばたと前掛け《エプロン》をはためかせ、冷気の衣で彼を押し包んだ。三月も末のことであり、彼はもっと穏やかな夜だと思いこんでいたのだ。その驚きは心に残ったが、それでもシャベルを動かしていると体が暖まった。カープの店の焼け跡は、黒い穴が白く変じている今では見るに耐えぬほどでなかったが、それでも彼はたえず背を向けて振向かなかった。

彼はシャベルに雪を盛りあげ、通りへ投げ出した。雪は中空で粉と化して白く舞い、飛び去った。

彼は最初にアメリカへ来たころの厳しい冬を思い出した。それから十五年の間に冬もよほど穏やかになったが、今年はまたきびしいものになった。今までのわしは苦しい生活だったが、神のお助けで、これからは少し楽になりそうだ。

彼はもう一杯の雪を通りへ投げ出した。「もっとましな暮しだぞ」と彼はつぶやいた。

ニックとテシーがどこかから帰ってきた。

「ボーバーさん、せめて暖かなものを着なきゃだめよ」とテシーが注意した。

「じきにしまいだ」とモリスはうなるように言った。

「自分の体を考えることですね」とニックが言った。

二階の窓がばたんとあげられた。そこにアイダがフランネルの夜着姿で立っていた。髪はおろしている。

「あんた、気が狂ったの？」彼女は店主に向って怒鳴った。

「終りだよ」と彼は答えた。

「外套も着ないで——気は確かなの？」

「十分だけしかせんよ」

ニックとテシーは家へはいっていった。

「すぐ上にあがんなさい」とアイダは怒鳴った。

「終りだよ」とモリスは叫んだ。最後の一杯をりきんで持ちあげて溝《みぞ》に落した。舗道には少しばかり掻《か》き残した部分があったが、アイダがうるさく言うし、自分でも疲れすぎたと感じた。

モリスは濡れたシャベルを店へ引きずりこんだ。暖気が頭を打ちのめした。激しい目まいを感じ、一瞬間は恐怖を覚えたが、しかしレモンを入れた熱い紅茶を飲むと、ずっと納まった。

彼がそのお茶を飲んでいると、また雪が降りはじめた。何千もの雪片が窓に当るのを見守った——それらは板ガラスをとおして台所まで降りこみたい気配だ。彼には雪が一枚の動くカーテンに見えた、それから次には、互いに触れあわぬ個々の光の破片《かけら》に見えてきた。

アイダが床を激しくたたいた、それで彼もようやく店をしめ、二階へあがった。

彼女はバスローブ姿でヘレンとともに居間にすわっており、怒りに黒ずんだ目つきだった。「雪のなかへ出てくなんて、赤ん坊なの、あんたは？　大人《おとな》だったら、少しは考えてよ」

「帽子はかぶったさ。わしをなんだと思うんだい、薄い紙かい？」

「あんたは肺炎をしたのよ！」と彼女は怒鳴った。

「ママ、声を低くしてよ」とヘレンが言った、「上の人たちに聞えるわ」

「雪を掻けなんて誰が頼んだというのよ！」

「二十二年間もいると、この店だって鼻につくよ。わしは肺のなかにちっと新鮮な空気をほしかったのさ」

「でも氷みたいな寒さは肺にいけないでしょ」

「明日は四月さ」

「とにかく」とヘレンは言った、「パパ、あまり自分の体を過信しないほうがいいわ」

「四月なのにどんな冬があるというんだね？」

「寝るんですよ」アイダは先に立ってベッドへ行った。

彼は長椅子にヘレンとすわった。その朝カープが来た話を聞いてからのヘレンは憂鬱《ゆううつ》な気持を捨てて、ふたたびうれしげな娘になっていた。なんと美しい子だ、とモリスは悲しさを感じつつ思った。この娘には、なにかしてやりたいものだ――いいことだけを。

「わしが住居と店を売るの、どんな気持だね？」と彼は尋ねた。

「聞かなくとも知ってるでしょ」

「でも、聞かせておくれ」

「よみがえった気持」

「お前が好きなような、もっとましな住宅地に引っ越そうな。わしはもっといい商売を見つけるよ。お前は自分の給料をみんな使えばいい」

彼女は父にほほえんだ。

「お前が赤ちゃんだったときのこと、わしはおぼえとるよ」

彼女は父の手にキスした。

「わしはお前が幸福になるのを、いちばん願っとるんだよ」

「あたし、そうなるわ」ヘレンの目には涙が浮んだ。「パパのために、なんでもあげたいわ、いいことはみんな」

「もう、くれたよ」

「もっといいもの、あげたいわ」

「ごらんよ、あの雪の降ること」とモリスは言った。

二人は窓の外に動く雪の様子を見守った、それからモリスはおやすみと言った。

「よく眠ってね」とヘレンは言った。

しかしベッドにはいった彼は落着かなかった——ほとんど気がめいるほどだった。これから先、実にたくさんの用件があった、いろいろと変えたり、慣れたりすることが山ほどあった。明日はカープが前金を持ってくる日だ。火曜日には競売人が来て、いっしょに商品や家具類を調べねばならぬ。水曜日には競売があるだろう。木曜日は、ほとんど三十年ぶりに、商売の場所を持たぬ身になるのだ。全く長い年月だった。一つの場所に長くいすぎたので、別の場所に慣れるのは実に辛いだろう。この近所は好きではなかったが、ここから立ち退《の》くのは気がすすまなかった。見知らぬ町へ行くのは気づまりだった。自分が新しい店を見つけ、評価し、買ったりすることを考えると、落着かぬ気持になった。自分では店の上の階で暮したかったが、ヘレンは小さなアパートに住みたがった、だから結局はそうなるだろう。まず店を見つけ、住む所は彼女たちに捜させよう。しかし店のほうは自分で見つけねばならん。ただ、なによりもこわいのは、自分がまたも見込み違いをやらかし、ふたたび穴蔵暮しにおちることだ。なによりもこの危険がいちばんの心配ごとだ。店の持主が売るのはどんな場合だろう？　その男は正直者だろうか、それとも上辺《うわべ》だけで下は盗人《ぬすっと》だろうか？　そして店を買ったあと商売は上向くだろうか、下り坂になるだろうか？　景気のよいままつづくだろうか？　暮しは立てられるだろうか？　こうした心配の数々は彼を疲れ果てさせた。彼は自分の哀れな心臓が無常な未来と競って無理に走りつづけるのを感じた。

彼はぐっすり眠りこんだが二時間もすると目がさめた——全身が熱い寝汗だらけだった。それでいて両足は氷のように冷たくて、それを気にしつづけたら自分はきっと震えだすぞ、と思った。それから右の肩が痛みはじめた、そして無理に深く息を吸ってみると、左の脇腹《わきばら》に疼痛《とうつう》がした。わしは病気になったと彼は知り、惨《みじ》めな失望感を覚えた。闇《やみ》のなかに横たわり、雪掻きをした自分が実に愚かだったのを考えまいとつとめた。風邪《かぜ》をひいたに違いなかった。自分ではそのはずがないと思った。

二十二年間ものあとなのだ、つかの間の自由を味わうのは当然の権利ではないか。病気となれば、自分のいろいろな計画は延期するほかない――もっともカープとの交渉や競売人との取決めはアイダでもやれるだろう。次第に彼は自分が風邪をひいたのだという考えを受入れるようになった――たぶん流感かもしれん。アイダを起して医者に電話してもらおうか。しかし家の電話はもう取りはずしたのだ、誰が電話できるというのか？　もしもヘレンが服に着かえてサム・パールの電話を使いに行くとすれば、えらく気がねしたり恥ずかしい思いをするだろう――なにしろ玄関のベルを押してあの一家をみんな起しちまうんだからな。そのうえ、貴重な眠りをとっている医者も起すわけだが、医者はわしを検査したあとでこう言うだろう――「なあに、そんなに騒がんでいいですよ――ただの流感だ、寝てれば直る」そんな忠告をうけるために、寝巻でいる医者を呼ぶこともあるまい。朝まで五、六時間も待てばよいのだ……モリスは眠りにおちたが、眠りのなかで熱に全身が震えるのを感じた。目をさまし、ぞっとした。あるいは肺炎になったのかな？　しばらくすると彼はよほど平静になった。彼は病気だったが、病気こそ彼には古馴染《ふるなじ》みのものではなかったか。たぶん雪掻きなどしなかったとしても、どうせ病気にかかったことだろう。この数日間は、どうも気分がすぐれなかった――頭痛がちで、両膝《りょうひざ》に力がなかった。そう思いめぐらし、起った以上は諦《あきら》めるほかないと納得しようとしたが、しかし自分が病気になったことは実に口惜しく、腹立たしかった。愚かにも自分は雪掻きなんぞしてしまった、しかしなにも四月に雪が降らずともよさそうなものではないか。たとえ降るのは仕方ないとしても、ちょっと戸外に出ただけで自分が病気にならんでもいいではないか。自分のする行為はなんでも必ず悪い方向に転じてしまうらしいと思い、モリスは誰も慰めえない深い失望感におちいった。

彼はイーフレイムの夢を見た。夢がはじまるとすぐ、その茶色の両目が父親そっくりなので、あの子とわかった。イーフレイムはモリスの古帽子の頭部をくりぬいたお碗《わん》帽子をかぶっていて、それにはボタンやら光るピンやらがいっぱいだった、しかしそのほかの衣服はぼろ同然だった。今さらモリスはこの子に別の様子を予期していなかったが、少年がこんな身なりのうえに飢えた顔つきなのを見ると、心が揺さぶられた。

「イーフレイム、わしは一日に三度、食べるものをあげたんだよ」と彼は説いた、「それなのに、お前、どうしてこんなに早くお父さんから離れちまったんだね?」

イーフレイムは恥ずかしがって答えなかった、しかしモリスは彼への愛に駆られて――その子は年にしては実に小さかった――人に負けぬ人生の出発を与えようと約束した。

「心配せんでいいよ、お前には立派な大学教育を受けさせるからな」

イーフレイムは――紳士の性質を持った子だ――小さな笑いを隠して顔をそむけた。

「ほんとうだ、約束する……」

少年は笑いの名残《なご》りのなかに消えうせた。

「生きているんだよ」と父親は彼のあとから叫んだ。

店主は目をさましかける自分を感じて、なんとか夢のなかへ戻ろうとした、しかし夢はするりと彼をすり抜けてしまった。彼の目は濡《ぬ》れていた。彼は自分の人生を悲しい気持で思い返した。家族のためにさえ十分にはしてやれなかった——貧しい男の恥ずかしさだ。アイダは彼の隣に眠っていた。彼は妻を起して謝《あやま》りたかった。ヘレンのことを考えた。あの子がオールド・ミスになったとしたら、と思うと恐ろしかった。彼はフランクのことを考え、ちょっとうめき声を洩らした。今の彼の気分《ムード》は後悔の色に染まっていた。わしは自分の人生をむだに投げ捨ててしまった。それは雷鳴のごとき真実だった。

雪はまだ降っているのだろうか？

三日後、モリスは病院で死んだ、そして翌日に埋葬された——それはクイーンズ区にある広大な墓地で、幾マイルもつづく広さだった。彼はアメリカに来てから、ある葬儀協会へ加入していたから、葬儀は店主が若いころ住んだことのあるロアー・イースト・サイド（ニューヨークの貧しい地区の一つ。移民が多い—訳注）にある協会の葬儀堂でとり行われた。正午、お堂の控えの間にはアイダが背の高くて織物地を張った椅子にすわっていた――喪服につつまれ、血の気のない顔をし、たえず気絶しそうになりながら、頭を揺すっていた。そのそばには、泣いたので赤い目をしたヘレンがぼんやりすわっていた。ユダヤ系新聞の朝刊に出た死亡記事で集まった同郷人《ランズライト》、古い友人たちは、声高に嘆きの言葉を述べ、身をかがめて彼女にキスをしては彼女の両手に大粒の涙を落とした。彼らは遺族たちの前に並べた折畳み椅子にすわり、ささやき声で話し合った。フランク・アルパインはぎごちなく帽子をかぶったまま、しばらく部屋の片隅《かたすみ》に立っていた。人で立て込んでくると、部屋を出て教会堂にすわった――そこは太くて黄色い壁かけ電灯にほの暗く照らされた長細い教会堂で、すでに一握りの会葬者たちが集まっていた。ベンチの列は黒ずんで重々しかった。会堂の前の方、金属製の台の上に、食料品店主の裸の木の棺が置かれていた。

午後一時になると、半白の髪の葬儀屋が太い息使いをしながら、未亡人とその娘をともなって現われ、棺から遠くない左側の最前列へ導いた。会葬者たちの間から嘆きの声が起った。会堂を半ば満たす程度の会葬者たちは、店主の古い友人たち、少数の遠い親戚《しんせき》、葬儀協会の知人たち、そして一人二人のお得意客だった。電球行商人のブライトバートは右手の壁ぎわに、悲しみに打たれた顔ですわっていた。チャーリー・ソベロフも現われた――彼は肉づきのよい顔と体格になり、避寒のフロリダで陽焼《ひや》けした肌《はだ》と悲しげなやぶにらみの目をしており、連れてきた妻は流行服を着こみ、すわってアイダを見つめつづけた。パール家では全部が出席した――ベティは新婚の夫をともない、ナットは生《き》真面目《まじめ》な顔でビロードの頭蓋頭巾《スカル・キャップ》をかぶったままヘレンに気をとられていた。彼らから五、六列うしろにルイス・カープがいた――見知らぬ人々の間にひとりきりで居心地悪げだった。そのほか二十年も角パンやロールパンをモリスに届けていたパン屋のウィッツィグ。散髪屋のジャノーラ、ニックとテシー・フーソ、彼らの背後にフランク・アルパインがすわっていた。鬚《ひげ》を生《は》やした教導師《ラビ》が横のドアから会堂へはいったとき、フランクは帽子を脱いだ、しかし急いでまたかぶった。

協会の主任が現われた――薄い髪をして、眼鏡を壁の電灯の反映に光らせながら、柔らかい言葉つきで、手書きの紙片を見てモリス・ボーバーへの讃辞《さんじ》と彼を失ったことへの悔みを読みあげた。亡《な》き人をごらんになりたい方はどうぞと彼が告げると、葬儀屋と助手の運転手帽をかぶった男が棺の蓋《ふた》をあげ、少数の人々が前に進み出た。モリスの容貌《ようぼう》は紅をさされて臘《ろう》人形のようであり、頭は礼拝用のショールでつつまれ、薄い口はかすかにねじれていた。ヘレンは父の顔を見やると泣きじゃくった。

アイダは両手を激しく上にあげ、死体に向ってイディシュ語で叫んだ、「モリス、なんであたしの言うこと聞かなかったの? 死んじまって、あたしと子供だけ世間に残しちまうなんて。なんでこんなことしたのよ!」彼女は掻《か》きむしるようなむせび泣きにおち、ヘレンと息切れする葬儀屋にそっと導かれて席まで戻ると、濡れた顔を娘の肩に押しつけた。フランクは最後に出ていった。礼拝用のショールが少しずれたので、彼はモリスの頭にある傷跡を見ることができた、しかしそれ以外には、あのモリスではなかった。彼は悲しみを感じたが、しかしこの感じは以前からのものなのだった。

それから教導師《ラビ》が祈りをささげた——とがった黒い鬚《ひげ》の、ずんぐりした人で、古いフェルト帽をかぶり、色褪《あ》せた黒のフロック・コートと茶色のズボン、ぶかつく靴をはいた姿で、棺のそばの台に立っていた。ヘブライ語の祈禱《きとう》を終えて会葬者が席にすわると、哀《かな》しみのこもった声で死せる人についで話しはじめた。

「みなさん、今この棺に横たわる善良なる食料品店の人と、私は生前にお会いする喜びを持ちませんでした。彼は私の行かぬ地区の町に住んでいたからです。それでいて、私は今朝、彼を知っていた人々と話を交わしまして、私もまた彼と知り合えなかったことを残念に思っております。このような人と話をしえたら、いかに楽しかったことでしょうか。私は愛する夫を失った未亡人とお話をいたしました。また、導き手の父を失ったその愛する娘ヘレンともお話ししました。さらにまた、同郷人《ランズライト》や旧友たちとも話しましたが、その人々は異口同音に、あれ以上の正直な人はないと申したのでした。惜しむべくも、モリス・ボーバーは不測のときにこの世を去りました——彼は通行する人々が舗道を行けるようにと、自分の店の前の雪を搔《か》いたことから、両肺に肺炎を起したのでした。この正直なる人と、私が自分の人生のどこかで会えなかったことは、本当に残念でなりません。どこかで会っていたとしたら、たとえば彼がユダヤ人地区の家を訪問したおりなど——それもある新年祭《ローシュ・ハシャーナ》とか過ぎ越しの祭《ペサハ》のときなどにでしょうが——そうすれば私は彼に話しかけたでしょう、『いい日ですな、モリス・ボーバーさん』と。彼の愛した娘のヘレンはこんなことをおぼえております——まだ彼女がほんの子供のころですが、彼女の父親は貧しいイタリア系の婦人がカウンターに五セント貨一つ置き忘れたとき、雪のなかを二丁も走っていってそれを返したそうです。お客が五セントを忘れたからといって、それを返すために雪のなかを、寒い冬に帽子も外套《がいとう》もなしで、濡れる足をかばうゴム靴もなしで、走っていったのです。こんなことを、誰がするでしょうか。ふつうであれば彼女が店に戻ってくる明日まで待つことでしょう、しかしモリス・ボーバーは違うのです、彼よ、安らかに憩《いこ》いたまえ。彼は貧しい女に心配させたくなかった、それで雪のなかを彼女のあとから追いかけたのでした。このような人である彼は、彼を尊敬する数多くの友人たちを持ったのでした」

　教導師《ラビ》は口をとめて会葬者たちの頭を眺《なが》めわたした。

「彼はまた実に熱心に働いた人でした、けっして働くのをやめぬ人でした。来る朝ごとに暗いうちから起き寒いなかで服を着たのです、それも私の数ええないほど多くの朝に、です。それから、下へおりていって一日じゅう店におりました。長い長い時間を働きました。朝は六時に店をあけ、夜は十時過ぎ、ときにはもっと遅くに、店をしめました。一日に十五時間も十六時間も店のなかにいたのです、それも週の七日すべてを働いて一家の生計を立てたのでした。彼の愛した妻アイダが私に語りましたが、彼女の一生涯忘れえぬのは彼の足音だろうとのことです——朝ごとに階段をおりてゆく彼の足音、そして夜になって、明日また店をあけるまでの短かな時間を疲れきって眠ろうとして階段をあがってくる彼の足音。これがこの店のなかで、二十二年間、毎日欠かさずつづいたのであり、休んだのはひどい病気になったわずかの日々だけでした。彼がこのように熱心に苦労して働いたおかげで、家のなか、テーブルの上には常に食べる物があったのでした。これでわかりますように、彼は正直のうえに、一家の大黒柱でもあったのでした」

教導師《ラビ》は自分の祈禱書を見つめおろし、それから目をあげた。

「一人のユダヤ人が死んだとき、その人がユダヤ人であるかどうかと尋ねる者がいるでしょうか？　彼はユダヤ人であり、我々はそれを受入れます。ユダヤ人であるためにはいくつもの道があります。ある人が私の所へ来てこう言ったとします、『先生、ああいう人をユダヤ人と呼べますか？　だって彼は異教徒のなかに住んで、そこで働いて、われわれの食べぬ豚肉、トライフェを売ってたんですよ、それに二十年間に一度だって集会所《シナゴーグ》へはいらなかった。先生、そういう人をユダヤ人と呼べますかね？』その人に対して私は言うでしょう、『ええ、私にとってモリス・ボーバーは本当のユダヤ人でした、なぜなら彼はユダヤ人の体験のなかに生きたからです、それを忘れず、それどころか心の深くにいだいていた人でした』あるいは彼はユダヤ民族の正式の伝統には従わなかったかもしれない――この点では私も彼を弁護しようとは思いません――しかし彼はユダヤ人の人生の精神に忠実だったのです、すなわち、自分にしたいと願うことを他人にもしてやりたいという精神です。シナイの山上で神がモーゼに与えて人民にもたらせと命じた律法、あれに彼は忠実だったのです。彼は苦しみました、耐えました、希望を持って、です。誰がそれを私に話したか、と言われるでしょうか？　私は知っているのです。彼は自分のためには少ししか求めなかった――いや、なに一つと言えます、それでいて自分の愛する娘には自分の過した以上の良き生活を願ったのでした。これらの理由によって彼は一人のユダヤ人だったのです。われらの優しき神は貧しい人々に、これ以上のなにを要求するはずがありましょう。私たちは安心して神様に未亡人のお世話をまかせましょう、神様は彼女に安楽と保護を与え、父のない娘には父が与えたがっていた物を下さるであろうことを、信じましょう。『御心《みこころ》のまま創《つく》られし世界を知ろしめす偉大にして聖なる神よ……』』と教導師《ラビ》は最後にヘブライ語で葬《とむら》いの言葉を唱えた。

会葬者たちは起立し、教導師《ラビ》とともに祈った。

ヘレンは、悲しみのなかで、落着かぬ気持になった。あの人は言葉を飾りすぎたわ、と彼女は思った。あたしはパパが正直だったと言ったけど、この世に生存できないのだったら、あんな正直はなんの役に立つのかしら？　たしかにパパはあとから追いかけて五セントを貧しい女の人に返したわ、でも彼は自分の持ち物をだまし取った連中も信用したんだわ。かわいそうなパパ、生れつきの正直者だったので、他人が生れつき、不正直であることなど信じられなかった。だから、あんなに苦労して稼《かせ》いだものも所有していられなかった。ある意味では、自分の所有した以上の物を与えてしまった人だわ。聖人なんかではなかった——ある意味では弱い人だったわけだわ。パパのただ一つの偉さは優しい性質と人の気持を察する心だけ持っていた点だわ。少なくとも、なにが善だかは知っていた人だわ。それにあたし、パパを尊敬する友達がたくさんいるなんて話さなかった。あれは教導師《ラビ》の作りごとだわ。人々は彼を好きだったけど、あんな店で一生を送る人を誰が尊敬するかしら？　彼はあそこに埋まって暮して、自分のほしいものがなにか知るだけの想像力もなかった人だわ。自分で自分を犠牲者にした人だわ。ほんの少しの勇気さえあれば、もう少しましな人生を送れたのに。

ヘレンは死せる父の魂が安らかなれと祈った。

アイダは濡《ぬ》れたハンカチを目にあてながら、思った——あたしたちが食べねばならなかったのは仕方ないことだわ。それに食べるときには安心して食べたいんだわ、自分のお金か卸屋のお金なんかで心配したくないわ。あの人はお金を持ってたときだって、片方に請求書を持ってたわ。稼げばそれだけ請求書もふえた。誰だって、自分が明日は路頭に迷うかといつも心配しているのはつらいわ。ときには、短かな間でも安心がほしいものだわ。でもたぶんあたしが悪いのかもしれない、だってあたし、彼を薬屋にさせなかったんだから。

彼女は泣いた、というのも彼を愛しはしたが、彼の生き方に対しては許せない気持だったからだ。ヘレンは、と彼女は思った、きっと立派な職業の人と結婚させるわ。

祈禱が終ると、教導師《ラビ》は横のドアから会堂を去った、そして棺は協会の人々と葬儀屋の助手が持ちあげ、肩にかついで外に運び、霊柩車《れいきゅうしゃ》に置いた。会堂にいた人々は列をなして出てくると、家に帰った、ただしフランク・アルパインだけは、ひとり葬儀室にすわっていた。

苦しみというのは、なにかの品物に似ているなと彼は思った。きっとユダヤ人たちは苦しみから背広なんか作れる人種なんだ。もう一つ妙なのは、思ったよりもたくさんのユダヤ人が生きてるってことだ、はじめて知ったな。

墓地のなかは春の季節だった。雪は少しの墓石に見えるほか融け去っていて、空気は暖かく、香《かぐ》わしかった。食料品店主の棺のあとに従った少数の人々は、外套《がいとう》を着ているのが暑かった。協会用の区域は墓石が群がっていたが、そこでは二人の墓掘り人がすでに大地に新しい穴を掘りおえ、シャベルを持ったまま控えていた。教導師《ラビ》が空《から》の墓の上に祈りをささげると――彼は近くで見ると黒い鬚《ひげ》に白《しら》毛《が》がいっぱいだった——ヘレンは付添い人たちの支えた棺に頭をのせた。

「パパ、さよなら」

それから教導師《ラビ》が棺の上から声高く祈るうちに、墓掘り人たちはそれを墓の底へおろしていった。

「そっと……そっと」

アイダはサム・パールと協会主任に支えられながら、こらえ性《しょう》もなくむせび泣いた。前にかがみ、墓のなかへ叫んだ、「モリス、ヘレンのことを見守っておくれ、聞えた？　モリス？・」

教導師《ラビ》は祝福の言葉とともに最初の土塊《つちくれ》をシャベルで投げた。

「そっと」

それから二人の墓掘り人が墓のまわりのゆるい土を押しはじめ、土が落ちてゆくと会葬者たちは声高く泣いた。

ヘレンは一つの薔薇《ばら》を投げ入れた。

墓の端ちかくに立っていたフランクは、その花がどこへ落ちたか見ようとして、体を前に傾けた。

彼は平衡を失った、そして両手を振りまわしたが棺の上へ足から先に落ちた。

ヘレンは顔をそむけた。

アイダは嘆き声をあげた。

「そこから出るんだ」とナット・パールが言った。

墓掘り人に助けられて、フランクは墓から這《は》いあがった。ぼくは葬儀をだめにしちまった、と彼は思った。彼は、こんな自分を生かしておく世間に対してすまないと感じた。

ついに棺は覆《おお》われ、墓は満ち、上をならされた。教導師《ラビ》は最後の短かな別れの祈り《カディシュ》を言った。ナットはヘレンの腕をとり、導いた。

彼女は悲しげにひとたび振返り、それから彼とともに去っていった。


アイダとヘレンが墓地から帰ってくると、ルイス・カープが暗い内廊下で彼女たちを待っていた。

「こんな悲しいときに迷惑かけて悪いけど」と彼は言った、手には帽子を持っていた、「ぼくの父がお葬式に行けなかったわけ、ちょっと話したかったんです。父は病気になって、これから六週間かそこら寝てることになったんです。火事の晩に気絶したけど、あとで心臓発作だったってわかった。まだ生きてるのさえ幸運だったんです」

「あら、まあ」とアイダがつぶやいた。

「医者が言うには、これからは商売から隠退するほかないとさ」とルイスは言って肩をすくめ、「だから彼はもう、あんたの家を買う気はないらしいんだ。ぼく自身は」と彼はつけ加えた、「酒の会社でセールスマンの職を見つけた」

彼はさよならと言い、出ていった。

「あんたのお父さん、死んで、かえってよかったわ」とアイダは言った。

二人は階段を疲れた足どりでのぼっていて、店のなかからレジの鳴る鈍いリンという音を聞いた、そして今いる食料品屋は前の食料品屋の棺の上でダンスをした男だと知った。

フランクは店の奥の部屋で暮した。買ってきた簡易箪笥《だんす》に衣服をかけ、長椅子の上に外套《がいとう》をかぶって眠った。喪に服した一週間は母と娘が二階に閉じこもっており、彼はその間を利用して店の商売をつづけた。あけていることで息だけはついていられたが、それ以上の動きは全くなかった。彼が夜中に働く週給の三十五ドルをレジに入れなかったら、店をしめるほかなかったろう。彼が少額の勘定を払うのを知って、卸売り商たちは掛売りを継続した。人々は立ち寄って、モリスが死んだのは気の毒だったと言った。一人の男はモリスだけが自分に信用売りをしてくれた店主だったと言った。彼はモリスに借りたという十一ドルをフランクに返した。フランクは尋ねられると誰にでも、自分は未亡人のために商売をしているのだと答えた。彼らはそれに感心した。

彼は店の家賃として週に十二ドルをアイダに与えた、そして景気が直ったらもっと払うと約束した。そんな時期がきたら、彼女からこの店を買いたいとも言った。ただし彼には前金を出す余裕が全くないから、支払いは少額月賦の長期のものになるだろう、彼女はフランクに答えなかった。彼女は将来のことを心配し自分が飢え死にするかもしれないと恐れた。彼女はフランクの払う店の家賃と、それにニックの部屋代とヘレンの給料で生きていた。それに、今は軍服の肩章を縫う手間仕事もしていた。肩章のはいった袋は月曜の朝ごとに、この家の地主のエイブ・ルービンが車で届けてきた。この仕事で月に二十八ドルから三十ドルがつけ加わった。彼女は店にはほとんどおりてゆかなかった、彼女と話すためには、フランクは階段をあがってドアをたたかねばならなかった。一度、ルービンを通じて、誰かがこの食料品屋を見に来た、そしてフランクは不安になったが、その男はじきに立ち去った。

彼は将来を頼《たよ》りに、すなわち許されることを目当てに、生きていた。ある朝、階段のところで彼はヘレンに言った、「状態は変ったんだよ。ぼくは前のような男じゃないんだ」

「いつもあんたはあたしの忘れたいことばかり思い出させるのね」と彼女は答えた。

「君が前に、ぼくに読めと言った小説ね」と彼は言った、「君自身はあれをほんとに理解したのかい?」

ヘレンは嫌《いや》な夢からさめた。その夢のなかでの彼女は、階段の下で待っているフランクから逃げようとして夜中に家から出た。しかし彼は黄色い街灯の下に立ち、縁なし帽子をいやらしくいじくっていた。彼女が近づくと、彼の唇《くちびる》は「愛している」という言葉を形づくった。

「あんたがそれを口にしたら、あたし悲鳴をあげるわよ」

彼女は悲鳴をあげ、目をさました。

七時十五分前に彼女は無理にベッドから離れ、目ざまし時計が鳴る前にそれを止め、ナイトガウンを脱いだ。自分の体《からだ》を眺め、情けない気持に襲われた。なんてもったいないことかしら、と彼女は思った。彼女はふたたび処女になりたく、同時にまた母親にもなりたく思った。

アイダはまだ、眠っていた――そのベッドは人生の大半の年月を二人に使われたのち、今は半分が空《あ》いたままだった。ヘレンは髪にブラシをかけ、顔を洗い、コーヒーを掛けた。台所の窓辺《まどべ》に立ち、花の咲いた裏庭を見つめ、動かぬ墓に横たわる父を哀れと感じていた。自分は父になにを与えたろうか、彼の貧しい人生をよくするようなこと、一度でもしてあげたろうか？ 彼のした妥協や降伏の数々が哀《かな》しみとともに思い出され、モリスのために涙を流した。せめて自分自身にはなにかせねばならぬと感じた――なにか価値のあることをせねばならぬ、さもなければ父と同じ運命に苦しむことになるのだ。価値ある個人になることによってのみ、自分は父の一生を意義あるものにしうるのだ――ある意味では、自分は父の身代りなのだ。しまいには、なんとかして大学を卒業しよう。年月がかかるかもしれないけれど――でもこれがただ一つの道だわ。

フランクは内廊下で彼女を待つことをやめた。というのは、ある朝、彼女が叫んだからだ――「自分をあたしに押しつけるの、いい加減にしてよ！」その言葉によって、彼は自分の改悛《かいしゅん》の行為が打壊《ぶちこわ》しの役しかしていないと悟った、そして身を引いた。しかし機会のあるごとに見守りつづけた――店のウインドーに貼《は》られた薄紙の隙間《すきま》から見守った。その彼の目には、はじめて見るかのように、改めて彼女のしなやかな体つきが映った——高くて小さな胸、なめらかで円いお尻《しり》、わずか内に曲って魅力をそそる両脚《りょうあし》！　ヘレンは常に寂しそうだった。なにか自分が彼女にしてやれることはないかと熱心に考えるが、考えつくことはすべて、彼女に役立たないことであり、いずれもごみ缶に行きつくものばかりだった。

なにか彼女にしてやりたいという考えは、彼の他の考えと同様、まるで虚《むな》しいものとしか思われなかったが、しまいにある日、薄紙をちょっと横にのけて彼女が元気なく家へはいるのを見ていて、素敵な考えを思いついた。その素敵さに襟首《えりくび》の毛が硬《こわ》ばるのを感じた。自分のしてやれる最上のことは、彼女のいつも願っていた大学教育を彼女につけてやることだ、と彼は思いついたのだ。彼女はなによりもこれを欲していたのだ。ただし、たとえ彼女が彼にそうさせると承諾したとしても——これもまた非常に疑問だが——たとえそうなったとしても、彼はその費用をどこから捻《ひね》り出すか——盗むほかに出しようがあるだろうか？　あれこれ考えるにつれて、彼は次第に興奮しはじめ、この計画が無理かもしれぬという考えさえ押しのけるほどの気持になった。

彼は財布のなかに、ヘレンがかつて書き残した紙片をしまっていて、それにはニックとテシーが映画へ行ったらあなたの部屋へ行くわと書いてあった。彼はそれを取出しては、何度も読んだ。

ある日、彼は別の考え《アイディア》を思いついた。彼はウインドーに貼紙《はりがみ》をした——「温《あた》かいサンドイッチとスープ、お持ち帰り出来ます」店の売上げを増すために、深夜レストランで覚えた即席料理の経験を生かしてみようと思ったのだ。この新商品の広告ビラを少しだけ刷ってから、子供に半ドル渡して労働者たちのいるあたりに配らせた。子供がビラの束を溝《どぶ》に投げ捨てやしないかと、そのあとから二丁ほどついて行ったりした。週が終るまでには、何人かの新しい客が昼どきや夕飯どきにはいってきた。彼らは、この近所で温かい弁当を持ち帰れる店ができたのははじめてだと言った。フランクはまた、図書館にある料理書から学んで、イタリア料理のラビオリやラザーニアを、週に一度だけ試みた。ガス暖房器で小型のピザも焼いてみて、これは一つ二十五セントで売った。こんな料理のほうが温かなサンドイッチよりもよく売れた。これだけをほしがる客が来た。彼は店のなかにテーブルを一つ二つ置こうかと考えたが、その余地はなかった。それで、作った料理はみな持ってゆかせるほかなかった。

もう一つ、小さな気安めがあった、牛乳配達人が彼に話したのだが、二人のノルウェー人は客たちのいる前で罵《ののし》り合ったということだ。二人は予期したほどの収入がなかったらしい、その店は一人になら十分だが、二人の店主には小さすぎる。そこで彼らは互いに店を買い取ろうとした。ピーダーースンの神経はこの戦いに耐えられなかった、それでタースト が五月の末に店を自分だけのものにした。

しかし彼は、一日じゅうひとりで立っていると、足が痛くてたまらなかった。夕食時には妻が来て助けるようになった、しかし彼には、毎晩いつも家族といっしょに過せないことに耐えられなかった——ほかの人々はみんな自由に家でくつろいでいる時間ではないか。そこで彼は七時半に店をしめることにきめ、十時ちかくまであけるフランクとは競争しないことにした。夜の二時間ほどをひとりじめにできることはフランクの売上げを助けた。仕事から遅くに帰ってくる客の幾人かを取戻せたし、朝食用にと閉店間際《まぎわ》に出てくる主婦たちも来た。そしてフランクはタースドが店をしめてからのぞいて見て、向うも以前ほど特売品の安売りをしていないと知った。

七月になると暑くなった。人々は前よりも料理をせず、店売りのおかずや缶詰や壜詰《びんづめ》の飲み物にたよった。彼はビールをよく売った。彼のイタリア料理は好調だった。耳にはいった話だと、タースドもピザを作ってみたが、味が粉っぽくてだめだったという。フランクはさらに、缶詰スープを使う代りに、自分で野菜スープ《ミネストローネ》を作ったところ、誰もが褒《ほ》めた。このスープの煮込みには時間がかかったが、しかし利益もよかった。そして彼の売る新しい物につられて、ほかの品物も売れた。今や彼は店の借り賃と使用料として月に九十ドルをアイダに払っていた。彼女も肩章の手仕事で前よりも稼《かせ》いでおり、自分が飢え死ぬかもしれぬという考えは、前ほど思い浮べなくなった。

「なぜ、そんなにたくさんくれるの？」とアイダは、彼が月々の支払いを九十ドルにあげたときに尋ねた。

「これでヘレンに少しは自分の給料を貯《た》めさせたらどうです？」と彼はほのめかした。

「ヘレンはもう、あんたに興味持っていないわ」と彼女はきびしく言った。

彼は答えなかった。

しかしその夜、夕食後に――そのときの彼はハムと卵を自分におごり、葉巻も吹かした――食卓を片づけてからすわりこんで、もしヘレンが勤めをやめて教育にだけ専念するとなれば、大学にいるヘレンを支えるにはどれぐらいかかるか計算しはじめた。彼の集めておいた大学案内を頼りに授業料をはじいてみて、自分には手にあまることだと知った。彼の気持は沈んだ、しばらくして、もし彼女が授業料なしの大学《フリー・カレッジ》へ行けば自分でもなんとかできると思った。彼女の毎日の費用とか、今彼女が母親に与えるだけの額なら、彼にもまかなえるだろう。これだけのことでも自分には大仕事だとは知っていたが、彼はそれをせねばならなかった、それだけが彼の唯一の望みだった。――ほかの手段は全く考え出せなかったのだ。彼のほしいのはただ、彼女がお返しできないなにかを彼女に与える特権、それだけだった。

彼女に話しかけ、彼の計画を話すこと、これは素晴らしかったが同時に恐ろしくもあった。言いたい気持は常にあったが、言い出すのは非常にむずかしかった。二人の間にあのようなことが起ったあとであり、彼女に話しかけるのは不可能に思われた——それは危険や恥や、肉体上の苦痛にもつながりかねないことだ。話しかける最初の言葉、魔術のような効果のある言葉はないものだろうか？　自分にはとても彼女を納得させる力はないと絶望を感じた。彼女は冷やかで、自分に犯された存在で、心は動かず、たとえ動いたとしても、それは彼への軽蔑感《けいべつかん》でしかない。今では自分の口でさえ言えないようなあの行為をどうして思いついたりしたのかと、彼は自分を呪《のろ》った。

八月のある夕方、ヘレンがナット・パールと連れだって勤め先から帰ってくるのを見かけたあとで、行動しえぬ惨《みじ》めさにうんざりした彼は思いきって踏み出した。カウンターの背後にいて女客のマーケット袋に山積みのビール壜《びん》を詰めこんでいたとき、ヘレンが何冊かの本を抱《かか》えて行き過ぎるのを目撃した。赤い地に黒の縁《ふち》どりをした新しい夏服を着ていて、その姿は彼に新しい渇望を掻《か》きおこした。この夏じゅう彼女は夜になると近所をひとりで歩きまわっていた——自分の寂しさを歩き消そうとしていたのだ。彼は店を閉じてあとを追いたいと思いつづけたが、話しかけて彼女が逃げ去らないような言葉を思いつけないでいた。しかし今は新しい考え《アイディア》を持っているのだ。客をせきたてて外に出したフランクは、顔を洗い、髪を撫でつけ、急いでさっぱりしたスポーツ・シャツに着替えた。店に錠をおろし、ヘレンの去った方向へ足を早めた。昼間は暑かったが、今は涼しくなり静かだった。街灯は薄暗かったが、上空は輝くような紺色だった。彼は一丁ほど走ったあとで、あることを思い出し、店へ歩き戻った。奥の部屋にすわると、自分の心臓の音が耳に聞えた。十分すると店のウインドーに明りをつけた。その電球は一羽の痩《や》せた蛾《が》を引寄せた。彼女がどれほどの時間を図書館の書棚《しょだな》の間で過すか知っていたから、彼は髭《ひげ》を剃《そ》った。それからふたたび表のドアに錠をおろし、図書館へ向った。彼女が出てくるまで通りの向う側で待つつもりでいた。彼女が家へ帰りはじめたら、通りを横切ってあとから追いつくのだ。彼女がこっちの姿を見る前に、こっちの言いたい言葉を言いおえてしまうのだ。イエスかノーか、彼女はどっちかを言うはずだ、そしてもしもノーなら、明日はあの店を閉じて、雲隠れだ。

図書館に近くなってふと目をあげると、彼女が見えた。ヘレンは半丁ほど向うにいて、彼のいる方向へ歩いてくる。彼はそこで、どっちへ行くか戸惑ったまま棒立ちになった——あんなに美しく見える彼女と出会ったら、彼女が通り過ぎるまで自分は足の悪い犬みたいに立ったままだぞと恐怖に駆られたのだ。彼は今来た方角へ走り帰ろうかと思った、しかしヘレンが彼を見とめ、身をまわして急いで向うへ歩きだした——かくして相変らずの型が復活し、彼が彼女のあとを追った、そして彼女が拒否する前に、その腕に触れた。二人とも身震いをした。ヘレンが軽蔑心を湧《わ》きあがらせぬ前に、彼は長いこと言いたくて言えず今では自分の耳にさえ辛く響く言葉を一気にしゃべりたてた。

ヘレンは相手がなにを申出ているのか理解すると、心臓が激しく鼓動した。彼があとからつけてきて話しかけるだろうとは知っていたが、まさかこんなことを言い出すとは、千年かけても想像できなかったろう。あんなひどい状況で生きている彼が、なおも彼女を驚かす能力を持ちつづけ、実にだしぬけの手を打ってくるとは！　これが彼女には意外だった。彼の耐久力は不可思議で、それが自分に影響する恐ろしさも感じた、というのは彼女はウォード・ミノーグの死以来、自分の怒りの薄らぐのを意識しはじめていたからだ。公園でのあの経験の記憶は厭《いと》わしかったが、最近ではこう考え直すこともあった――本当はあの晩、自分は体をフランクに与えたかったのであり、もしウォードが自分を襲わなかったら、そうしたかもしれないのだ。はじめは自分も彼をほしかったのだ。もしあのときウォード・ミノーグが出てこなかったら、フランクのしたことも暴行にはならなかったろう。熱情に駆られた彼が自分のベッドへ飛びこんだのなら、自分も彼を情熱で迎えたかもしれない。あたしは、自分に向けるべき憎しみを彼に向けてしまったのだ。

しかし彼の申し出に対するヘレンの返答は即座のノーだった。それを彼女は、ほとんど残酷な調子で言った、というのも彼からじかに恩恵を受ける立場になることを逃《のが》れたかったからだ――またも別の罠《わな》にかかるなんて、嘔吐《げろ》が出るほど、いやだ。

「そんなこと、考えられもしないわ」

彼のほうでは、事がここまで運んだだけで驚いていた――また彼女のそばを並んで歩けるなんて。ただし夜といっても季節が違っていた、そして、彼女の夏の顔は冬のときよりも柔らかで優しく、体つきはもっと女っぽかった。とはいえそれはみな喪失感を増したのであって、彼女を欲すれば欲するほど、彼は自分の失ったものを強く感じた。

「ぼくは君の父親のためにしたいんだ」と彼は言った。「君のためというのが嫌なら、君の父親のために、ということでもいい」

「このこと、父とどういう関係があるの？」

「君を助けられるのは彼の店があるからさ。だから彼の店が、彼の願ったように君を大学へ行かせるんだと思えばいい」

「お店はあんたがなければ成り立たないわ。あんたの助け、あたしほしくないのよ」

「ぼくはモリスに大きな恩を受けたんだ。それを彼には返せないけど、君になら返せるかもしれない。それにあの晩のぼくは夢中になって――」

「お願いだから、それは言わないでよ」

彼は言わなかった、黙りこんだ。二人は黙ったまま歩いた。彼女がぎょっとしたことに、二人はあの公園に近づいているのだった。だしぬけに彼女は別の道へはいった。

彼が追いついた。「君は三年で卒業できるんだ。費用のことは、なにも心配しないでいい。自分の好きなだけ勉強できるんだよ」

「そんな無理して、なにを期待しているわけなの——自分の善行のつもり?」

「理由はもう話したよ——ぼくはモリスに恩があるからなんだ」

「なにに対して? 父があんたをくさい店に入れて囚人に仕立ててくれたことに?」

それ以上、なにを彼は言えたろうか。惨《みじ》めにも彼は自分がヘレンの父親にしたことを思い浮べた。今まで何度もいつかあのことを彼女に打明けようとは思った、しかし今はいけないのだ。それでいて、あれを言ってしまいたいという欲望が胸にあふれた。彼はそれから逃れようと懸命に努めた。咽喉《のど》が痛くなった、胃袋がむかついた。歯を固く食いしばったが、しかし言葉の群れが、一塊りずつ、苦い流れとなって吹き出した。

彼は心をふりしぼって話した。「あのときに、強盗したのは、ぼくだった。ミノーグとぼく。ウォードは、カープに逃げられて、そのあとで彼を選んだ、だけど、彼といっしょにはいった点では、ぼくも悪かったんだ」

彼女は悲鳴にちかい叫びをあげた、そして見知らぬ人たちが見つめなかったら、なおも叫びつづけたかもしれぬ。

「ヘレン、誓って言うけど――」

「あんたは犯罪人よ。あんなやさしい人を殴《なぐ》りつけたなんて……あの人があんたになんの悪いことしたというの！」

「ぼくは殴らなかったよ、ウォードがやったんだ。ぼくは彼に水を持っていったんだ。ぼくが乱暴したくないのは彼だってわかったよ。あとで、ぼくは自分のした悪事を償いたくて、彼の所へ働きに行ったんだ。ヘレン、たのむから、ぼくを理解してくれよ」

顔をゆがめてヘレンは彼のもとから走り去った。

「このこと、モリスには告白したんだ」と彼はヘレンのあとから怒鳴った。

彼の商売は夏と秋にはよかった、しかしクリスマスを過ぎると足がのろくなり、彼の深夜仕事は五ドル昇給したけれども、なおも諸経費の帳尻を合わすのは不可能だとわかった。一セント貨一つ一つが月ほどの大きさに見えた。一度などカウンターの背後に落した二十五セント貨一個を、一時間もかけて捜したりした。ゆるんだ床板をはがしたところが、ここ何年かにモリスが落した腐蝕《ふしょく》してべとつく貨幣で三ドル以上を見つけ出してうれしがった。

彼自身のためには、ごく最小限の必要品にしか金を使わず、衣服はボロ同然になりかかっていたが我慢した。下着の穴が自分で繕えぬほどになると、それを投げ捨てあとは着ずにすました。洗濯物は流しのなかに漬《つ》けたあと、台所に吊《つる》して乾《かわ》かした。仲買人や卸問屋への支払いは手早くすます習慣だったが、しかし冬の間は彼らを待たせつづけた。相手によって、その首筋をつかんで、無理言うと破産するぞと脅《おど》かし、別の相手には明日は払うからと約束したりした。最も大切なセールスマンには袖《そで》の下を二ドルつかませて、会社をなだめさせた。彼はこうしてなんとか店を保ちつづけた。しかしアイダへの賃借り料は絶対に遅らさなかった。彼女へのこの支払いは非常に価値のあるものと考えていたからだ、なぜなら秋からはヘレンが夜間大学に戻っていて、もしも彼がアイダに九十ドルを与えなければ、ヘレンは自分に必要な物も買えなくなるからであった。

彼はいつも疲れていた。背骨が痛んだ——それはまるで猫の尻尾《しっぽ》みたいに曲ってしまったかのようだった。深夜営業の『コーヒー・ポット』が休みの晩には、身動きもせずに眠り、もっと眠りをほしがる夢を見た。『コーヒー・ポット』のひまな時間には、カウンターにのせた両腕に頭をのせて眠り、店にいる昼間も、できればいつも盗み寝をした。このときは表のブザーが鳴るのを頼りにしたが、ただしそのほかの物音ではけっして目をさまさなかった。さましたときの彼の両目は、熱っぽくうるんでいたし、頭は穴だらけの鉛玉といった感じだった。瘦《や》せてきて、首筋は細くなり、頰骨《ほおぼね》が突き出て、つぶれた鼻さえとがってきた。たえず世の中を、水っぽい目つきと大あくびとともに眺《なが》めるようになった。ブラックのコーヒーをやたら飲んで胃袋が焼けるほどになった。夕方からはなにもしなくなった——まあ、少し本を読むぐらいだった。あるいは、電灯を消した奥の部屋にすわり、煙草を吹かしながら、ラジオのブルースに耳を傾けたりした。

彼には別の気がかりもあった。前よりもナットがヘレンにまとわりついていたからだ。一週間に二度ほど、この大学院の学生はヘレンを勤め先から家まで車で送ってきた。ときおり、週末には二人で夜のドライブに出かけた。ナットが表に来て警笛を鳴らすと、ヘレンがよそゆきの服を着てほほえみながら出てくる、そして二人ともフランクがそこに、誰にも目だつ所にいるのに、気づきさえしない。そして彼女は二階に新しく電話を取りつけていて、週に一度か二度、彼はそれが鳴るのを聞いた。その電話の音は彼をびくっとさせ、ナットへの嫉妬《しっと》をおこさせた。『コーヒー・ポット』での夜勤が休みだったある晩、フランクはヘレンと誰かが内廊下にはいる音でふと目をさました。店まで忍び足で行き横のドアのそばで耳をすますと、彼らのささやき合う声が聞えた、それから彼らは静かになり、フランクは二人がネッキングしていると想像した。そのあとは何時間も、ひたすら彼女をほしい思いにかられて、眠りに戻れなかった。次の週、ドアのそばで耳をすましていて、彼女のキスしていた相手がナットだったと知った。嫉妬は激しく彼をむしばんだ。

彼女はけっして店にはいってこなかった。彼女を見るためには、表のウインドーの所に立たねばならなかった。

「ちぇっ」と彼は言った、「どうしておれは自分を殺すようなことをしてるんだ?」そしてその疑問に対して情けない答えしか浮ばず、その最上のものでも、これをしていればこれ以上のひどいことをせずにすむから、といった程度なのだった。

しかしそれから彼は、二度としまいと自分に約束したことをやりはじめた。はじめたら深みにはまるぞという恐れをいだきつつやったのだった。彼は空気坑をよじのぼってヘレンの浴室を盗み見た。二度、彼女が服を脱ぐのを見た。彼女への欲望が——彼がほんの一瞬だけ触れえたあの肉体への欲望が、激しくうずいた。それでいて彼女がかつて自分を愛したことを憎みもした、なぜなら一度は手に入れたのに今はそうでないものをほしがることは、彼にとって拷問でしかなかったからだ。彼は二度とヘレンの姿をのぞき見すまいと自分に誓った、しかし彼はやめなかった。そして店にいるときの彼は客をごまかした。客が見張っていないと、目方を足りなく量った。二度ほどは、自分の財布にいくらあるかわからぬ老婦人に、釣り銭を少なく渡した。

それからある日、自分にもわからぬ理由から、(ただし彼はその理由を内心で感じてはいた)空気坑をよじのぼってヘレンをのぞくことをやめた、そして店にいるときも正直な人間になった。

一月のある夜、ヘレンは舗道の端に立ってバスを待っていた。クラスの女友達とともに勉強したあとで少しレコードを聞いたので、思ったより遅い時間になっていた。バスはなかなか来なかった、それで寒くはあったが家へ歩いて帰ろうかと考えていて、ふと自分が誰かに見張られているように感じた。自分の立っている前の店のなかをのぞいてみたが、そこには誰もいず、ただバーテンがカウンターにのせた両腕に頭をつけて居眠りしていた。なぜあんな妙な感じになったのかといぶかりながらその男を眺めていると、相手が眠そうな顔をあげ、すると彼女の驚いたことに、それはフランク・アルパインなのだった。その顔は骨ばって両目だけ光り、悲しげな後悔の表情をしていて、ウインドーに映じた自分自身の顔を見つめ、またそれから酔った人間のように眠りへ戻ってしまった。彼はあたしを見とめなかったのだ、とヘレンが悟るまで一分間もかかった。彼女は以前の惨めな記憶を一瞬だけよみがえらせたが、しかしその冬の夜は澄んで美しいものに思えた。

バスが来ると、彼女は奥の座席にすわった。気持は重く沈んでいた。フランクが深夜どこかで働いているとアイダから聞いたことがあったが、そのときの彼女は全く気にとめなかった。しかし今、彼が過重な労働で疲れ果て、痩《や》せこけ、不幸そうな様子なのを見とめて、圧迫感にとらわれるのを覚えた、なぜなら彼が誰のためにこんなに働いているのか明らかだったからだ。彼こそヘレンやアイダを生活させていた者なのだ。彼がいるから、彼女は夜間の学校へ行けるだけの物を得ているのだ。

ベッドのなかで、半睡の状態で、ヘレンは自分を見張る相手を目に浮べた。すると彼が前と変っていると気づいた。本当だわ、彼はあの同じ男ではないわ、と彼女は自分に言った。今までなぜ気づかなかったのかしら。あたしはフランクのした行為のために彼を軽蔑しつづけたが、それは原因もその後の変化も理解せぬ態度だった、悪はいつか終って善が始まることもある、と認めようとしなかったんだわ。人間には奇妙なことがある――人間は外見が同じに見えて、しかし変化している。以前の彼は低級で、汚《きた》ならしかった、しかし彼のなかにあるなにかの働きで――そのなにかを彼女は明瞭《めいりょう》に言えなかったが、たぶんフランクが忘れ果ててふたたび思い出した記憶とか理想とかいったものだ――それによって彼は別の人間に変っていたのだ、もはや以前の彼でなくなっていたのだ。その点に今まで気づかなかったとは、彼女も迂闊《うかつ》だった。彼があたしにしたこと、あれは悪いことだったわ、とヘレンは思った、でも彼が心の底から改めた以上、彼はあたしになにも負債はないんだわ。

一週間後のある朝、勤めへ行く前にヘレンは自分の鞄《かばん》を持って店へはいっていった、そしてフランクが窓の薄紙の背後に隠れて自分を見ていたのを見つけた。彼は戸惑った様子であり、ヘレンは彼の顔の表情に奇妙に心を動かされた。

「あたし、あんたがあたしたちにしていることにお礼を言いたくてはいってきたのよ」と彼女は弁解した。

「ぼくに感謝なんかしないでいいさ」と彼は言った。

「あんたはもう、あたしたちになにも負債なんかないのよ」

「自分の好きでしてることさ」

二人は黙りこんだ、それからフランクが彼女に昼間の大学へ行くようにしたらという考えを口にした。彼女は夜間部よりももっと勉強できるだろうから。

「いいのよ、ありがたいけど」と彼女は顔を赤らめながら言った。「そこまで考えられっこないわ、それもあんたがあんなに無理して働いてること考えるとね」

「昼間部でもさほど大変にはならないさ」

「そんなにしなくてもいいのよ」

「たぶん店もずっとよくなるさ、そうすればここの売上げだけで、ぼくはまかなえるだろうから」

「あたし、やめておくわ」

「よく考えてみなよ」とフランクは言った。

彼女はためらった、それから考えてみるわと言った。

フランクは自分と彼女との仲がまだ完全に切れていないのかどうかききたかった、しかしその点は少し先に延ばしたほうがいいと彼は判断した。

出てゆく前に、ヘレンは膝《ひざ》の上に鞄を危うげにのせ、蓋《ふた》をあけて、皮装の本を取出した。「あんたに知ってほしかったんで見せるけど、あたし、まだあんたのシェイクスピアを読んでいるのよ」

フランクは彼女が町角に歩いてゆくのを見守った――一人の美しい娘が、鞄に彼の本を入れて歩いてゆく。平底の靴をはいているせいで、彼女の両脚はふだんよりも少し内に曲って見え、それが、なぜか理由はわからぬが、彼を満足させた。

次の夜、横のドアの前で耳をすましていた彼は、内廊下でもみ合う音を聞いた、そして割りこんでヘレンを助けたく思ったが自分を抑《おさ》えた。彼の耳にはナットの言うひどい言葉が聞え、それからヘレンが彼の顔を打ち、階段を駆けあがる足音が聞えた。

「あばずれ！」とナットはヘレンの背後から怒鳴った。

三月半ばのある朝、今は店主である彼は『コーヒー・ポット』での夜をすましたあとの眠りをむさぼっていたが、表のドアを手荒くたたく音に目をさました。それはいつも三セントのロールパンをほしがるあの変なポーランド女だった。このごろは以前より遅く来るのだが、それでも彼にとっては早すぎた。かまうもんか、と彼は思った、こっちは眠りがほしいんだ。しかし数分もすると落着かなくなり、服を着はじめた。景気は相変らず、あんまりよくないんだからな。フランクは割れた鏡の前で顔を洗った。彼の厚ぼったい髪は散髪が必要だったが、もう一週間は待てるだろう。彼は鬚《ひげ》をのばそうかと思ったが、するとお客の何人かが恐れて来なくなるだろうからと、口髭だけに決めた。それを二週間ほどのばしていて、そのなかに赤い毛が意外に多いのに気づいた。ときおり、自分の母親は赤毛の女だったのかなと思ったりした。

表ドアの錠をはずした彼は女をなかへ入れた。ポーランド女は寒いなかで長く待たされたと文句を言った。彼はロールパンを切り、包み、そして三セントとレジを鳴らした。

七時にはウインドーの前に立っていて、父親になったばかりのニックが玄関を出て角の方へ小走りに行くのを見つけた。フランクはウインドーの薄紙の背後に隠れた、するとじきにニックが戻ってきた――タースートの店で買った食料品の袋を抱えている。彼は身をかがめて内廊下へ走りこみ、フランクは口惜《くや》しく感じた。

「この店を食堂にしちまうかな。そのほうがいいみたいだ」

彼が台所にモップをかけ、店を掃《は》きおわったとき、ブライトバートが重い箱をかついで現われた。

電球の紙箱を床におろすと、行商人は山高帽を脱ぎ、黄ばんだハンカチで額を拭《ぬぐ》った。

「景気はどうです？」とフランクは尋ねた。

「重苦《シュヴェール》しいねえ」

ブライトバートはフランクの仕度《したく》したレモン入りの紅茶を飲みながら、フォワード紙を読んだ。十分ほどすると新聞を小さな厚い四角にたたみ、外套《がいとう》のポケットに押しこんだ。むずがゆげに肩を揺すって電球の箱をかつぎ、出ていった。

午前中は六人の客しかなかった。不安な気持をまぎらわすために、彼は読みかけの本を取出した。それは聖書であり、その本の何カ所かは彼自身でも書けそうな気がするのだった。

読んでゆくうちに、彼はこんな愉快な空想を浮べた。聖フランシスがあの褐色《かっしょく》の僧衣姿で、森のなかから踊り出してきて、二、三羽の痩せた小鳥が彼の頭のあたりを飛びまわっている。聖フランシスはこの食料品屋の前で立ち止り、ごみ缶のなかに手をさしこむ、そしてそこから木造りの薔薇《ばら》を取出す。彼はそれを空中に投げる、するとそれは本物の花に変る。その落ちてくるのをつかみ、ちょうどそのときに家から出てきたヘレンに、一礼してその花を与える。「娘さんよ、あなたの小さな妹となる花を、さしあげましょう」それはフランク・アルパインの愛と希望のこもったものだったのに、ヘレンはそれを聖人から受取るのだった。

四月のある日、フランクは病院へ行った、そして包茎切除の手術を受けた。（ユダヤ人が宗教儀式〈割礼〉として行う―訳注）二日ほどは股間《こかん》に痛みを覚えながら両脚を引きずって歩いた。その痛みに彼は激しい腹立ちと、また勇み立つ気持を覚えた。過ぎ越しの祭（ユダヤ教で大切な春の祭日―訳注）が過ぎると、彼はユダヤ人になった。

解説

アメリカの小説を貫流する大きな主題は、人間が自己の環境に対していかに対応し、いかに戦ってゆくかという点であろう。それはアメリカ国民が広大な土地へ移住して以来、たえず直面した実際的な問題であり、それゆえ文学の上でも最も関心をもたれる主題であった。フェニモア・クーパーJames Fenimore Cooper（1789-1851）はヨーロッパの知らぬ原野や大森林のなかに戦う人々を描いてヨーロッパ人をも魅惑した。そして、それにつづくロマンティシズムの小説のみならず、ヨーロッパの影響を離脱して真のアメリカ文学の源流となったマーク・トウェインMark Twain（1835-1910）以後もまた、大きな主題は外的環境と人間との対応関係であった。それは十九世紀末になると、人間と自然とよりも人間と社会環境との関係に移ってゆく。直截《ちょくさい》な語り方をもつリアリズムの文学へと転じてゆく。スティーヴン・クレイン、ジャック・ロンドン、シオドー・ドライサー、そしてシンクレア・ルイスからスタインベックまで、この流れは諸種のスタイルをとりつつも、いかに人間が自然や社会の環境とたたかい、それに打ち克《か》つかあるいは破れるかを描いてきた。ヘミングウェイやフォークナーのような精緻《せいち》あるいは複雑な技法の作家でさえ、現実に対処して行動する人間を描く態度は同じものを保持していた。アメリカの小説において、しばしば、行動の勇気が最も大きな徳性 virtue として扱われてきたことも、以上の特徴をよく証《あか》しているといえよう。

第二次大戦を経た現在、ユダヤ系アメリカ人の作家たちが目ざましく活躍していることは、すでに一般の認識になっている。彼らの作品群が注目されたのは、彼らがユダヤ系作家たちだからではなく、それまでのアメリカの小説になかった一つの質的特徴を具有しているからであった。それは、一口で言えば、人間を自然的・社会的環境のなかで捉《とら》えるとともに、内的な存在としての人間に視点を向けたことにあった。さらにいえば、白人・アングロサクソン・新教的社会環境と道徳観に規制された人間ではなく、人間の存在自体の意味、そしてその存在の内部にあるものの意味を捉えようとする傾向である。

彼らはアメリカ社会に通有する価値観とは質的に違った価値観を造型しようとしているかに見える。ノーマン・メイラー、ソール・ベロー、フィリップ・ロス、J・D・サリンジャーそのほか多くの作家たちは単に古来のユダヤ伝統を復活するために書いているのではない。また被迫害者の立場から書いているのでもない。彼らはあくまでアメリカの現代小説家たちであり、その態度も立場も方法も多彩である。しかし彼らは従来のアメリカの作家たちとは別種の「強靭《きょうじん》でいて繊細な」感受性と内観力を共有していて、それによってこの巨大な画一的社会における個々の人間の存在について新しい可能性を示そうとしている。それらユダヤ系作家のなかにあって、バーナード・マラマッドは最も地味な、しかし実に堅固な作品を書いて進んできている。そして彼の長編の第二作『アシスタント』The Assistant, 1957は、雄大な構想をもたないが、社会の片隅に存在する人間の愛と魂は醇乎《じゅんこ》とした輝きを放っているものといえよう。

訳者はこの原名 The Assistant を『店員』と訳して訳題名にしたかった。しかしそれはやや奇矯《ききょう》な響きを持ちすぎるために、従来の呼び方のように『アシスタント』としたが、これはまさに小さな食料品屋の一店員の物語である。ニューヨークの貧しい地区にある貧しい食料品屋の店員の物語にすぎない。それでいて、この物語には貧しからぬ内的な意味が十分に含まれている。

主人公のフランク・アルパインは西部で孤児として育ち、社会に出てからもその圧力のなかで苦しい暮しをかさね、ニューヨークに来たときには強盗をしてでも社会の上層へ浮ぼうと思いこんでいる。この国の貧しい孤独な青年にとって、成功の夢の元になるものは「金」のほかには何もない。彼は相棒を見つけ、小さな食料品屋へ押し入る。圧迫する外的環境に対して徒手空拳《くうけん》で戦おうとする青年——この状況設定は従来の多くのアメリカ小説の定石《じょうせき》を踏襲している。

いや、外面の筋を追えば、定石的な筋書きは結末まで及んでいる。フランクは強盗に押し込んだ店の娘に心をひかれ、ついにはその店の住込み店員となり、種々の波瀾《はらん》や苦悩の末、その店を継ぐ、そして結末では娘のヘレンと結婚することが暗示されて物語は終っている（結末では両者の結婚が暗示されていないとする批評家もいるが、訳者は、やがて二人が人生を共にすると解釈している）。社会的成功を夢見た青年が貧しい食料品屋の主人に納まるという皮肉な結末もまた、アメリカのリアリズム小説の運び方としては、決して異色あるものではない。

この店の娘ヘレンもまた同じように扱われている。彼女は、貧しい商店の娘に育ちながら、自分に教育をつけ、この環境から脱け出て立派な職業の男性と結婚しよう、もっと意味のある人生を送ろうと夢想している。しかし彼女もまた、ついには父の店を継いだ店員と結婚して食料品屋のおかみさんになる……。

しかしフランクとヘレンがこの皮肉な運命に納まるまでの道程は、従来のアメリカの作品とは非常に違っている。ひと口に言えば、それは一人の青年の精神の遍歴を語るのであり、フランクの行なった戦いが、あくまで彼の「内部から湧《わ》くもの」に導かれていることを語ってゆく。

物語の初めの部分、フランクがまだ店員にならぬ前に、彼はパールのキャンディ・ストアにすわっていて、アッシジの聖フランシスの絵を見ながら自分は小鳥と話すこのお坊さんに心をひかれると語る。彼が孤児院で育ったときにカトリックの僧侶《そうりよ》が来て話した聖フランシスのことが心に残っているのである。むろんそれは彼の体《からだ》の内部に小さく埋まった芽であって、彼が意識的に把握《はあく》した思想ではない。しかしその倫理感覚は、すでに物語の最初から彼の歩む方向に働きかけるのであって、彼は強盗という犯罪を悔いて店に戻ってゆく。そしてそこにヘレンの姿を見るのであって、彼が「この店に住みこむ」のはヘレンがいたためかもしれないが、最初にこの店へ戻ってゆくのは、彼の内部の倫理感覚に促されたためなのだ。

店に住みこんでからの彼は、盗み食いをし、小銭をくすね、ヘレンの裸体をのぞき見し、さらには(意図に反したとはいえ)ヘレンを暴力で犯しさえする。それらの諸行為はすべて、彼の過去の苛烈《かれつ》な社会環境の影響から彼が抜け出せないでいる姿だ。しかしその間つねに、彼の心の深くには、それらの行為に対立するものが存在しつづける。それを平凡に彼の「良心の声」と呼んでもかまわないであろう。ただしそれは単に彼個人の倫理感覚というよりも、彼のなかに宿った古来の原型的倫理性であり、具体的には、それはヨーロッパ文化が培《つちか》った正統キリスト教思想の原型といえるものである。

フランクのもつ倫理感の芽が次第に育ってゆく道程で最も大きな役割をするのは食料品屋の主人モリス・ボーバーであり、彼はこの物語の全体の精神的支柱である。ユダヤ人としてロシアに育ち、徴兵をのがれて希望の国アメリカに移住したが、正直で頑固《がんこ》な性情から失敗を重ね、ニューヨークの下町で貧しい食料品屋として人生を終ろうとしている。このタイプの人物も従来のアメリカ小説では幾度か描かれてきた。しかしマラマッドの描くこの移民は単に環境の犠牲者としての存在ではない。失望と失敗の連続であった彼の人生、それを認めつつも、ボーバーはユダヤ人として、人間の生きる上での本当の価値に対する信念を放棄していない。

ある日、墓穴のような店のなかで、ポテトの皮をむきながらボーバーとフランクは次のような対話をする。

(フランク)「問題はそこなんだ。ユダヤ人はその必要がないときでさえ苦しんでいるみたいなんだ」

(ボーバー)「生きているかぎり、人間は苦しむものだよ。ある人々は他人よりもよけいに苦しむが、それも苦しむのを欲しているからではない。ただわしが考えるには、もしユダヤ人が律法を守る苦しみに耐えられないようなら、なに一つ耐えられないということだ」

「モリス、あんたはなんのために耐え忍んでいるの?」とフランクは言った。

「わしは君のために耐え忍んでいるのさ」とモリスは静かな口調で言った。

フランクはテーブルに庖丁を置いた。驚いたように口を大きくあけ、「それ、どういう意味だい?」

「言いかえると、君がわしのために苦しみに耐えているということだ」(二〇九ページ)

ここではこれ以上に両者の精神的交渉の経過をたどってゆく余白はないから、結論だけ言えば、この物語の結末ではフランクのなかにある正統キリスト教思想とボーバーのなかにあるユダヤ思想の融合が暗示されている。「自己の行為への悔い改めと私欲を捨てた愛」と、「律法の定めた正を行うためにいかなる困難も耐えようとする精神」——大まかに言えば以上のような二つの精神が、貧しい一青年の心のなかで合体しようとする瞬間で、この物語は終っている。ニューヨークの下町の、墓穴のような食料品屋だけを舞台にしたこの小さな物語は、二つの大きなヨーロッパ思想の接触と結合という意外に大きなプランを蔵しているのである。

もちろん訳者はこの物語の内的進行をあまりに図式化して示しすぎている。ボーバーとフランクの内部にあるのは思想というよりも、さらに倫理観というよりも、倫理感というほうが正確であろう。そして倫理感というものは、たえず外的環境の圧力によって危機にさらされるのであり、その現実の姿を見事に造型しえた点にこの「小説」の成功はかかっている。主人公のフランクの悪行愚行の数々は前に少し触れたが、モリス・ボーバーでさえ、生活の苦しさのあまり、保険金詐取のために放火しようとする誘惑におちるのである。そういう現実の存在として、諸人物は克明に描かれているのであって、作者マラマッドが思想上の図式《プラン》に基づいてこの作品を教訓劇に仕立てたと見るのは早計であろう。ある批評家はユダヤ人思想家ブーバー Martin Buber（1878-1965）の思想を下敷きにして店主モリス・ボーバーが描かれたのだと推測し、マラマッドに問い合せたが、マラマッドは「自分はブーバーの思想を一般知識として知っているのみだ」と答えている。

勤労による繁栄のなかにおいて良き人間性が発揮される――それが現代のアメリカ社会の通念のひとつだとすれば、マラマッドは、勤労の果ての困窮と貧苦のなかでも本当の人間性を失わない人間の真の尊厳性を語ろうとしている。そこに人種の壁を越えた人間関係の可能性をさぐろうとしている。彼が人間の尊厳性を描いたと言うよりも、それが打砕かれつつも他の人間へ伝わってゆく人間関係を描き出していると言ったほうが正しいであろう。

バーナード・マラマッド Bernard Malamud (1914-1986) という作家とその諸作品については、新潮文庫にある『マラマッド短編集』の「あとがき」で概観しておいたので、ここでは略させていただくが、その後で出た新作品について、ひとこと触れておきたい。

The Tenants (間借人たち) は彼の第五番目の長編小説で一九七一年に出版された。舞台はニューヨークの下町にある崩《くず》れかけた廃屋アパートで、そこにユダヤ人の作家と黒人の作家がはいりこみ、前者は「愛」を主題にした作品、後者は「憎しみ」を主題にした作品を書こうと努力する。全く異なった迫害と圧迫の歴史を持つ両民族の二つの魂が、一つ屋根の下で接触し、交渉する過程が描かれてゆくが、その描き方は重厚なタッチではなくて、やや戯画化に傾く。残念ながらこの作品はやや主題負けがしたという印象を拭《ぬぐ》いえないが、ここにもまたバーナード・マラマッドという作家の精神の在り方がよく現われている（むしろ現われすぎている）という点で、やはり見のがせぬ作品といえるであろう。

一九七二年八月二十日

加島祥造

※「解説」は一九七二年刊の新潮社版のものを転載しました。

新版によせて

四十年ぶりにこの作を読み直した、そしてこれが少しも古くなっていないと感じた。三人の人物の心や町暮しの描写は、生彩に豊む描写力でいまも読者の胸に生きて伝わる物語となっている。

初めの訳では「アシスタント」と原題をそのままとった。当時は店員という言葉が影の薄いものになっていたからだ。しかし現在、アシスタントは多用されていて、店員という仕事を指さなくなっている。かえって「店員」は「会社員」とともにいまも使われ、イメージも薄れていない。それで今度の新版では「店員」を題とした。社会の片隅で懸命に生き、自分を、そして愛する者を、護ろうとする存在は、どの時代にどこでも居るのだ、と改めて思う。

つけ加えると、この物語の最後で「彼はユダヤ人になった」とあるが、これは彼とヘレンとの結婚を暗示している、と思う。なぜならこれは母のアイダの気持を変え、二人の結婚に同意させる唯一の手段だからだ。

二〇一二年十一月二五日

加島祥造

訳者略歴

加島祥造

1923 年、東京・神田生まれ。早稲田大学英文科卒、カリフォルニア州クレアモント大学院留学。フォークナー、トウェインをはじめ、数多くの翻訳・著作を手がける。1993 年「老子」に出会い、『タオーヒア・ナウ』（PARCO 出版）を出版。信州・伊那谷に独居し、詩作、著作のほか、墨彩画の制作をおこなう。著書は『タオー老子』（筑摩書房）、『伊那谷の老子』（朝日文庫）など。

＊今日の人権意識に照らして不適切と思われる語句や表現については、
時代的背景と作品の価値をかんがみ、そのままとしました。

店員

2013 年 2 月 1 日初版第一刷発行

著者 : バーナード・マラマッド

訳者 : 加島祥造

発行者 : 山田健一

発行所 : 株式会社文遊社

東京都文京区本郷 4-9-1-402　〒 113-0033

TEL: 03-3815-7740　FAX: 03-3815-8716

郵便振替 : 00170-6-173020

書容設計 : 羽良多平吉 @EDiX

本文基本使用書体 : 本明朝小がな Pr5N-BOOK

印刷 : シナノ印刷

乱丁本、落丁本は、お取り替えいたします。
定価は、カバーに表示してあります。

The Assistant by Bernard Malamud
Originally published by Farrar, Straus and Cudahy, Inc. 1957

　Printed in Japan.　ISBN 978-4-89257-077-3